少年屠龙传2

一个平凡少年成长为屠龙英雄的热血传奇

管平潮 著

目录

第十九章

幽家小眉

金运来赌坊这件事，在接下来几天里，基本没再有声响。

那沈高飞沈老板，死也就死了，哪怕他生前为高家赚了很多钱，做了很多见不得光的事，这时候也随着他的死亡烟消云散。

这倒不是说，高家肚量很大，实在是沈高飞的老底子被翻出来，竟原是大盗“血手沈威”，以前还做下几桩轰动大案。这一下，就连高家的人，也都不敢沾了。

面对这结果，高敞的心情别提有多糟糕了。这次他真是偷鸡不成蚀把米，不仅苏渐没打击着，还生生断了他高家一大财源。

而他这点小九九，如何能逃过高家长辈的法眼？加上上次星降高原的行动，竟折损了高家三员大将，两罪并罚，这次高敞再难逃过去。

于是，在查清事由后，高敞就被他父亲高元博找人捉了去，重重打了三十大板不说，还罚在高家祠堂跪了三天三夜。

世上的事，就是这般命中注定。浑蛋就是浑蛋，像高敞这样的人，完全不能以常理去揣度。

如果换了一般人，被这样狠狠修理一番，尤其还被拎到祖宗祠堂里反省三天三夜，那基本就痛改前非了。但高敞不一样，他不仅不反思，还把所有过错都怪在了苏渐的身上。

没人的时候，高敞恼恨地认为，一切祸害根源都是苏渐。你看，如果苏渐老老实实地接受陷害，麻麻溜溜地去死，不就什么事都没有？

结果这姓苏的就是不配合，害得他屁股几乎被打开花，还在阴森的祠堂里跪了三天，真是倒了八辈子血霉！

如果说这些还只是小惩处，让高敞更咬牙切齿的是，本来自己作为高氏家主的长子，板上钉钉是下一任家主候选人，没想到这次事情一败露，形势就起了变化。

虽然他爹爹以退为进，用重罚消弭了叔伯长辈们的不满，但一些闲话还是不可避免地流传起来。那几个本来很老实的兄弟和表兄弟，开始蠢蠢欲动起来。

“一切都是苏渐的错！”这就是高敞最后的结论。

从这一刻起，更凶狠、更毒辣的报复计划，在屁股还半裂的高大少心里，开始暗暗酝酿。

只是虽然心中下了更大决心，高敞心里还是有些发虚的。在挨板子的四五天后，高敞在灵鹫学院中一瘸一拐地阔步走，故意大摇大摆，就是想表明，别看他受了点小挫折，但精气神还是在的。

不过，正当高大少摇着扇子，在一处偏僻的林荫道上正故作得意地摇摆行走时，却忽然只觉得附近花丛里，有什么人在看他。

直觉中，这目光，无比锐利和愤怒，以至于仲夏的大热天里，高敞竟打了个寒战。不过等他猛一扭头，却只听得一声轻响，那处树木花荫里，并无一人。

“是苏渐吗？！”不知道为什么，高敞第一反应，就是想到那个有着开朗笑容的少年。

这一刻，他忽然有些后悔，后悔自己为什么会一步步走向了苏渐的对立面。

甚至，高敞现在心里都已经有点记不得，当初究竟是为什么，才让自己对这个少年，有了这么大的仇恨。

如此悔悟，转瞬即逝。本质险恶的高敞，很快就对自己瞬间的怯懦感到惭愧。

恼羞成怒之余，他对苏渐的恨意，变得更加炽盛。

高敞觉得被仇人盯视时，那李碧茗也不好过。自打赌场风波后，这个虚荣无良的女孩儿，也胆战心惊，便谎报自己生了病，尽量在栖霞小筑的女宿中深居简出。

但这一日，她实在耐不住，便去学院中的鹿鸣森林中散散心。

本来她觉得，这地方人少，不会碰上什么人，没想到刚走到雨宿湖时，她就觉得自己身后，忽然有什么人轻轻转了出来。

“谁?!”李碧茗一惊，猛一转身，一眼就看见银发紫衣的少年，正站在身后咫尺之地，冷冷地看着她。

“你想干什么?!”李碧茗惊恐叫道。

世事就是这么奇怪，如果在赌坊事件前，天雪皇子雷冰梵离她这么近，李碧茗立即会激动得发晕，并马上抛弃高敞，想方设法把自己接下来晕倒的方向，设定在雷冰梵的身上。

但这一刻，李碧茗却脱口尖叫，并下意识往后急退几步，身子一歪，差点跌倒在雨宿湖中。

“小心点。”雷冰梵一语双关地说道。

李碧茗努力稳定住身形，浑身发抖，噤若寒蝉。

“我警告你，”显然天雪皇子并不想含蓄，便毫不客气地警告道，“李碧茗，你做的事，自己知道。如果还有下次，哼——”

话音未落，一道雪亮剑光闪过，快雪时晴剑飒然飞浮到雷冰梵面前，然后被他一把握住，锋利的剑尖直指李碧茗。

“我、我……”天雪剑客的冰冷话语，一霎间让李碧茗如堕冰窟。

她那双还算美丽的眼睛，看着冷冷的少年、冷冷的剑锋，内心也变成了冰天雪地。

她可能不知道，就在十天前，这出剑威胁自己的少年，还亲口跟苏渐说过，不会管这些“破事”。

在一种好似冰雪冻结的木然中，李碧茗甚至不知道雷冰梵什么时候收剑，什么时候离去。

当她重新回过神来，看着眼前空无一人的清冷森林时，忽然打了个冷战，内心既怕又恨。

就这样怔怔地呆立了半晌，李碧茗看着树林中如同鬼爪的枝丫，某一刻忽然如同疯魔了一样，冲向了树林，在林中奔跑。

狂奔之时，她完全不顾崭新的裙衫被枝丫撕裂。密林的暗影里，李碧茗不再像一个淑女，而是攥紧了拳头，向天挥舞，在心中无声地呐喊："为了家族，我，李碧茗，不、会、放、弃！"

李碧茗没有放弃，高敞更加不会放弃。接下来这些天里，他无时无刻不在想着如何复仇。

这一天傍晚，正当他在灵鹫学院中溜达，想着要不要去找李碧茗解解闷时，却见有个高家人匆匆地赶来。

高敞本来烦闷，一见此人，顿时什么心思都没了！他几个箭步迎上去，死死地盯住来人，低沉问道："怎么样，事情有进展了？"

"少爷，有进展了！"这来人身形精瘦，目露精光，显然是武功高强之人，却对高敞毕恭毕敬。

"很好！"高敞一扫愁苦之色，欣然道，"伯驹啊，没想到你效率如此之高。放心，等我坐上家主之位，定会为你在军中谋一个将军之位。"

"那多谢少主人了！"叫高伯驹的亲信，立即两眼放光，连称呼都换了，对高敞也变得更加恭敬。

原来这来人，正是高家的首席护院高伯驹。他功力不凡，尤其精通木系法术，风格以霸道毒辣著称。

和其他高门大族一样，高家也不能免俗，内部免不了拉帮结派，这高伯驹正是倒向了高敞。

他对高敞如此死心塌地，完全是因为高敞曾亲口许诺，一旦他继承了家主位置，就会去青龙、白虎、朱雀这三大华夏主力军团中，给他运作一个不低的位置。

这时，高敞拉他到个更清净的地方，急切问道："有什么进展，快给我说来听听！"

"是这样，少主人，"高伯驹道，"按照您的吩咐，我通过咱高家的关系，查到一些秘密资料。这一查才知道，原来那苏渐，并不是一般人，竟是龙血者！"

"什么？龙血者？！"高敞吃了一惊。

“是的。”高伯驹道,“而且他不是一般的龙血者,其血脉与龙族吻合度极高,甚至仅次于京华四杰的厉华楚。”

“这可真想不到!”高敞倒吸了一口冷气,不过很快便疑惑道,“既然他身具龙脉,怎么现在际遇、武技都这么平庸?这厮虽说也不能算是鱼腩,但是以龙血者的天赋,着实不算突出啊。”

“这个属下也查过了。”高伯驹道,“我央托了得力之人,许以重金,才查到苏渐进玄武卫之前,竟然真在龙血者组织里待过。不过后来不知道发生什么变故,他竟功力全失,就被赶了出来,来玄武卫混了个闲差。”

“怎么会这样?”高敞惊讶道,“到底发生什么事能让一个人功力尽失,还没残没死,真当是小说家言啊。”

“对啊,我也这么想,可真不知道什么原因,”高伯驹苦着脸道,“属下当时能查到的情报,有关那段记录都是语焉不详。”

“不对,不可能一点痕迹都没有。”高敞不满地盯着他。

“少爷明鉴,”高伯驹道,“属下也知这个道理,便动用了所有门路,终于查到一点。原来那苏渐,出事前,曾在对面龙境中待了好几个月,回来后就伤痕累累,不仅功力全无,就连记忆都丢失了大半。”

“龙境!”高敞吃惊道,“为什么会这样?就算龙境也不容易出这样奇怪的事吧!”

“这个真不知道了。”高伯驹摇了摇头道,“看得出,这个并不是故意隐瞒,真正的原因只有一个,就是龙血者组织里,也不知道苏渐发生了什么。”

“晦气!”高敞忽然恼恨道,“这小子,自己倒霉也就算了,不好好在黑衣卫待着当个臭杂役,结果没事跑灵鹫学院来,倒把霉运带给本少爷了!”

高敞骂时,回想一下,只觉得自己以前向来春风得意,就是最近这些事,一沾上苏渐,就没一件称心的。不说赌坊和星降高原之事了,就连在女宿门口吹个牛,都被苏渐给破坏,这日子还有没有办法过了!

旧恨未平,新仇又起,高敞立即两眼逼视高伯驹道:“你能查到苏渐这些信息,不错。但说有用也有用,说没用也没用,我可不是来听这些闲谈逸事的。说,你有没有什么好法子,搞死这苏渐?”想了想他又补充一句,

“普通的法子就不必说了，来点靠谱的！”

“是，少主人。法子倒是有，不过……有个话我不知当说不当说……”高伯驹欲言又止道。

“有话直说，别婆婆妈妈的。”高敞喝道。

“少爷，其实依属下之见，那苏渐不过是区区一个被除名的废物而已，需要费这么大周章对付他吗？依小的看，这么做倒是抬举他了。不是小的自夸，我那‘叶雨天袭’已经出神入化，就连木系绝学‘幽木噬魂’也堪堪练成。少爷，不如就让我去瞅个空子，干掉他，岂不省心？”高伯驹毛遂自荐道。

“你不懂。”面对首席护院的提议，高敞却摇了摇头，高深莫测道，“上兵伐谋，要对付这等奸恶小人，直接以力取之，毕竟落了下乘。”

嘴上虽这么说，高敞心里却在呐喊：“浑蛋啊！如果派个高手就能干掉他，我还费这力气干吗！还‘幽木噬魂’呢，你高伯驹跟那‘星宿三狂魔’相比如何？给人提鞋都不配！那三位已经刺杀失败，尸体还找不着，要是你去了，估计灰飞烟灭连渣都不剩！”

高敞心里狂喷，但高伯驹却不知晓这些，还在那儿奉承道：“不错不错，上兵伐谋，还是少主人英明神武、深谋远虑，小的佩服佩服！”

“别拍马屁了！”高敞不客气道，“高首席，我问你，有没有什么靠谱的办法搞死苏渐？”

“少爷，还真有一个。”高伯驹笑道。

“哦？”高敞两眼放光，忙道，“快说来听听！”

“是这样，”高伯驹道，“我在北方寒石城的眼线，发现近日出现了一个奇怪的紫发小女子。”

“小女子？”高敞脱口问道，“漂亮不？”

“漂亮！”高伯驹道，“其实岂止是漂亮，据见过的人说，这少女拥有罕见的美貌，虽然年纪还小，不过十三四岁，但却身材凹凸玲珑，火辣得很，几乎跟少爷学院的古教习有得一拼。”

“尤其特别的是，她一双大眼睛蓝盈盈的，水灵，迷离，如蕴水雾。头发则呈华紫之色，其长及腰，走动时如同云笼雾罩，十分美妙。据见过的人形容，她看起来真是既纯洁又魅惑。”

“既纯洁又魅惑……好货啊！”高敞沉浸在想象中，竟忍不住有些流口水。

不过他很快醒悟过来，擦擦口水，恼羞成怒道：“好个狗奴才！本少爷问你怎么搞死苏渐，不是让你给我找女人。说得这么有文采干吗，又不是写书！”

“少爷息怒，少爷息怒！”高伯驹惶恐道，“我只是转述。其实小人正要说，想弄死苏渐，正可着落在这小美人身上！”

“哦？你是说，要用美人计？”高敞恍然道。

“倒不是。少爷，我刚才没说明白，”高伯驹解释道，“这小美人儿，其实一点都不简单。虽然她才十三四岁，却拿着一把诡秘武器，有人看出来，很像是传说中的‘九幽夺魂镰’！”

“九幽夺魂镰？！”高敞倒吸一口冷气，失声叫道，“难道就是传说中恶魔国度邪恶巫师锻造，又称‘地狱之镰’的大凶之器？！”

“正是。”高伯驹道，“有人看到那武器钩如冥月，刃如血雾，柄似黑骨，和传说中的魔族凶器极为相似。”

“怎会出现这样的武器……”高敞沉吟道，“这小女娃不一般。你是说，我们雇她去刺杀苏渐？”

“差不多，不过，”高伯驹脸上露出一丝诡秘笑容，“其实根据情报，似乎根本不用我们出钱雇佣。这小女孩，在做着一件奇怪的事情。”

“哦？什么奇怪的事情？”高敞来了兴头。

“她在到处打听龙血者的消息，扬言要刺杀他们来锻炼武技。”高伯驹诡秘笑道。

“那这丫头有点傻啊。”高敞摇头道。

“也不完全这样，”高伯驹忙道，“其实她行踪还算隐秘，只是我在寒石城的眼线比较多，故此才得知这条消息。”

“那，”高敞忽然想到一个事情，“想刺杀龙血者啊，那她会不会是尊龙教的人？众所周知，尊龙教最恨龙血者了。”

“应该不会吧。”高伯驹含糊回答时，还朝高敞眨了眨眼。

一见他这表情，高敞立即会意，忙道："是我想多了。好！就这么办，你立即去安排人，告诉那小丫头，说这边有个大大的龙血者等她来杀！"

"好嘞！"高伯驹领命，立即转身离去。

"不错不错，有点意思，"看着高伯驹离去的背影，高敞脸上现出一丝阴笑，"真是无心插柳柳成荫！还别说，他这法子还真不错，借刀杀人，本公子最喜欢了。如果真去出钱雇佣她，万一事败，追查到我身上来可不好了。"

但心狠手辣的高敞没注意到一个事实，相比以前对付苏渐的随意，现在他竟然开始小心翼翼了。

而另一个更严重的事实是，高敞这次的作为，已经突破了底线。因为很显然，这个少女极有可能是尊龙教的人。

要知道，大敌当前，尊龙教鼓吹臣服龙族，其危害性比血义盟可严重多了。现在高敞为报私仇，竟准备将苏渐的龙血者身份，透露给疑似尊龙教的少女。

显然，高敞并不是不知道这一点，否则刚才也不会跟属下挤眉弄眼，含糊其辞。他现在，真的已经昏了头，在这条仇恨的道路上，已经走得太远太远。

于是就在两天后，华夏国北部边陲的寒石城外，有一个绝美的紫发小少女，正手持一把黑气萦绕的血刃镰刀，静静地站在黑松林边。

没过多久，忽有个镖客打扮的汉子走过来，朝她问道："你是幽小眉吗？"

得到肯定答复后，他就站在神秘少女的面前，低头俯首，跟她耳语了好一阵。

也不知他说了什么，神秘的小美女随手就给了他一小锭黄金。镖客汉子立即两眼放光，感恩戴德地离去。

此后幽小眉依然静立在黑松林边，半晌无语。

也不知过了多久，当东边天上已挂上明月一钩，幽小眉才仿佛猛然惊醒。

绝美的脸上，慢慢绽开一缕笑容，映着天边的淡月之色，显得无比幽渺空灵。

“苏渐？很好。最纯正的龙血者啊……小镰，”小美女忽举起那把黑气森森的血刃镰钩，仿佛在跟自己的好朋友说道，“对不起，这些天，你也饿了吧？别急呀，小眉已经找到很好的食材，很快小镰就有最美味的血喝啦……”

说着这样诡秘奇怪的话语，她又转过身，仰望北方幽远的天空，自言自语道：

“幽云姐姐，虽然他们都说你的坏话，我却知道你是为我好。”

“虽然爹爹把尊龙教传给了小眉，但因为小眉还没能成为一名合格的刺杀者，所以姐姐才先帮我掌管圣教的。”

“姐姐请放心，小眉一定会努力修炼，一定不辜负姐姐的期望。等我成功后，就能回去找你啦！”

小美女发着可怕的誓言时，苏渐却根本不知道这一切。他现在头疼的是，灵鹫学院二年级的中期考核季到了。

这一次的中期考核，相比前几次还要凶险，教习们下达的任务是，护送晶核补给品，送达横断山脉的人族防线风暴之墙。

如果按一般的路径送达，还不算什么，毕竟风暴之墙的腹地还算安全。不过这次因为情况紧急，上面传来的命令是，要他们抄近路，走那条贴近寂灭森林的“蛇迹小路”。

蛇迹小路，几乎就没有路，隐约存在于群山密林之中，比寂灭森林还要靠近龙族边境，凶险程度更增十倍。更要命的是，正因为靠近龙族边境，华夏国鞭长莫及，所以血义盟、尊龙教的反叛者们，反而在此地倍加活跃。

这意味着，从蛇迹小路运送晶核补给品，面临的是别处三倍的威胁。所以听到这个消息后，所有参与这个任务的灵鹫学院学生们，心中都充满了忧虑。

三天后，苏渐和伙伴们已走上了蛇迹小路。

现在苏渐、雷冰梵、洛雪穹、亚飒、唐求五人已形成固定的五人组。他们经历过好几次同生共死，相互间已形成宝贵默契。

有这样的默契，在面临真正凶险的战斗时，能显著提高生存能力。

蛇迹小路的艰险，超出了苏渐的预料。不仅有龙族先锋时不时攻击，还有血义盟、尊龙教乱党试图趁火打劫，连那些凶禽猛兽，也不时来凑凑热闹。

所幸，毕竟是一次军事任务，华夏国四灵军团全都派了好手参与，所以这一次考核学生的生存率达到八成，远高于上回残月峡的任务。

苏渐这五人小组，最后也是有惊无险，全员通过了蛇迹小路。

幸存之喜，还没来得及平复，当苏渐站立于风暴之墙下，立刻就被眼前所看到的景象给惊呆了！

第一次立在风暴之墙下，苏渐还以为自己来到了另一个世界！

巨石垒就的城墙，高度堪比京华城最高的皇宫门楼。这样罕见的高墙不是一两截，而是沿着数千里的横断山脉绵延不绝。

本就高不可攀的城墙上，还建造着数不清的巨石堡垒。它们的高度更加夸张，全都高耸入云，苏渐根本看不见顶端，它们全都隐藏在高天流动的雨云中。

光从极其夸张的高度来看，苏渐就能想象出，侥幸逃脱灭绝危险的祖辈们，在风暴防线上倾注了多少人力物力。

而在险恶山脉上建筑高墙，其难度可想而知。苏渐曾听到过一个说法，说是每一丈风暴之墙的脚下，就埋葬着数十位劳工的尸骨。

以前苏渐总以为这个说法太夸张，但现在亲自来到实地一看，可能那个数字还说少了。因为当偶尔从道路偏离，在路边草丛中，他很容易就看到黄土下掩盖不住的累累白骨。

当他们这行人护送着车马，顺着长长的甬道登上城墙，领头的青龙军校尉就带着手下，去进行火灵晶石的交割。苏渐这些学生军，也就留在原地休息。

当然这时候没人愿意待在原地休息。风暴之墙的宏伟堡垒，对这些少年简直太有吸引力了！

苏渐几人，也不例外，在城墙上到处参观起来。

到处走动后，苏渐就更加震惊于风暴之墙的雄伟。

风暴之墙上的道路，极为宽阔，几乎能并排跑二十辆车马；顺着城墙面向龙境的那一侧，还排列着无数精巧而巨大的武器。

除了常规的长弓、硬弩，苏渐更多看到的是自己根本认不得的巨型武器。它们像攻城的石炮，但很显然发射的并不是普通的石头，用来驱动的也不是火药的爆炸或是牛筋的弹射。

也许看出了他的疑惑，同行的雷冰梵开口说道："这是火晶巨炮，以火晶能量驱动，可以发射各种加持法术的重物，若瞄得准，甚至可以重创巨龙。"

"太厉害了！"一边赞叹，苏渐一边走近一门火晶巨炮。仔细打量了巨炮一会儿，苏渐便扶着旁边城墙高大的箭垛，仰望着对面狂风大作的幽暗云空，自言自语道："如果万炮齐鸣，该是何等地壮观！"

话音刚落，苏渐忽然感到脚下巨石路面开始震动起来！

"怎么回事？"苏渐惊恐道，"难道是地震？"

不过很快他就发现不是地震。

原本不见人影的城墙上，忽然冒出来无数黑袍武士。很显然这些人训练有素，虽有成千上万人，出动时却悄无声息。他们次序井然地站立到一门门火晶巨炮边。

"难道……要开打了？！"目睹这场面，苏渐既兴奋又紧张。

说起来他也是傻大胆，第一次置身这样的场面，激动之下，他也不顾风暴之墙的守卫者都是当世最强大、最高贵的精英，随手拉住旁边一位黑袍人的袖子，问道："请问发生什么事情了？是龙族来攻吗？你们这是战斗还是演习啊？"

"演习？！"很显然这人是一个法师，虽然一头黑发，但年纪已经很大。一听苏渐说演习，顿时吹胡子瞪眼吼道："风暴之墙，从没有演习一说！"

"那、那就是有龙过来了？"苏渐吃惊道。

"那当然。"黑袍法师道，"前方传来旗语，说是有飞龙突破了风暴，朝这边飞来！"

"什么？！"苏渐还没怎么说，旁边蹭听的胖子唐求立即惊惶大叫起来，"妈呀！完蛋啦！有飞龙过来啦，我们都要死吗？"

“闭嘴!”苏渐喝道，“胖子，就算害怕，现在大战将临，你这大呼小叫的，不怕扰乱军心吗?!”

“你这少年，倒有些见识。”传说中十分高傲的风暴之墙法师，却对苏渐这番话点头赞许。

“小胖子，不用怕。”老法师道，“横断山的风暴如此狂暴，飞龙大军无法飞行，偶尔飞过来几只，不过是漏网之鱼。”

他这一安慰，唐求倒是安静下来，不过苏渐这时候却有些暗暗心惊。

他想道：“只是漏网之鱼，就让咱们这么多最厉害的战士法师跑出来，如临大敌。那真难想象，哪一天眼前横断山的风暴不再刮了，平息下来，那就——”

刚想到这儿，他就猛地一惊：“不能这么想！今天我可有点乌鸦嘴，万一说中了……”

别看苏渐胆子挺大，但想到这儿时，脸色立即变得苍白起来。

就在这当儿，他忽听到一声巨大而凄厉的吼叫声，从对面那乱云涌动的风暴中传来。

“来了!”黑袍老法师不再理会他们，而是聚精会神地盯向对面的云空，一只手掌中，隐隐发出最纯正的红光。

这时候苏渐的心情，既期待，又紧张。没过多久，伴随着巨大的嗥叫声，远方幽暗的云团涌起了漩涡，巨大而凶恶的龙头，忽从风暴漩涡中探出。

龙境之龙，虽然也以“龙”为名，但和神州大陆崇拜的东方神龙根本不同。

看这云空中探出的巨龙头颅模样，倒更像是蜥蜴、巨鳄之类，眼睛通红，如燃魔焰，十分可怖。

可怖的龙头伴随着风暴云涡探出，一颗、两颗、三颗……超乎苏渐的想象，这片刻之间，竟然看到了十来只巨龙头颅。

“也许，十来只的巨龙，在风暴之墙的守卫者眼中，也不算多吧?”苏渐自我安慰地想着，不由自主地朝旁边黑袍老法师一看，却见他脸上，表情竟也十分凝重。

一见如此，苏渐刚刚放下的心，忽然又悬了起来。

正心悸间，忽然传来一声巨响，就像是重槌猛轰了巨鼓，震得耳膜嗡嗡作痛。

这一声鼓响，仿佛信号一般，苏渐眼前整齐排列面向远方的上百门火晶巨炮，次第闪耀起奇异的红光，由近及远，呈现出一种奇异的美丽和壮观。

这时候，离苏渐最近的黑袍法师，原本只是隐有红光的手掌，突然间红光迸发，如同发出一道烈日强光，猛然照射在最近的火晶巨炮中央晶球上！

“轰！”巨大的声响，差点把猝不及防的苏渐震倒在地！

刹那之间，无数红晶巨炮火光爆发，激荡成一声声雷霆般的巨大轰鸣。无数的流光从城墙上飞起，如横空飞逝的流星，带着炫烈的彩光，飞向云空中的巨龙。

原本张牙舞爪的巨龙，忽被无数流光打中，便发出凄厉的惨叫，带着阵阵哀鸣摔落云空。

不过就算这样，还有三四只强悍的飞龙继续朝这边飞扑！

这几只飞龙，不仅强悍，还很聪明。它们不仅先在云空中变幻身影，还急速地大角度飞翔，尽量往战场边缘飞，避过了最密集的火晶炮火。

而后来扑得近了，它们就算身上中了几炮，也仗着皮糙肉厚，忍住疼痛朝这边扑来。

它们选择的攻击方向也很聪明，正是风暴之墙高耸的堡垒塔楼。很明显，这些堡垒是风暴之墙的重要节点，贮藏着无数军事物资，也隐藏着大批的守军。

对于苏渐这些学生军来说，也许一时看不透飞龙的狡诈聪颖，但光是飞龙的勇猛凶悍，就已经足够让他们看得目瞪口呆。

尤其是胖子唐求，更是不堪，在离得最近的巨龙张牙舞爪扑来时，便只觉得裤裆中一热，转眼就感觉到有一股热流，正顺着大腿无声流下。

眼看飞龙扑得近了，正惊恐时，苏渐等人却看见，风暴之墙上忽然飞起数十个炫丽的身影。

"星流武士!"苏渐脱口惊呼!

星流武士的光翼,带着炫丽辉彩划空而过,朝那三四只漏网之龙围拢而去。

凄迷的云空下,顿时爆发出无数的光芒和惊天动地的吼叫,很快就有巨龙伴随着飞洒的血雨,哀鸣着朝下方陨落。

看到这情形,苏渐忽然一惊,心中那个神秘的梦境场景,再次浮现在眼前。

巨龙陨落,云空震动,哀鸣阵阵,血雨纷纷,不正像自己那个怪梦中的场景?

"难道,我还真被巨龙追杀过?"苏渐想道,"但是……亲眼看见这些巨龙的威力,就算有那个龙翼女孩儿搭救,我又怎么可能逃得过去?这女孩到底是什么人,怎么会有这么大的威能?"

正在苏渐心中翻腾之时,云空中的战斗已宣告结束。

那三四只突破防线的巨龙,很快被星流武士杀死。但刚才的战斗中,也有十来位星流武士被飞龙之炎喷中,惨叫着坠落云空。

幽暗的云天背景下,他们的星流光辉渐渐黯淡,急速下降后生死未卜。

这情景,看得苏渐十分揪心。但是当他扭脸一看,却发现旁边那位老法师的脸上,却是毫不动容,好像对此司空见惯。

不过当巨龙全部陨落,尘埃落定后,苏渐分明听得他低低嘀咕了一句:"唉,如果不是近来火晶短缺,品质还变得越来越差,今天这场小战斗,也不至于损失这么多星流武士。红焰晶海,究竟出了什么问题?"

说者无意,听者有心,老法师这番话,已经被苏渐听在耳里。

"红焰晶海?"苏渐有些迷惑,"它在华夏国和南方云山国的交界处,按理说云山国和咱非常友好,就算别的境外晶海出问题,这红焰晶海也不该出问题啊。"

"不管怎么样,"刚看过惨烈战斗的苏渐暗下决心,"以后若有机会,我要去红焰晶海看看,看看能不能帮着查明真相。"

正暗下决心,苏渐忽然觉得大腿上传来一声剧痛!

“啊呀！”苏渐一声惨叫，吃惊想道，“难道还有漏网之鱼，有什么体型细小的恶龙咬我？”

正惊恐时，他却听到身旁响起一声欣慰的话语：“呀，确实不是做梦，刚才这一场人龙大战，是真的。”

“唐求？”苏渐转脸一看，顿时怒叫道，“胖子，你干啥？为啥拧我的大腿？”

“啊，不好意思，”唐求一脸抱歉地笑道，“刚才我都吓傻了，想看看刚才那场面，是不是我在做梦。”

“那你为什么不掐自己，要来掐我？”苏渐哭笑不得。

“我这不是吓傻了嘛！”唐求理直气壮地说。

“你、你这根本是不傻好吧！”面对这无耻的家伙，苏渐也拿他没办法。

“苏渐，别怪我了。”只听唐求忽然压低了声音道，“我先离开一会儿，去换条裤子。”话音刚落，他就一溜小跑，往附近僻静处去了。

“他这是怎么了？”看着胖子分外敏捷的身影，苏渐十分疑惑。

“他吓尿裤子了。”亚飒的声音忽然从旁边冒出，“这胖子，胆子简直比米粒还小！”

“哈哈！”苏渐忍不住大笑起来。当此之时，苏渐哈哈大笑，亚飒表情促狭，雷冰梵满脸不屑，洛雪穹则是目视远方，仿佛对这一切都视而不见。

“大家千万别说出去。”苏渐笑着低声嘱咐道，“这也太丢咱学院的脸了！”

正说时，他往旁边一看，正见到黑袍老法师袍袖飘飘然地准备离去。

本来也没什么，但苏渐注意到一个现象，顿时瞳孔一缩，眼神锐利如刀，想也不想地便追了上去。

“前辈！”他拦住这黑袍法师的去路，行了个礼，道，“晚辈刚才看您行动之时，周身如罩黑雾，看不清行动和面目。请问一下，这是什么法术？”

“咦？”这黑袍法师显然感到有些奇怪，“小子，你怎么会对这好奇？”

“不瞒前辈说，这法术让我想起了一些事情。”苏渐有些痛心地说道，“晚辈曾有一位无比敬重的大哥，还有很多十分优秀的同袍，却全都死在一个黑雾笼罩的神秘人手中。”

“真的吗?”黑袍老法师有些同情,不过很快就抱歉道,“老夫帮不了你,有这样效果的法术,差不多有几十种,如我亲眼所见,还能帮你判断,现在恕我爱莫能助。”

一听这样,苏渐十分焦急,立即展开回忆,又向老法师详细地描述了当天那黑袍人的特征。

“怎么样?您知道吗?”极尽所能叙述完后,苏渐满含期待地看着老法师。

朱雀降临

能够位列风暴之墙，这位黑袍老法师，定是现在人族顶尖的高手。不过听苏渐描述后，他依然抱歉地说道："老夫很想帮你，但真的无能为力。从你所述，只能听出此人武学功力超乎想象，已经不在我等风暴守卫之下。只凭黑影罩身的效果，我依然无法判断到底是何法术。"

"那，"苏渐还不死心地问道，"那前辈能不能告知，这是哪一系法术呢？"

"哪一系都有可能。"黑袍法师的回答，像一瓢冷水浇在苏渐头上。

也不知是否是同情苏渐的遭遇，寡言少语的神秘老法师，一时竟打开了话匣。他历数了各系法术制造黑暗阴影效果的可能性，甚至说就连光系也不例外。

对他这样唠唠叨叨的话语，苏渐心情低落之际，本来有些不耐烦，但是渐渐地，他却突然意识到，这不知名姓的老法师，正在向他叙述着法术的精髓。

所谓"法乎其上，得乎其中；法乎其中，得乎其下"，深不可测的老法师只是信口说了一些道理，但对苏渐来说，却如同打开力量宝库的珍贵钥匙，很多未解未知的东西，忽然间豁然开朗。

可以说，就这一番跑题的临时谈话，对苏渐来说，至少在意识观念上，起到了脱胎换骨的作用。于是听到最后，他恭敬地行礼道谢，问道："敢问上师，能告诉晚辈您的名讳吗？"

“哈，我？”黑袍老法师洒脱一笑，摇摇头道，“既列风暴之墙，已非俗世之人，那俗世的名姓，还有什么说来的必要？”

“不过，”正当苏渐有些失望，黑袍老法师一笑说道，“今后你去那人世间，若有缘，见到那小承天，便帮我告诉他，二师父一切安好。”

“小承天？”苏渐有些反应不过来。

“自然就是轩辕承天啊，哈哈！”在一阵潇洒的大笑声中，黑袍老法师袍袖一拂，飘然而去。

“竟是轩辕承天的师父！”看着缭乱云空下远去的背影，苏渐目瞪口呆，说不出话来。

很快苏渐的灵鹫学院潜伏生涯，就到了第二年末。相比以前两次中期考核的凶险，这二年级末却迎来所有人最期盼的事情：星流术拟态进阶试炼！

星流术，抵抗龙族万里挑一的绝学，也只有像屠龙、灵鹫这样高档次的官学，能大规模地组织学习。

像雷冰梵、洛雪穹这样出身高贵之人，还不远万里来华夏国学习，除了历练外，看中的就是这一点。

放眼整个神州，灵鹫学院绝对是星流术权威中的权威，据说其学生修炼星流术的成功率，高达两成——相比整个人类的星流武士比例，两成的成功率简直算得上“惊人”。

不过，别看灵鹫学院的成功率这么高，却几乎没人看好苏渐这回能成功。毕竟，要修成腾空飞翔的星流术，最关键的，还是要寻得强力飞禽走兽，独自将其打成虚弱状态后成功融魂。

大家都认为，虽然苏渐这小子表现经常出人意料，但跟强力妖禽怪兽相比，他那点武力还是根本不够看，这可不是能取巧或找别人帮忙的事。

不仅是他，还有唐求、亚飒，都被列入不成功的八成人群里。相比而言，唐求和亚飒的成功可能性，还被公认超过了苏渐。毕竟只要有一点点可能性，就大于“零”啊。

至于雷冰梵和洛雪穹，则属于星流术修成绝无问题，关键看试炼中，能不能寻到顶级的神兽仙禽，来拟态融魂。

对众人的悲观，苏渐却不以为意。本来他就是为了完成大统领的任务，被安插在灵鹫学院里，所以对这次能不能修炼成星流术，并没有任何心理负担。

当然，为了心中隐藏的目标，苏渐的心底，还存着一丝丝的期冀。

他心想，神兽仙禽级的星流术，自己根本不敢想，但怀个侥幸，看能不能搏一搏，说不定走大运，碰上只虚弱的豺狼虎豹，被他偷袭得手也不一定。最不济，哪怕寻个倒霉的豺狗融魂也好啊。

怀着这样轻松的心情，苏渐便和同窗们在秦玉、古玉妃等星流术教习的带领下，前往本次星流术试炼的区域。

灵鹫学院学生试炼的区域，在华夏国西南方的乱云山脉。乱云山脉绵延千里，已接近更西南的万花国，地形十分复杂。

尤其是乱云山脉南部一带的梳风林地区，林、溪、丘、洞、谷、峡交错，多变的地理环境里栖息隐藏着无数飞禽走兽。

正因这里的飞禽走兽种类和数量极为丰富，所以才被华夏国划为星流术拟态融魂的专门试炼地。

当苏渐踏上前往遥远西南山林的路途时，心情和其他人一样，极为兴奋和激动。

这时的他，还不知道这次西南之行，究竟会有什么在等待着他。

星流术的拟态融魂试炼，被称为当世最困难的几个试炼之一，其原因就在于，融魂条件极为苛刻，现场不能有第三者。

所以，哪怕苏渐以前和伙伴们配合得多么得心应手，这次也得一个人单打独斗了。

当进入乱云山脉南麓的梳风林时，苏渐开始明白这里为什么叫这个名字。

从南方吹来的热风，强度很大，不过到了这里，因为山高林密，哪怕再剧烈的风暴再往北吹时，也变得轻柔了许多，就好像被梳子梳理了一遍。

林深草密，往往就是飞禽走兽们的理想栖息地。进了梳风林后，苏渐一路小心潜行，也碰到了不少野兽，不过不是小兔就是山猫，最强的一只也不过是只野猪，苏渐实在不想将来对阵杀敌时，幻化成一只飞猪。

不过很快，就让他看见第一只满意的猎物。

“紫火云豹！”当苏渐第一眼看到它时，几乎不敢相信自己的眼睛！

要知道，来之前秦玉教习曾跟大家强调过，火系星流术有几种最适合的融魂对象，紫火云豹正是其中之一。

而苏渐眼前的这只紫火云豹，还显然是同类中的极品。它身躯修长健美，在丛林间蓄势待发，肌肉骨骼充满着力量感。不同于一般的云豹，数量稀少的紫火云豹条纹斑点，发出熠熠的奇异紫火，在幽暗的森林中显得极为魅惑。

“真是……太好了！”苏渐看得几乎快流下口水来！

“赶紧动手吧！”苏渐不敢拖延时间，立即悄悄地朝紫火云豹潜近。

当还有三丈多距离时，苏渐不敢再靠近。紫火云豹生性极为机警，丛林中三丈多的距离，已是不被它发现的极限。

停在原地，不再前行，苏渐立即把筋脉中修炼的火灵之力，拼尽全力运转开来。

飞火术、熔火球、掌心火、炽炎破，他把这些火灵法术，按秦玉所教的秘法，开始同时疯狂地运转起来！

当全部蓄势到位，他毫无犹豫，挥手打出。随着四五道鲜红的飞火流光猛然迸发，他也怒吼一声，拔剑在手，朝紫火云豹猛冲过去！

这一刻，苏渐已是倾尽全力。飞奔的身形，飞逝的剑光，只比提前打出的一波火灵法术慢了半拍。本来悠闲张望的紫火云豹，瞬间被熊熊火球击中细长的腰身，发出凄厉的嗥叫。

转而苏渐飞剑而至，剑身平举，朝云豹的脑门正中拍去——不用剑锋只用剑身，毕竟他只是为了融魂，而不是要杀死云豹。

血歌剑的剑身，“砰”一声打在紫火云豹的脑门上。这一击别看是剑身拍出，但苏渐已经用了全力，其效果和抡起一根棍棒敲击差不多。

紫火云豹顿时“嗷”的一声吼叫，又惊又痛地往后面猛跳。

这时候，一股浓重的毛发烧焦的味道，弥漫在这片丛林中。

见一切和自己计划差不多，苏渐劲头更足，丝毫不因为面对一只凶猛云豹而畏惧。

见到紫火云豹往后跳，看样子想跑，苏渐又一个纵跃冲了上去，同样烈焰与剑光齐发，猛攻紫火云豹最薄弱的腰身。

他的攻击再次奏效，紫火云豹继续发出凄厉的哀鸣。不过这么一来，也把这头猛兽给彻底激怒了！凶猛的野兽不再想逃跑，而是猛一转身，硬如铁鞭的尾巴瞬间朝苏渐狠狠抽来！

豹尾向来是紫火云豹的看家武器，而且因为特殊属性，豹尾扫来时还挥散出无数道紫色火焰，看那炽烈模样，估计哪怕沾上一点也都麻烦了。

面对紫火云豹的攻击，苏渐却似乎早有准备。他猛地就地一打滚，不仅躲过了豹尾和紫火，还就势滚到了紫火云豹的肚腹附近。

一察觉敌人已经近在咫尺，紫火云豹立即扬起紫火莹莹的利爪，朝苏渐猛抓过去。

不过苏渐所处位置，却是豹爪攻击的死角，除非紫火云豹原地调整身形，否则绝抓不到。

苏渐立即趁着这个宝贵的时间差，拳剑同时猛击而出，全砸在紫火云豹柔软的肚腹上。

这双掌齐出的一击，十分凌厉，打在云豹柔软腹部，竟发出“砰”一声金铁撞击之声。

这一下，刚才已经受伤的紫火云豹，再也支撑不住，发出一声哀鸣后，整个身子朝旁边一歪，倒地不起。

苏渐见状大喜，毫不犹豫地朝紫火云豹扑去，又在它最脆弱的腰身上狠狠追加了几拳。凶猛的紫火云豹，到这时彻底失去了抵抗能力，变得奄奄一息。

“就在此时了！”苏渐心喜，忙将双掌抵在云豹额头，开始凝神屏气，按照秦教习传授的方法，准备开始和紫火云豹“融魂”。

此时，苏渐判断，自己“紫火云豹”的星流术，算是跑不掉了。

想到这一点，他便十分开心，毕竟在进梳风林前，他几乎是全班最不被看好的一个。谁能想到，没用太久，他就已经快成功了，而且紫火云豹的星流术档次还不低。

“不能有任何的得意。”越到关键时候，苏渐越这样提醒着自己。

不过，当他的双掌抚在紫火云豹的额头，看着无数条细线状的紫光从云豹额头成功飞出，又顺利地从自己的头顶贯入，心中也难免有些得意。

这种时候，正是苏渐心神最放松的时刻。随着融魂过程的推移，他似乎已经能看到，自己在紫火云豹的光影包裹中，插翅飞空而过，在战场上空留下英武的身姿。

心驰神往之际，心神更加放松。谁知就在这一瞬间，却有一缕劲风从他右侧吹来——强风吹来，口径微乎其微，苏渐全身其他地方都没动，却只有额前一绺发丝，被瞬间吹向了左边！

“不好！”苏渐根本就来不及惊恐，那眼角余光已经看到，一支奇形兵刃，正近在咫尺！

苏渐也甚了得，再次不顾仪态，翻身一滚，正滚到重伤的紫火云豹旁，堪堪躲过偷袭。

稍微定了定神，苏渐这才看到，偷袭自己之人，竟是一个十三四岁的小女孩！

“太美了！”虽被此女偷袭，但苏渐的第一反应还是如此惊艳！

这女杀手虽然年龄小，却拥有世所罕见的美貌，尤其及腰的紫色长发如灵雾般飞动，更为她增添了一种别样的异世风情。

本来苏渐并非没有一搏之力，但正因这种无法克制的惊艳，一愣之下竟错失战机。等他再次反应过来时，那少女紫发飞动，已将手中钩镰一样的异形兵刃，抵在了他胸前。

一被制住，苏渐又惊又怒。

雪上加霜的是，这时旁边本已到手的紫火云豹，也清醒过来。

云豹要趁此时机溜走，丝毫不奇怪；但奇怪的是，如此猛兽，在小少女面前，竟是胆怯地哀鸣一声，好像十分害怕似的，接着屁滚尿流地夹着尾巴溜走了。

见得如此，苏渐又惊又怒！

“可恶！煮熟的鸭子飞了！”苏渐不顾自身安危，只顾心痛差点到手的高档星流术。不过很快他就猛然一惊：“不对！”

他有种恍然大悟的感觉：“哎呀！紫火云豹这样的猛兽，怎么可能被自己轻易地制服？会不会……会不会它根本就是被人故意施术虚弱，专作诱饵引人上钩？”

一想到这，苏渐十分痛心，自己这么一个机灵警惕的人，竟然被星流术的巨大诱惑蒙蔽了眼睛，没有看穿这样的异常之处。

痛心之余，他意识到当前处境，忙叫道：“小女侠！小女英雄！先别下手！不知您想要点什么？我身上倒是有些钱……”

“闭嘴！”少女干脆喝道，一脸既得意又凶狠的表情。

不用说，这少女就是幽小眉了。得了高敞一方给的情报，幽小眉便在灵鹫学院预定的活动区域，将苏渐正巧堵上。

苏渐猜得完全没错，刚才那紫火云豹，就是幽小眉故意施展黑暗法术，让它中了虚弱效果，否则以苏渐现在的功力，如何能轻易将云豹打伤？

见苏渐求饶，幽小眉声如出谷黄鹂，脆声说道：“苏渐，为了寻你，我还给人钱，怎会要你的钱？”

“完了！”一听她叫出自己名字，还不要钱，苏渐顿时只觉得眼前发黑。他心中埋怨，今早出门时，唐求他们也不提醒自己是不是印堂发黑。

正惊恐间，却听幽小眉又说道：“苏渐，今日寻得你，就是要杀你！”

“哎呀，小姐姐，”苏渐毫无气节地叫道，“我跟你根本不认识吧？咱们远日无冤，近日无仇，根本没得罪过你吧？是有人指使你杀我吗？”

“没人指示。你也没得罪我。”幽小眉道，“不过，你是龙血者吧？”

“龙、龙血者？龙血者是啥？”苏渐一脸茫然。

“别装了。”幽小眉皱皱眉，鄙夷道，“他们什么都告诉我了！哼，最恨你们这些龙血者了！今日专门来杀你，成功了的话，幽云姐姐就不会小看我了。”

“什么乱七八糟的！”苏渐只觉得莫名其妙，心中哀叹，“难道我心愿未了，就要死在一个未成年的女疯子手上？传出去也太难听了吧。”

“你准备好了吗？”这时幽小眉已举起九幽夺魂镰，很有礼貌地问道。

“等等，再等等！”急切间，苏渐眼珠一转，忽然一声长叹，“唉，到得此时，也不再隐瞒了。可叹啊可叹，身为龙血者，背负组织重任在身，不想今日却死在这里，真是可悲可叹！”

"身负重任?"幽小眉一愣，手中镰刃便放了下来。

小女孩心想道："这龙血者，也是我们魔族天敌，会不会他说的重任，和我们魔族或尊龙教有关呢?"

从小女孩这心理活动便可看出，一直煽动人族和龙族妥协的尊龙教，暗地里还真是魔族操控的。当然，为了效果逼真，尊龙教除了少数高层为魔族之外，大部分教众信徒还是那些受了迷惑的人类。

成立这样看起来八竿子打不着的教门，自然不是魔族吃饱了饭没事干。恶魔国度幸存的长老们认为，任何乱世中，总会有主张投降的派别。那既然由别人来做，还不如他们魔族友情帮忙，也好趁机浑水摸鱼，待时而动。

而这样绕过几个弯后，谁能想到人族的尊龙教的幕后主使人，竟是第三方恶魔族?

当然，从魔族角度，自然希望现在处于弱势的人族挺住，所以当他们垄断了人族投降派的市场后，便出工不出力，光在表面喊喊口号，暗中干的却是削弱龙族的勾当。

还别说，魔族智者们的计谋，还真的起到了很好的作用。很多次尊龙教骚扰刺杀龙族，所有人都以为是玄武卫或是血义盟干的，没人会联想到尊龙教的身上。

当此乱世，能处在尊龙教核心位置的幽小眉，尽管年纪小，却也有天然的大局观。因此，苏渐这一番故弄玄虚后，说不得，幽小眉还真的给蒙住了。

"要不，我还是问问他，看有什么阴谋。"幽小眉犹犹豫豫地想道，"万一问出重要的情报来，回去告诉幽云姐姐，她会不会觉得我很厉害呢?"

幽小眉越想越对头，终于收了镰刃，努力做出一副凶恶表情，朝苏渐叫道："可恶的龙血者！快，有什么阴谋，快给我如实招来!"

"啊?"苏渐装模作样地掩饰道，"我、我刚才有说什么吗？任务？有啊，我来这儿修炼星流术啊。"

"哼!"幽小眉一副早已看穿一切的表情，扬一扬手中血镰，恐吓道，"想骗我?！我幽小眉可不是小孩子了，不会上你当的，快说!"

"原来是幽小眉幽女侠!"苏渐心中懊恼，心说哪来的叫幽小眉的熊孩子，口中却道，“幽小女侠果然风采卓然，侠肝义胆，失敬失敬！”

“你可以把‘小’字去掉！”面对少年的恭敬，幽小眉表面矜持，心中得意。不过开心了片刻，她想起了什么，忙叱道：“知道幽女侠的厉害，那你还不快说？到底有什么阴谋，什么任务？”

“那，我说了的话，”苏渐苦着脸道，“幽女侠能不能放过我啊？”

“放过你……”幽小眉犹豫了一下，大度地说道，“好吧，可以饶你不死，只卸下一条胳膊一条腿吧！”

“妈呀！”苏渐心中大叫道，“哪儿来的小女娃，看着模样好看，心肠竟这么狠毒！”

心中痛恨，苏渐口中却道：“你心肠真好，多谢饶命之恩。这样，‘法不传六耳’，你走过来，我在你耳边说，真的，此事实在事关重大，免得被林中其他闲杂人等偷听到。”

“哦？”幽小眉目光闪烁，有些怀疑地看着他。

“难道幽女侠还怕我偷袭？”苏渐面带嘲讽地道。

“怎么可能！”幽小眉再无疑虑，直接凑上前来，俯身到苏渐近前。

“好，我告诉你。”苏渐口中说着，却冷不丁一张双臂，竟将幽小眉牢牢抱住！

“哎呀！”身躯被人搂抱，幽小眉本能地大惊，急忙使劲挣脱。

还别说，别看幽小眉年纪小，力气却大得出奇，小巧玲珑的身子往上一蹿，苏渐本来箍在她胸口的双手，立即迅速地滑到她纤细的腰间。

“晦气！”苏渐脱口叫道，“果然不够大！真误事！”

“你说什么？！”苏渐这话，正说到少女向来最痛恨之事！猛然间，如同被同伴施加了激励法术，幽小眉身体里立即涌出一股巨力，反手过来就朝苏渐脸上痛击！

只是，这凶狠的打击刚发出一半，幽小眉却忽然觉得浑身酸软，两腿发颤，原本紧绷奔腾的力气，竟在一瞬间消失！

“哈！”这时只听苏渐得意叫道，“小女娃，原来你的弱点是在腰间！”

原来刚才苏渐这一拼命接触，救命的“血瞳心眼”立即发动，便发现原来这武力强大的小少女，弱点竟然就在他此刻两手箍着的腰间！

于是他想也没想，抬起手就朝少女纤腰肚腹猛捶一拳，果然让这少女气力全无。

“哈哈！”苏渐见状得意大笑道，“血瞳奇术果然不一般，这不，效果比预想的还要好！”

情窦初开的少年，自然不知道为什么这次的效果会比以往好。但那幽小眉，敏感部位被少年一折腾后，已经眼含泪水，悲愤骂道：“浑蛋！你、你……”一时竟说不出话来。

不过恼羞成怒之下，幽小眉也发了狠。

“缚魂索！”最拿手的魔族黑暗法术立即发动，顿时一股黑烟凭空生出，一条烟霾黑索朝苏渐飞速缠去。

按照少女的想法，很快无赖少年就会被黑烟牢牢捆绑，三魂六魄转眼会在黑烟缠绕中烟消云散。

只是，正当霸道邪恶的缚魂索急速触及苏渐前胸，却只见闪过一道绚丽梦幻的星光，原本气势汹汹的黑烟索，竟好像被一堵无形气墙反弹，顿时掉转方向，反倒朝幽小眉急速射来！

“哎呀！”幽小眉惊叫一声，连忙闪身退步，躲过了自己打出的霸道法术。

“怎么回事？”作为尊龙教中最纯正的恶魔血脉，幽小眉对这个结果非常惊讶。

“星降之链！”苏渐则又惊又喜，立即想到，既然这条项链对黑暗法术有显著的克制效果，那么它是光之神器“星降之链”的可能性，就变得越来越大！

心里有了这个底，苏渐顿时没那么害怕了。不过看了一眼少女手中提的那把吓人的血色长镰，他还是决定不争闲气，转身就走。

“别想——”“逃”字还没出口，幽小眉却突然感觉到天空中一股赤炎火气，蓦然朝自己炽烈逼来！

“怎么回事？是那苏渐少年的法术吗？”还在疑惑间，幽小眉便见得原本幽暗、青翠、昏沉的林间，忽然间变得明亮，鲜红，辉煌。还没反应过来，就见一只金焰为翎、赤焰为羽的巨大异鸟，浑身带着这世间最炽烈的火焰，凌空扑下！

“神焰朱雀！”幽小眉顿时一惊，陷入巨大的恐慌！

作为恶魔血统，她非常清楚，这只世间最稀有、最神圣的异禽，是她们魔族天生的对头。不用说，它能在此地出现，一定是追踪自己而来。

其实，恐惧的幽小眉并不知道，这只罕见的神焰朱雀，其实追踪的不是她，而是被苏渐胸口前的水晶链坠所吸引，不远千里地追逐而来。

不过神焰朱雀追踪到这梳风林里，一看见幽小眉，嗅到她那丝很特别的恶魔血脉气息，顿时改变了目标，先朝幽小眉扑去！

面对铺天盖地的焰爪火羽，幽小眉无比惊恐。求生的本能，让她急速地挥动九幽夺魂镰，试图抵抗酷烈的神鸟火气。

但这一切徒劳无功，她很快就被能量极大的朱雀撞倒在地。她的脑袋撞在了一截树根上，还没感觉到疼痛，那烈焰腾腾的朱雀利爪已是接踵而至，眼看就要抓上幽小眉的面门。

幽小眉的瞳孔一瞬间放大，破空而来的焰爪，映照在她幽蓝而纯净的瞳孔中。

“要死了！”惊恐的少女心中，蹦出这个词儿。

对她来说，这时真的没有了任何翻盘的可能。

魔族的血统，在这时候发挥了作用。纵然只是个少女，她放弃了任何徒劳的抵抗，不失态，不哭泣，只是闭上眼睛，体面而坦然地等待死亡的降临。

只是，出乎意料的是，本来应该转瞬即至的朱雀利爪，却没有如约到来；幽小眉反而听到一串凄厉的鸟鸣，还有金铁交鸣的激烈碰撞声。

“怎么回事？！”幽小眉睁开眼睛，立即看到了惊人的一幕！

她想不到，刚才自己想杀死的少年，这时却挥着一柄蓝辉莹莹的剑器，和气势汹汹的朱雀交战在一起！

“他、他怎么会……”看到自己想杀之人却冒死救了自己，幽小眉的小小脑袋瓜里，顿时乱成了一团。其实，苏渐也不知道为什么自己会放弃这么个天大的逃跑机会，竟然出剑给幽小眉解了围！

拼死激斗时，苏渐的心中，想起了先前那只紫火云豹夹着尾巴趁机逃跑的情景，心中不由暗暗苦笑，调侃自己道："也许，这就是人和禽兽的区别吧。"

其实如果实在要说原因，只能说刚才朱雀利爪抓向少女的那一瞬间，苏渐从少女张大的瞳孔中，看到了交织在一起的惊恐与纯真。在那一瞬，紫发少女纯净无比的眼神，猛地打动了苏渐，让他鬼使神差一样，不顾后果地回转身，朝神鸟朱雀蓦然挥剑。

不幸中的万幸，和对九幽夺魂镰不同，神焰朱雀对苏渐的血歌剑，好似颇为忌惮。

尽管刚开始时，苏渐没什么章法，胡乱挥舞血歌剑，但那神焰朱雀却也连连躲避，带着烈焰的金色利爪始终不敢与血歌剑硬碰。

苏渐很快发现了这一点，于是变得不再惊慌，开始按照雷冰梵指点的剑技要诀，条理分明地和朱雀战在一处。

不过，神鸟就是神鸟，圣禽朱雀，代表着"南方丙丁火"的火之本源力量，其攻击手段可不仅仅限于金色焰爪。

于是战了几个回合没进展后，这头神焰朱雀仰天一声长唳，然后眼神睥睨地盯着苏渐。

在这样无比傲慢的姿态中，从朱雀流离的绚烂炎羽中，猛然间迸射出四五道炽烈的金焰！

"嘭！"无比刚烈霸道的朱雀火焰，瞬间击中了苏渐胸口，把他撞翻，让他仰面摔在一丈开外的树干上！

只是，让朱雀和幽小眉都十分吃惊的是，如此刚猛炫烈的金色焰羽，打在了少年胸口致命处，竟然一时没打死他！不仅没打死，似乎苏渐受的伤还不是很重，他很快就一骨碌翻起身来，弯腰拍拍胸口，咳嗽了几声，就当没事，竟又挥剑朝朱雀杀来！

不用说，苏渐刚才能转危为安，全靠了胸口那条星降之链。

就在金焰及身的一刹那，星降之链立发奇光，瞬间一层朦胧星辉笼罩了苏渐的前胸，卸去了大部分火焰杀机。

不过在朱雀明亮的炎羽光芒中，星降之链瞬间生发的星辉之盾，淹没在火焰光芒中，根本看不出来。

虽然苏渐有血歌剑和星降之链，一时没落败，但情况还是非常不妙。毕竟他现在对上的是罕见的神鸟朱雀，虽然能保命一时，但不等于能够战胜。

这时候幽小眉也反应过来。她立即挥舞夺魂镰，加入苏渐这一方的战斗。可很不幸的是，神焰朱雀恰好克制她的恶魔系法术，很快她又被朱雀焰羽横扫到一边，退出了战斗。

梳风林中这一片地方，闹出这么大动静，所有参加试炼的教习和学生，都在朝这边关注。不过因为法则所限，哪怕苏渐现在闹出滔天的动静，他们也不能来旁观和帮助。

神焰朱雀傲视天下的压力，重又全部归到苏渐的身上。和神焰朱雀对敌，苏渐处境要多惨有多惨。不过如果还有什么值得庆幸的，那就是遇上神焰朱雀这样顶级的圣禽神兽，实在太难得，和它哪怕片刻工夫的对敌，都对苏渐的武学境界有着难以言喻的帮助。

朱雀金红色的焰羽，仿佛点燃了视线中所有的事物。

火焰流离飞舞，在少年的周围形成一个独立于世界的领域。在这个领域中，充斥着各种形状和颜色的火焰，仿佛世间所有的焰灵，都在这一刻汇聚到苏渐的眼前。

前所未有的火焰领域，激发了苏渐体内蓄积已久的火灵之力，还好像刹那点燃久已凝固的思绪。因为失忆而丢失的强大武学领悟能力，在刹那间恢复，让火焰包围中的少年情不自禁地喜悦。从这一刻起，四周飞舞的焰灵，不再只有凌厉的杀机。苏渐和它们竟然可以像久别重逢的朋友，和它们一个个地凝视、感应、共鸣。

于是就在朱雀烈焰的环身焚烧中，苏渐竟突破了沉寂已久的武学境界，达到了三重。

烈焰绕身，只是片刻的工夫；但这片刻的时间被细分成一段段，延展成无限的时间。

在这个无限的时间里，那把挥舞抵御烈焰的血歌剑，忽然起了难以察觉、难以言说的奇妙变化。神焰朱雀喷出的火焰，是天地间最纯正、最本源的火灵力量。当它们跳跃欢腾，不断灼烧血歌剑时，便让这把来历不明的剑器开始了一段神秘的历程。

到了某一刻，烈焰环绕的剑锋，忽然开始按一种诡秘的节奏急速颤鸣，发出一缕神秘的剑歌。和以往任何一次都不一样，在纯正火灵的熏陶下，血歌剑歌，不再好似清越舒朗的龙吟，而是走向了另一个极端。就好像，鸿蒙之初，宇宙第一道闪电劈下，划破了永恒的黑暗，同时也劈开了亘古的混沌。混沌漩涡深处的凶物，霎时放出。她处之若雌，却散发出震动宇宙的雄浑煞气，还伴有一缕诱惑的幻歌。

就算圣禽神鸟的朱雀，听到如此凶险魅惑的剑歌，也忍不住心神震颤。于是就连朱雀这样级别的神鸟，也第一次起了恐惧与欲望交织的心魔。这样的心魔，令神圣的朱雀极为不适。它蓦然飞腾云天，又凌空扑下，在接近苏渐时，雀喙一张，一道纯净无比的火元之力，直扑苏渐。

神焰朱雀这奋力一击，凌厉、迅疾，就算换成轩辕承天和萧龙雀，也不一定能躲得过。

于是在幽小眉的一声惊呼中，苏渐再次被炽焰击中，飞出去两三丈远。

这一回苏渐不再幸运，他被朱雀喷飞，一路撞上无数树干树枝，最后跌落在一片林间空地，怎么挣扎也起不来。

不过他还算幸运，如果不是武学三重的灵机和星降之链的辉盾，以刚才“朱雀真元”的威力，他早就灰飞烟灭了。

看到他终于被打倒，那缕令人心悸的剑歌也一时平静，这只神焰朱雀感到前所未有的欢畅。于是它飞过来，落在了苏渐的旁边，一双金色的焰瞳看向苏渐的胸前。

朱雀打的主意很好，先啄食苏渐胸前那颗水晶链坠，再吃了旁边那个恶魔女孩。前者对它来说是脱胎换骨、涅槃成凤凰的至宝，后者则是它最喜欢的美味食物。

地上的少年，旁边的少女，这时已毫无反抗之力。

一场血淋淋的烧烤盛宴，即将开始。

于是神焰朱雀目光睥睨，伸喙就朝苏渐胸口啄去。金色鸟喙带着烈焰而至，接下来那颗璀丽晶莹的星降之心就会被它吞入，而苏渐，则将被烈焰彻底焚灭。

只是，就在鸟喙刚凑近苏渐时，这陷入昏迷的少年，突然翻身暴起，竟赤手空拳地抱住朱雀！

按理说，苏渐这是在找死，还是烧成飞灰的那种。可这一刻，掉落一旁的血歌剑，却突然爆发出冲天的血光，不仅护住了苏渐，还笼罩住了朱雀！

“融魂！”

茫茫然的境界里，一个美妙无比的女声，继刚才驱动苏渐突然暴起后，再次向他下达了命令。

到得此时，苏渐已是身不由己，而且这也是他唯一生还的机会。于是他不管不顾，按照指示静气凝神，一边回忆秦玉教习所授方法，一边跟朱雀融魂。

血光缭绕，焰羽缤纷，昏暗的林地已变成光明之境。

三绺火色的灵光，从苏渐的头顶阳门喷出，按天地人、日月星的三重方位变幻，转眼就缠绕住了朱雀。

少年的火灵魂光，先是和朱雀金红色的焰羽交缠，进而透入它的心胸眼眸，直达灵魂。

与神焰朱雀的融魂仪式正式开始了！

而这时，一缕美妙、虚幻、魅惑的歌声，忽然从血歌剑中迸发，缭绕于少年与朱雀的魂光之间。

魅惑的歌声，一开始细细微微，但当融魂仪式进行到一半时，歌声忽然变得响亮起来。

清亮的剑歌中，古剑上忽然跳荡起无数细碎的红焰，那猩红的颜色，分不清究竟是火潮还是血涛。

不过很快，剑锋火潮血涛上，忽然有一具曼妙无比的女子胴体幻影，从火潮血涛中显现出来！

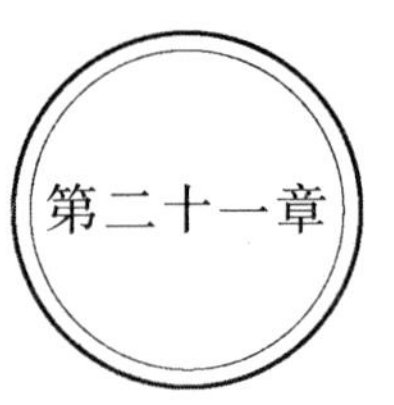

幻歌美人

这绝色美貌的美人幻影，初时只有一尺大小，不过在火潮血涛上凌波舞蹈片刻后，忽然迎风而长，转眼就有四尺大小，变成一个和幽小眉差不多大小的少女。

当然她此时的身躯依然虚幻，还充盈着血与火转换的诡秘华光。但她的眼眸已经清晰，那血火盈盈的瞳光中，眼神竟交织着娇媚与凌厉。

此时苏渐与朱雀正在融魂，心无旁骛，看不见这样诡秘的变化，但受伤的幽小眉却目睹了整个过程。但这血歌剑中飞出的美人幻影，却桀骜睥睨，似乎根本不把幽小眉放在眼里。

她环顾四方后，便傲然冷笑，旁观少年与神鸟的融魂。

当融魂到了最后关头，下一刻就要完成时，这血歌美人幻影，竟似乎把握到这只有刹那的短暂时机，毫不迟疑地猛然投身于人与鸟的魂光之中。

融魂之时，并无任何声响。但就在血色美人幻影投入双方魂光的那一刻，无论苏渐还是朱雀，都在心神中听到一声巨响。

这声巨响，好像是一个信号，苏渐的融魂宣告结束。

虚弱的朱雀，如释重负，拖着焰色黯淡的尾羽，仿佛被大雨打湿翅翼的昆虫，迟缓艰难地飞上头顶的枝头。

不过，神鸟的体质让它很快恢复，稍停片刻后，便展翅飞上云霄，如同一抹彤红的霞色，消失在云空中。

朱雀冲天，古剑落地。这时，血歌剑静静地躺在泥土和腐叶之上，依旧光华莹莹，似乎什么都没发生过。

“我……还活着？”刚经历莫大危机的苏渐，看着眼前这一切，有些不敢相信自己的运气。

“刚才，谢谢你。”正在苏渐发愣时，幽小眉慢慢走过来，冷冷地跟他道了声谢。

“举手之劳。”不知道为什么，苏渐一看见幽小眉，就打心眼儿里觉得开心。

“你没事吧？”他十分关切地问道。

“没事。”幽小眉活动活动腿脚，然后一脸警惕地盯着苏渐，“龙血者，别以为救了我，我就不会杀你！”

“随意随意！”到这时候，苏渐忽然想到为什么看到这小女孩就发自内心地开心。

“莫非……她是尊龙教的？”因为玄武卫的身份，苏渐比寻常人要知道更多的内部情报。

“龙血者是尊龙教徒的死敌。”从这一点出发，再加上这小女孩的服饰兵器、一举一动，更让苏渐确信，幽小眉不仅是尊龙教徒，地位可能还不低。

“嘿嘿！果然‘大难不死必有后福’，”苏渐心中得意道，“我且先稳住她，慢慢骗出尊龙邪教情报，最后将他们的重要人物一网打尽，立个大功！”

计议已定，他忙笑得更欢，看着幽小眉用最诚恳的语气说道：“小妹妹，你想杀我，这想法很好啊！啧啧，没想到小小年纪，就懂得立下大志；大哥哥像你这么大时，还只会撒尿和泥玩过家家呢！”

“你、你想干什么？”如果苏渐一副雷霆霹雳的模样，幽小眉还觉得没啥；但现在看他如此的友好热情，却反倒让她害怕起来。

“我没想干什么。”苏渐也察觉到自己表演有点过火，忙补救道，“其实呢，我这人，最是尊老爱幼的。不信？你想想，刚才你差点被朱雀扑杀，是我奋不顾身冲上来救你，这就说明了一切。”

“这倒也是。”听他提起这个，幽小眉不由得点点头。

“你看，”苏渐趁热打铁，“你想杀我，我却还要救你，体现了我尊老爱幼的人品。所以我有个建议，不知你想不想听？”

苏渐一脸真诚地看着少女。

“说说。”幽小眉表面矜持，心里却好奇得要命。

“你想要杀我，就最好待在我的附近。”苏渐道。

“有道理。”幽小眉进入了角色，真心地问道，“那你住哪儿？告诉我你住哪儿，我就去你隔壁租个房子。”

“哪要租房子？费那钱！”苏渐夸张地说道，“其实哥哥我长住新京华城中，时常往来于京华市井和东郊灵鹫山之间。在这半路上，有一片火枫林，林中有个心碧湖，湖畔有一座废弃的小木屋，可以住人。”

“你不知道，那地方风景极好！你想，你如果住在那儿，每天看美景，呼吸着新鲜空气，肯定益寿延年，活得比乌龟还长。”

“比乌龟还长寿？”幽小眉一喜，忽又警惕道，“你怎么知道那地方？听起来很隐秘，不会是有陷阱吧？”

“哪儿的话！”苏渐叫屈道，“要对你设陷阱，刚才朱雀啄你时，我就见死不救了。再说了，就算我想拐卖儿童，像你这样的，谁敢买啊？我卖得出去吗？”

“对啊，你说得真的挺有道理的。”幽小眉天真地说道。

其实，对小女娃来说，苏渐刚才的救命之举，还真是个杀手锏，这能让她想通苏渐言语中的一切漏洞和疑点。

“不过，我还是想知道，你怎么知道那样隐秘的地方的？”别看幽小眉江湖经验不足，但是她很执着。

“你忘了吗？我是身负特殊使命的。”苏渐故作高深道，“所以我经常会执行重要任务，难免用到密林深处、荒野湖畔的小屋落脚。难道你连这都不懂？”

“怎么可能？！人家只是故意考考你！”幽小眉忙道。

而这时，幽小眉想想苏渐刚才的话，又似如梦初醒，暗自检讨道：“哎呀！小眉啊小眉，你怎么忘了这人先前就说漏嘴了？！他说自己身负重任，很可能就是针对咱们魔族、尊龙教的大阴谋啊！”

“既然这样，我为什么不顺水推舟呢？等我去刺杀他，不仅可以锻炼刺杀技，还能探听重要情报。如果真的成功，立个大功，让幽云姐姐吓一跳，岂不是很好玩呀！”

“不过……”她忽然有些迟疑，“这法子，会行得通吗？”

忧心忡忡之际，她看了一眼苏渐，顿时转忧为喜：“哈哈，这人笑得好傻，还送上门来被我杀，简直就是傻瓜！我幽小眉这么聪明，还会怕他？！”

一念及此，幽小眉顿时忍不住喜色流露，对苏渐笑吟吟地说道：“看来，大哥哥你是好人，小眉就听你的了。”

“这就对嘛！”苏渐一拍大腿道，“小眉，你真的遇到好人了——咦？小眉这个名字不错嘛，以后我就叫你小眉了。你也叫我小苏哥哥吧，咱们别见外。”

“小苏哥哥，好啊好啊。”幽小眉甜甜地叫了一声，心中却道：“嗯，我就稳住这傻瓜哥哥，一直盯牢他，直到他露出马脚的那一天！”

“哎，小眉妹妹，你叫得好乖好甜啊。”苏渐赞美一声，还伸手抚了抚少女的发丝，其表现简直称得上“慈祥”，但他心中却在想：“嘿嘿，小妹妹，你声音乖甜不假，可是行事疯颠颠、傻乎乎的，我才不怕你对我不利呢。我反而有一场大功劳要着落在你身上！”

两人就这样各怀鬼胎，准备友好而温馨地道别。

这时幽小眉却忽然想起一事，便叫道：“小苏哥哥，你先前胸口发的是什么光？竟克制住小眉的绝招，给我看看好不好？”

话还没说完，天真无邪的小少女，就冷不丁地冲上前，伸手就要摸苏渐的胸！

“住手！”苏渐立即断然制止，出手如电，挡住幽小眉伸来的小手。

“咦？小苏哥哥，你怎么不让我摸？”幽小眉一脸委屈地看着苏渐。

“这……”星降之链的话，怎么能对尊龙教之人说出口？

苏渐愣了下，就忽然变得很严肃，说道：“小眉妹妹，难道你不知‘男女授受不亲’的道理吗？你来摸我胸，是不对的。”

“噢，这样啊……咦？不对啊，”幽小眉一脸奇怪地看着他，“不亲就不亲，我只是想摸哥哥的胸，又不是想亲你。”

苏渐闻言，哭笑不得，心想道：“这小妮子，真是娇憨可爱。不过正要这样呆呆的才好，我就更不怕有什么危险啦。”

暗地心安，苏渐便和蔼笑道：“小眉妹妹，你要知道，你小苏哥哥有重任在身，自然全身上下包括这胸口，都是大有秘密的，不能让你轻易摸。”

“哦，这样啊。”幽小眉听得此言，表面答应，内心却不仅坚定了接近苏渐的决心，还发誓总有一天，她会摸到苏渐的胸，亲自查明那里隐藏的不可告人的秘密。

“别耽搁了，快去吧。”这时候苏渐朝她说道，“记住，京华城东郊外，火枫林心碧湖边小木屋。”

“知道。”幽小眉提着瘆人的镰刃，就此离开。

“别忘了，火枫林里那个心形的湖，就是心碧湖啊。”苏渐还不放心，多叮嘱了一句。要知道幽小眉在他眼中，就是一个人形的独家大富贵啊！

“啰唆。”小姑娘不客气地扔下一句，就此消失在密林中。

“嘿嘿，今天真是双喜临门！”看着小少女的背影，苏渐开心地想道，“来这梳风林，不仅哄得尊龙教重要人物上当，还习得星流术——咦？啊呀！我学会了星流术啊！”

苏渐这时如梦初醒，顿时变得欣喜若狂，在原地蹦了好几圈后，便忽然停住，凝神静气，要试一试新习的星流术。

只是，有一件事他忘了，刚才又是偷袭紫火云豹，又是被幽小眉偷袭，还和神焰朱雀对敌，最后又进行了融魂仪式，这一番折腾下来，简直超过他一个月的劳动量啊。

而星流术的运用，又是极耗精神灵力，就算是星流术高手，也只能在重要场合偶尔用一两回，哪还容得苏渐这新手瞎折腾？

于是，苏渐新得的星流之脉刚运转了半个小周天，他便突然感到很奇怪：

“咦？怎么这么快天就黑了啊？我怎么看不见对面那几棵树了……”

正这么想着，他便“扑通”一声，倒地昏迷不起了。

也不知过了多久，在苏渐倒地附近的丛林里，忽然响起簌簌簌的声音。紧接着就有个女子的声音一声惊呼："苏渐?！你怎么睡在这里?"

来者不是别人，正是洛雪穹。

开始少女还以为苏渐躺在这里休息，但走近一看，就立即觉得不对劲了。

"苏渐你怎么了?"冰雪少女并不知道苏渐刚才那惊天动地的一番大折腾，这时见他昏昏沉沉，对自己的呼唤毫无反应，顿时就觉得心惊不已。

急救了一阵没用后，洛雪穹环顾四周，便想道："不行，此地凶险，我还是先将他移到安全地方。"

心里这样想着，洛雪穹便靠近苏渐，扯着他的手，想将他拉起来扶走。

谁知道，刚才那番折腾，当时没什么反应，却在这会儿起了效果。

本来毫无动静的苏渐，就在洛雪穹弯腰蹲身想将他拉起时，却突然有了力气，本能地一挣扎，手臂上竟涌出一股前所未有的巨力。

洛雪穹只把他当病人伤员，哪晓得苏渐还会来这一出，顿时她就被拉得坐倒在地！

不仅如此，苏渐这时并没清醒，却在少女跌落之时，手臂正巧搁在了少女的大腿上！

"啊……"这个时代、这个年纪的少女，这样敏感的部位何曾被人碰过? 何况还是洛雪穹这样生人勿近的冰山少女！

于是，少年手搁在她大腿上面的那一瞬间，洛雪穹浑身一麻，就好像有一股电流通遍全身！

洛雪穹如此人物，当此之时，竟也是一时愣住，脑子里一片空白，忘了任何应对之策。

过了好一会儿，她才如梦方醒。

"该死！"她本能地举起手掌，想将苏渐一掌拍死。只是这时她稍稍冷静，犹豫一下，玉手落下时，却变拍为抓，抓住了苏渐的手腕，想将其搬离。

只是没想到苏渐不知中了什么邪，昏迷之时手臂僵直，竟一时搬不开，还死死压住她的腿弯，让她没法动弹。

见得如此，洛雪穹又羞又怒，正要施展平生绝技，誓将苏渐贼手驱离，谁知就在这时，只听得附近林中一阵人声喧哗，显然正有一群人往这边来！

人群分开灌木枝叶的声音大小，显示他们就在附近，转眼就要到这边。这时洛雪穹想弹身而起，但仓促间并不容易。

正在这样尴尬之际，洛雪穹灵机一动，赶忙从袖里掏出一块淡蓝的丝缎方巾，铺展开来，遮掩在苏渐那只惹祸的手上。

很快那些人就走近了。

“咦？怎么你们俩在这里？”头一个发现他们之人，洛雪穹很熟悉，正是亚飒。

紧接着唐求那颗胖脑袋从树丛中露出来，一见这情景，脸上立即浮现一抹暧昧笑容，嘻嘻说道：“亚飒，这还用一惊一乍吗？他俩在一起，很正常。洛姑娘——”唐求挤眉弄眼道，“是不是我们来得不是时候？”

“住口！”洛雪穹森然说道，“你们来得正是时候。没看见你们的好兄弟，不知为何昏迷不醒吗？”

“哎呀！”这时唐求也注意到苏渐的样子，一下子也急了，忙跳过来，俯身便要察看。

“先别看了，死不了。”洛雪穹冷冷道，“先把他挪开吧。”

“哦？”唐求这时候才注意到苏渐手臂摆放的位置，有点奇怪。

再仔细一看，他顿时明白问题所在，当时就要忍不住嚷出来。但他眼光一对上洛雪穹的双眸，打了个寒战，这时就算有千言万语，也都咽回肚子里了。

在洛雪穹无形的威压下，唐求只好老老实实地把苏渐挪开，放平在附近的林间空地上。

苏渐一被挪离，洛雪穹便如释重负，行云流水般地站起，刚才承担重任的那方淡蓝绣帕，也被她顺势收在了袖里。

说来也巧，被唐求这一搬一挪地折腾一顿，苏渐很快就悠悠醒转，竟能扶着树干勉强站起来。

看他这样，洛雪穹忽然有些怀疑，这家伙刚才是不是装昏迷。

“苏渐，你怎么样了？”见他恢复清醒，亚飒关心地问道，“刚才是被火灵妖兽袭击了吗？”

其实不仅亚飒，大家看到现场周边到处烧焦的模样，都觉得苏渐刚才很有可能是被凶猛的火灵妖兽袭击了。

苏渐刚刚清醒，看到几个朋友忽然出现在面前，还有些茫然。

这时候，唐求想逗虚弱的少年开心，便随口说道："亚飒，我看不是火灵妖兽，而是神鸟朱雀。"

"唐求你是说，"亚飒若有所思道，"先前这边漫天流云似火，声音古怪，最后还好像有朱雀凤凰一样形状的火云往北方飘去，那就是袭击苏渐的朱雀？"

这时候苏渐已经缓过劲儿来，一听忙赞道："哎呀，你们说得真准，刚才就是朱雀袭击了我！"

"你……"唐求忽然迸发出一串大笑，"哈哈哈！苏渐你可别跟我说，刚才你真的是从神鸟朱雀嘴下死里逃生的！"

"真的就是这样啊！"苏渐奇怪地看着他，"刚才你不也是这么说的吗？"

"哈哈，看来你神智还不清，"唐求哈哈笑道，"我那是逗你玩呢！开玩笑，有谁能从神鸟朱雀嘴下逃生？我们这拨人里，只有咱们的秦教习才有可能。"

"真的是啊！"苏渐急道，"你们要相信我。"

"苏渐，你还是先休息一下。"亚飒打圆场道。

唐求却没这眼色，继续咋咋呼呼笑谑道："被朱雀袭击，苏渐你说是真的，那你不要告诉我，你跟它起冲突，是为了融魂朱雀星流术！"

"就是啊！"苏渐满脸惊讶，叫道，"真被你猜中了！我就是和朱雀融魂了啊，唐求，你怎么都如同亲眼看见的呢？你刚才在附近吗？"

"苏、苏渐，你别逗了！"唐求已笑得上气不接下气，"还真的找朱雀去融魂啊……你是不是刚才跌惨了，脑子到现在还不清醒？"

"这是真的！"苏渐急道，"你们知道吗？我的星流术练成了！"

"啊?！我没听错吧?！"唐求一脸吃惊，但还没来得及说话，忽听林叶纷响，转眼有一人走近前来，阴阳怪气说道："苏渐，你吹什么牛？这才不到两天，你就说你练成了星流术？"

大家闻声回头一看，却见说话之人不是旁人，正是学院知名的高敞跟班庞文山。

“你想说什么？”刚才一直嘲笑苏渐的唐求，这时听到庞文山这么说，却不乐意了。

“我兄弟习成星流术，你有意见？”唐求斜眼瞥着他，傲然说道，“你别忘了，我苏兄弟可是屠龙者，在残月峡杀过兽龙咆哮者的。”

“那是他运气好。”庞文山不屑道，“谁知道那时龙兵受了多重的伤？”

“你说什么？！”一听庞文山否定苏渐的屠龙功劳，唐求简直比当事人还要急！虽然庞文山武力明显比他强，但唐求还是毫不犹豫地一举开山偃月斧，愤怒吼道：“姓庞的，你敢再说一次！”

见他炸毛，庞文山本来毫不在意，反正唐求武技法术都不及他，若放在平时，正好借机生事，将这贱民学生狠揍一顿，让他知道作为商人贱民之子，就别在自己面前嚣张。

不过这时候，庞文山还是决定克制一下，因为这林间空地的几人，正好都是苏渐死党。虽然那最强的雷冰焚不在，但这几个人不用说联手，就算洛雪穹单独出手，也足够他喝一壶的。

当然还有个理由，就是作为高敞的死党跟班，庞文山今天凑近前来，主要是为了损损苏渐，抓住机会替老大找回点场子，动手什么的，还不在他计划之内。

于是，他低声嘟囔了一句“好话不说二遍”，便撇开唐求，径直走到苏渐面前。

“苏渐，你刚才说，你已经练成了星流术？”庞文山撇着嘴，装模作样地问苏渐。

“是啊。”刚才急于说明自己的少年，这时候看是庞文山，语气也冷淡下来。

毕竟，苏渐哪里会不知道庞文山虽然人模狗样，却自甘堕落，已是学院臭名昭著的高敞狗腿子，而高敞可是苏渐他们兄弟几个的死敌！

别人或许不知道，但苏渐内心很清楚，高敞这个仇迟早要报，只是一时没找着合适时机而已。

见他冷淡，庞文山却是假装看不见，反而一惊一乍地挑起大拇指，高声赞道："了不起，了不起！这速度，可以算前无古人后无来者啊！"

只听庞文山真真假假地道："苏渐，按照你这速度，咱们的秦教习和你一比，可就差远了！真是恭喜苏学弟，贺喜苏学弟！"

"好说。只是运气好吧。"所谓伸手不打笑脸人，庞文山虽然阴阳怪气，但毕竟笑着恭喜称赞，苏渐倒也不好发作。

"运气好？哈哈哈！"没想到庞文山爆发出一阵讽刺大笑，"哈哈！咱们这苏学弟，运气还真的一贯很好呢。前有屠龙兵，今成星流术，好好好！"

连道三个好字，庞文山忽然语气一变，皮笑肉不笑地说道："苏渐，学长我呢，自然是相信你的。你连龙兵都杀得死嘛。不过呢，你看你这几个朋友，一脸不相信的样子，怎么办？快把你练成的星流术，展示一下吧，也好打消他们几个的疑虑。"

说真的，庞文山这话，一点都没错。

不是唐求他们不想给苏渐面子，而是在场这些人，除了苏渐自己，就没人相信他练成星流术这个事实。

本来唐求还准备假装一下，帮兄弟圆圆谎，但他努力了一下，还是放弃了，心中哀叹这对演技要求实在太高了，他做不到。

"兄弟，你还是自己找个台阶下吧。"唐求在心中默念，"只要打发走这只苍蝇，咱们兄弟自个儿之间怎么吹都行。"

"好！"谁知出乎大家意料的是，苏渐竟一口应承下来，"其实刚练成星流术，我也还没试演过。"

话音刚落，他便凝聚全身灵力，感受灵魂中神焰朱雀的力量，开始施展"神焰朱雀"的星流术。

见他煞有介事，众人皆是一惊，反应各不相同。

唐求哀叹苏渐变傻了。

亚飒也和他想到一块儿，心忧苏渐脑子出什么问题了，会不会有后遗症。

洛雪穹则在心中嗔怒，只愿苏渐出个丑，也好报刚才被无意轻薄之仇。

看着众人的反应,庞文山只是嘿嘿冷笑,只等看苏渐的笑话。

片刻之后,当苏渐灵力汇聚,星流辉腾,这平生第一次的星流术,就此施展出来!

只是光影腾耀之际,众人一看,却是倒抽一口冷气,转而一脸的古怪神情!

而星流术施展所耗灵力精神极大,苏渐极力施展出来后,只持续了片刻,那星芒流动的光辉就很快熄灭。

这次苏渐也留了心,没像之前过度消耗灵力以致昏迷。

当星流术展示结束时,苏渐看到众人惊讶的神色,忙又期待又紧张地问道:"怎么样?我的朱雀星流术如何?"

"朱雀……"刚才还很活跃的唐求,这时候却神色古怪,一时说不出话来。

"苏渐,你这个星流术有点怪。"亚飒开口道,"刚才看你身上光影,是有点像朱雀,但又不完全像,好像还有个人影。"

"什么?"苏渐大吃一惊,急道,"怎么会这样?我明明只和朱雀融魂的啊!难道……"

苏渐突然好像想到什么,心里猛然一惊:"哎呀,先前融魂时,是感觉到有个美人幻影,搅和在融魂光线中!"

正这么想着,就见亚飒有些苦恼地道:"苏渐,你这星流术真的很奇怪。是有朱雀焰羽飞腾的样子,但又有个血色的美人光影掺和其中,倒好像是一个长着朱雀翅羽的美人幻影,好像还发出细微的歌声。这、这星流术的拟态模样,从来没听教习们说过啊!"

"什么朱雀美人幻影!"庞文山,见苏渐展现出这么一个奇葩的星流拟态来,这下可得意了!他嗤之以鼻地嘲笑道:"别美化了,不就是'鸟人'嘛!哈哈哈,苏渐,你堂堂一个屠龙勇士,却练出个鸟人法术,真是对不起你这个名号啊!"

"鸟人怎么啦?"唐求不干了,瞪着眼叫道,"好歹也是星流术!苏渐他这么快练成,管它奇怪不奇怪,这速度已经很了不起了!"

“得了吧!”庞文山斜着眼道,“这样奇怪的样子,是不是星流术还不一定呢!”

“这样子也不奇怪。”亚飒看着庞文山冷冷道,“《山海经》中不是有人面鸟身的灵物吗？比如禺强、禺虢、九凤、五色鸟……”

“你是说,”庞文山冷笑着看着亚飒,“苏渐他刚跟这些传说级的灵物神祇融魂了?”

他这话,还真无法反驳,亚飒就算再有心帮亲不帮理,一时也作声不得。

这时只有唐求,一梗脖子,不甘叫道:“庞文山,你别瞎扯淡。就算奇怪,就算可能不是星流术,但我刚才分明听见歌声了!”

“那又怎样?”庞文山不以为然道。

“怎样？说出来吓死你!”唐求肃然道,“至少苏兄弟练成这个,将来没钱时,完全可以去街边卖唱。你们想想,不用嗓子还能唱歌,肯定赚钱啊!”

听他这辩护之词,其他人尽皆无语,只有庞文山嗤嗤冷笑不已。

“卖唱?!”苏渐还没怎么,腰间那把蓝莹莹的血歌剑,却忽然在片刻间,一明一灭地发出幽幽的红光!

这红光,一时没人注意,但蓦然间,苏渐忽觉得一股奇怪的热量从血歌剑上传来,转眼间自己身体里新练成的星流灵脉,竟自行飞速地运转起来!

“怎么回事?”还没等苏渐反应过来,刚才他演示过一遍的星流术,蓦然再次成形!

这一次的星流光影,比刚才要鲜明耀眼得多。

于是亚飒等人看得分明,一个身姿娇柔、面容极美、眼神凌厉的美人幻影,附身于苏渐背后,看起来两人倒好像是紧紧贴附的亲密情侣。

只见她胴体赤裸,但瑰丽耀目的朱雀金红焰羽迅速延展,包裹了她的关键部位,好像是为她量身定做了朱雀神焰战甲。

朱雀附身的美人幻影神丽无比,看得众人目眩神迷。这时即使洛雪穹作为女性,也极度惊艳于美人幻影的绝世容颜和神秘气度。

不过在他们还没看够时，美人身后的朱雀火焰之翼，猛地展开张起！

与此同时，美人檀口微张，一缕奇异的歌音倏然生发，如有实质般定向传向了庞文山。

“幻歌”，这个今后神出鬼没于多个惊天大事中的独特星流技，今日在乱云山脉梳风林中，第一次展露其神秘的真容！

庞文山，本来名不见经传，但后来竟被记录于各大文献中，只因为他是幻歌的第一个中招者。

但这时他显然没这样青史留名的觉悟。

此刻他正冷笑不已，心中得意自己竟然帮高敞挣回了面子，那回去说上一说，还不知道高大公子会怎样赏赐。

正做着美梦时，庞文山忽觉得有一缕女子的吟唱歌音，如天仙神乐般，幽幽地传到自己的耳朵里。

歌声美妙，周身缭绕，转眼庞文山就看到，往日梦牵魂绕的一位青楼名妓，竟忽然出现，在一片圣洁的光辉中，朝自己袅袅走来。

“美人，你、你怎么来了？”庞文山声音发颤地问道，“你、你是高大少安排来奖赏我的吗？”

一亲如此高级名妓的芳泽，放在以前庞文山是想也不敢想的。于是现在他只能理解为，这位名妓是财雄势大的高敞叫来，作为对他庞文山帮忙报仇的奖赏。

而听他问话，婉转而来的名妓眼波流转，羞涩地点头称是。

紧接下来，无论庞文山说什么话，这名妓都温柔应和，乐得庞文山几乎找不到北。

五迷三道中，他只觉得平生从来没像眼前这样开心畅快。

快意之时，那一缕美妙无比的女子歌音，始终缭绕身侧，并似乎能配合庞文山的心情，转换成各种风格。

于是当歌声变成靡靡之音、充满诱惑时，庞文山只觉得一股血气上涌，想也不想地一把抱住眼前的美人。

美人象征性地挣扎，但显然无济于事。软玉温香抱满怀，庞文山快活得简直想仰天长笑。

只是，正当他想进行深一步的实质行动时，却突然只觉得那一直很美妙的歌音，突地铿然一声巨响，如洪钟巨鼓在耳畔心底震响。

霎时间，一切光影消失，什么软玉温香、美人情重，全都消失无踪！

惊诧的庞文山，忽然觉得嘴有点疼，定睛一看，却发现自己正死死抱住一株树木，不仅身子跟树干上下磨蹭，自己那张嘴，也正跟干燥的树皮起劲儿地亲个不停！

庞文山大吃一惊，虽然不知道发生了什么，也连忙硬生生停住。手一抹嘴，却发现已是满嘴的鲜血！

"怎么会这样？"庞文山哭丧着脸，不知道刚才究竟发生了什么事。

"庞文山！"正愣怔间，猛听得一个熟悉的声音暴吼，"好个顽劣不肖之徒，竟露出这般丑态！"

庞文山闻声一惊，赶忙回头一看，却正看见秦教习那张气得变形的脸！

"好你个庞文山！"秦教习正吼道，"试炼星流术这样神圣的事情，你竟然在这儿跟树乱搞！太亵渎了！我平时教你们的那些励志名言，你都听到哪儿去了？"

"我、我……其实不怪我——"

庞文山正要解释，却被秦教习无情地打断："别狡辩了。我宣布，你这次试炼资格被取消了。回去后，我还会跟戒律教习狄子默狄先生如实报告，你就等着倒霉吧！"

发着雷霆之怒的秦玉，气儿还没顺，显然没心情留在这里，毫不犹豫地就转身离开了。

庞文山垂头丧气，愣了一会儿，便狠狠地瞪了苏渐这些人一眼，也恨恨地走了。

"苏渐，刚才究竟是怎么回事？"庞文山一走，亚飒立即问苏渐道。

"还能是怎么回事？"唐求大大咧咧道，"定是这庞文山平时道貌岸然，实际比我还猥琐好色！"

"闭嘴！"一直没说话的洛雪穹，忽然开口厉声喝道。

"好，我闭嘴，我闭嘴。"见是她发怒，唐求顿时一缩脖子，不敢再插科打诨了。

“苏渐，”洛雪穹转向少年，认真地问道，“方才确有古怪，并没见到你有什么动作，那庞文山怎么……做出那样的丑事？”

“没什么奇怪的。”到这时，苏渐终于清楚究竟发生了什么，便发自内心地笑道，“他刚才，正是中了我新习成的星流战技啊。”

“真的是星流术啊……”在场三人，神情变得又惊奇又羡慕。

“对！”苏渐朗声应答，又拔出腰间血歌剑，手指轻抚剑锋，双眼亮若星辰，“你们可知道，我玄武卫轩辕大统领，曾教我要寻找兵器真名。我想，星流术也一样。经过刚才之事，我终于知道，我的星流术真名，就是‘朱雀血歌’！”

“血歌？”洛雪穹秀眉一挑，“和你这把剑有关？”

“没错。”苏渐道，“虽然我不知道发生了什么，但这把剑中，应是有剑灵的。刚才融魂之时，我有感觉，被朱雀烈焰激发，血歌剑灵也参与到融魂之中。”

“这！”洛雪穹三人听了，俱是倒吸一口冷气！

星流绝技，融魂拟态，还从来没听说过，器物剑灵还能成为融魂对象！

“只是这样子却不太好看。”唐求有些可惜地道，“你看轩辕承天大人的是‘雷霆怒龙’，萧龙雀大人的是‘赤焰雄狮’，秦教习的是‘烈火天鹰’，清楚明白，你这个‘朱雀血歌’，却有些含混，施展出来人鸟相合，真的很容易被人说成‘鸟人’……”

“我却不这么看。”亚飒一脸若有所思道，“我有一种奇怪的预感，苏兄的星流术，前无古人，后无来者，若假以时日修炼壮大，前景不可限量。”

“好吧好吧，无论我这个是好是孬，你们也该着紧了。”苏渐张开手臂，一副赶人的模样，叫道，“不管我这是鸟人还是朱雀血歌，好歹也是星流术呀，我练成了！你们就别耽搁时间了，赶快去寻找自己的融魂对象吧！”

“好吧。”提起这个，唐求一脸悻悻然，转身和亚飒、洛雪穹他们，一起离去。

不过离开这片林地时，这胖子嘴里小声嘀咕道：“唉！苏渐他居然能练成，害得我又输了！难道我这兄弟，竟是我赌场的克星？倒霉！”

当乱云山梳风林的星流术修炼结束时，不用说，所有人都对苏渐能够修炼成星流术十分吃惊。

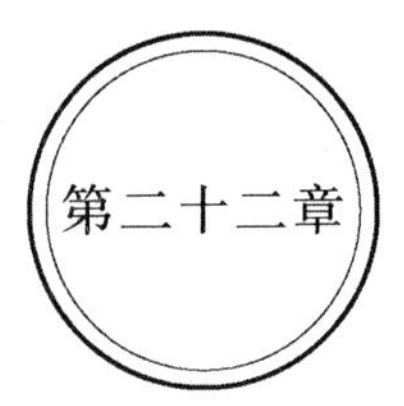

以身做饵

尽管当苏渐汇报演练时，那隐约的鸟人形象有点尴尬，但对大部分人来说，有什么要紧？

他们吃惊的是，这个随便插班来的小小黑衣卫，原来还有这么大潜力，竟然一击即中，第一次就修炼成了难得的星流术！

这时候，再联想当初残月峡屠龙之时，不少人终于开始真正关注起这个少年来。

不少人想到，先前一直以为苏渐杀死兽龙咆哮者，应该是各种巧合；但现在看来，这个少年，绝不简单。

这是大部分人的想法。

还有一些人，却注意到苏渐的“鸟人星流术”本身。

虽然此刻这朱雀血歌的星流拟态还很弱小，光影黯淡，影像模糊，但少数有心人，已经看出了无论是美人幻影，还是朱雀焰羽，都难得一见的精美。

“精美”，这个听起来是美学范畴的词，却也是星流术领域极为重要的一个指标。

星流拟态形象精美还是粗糙，本身就反映了武者对星流术的掌握和理解，直接反映了星流术的层次水平。

当然，即使是这少数人，想法也比较感性。在来乱云山脉的所有人当中，也只有秦玉这个火系星流术大家，成为唯一一个看出真正门道的人。

当苏渐最开始演示，其他人一片嘘声时，秦玉已是猛然一惊，心想道："这难道是传说中的双重星流术？那鸟形，分明是'神焰朱雀'；那人影，很可能是'幻灵血歌'啊！"

其实在此之前，当秦玉听说苏渐的剑叫"血歌"之时，就觉得有些耳熟。这时目睹星流幻形，他蓦地恍然大悟，想起自己曾在某一本极珍贵的残缺古籍中，看到有一段提到了"血歌"字样。

那段记载说，上古有大凶之灵"血歌姬"，她来自开天辟地时，为太古混沌深处的煞气。后来她得了灵机，化身雌体，纵横六界，杀伤无数，凶名远扬，威震八荒。最特别的是，血歌姬虽然常是女子，但其实雌雄莫辨；她时常化身美男子，此时自称"血歌公子"，诱惑妇人，不择手段地达到自己的目的。从这一点看，血歌姬不仅凶煞，行事风格还非常邪恶。

只是对血歌姬的传说，古籍记载到这里，就戛然而止。而那本古籍本来就是残本，真实性待考证，对血歌姬也只提了只言片语，信息量和真实性都值得推敲。

所以虽然秦玉忽然联想到这一点，但也难以确定，苏渐那把血歌剑就和上古的血歌姬有关。

说真的，"血歌姬"的传说，让现在的神州人族看来，真的只是神话啊。

所以想到这里，秦玉便使劲地摇了摇头，像是想把脑袋里这个荒唐的联想给甩掉。

也正因太像神话，秦玉才根本不跟少年点破，免得被学生们说成怪力乱神，影响他为人师表的形象。

不过不管怎么样，秦玉看苏渐这自带背景音乐的鸟人复合型星流术，始终觉得，还真可能是两种星流拟态"神焰朱雀"和"幻灵血歌"的混合。

不管秦玉怎么脑补，乱云山的这一次星流试炼，苏渐和他相熟的伙伴们，可算硕果累累，超出了预期。

除了苏渐之外，雷冰梵、洛雪穹、亚飒都融魂成功了，而且不同于苏渐的"奇葩"结果，这三位的融魂拟态，都很是不俗！

雷冰梵果然体现了他的实力，成功习得水系星流术"寒冰奔狼"。

寒冰奔狼相关的星流技，耳熟能详的有"冰狼牙"、"千雪狂冰斩"、"绝地冰狼刺”，还有对星流术而言最重要的星流之翼——“风狼之翼”。

这些后续的星流技，还需要雷冰梵找到相应的晶符秘笈，并不懈努力地修炼，才能练成。

来自西北雪山的洛雪穹，则练成风系星流术“驭风青鸾”。

驭风青鸾最知名的星流技有“万风旋”、“狂风裂空”、“轻身排云”、“风影空花”、“苍云风神斧”，星流之翼则是“碧羽鸾光翼”。

和苏渐一样不被看好的亚飒，也在他那股子坚韧之下，成功练成了冥系星流术“幽路天蝎”。

幽路天蝎已知的星流技有残像攻击的“幽路斩”、散布冥毒的“天蝎刺”、诡异变幻身形的“千机变”、喷射冥色死亡之焰的“炼狱冥焰斩”，还有星流之翼“蛰天翅”。

苏渐平时相熟的四人里，只有唐求没能成功。

本来这结果，不出所有人意料，连唐求自己也早有准备。但现在唐求看着“连苏渐都成功了”，也不免有些黯然神伤。

见他难过，苏渐没有袖手旁观，回到京华城后，出钱请唐求去经常去的“太白居”喝酒。

本来苏渐还有点担心，唐求会不会喝闷酒，最后“借酒消愁愁更愁”。

谁知道酒过三巡之后，这家伙居然安慰起苏渐来——他让苏渐不要因为出了“鸟人”的奇葩星流术而难过，毕竟苏渐也挺奇葩，奇葩配奇葩正合适……

他这一来，搞得苏渐简直无语，气得最后差点不肯付酒钱！

不过这些对苏渐来说，都不是重点。他现在的重点，显然是那个高度疑似尊龙教徒的幽小眉。

回到京华城后，他有事没事就跑去火枫林心碧湖，去找幽小眉搭讪。

他发现，这少女果然很诡秘，十趟去找她基本有五六趟不在。

说起来，苏渐是典型“外圆内刚”的人，无论内里多坚决和刚烈，待人接物还是非常亲切的。再加上他跟幽小眉接触是心怀鬼胎，冲着打听情报立大功去的，简直不能够更亲切了。

而幽小眉别管来历多诡秘，行事多古怪，毕竟只是个十三四岁的小女娃，在苏渐这样亲切温馨的攻势下，哪还能一直保持高冷的态度？于是，七八次接触后，幽小眉的尊龙教徒身份，就被苏渐确定了。

当然这对苏渐来说，还远远不够。于是这一天，他又来找幽小眉。

只是没想到套过一阵子近乎后，幽小眉却忽然瞪大眼睛，警惕地看着他，蓦然说道："小苏哥哥，你经常来找我，还套我话，不会是暗藏坏心吧？"

"咳咳！"苏渐简直被这猝不及防的诘问弄得不知所措。

他心念急转："难道这尊龙教的小妞，看出我套情报立大功的意图？唉，也怪我心急，确实表现得太明显了。"

心中惶恐，正紧张想着如何补救时，却听幽小眉又道："我听姐姐说过，男人对女人献殷勤，准没好心，一定是想跟她好了！"

"噗！"正端茶杯喝茶掩饰的少年，一听这话，猛地喷出一口茶来！

"小鬼头，想太多了吧！"苏渐心安，抬起手就在幽小眉头上凿了一个爆栗，"小小年纪，都想什么呢？其实我只是关心你，你只要去京华城打听打听，我苏渐尊老爱幼是出了名的！"

"是吗……"幽小眉迟疑了一下道，"可我还是觉得你没安好心。"

苏渐闻言，心里接道："真聪明，你是对的。"但表面却是一副悲愤莫名的模样，仰面向天，呈45度角，忧伤无比地吟道："青青子衿，悠悠我心；只因关心，却被误解，实在伤心。"

说罢，他也不看幽小眉脸色，径直走到心碧湖前，在一丛兰草旁屈膝盘坐，看着碧波荡漾的心形湖面，再也不发一言。

心中疑虑的小少女，看着苏渐的背影。岸芷汀兰，碧波粼粼，今日一袭白衣的英俊少年端坐无言，这画面也颇美。

她本来准备今天一整天都不再跟他说话，可惜毕竟年纪小，少年一不理她，她却反而忍不住，很快就凑上去，坐在苏渐的旁边，好奇地问道："小苏哥哥，你在想什么？"

苏渐本来心中正在紧张思考，怎么采取一种不引人警惕的新手段套话，听幽小眉这么一问，便随口答道："没什么，刚被你误解，本来就伤心，再看到对面红枫林中，你看那红叶飘零，便感叹逝者如斯，生命短暂。"

"你不是还没死吗？"幽小眉皱了皱眉，煞风景地道，"我还没来得及杀你呢,而且你放心,我一时还舍不得杀你,你要好好留心抵抗,我也好继续锻炼刺杀技。”

“你……”苏渐扭脸看了看她,努力不被她的话影响心情,继续摆出一副怀古思幽的模样,“小眉,虽然我还活着,那又能怎样?别看我们人生在世,可看见春华秋实,万物轮回,但转眼百年,一抔黄土埋骨,山川亦有沧海桑田,唯有天边日月星辰永恒,想想便十分惆怅呢。”

“你就是怕死呗。”幽小眉撇撇嘴,继续煞风景道,“说得这么动听,说到底不就是怕死嘛。你这个人真麻烦,刚才我都保证过了,不马上杀死你,还怕什么?”

“哼!”口才不错的少年,终于被呆憨的小女娃打败,头一扭,气得不再理她。

“又不理我!”幽小眉眉毛一拧,心中恨道,“这人别的没本事,就知道不理我!”

还别说,这么多天下来,苏渐努力套近乎,至少有一个效果:

幽小眉身份特殊,从小就没什么人敢接近她,但她内心又很渴望关爱,所以才会对她心怀叵测的姐姐幽云那样认同。

而现在有个模样英俊、性情亲切的苏渐在眼前不停晃悠,别看幽小眉嘴上说得凶,其实内心里一股对他的依恋之情,已经在不知不觉地滋长。

所以,苏渐还不知道,“不理她”已经成了对付这小女孩的一个杀手锏。

于是,过了没多会儿,幽小眉又忍不住开口道:“其实,人要永生,也不是没办法呀!”

“什么?”苏渐霍然回头,死死地盯住她。

“你很想知道?”幽小眉对苏渐的反应有点吃惊。

“也不是啦。”苏渐忙扭过头,淡淡说道,“随便你说不说。就算说,肯定也是小孩子闹着玩,这世上怎么可能有让人永生的办法呢。”

“不行,你一定要听!”苏渐这样一说,幽小眉反而揪着他不放,大声道,“人不能永生,不就是因为躯体容易变老变坏嘛。所以很简单啊,只要把人换上不会朽坏的材料就行啦。”

“哦?”苏渐还没怎么重视,随口道,“不会朽坏的材质? 难道把人的身躯换成金木铁石?”

“对啊,有什么不可以?”幽小眉反问道。

“啊? 你说的是真的?”苏渐的心突地一跳,转过脸郑重地看着少女。

“当然!”幽小眉得意道,“怎么样? 我们聪明吧?”

“我们?”苏渐一愣,脱口道,“是你们尊龙教准备这么干?”

“尊龙教!”幽小眉一惊,愤怒地瞪着他道,“你怎么知道我是尊龙教的?”

“你早上还跟我说的!”苏渐撇嘴道,“这些天我都听你说过十来遍了。”

“天哪!”幽小眉惊叫道,“我的身份暴露了! 我要杀你灭口!”说着,幽小眉便鼓着腮帮子、目露凶光地朝苏渐扑来!

“少来了。”苏渐一把推开她。

“杀我灭口? 你不是天天嚷着要杀我吗? 别借机往我胸前凑啦,”苏渐用洞察一切的神情毅然道,“告诉你,作为男子,胸口是最私密的部位,我是不会让你得逞的!”

“我哪有,别冤枉我,只是凑巧吧……”被揭穿的少女,红着脸讪讪地说道。

还别说,作为充满好奇心的少女,幽小眉还真的念念不忘苏渐的胸口,想那里究竟隐藏着什么惊天秘密,竟能发出奇光挡住自己的秘术攻击。

本就好奇,再加上苏渐百般阻拦,反而激起她强烈的逆反心理。她有时候甚至想,要不就和少年交换,也让他摸自己的胸!

当然这也只能是少女不切实际的想法。要真的实施,她也是万万说不出口的。

别看她幼稚、娇憨,但也是情窦初开,初通人事。她知道此事羞羞,更何况她觉得以苏渐的德性,很可能一说出口,不仅不被接受,还要被他疯狂地嘲笑!

不过苏渐却好像对她的尴尬视而不见,反变得一脸笑意,让人如沐春风般温暖。

他再次“慈祥地”问幽小眉：“其实，你家小苏哥哥虽然是玄武卫的一员，但一直觉得，民众和朝廷对贵教有误解。现在龙族势大，必要的委曲求全，也是明智的选择。”

“真的？！”幽小眉又惊又喜，“你也认同我们的教义？”

“当然！不过碍于养家糊口，这个秘密你可别到处去说。”苏渐神秘兮兮地叮嘱。

“那当然了！”幽小眉不满地看着他，“我又不是小孩子。”

“对对，我从来就没把你当小孩子看。”苏渐随口说了一句，便紧接着问道，“我不明白，咱尊龙教只是为了劝大家委曲求全、顺从龙族，怎么会去研究什么永生之术？”

“其实也不是我们故意研究。”幽小眉果不其然暂时放松了警惕，知无不言地说道，“小苏哥哥你知道吗？西北有个教门，好像有个计划，要把人的血肉之躯换成金石身体，正巧我教有移魂秘术，所以就帮了下忙啦。”

“什么？！”听得此言，苏渐心中大吃一惊！

不过他表面却似随意说道：“这倒是很厉害。不过这应该很难吧，因为能这样被移魂的人，得有强大的灵魄精魂才行啊。”

“咦？你也挺聪明嘛。”幽小眉惊讶道，“果真如此，要成为永生战士、不朽者军团，本人得有强大的灵魂，而且法术战技也要厉害，否则就算换铁石身子永生了，对西北那个教门也没什么帮助。”

“永生战士！不朽者军团！”听到这里，苏渐忽然有些庆幸今天能挑起这话题了。

这少女，果然暗藏情报宝库，就刚才这寥寥教语里，信息量简直太大了！

“这个想法真的很好呢。”苏渐违心地赞叹着，看似不经意地问道，“西北有什么教门，会这样有想法呢？”

“不就是——”正要说出教门名字，幽小眉蓦地戛然而止。

“你在套我的话？”小少女水灵灵的大眼睛死死瞪着苏渐，“一定是这样！哼！不许你起坏心，破坏我尊龙教的大事！”

“怎么可能呢?”苏渐苦笑道,“你也太看得起我了。我这个人,只是好奇罢了。”

“哦。”幽小眉闻言,竟疑心尽消,矜持说道,“原来只是好奇啊,其实,好奇并不算坏事啦……”

她在心里嘀咕说出下半句:“其实你不知道,我对你的胸口,就一直好奇得要命呀!”

“嗯,好奇蛮好的。”这时苏渐附和道。

天真的小少女不知道,此刻大哥哥的心里,已经有了一定的想法了。

于是没过多会儿,正当少女看着红叶飘零水面,看得出神时,苏渐突然说道:“看来,尊龙教有很多厉害秘术嘛。”

“那当然。”少女顺口答道。

“不过嘛,依我看,”苏渐不动声色道,“就算贵教秘术多,应该也没有一种法术,能造成伤势在后颈发间,让人不易察觉。”

“怎么没有?!”幽小眉一挺胸脯,不服道,“别小看人,‘黑魂术’就可以啊!”

“哇,还真有!”苏渐一脸惊奇,“不过我不信,要不你具体说说,黑魂术到底是什么法术?”

“呃……”到这时候,幽小眉终于有一种强烈的感觉,自己被眼前这人不断套话,已经说漏了很多信息了!

一念及此,小少女忽然有一种挫败感。

只见她顿时跳起来,退后几步,小手一挥,朝少年的身前发出一道黑色的弧光劲气。

“咻——”随着这一声响,湖畔的湿地上顿时被划出一道深沟,露出了充满水腥味的黑色腐泥。

“骗子!”她恼羞成怒地大叫一声,便转身飞快地跑掉了。

对幽小眉来说,现在她认为转身离开是自己最明智的选择:“唉,跟小苏哥哥这人,简直不能多说话啊!”

“呵,”看着小少女跳跃消逝的身影,苏渐却是一声冷笑,“骗子?嗯,就算是骗子,那也比凶手好啊!”

“永生战士、武技法术好的载体、不留痕迹的黑魂术……”刚才幽小眉提供的几个关键词,已经被苏渐在脑海中串联起来。

于是,本来对灵鹫学院连环怪案毫无头绪的少年,忽然间,好像在眼前看到一幅无比清晰的图景。

自心碧湖回来后,苏渐每天都在琢磨学院怪案之事。虽然只是凭空思索,但借助幽小眉提供的线索,苏渐已能开始缩小范围。结合前几次亲身经历,苏渐认真琢磨后,觉得系列怪案的凶手应该符合几个条件:此人绝对是个高手,上次女宿区夜逐就看得出来;他不仅行事纠结,做人还非常低调隐秘,否则不至于几乎没有痕迹;他的年纪也应该不小,否则不太可能符合上述两个条件。

而根据自己在玄武卫中看到的刑事侦缉案例,凡是做出这种事情来的人,很可能有着难言的过去。

有了这几点心得后,苏渐开始在学院中默默地观察,逐一将学院中的教习或学生和这几个条件对应。

本来苏渐还想慢慢寻找,进一步缩小范围,没想到这时候发生了一件事情,彻底把他激怒了!

在这灵鹫学院中,对苏渐而言,除了有唐求这几个同生共死过的朋友,还有一人,也对他十分友好。

这人叫史一川,性格开朗,家世富贵,比苏渐年长几岁。

虽然是灵鹫学院的学生,但史一川却有些苦恼,因为他自身的爱好是美术丹青,打懂事起就立志将来要走遍天下、画尽名山大川,但他家里却期望他走军功仕途,所以才送他入灵鹫学院中。

虽然自身的爱好和家人的期许相冲突,以史一川的性格,却还是认认真真地学好武技课程,成了学院中有名的高手。

尽管自身有着丹青天赋,武技也比较出众,但自从苏渐残月峡一战成名后,史一川便对苏渐非常亲近。

这种亲近,超越一切世俗的身份差别。史一川纯粹把苏渐当做一个阅历丰富的朋友,常常向他倾诉自己的苦恼。

一来二去,苏渐对史一川的了解就非常多,知道这是一个不以家世自傲、有着远大理想和深厚艺术天赋的大好青年。

本来，苏渐觉得史一川史公子，是值得相交一世的朋友，谁想到，就在他缩小学院怪案凶手范围时，却传来了史一川的噩耗。

从种种信息来看，毫无疑问，史一川成了学院连环怪案的又一受害者。

并且很不幸的是，他并不是失踪，而是成了一具冰凉凉的尸体。

当看到现场那具躺卧在草丛中的冰冷尸体，苏渐有那么一瞬间，恍惚觉得又回到当初的寂灭森林中，自己正看着萧宁大哥惨不忍睹的尸体。

在这一瞬间，苏渐眼球充血，看到的整个世界，都仿佛变成了红色！

开朗洒脱的少年，在这一刻，终于暴怒如狮子！

要知道在此之前，他已经在考虑一个置之死地而后生的计划，但还不成熟；但看到眼前这一幕，他决定不能再等了！

苏渐的这个方案，虽然想了很久，但其实很简单。

他觉得，既然这个凶手如此低调、小心，做下这么多案子都没露出马脚，那若按常规的办法，定然很难将他揪出来。既然如此，那只有攻其必攻，就用自己做饵，成为凶手想要的犯案目标，就容易把他抓出来了。本来还下不了决心，原因无他，苏渐真的还是怕死的。不过当史一川的尸体呈现在他眼前，他就决定，不再惜命了。

不过此事重大，在真正实施前，苏渐还是想听听朋友的看法。

他本来觉得，最应该支持他这个计谋的，应该是那个冷静犀利的天雪皇子。

没想到这一天，雷冰梵刚听他说完计划，立即怒喝道："苏渐，你是不是疯了？！"

"我没疯啊。"苏渐莫名其妙道，"你不觉得这个计划很完美吗？很明智很冷静，应该符合你的胃口，怎么能说我疯了呢？"

"我看你不仅疯，还变笨了。"雷冰梵冷冷说道，"你连我话的意思都听不出来，还敢想这样的主意？你是在玩火！"

"我已经不能再等了。"这时，与其说是在说服雷冰梵，苏渐更像在说服自己，"你很清楚，再多等一天，就多一分更多人遇害的危险。我不能再等了！”

“我劝你打消念头。”雷冰梵罕见地语重心长，“是因为史一川死了吗？你就变得这样不冷静。如果是这样，我看你不仅揪不出凶人，还会把自己的命断送。”

“所以我不就来找你了吗？”苏渐认真地看着他，“雷兄，我从来没真正求过你，只是这一次，希望我以身做饵之时，你能在暗中保护。”

“我不会。”雷冰梵摇了摇头，冷峻地说道，“以身做饵，太危险。你要么听我的，息了这念头；要么就自己去冒险吧，我是不会帮你的。”

“好。”苏渐看着他的眼睛，也是冷静地道，“雷兄无意，不敢强求，只希望来日我苏渐万一步史一川后尘，你能继续把案子追查下去。”

“我会的。”雷冰梵面无表情地点了点头。

“那就多谢了。”苏渐不再多说，转身离去。

雷冰梵目视着少年洒脱而去的背影，刚刚冷峻如铁的俊美面容上，却忽然现出心痛的神色。

“都说我雷冰梵冷淡，”银发少年低声说道，“我看应该是你苏渐，才是心肠铁硬，绝不回头。”

虽然雷冰梵反对，苏渐终究还是不为所动。

在这之后的日子里，他做了一个非常危险的举动。他竟然开始散播自己得知真凶的信息了！

当然他所做的危险事情，还不止如此。

他开始伪装自己，变得好学，沉溺于武技，故意表现自己拥有强大的发展潜力。

他的行事性格，也变得越来越方正、古板、严肃。

他为什么要这么做？这是苏渐认真总结过受害者的共同特点之后，做出的判断。

对他的转变，除了知道内情的雷冰梵外，其他被蒙在鼓里的人，表现得各不相同。

对苏渐变得方正、古板之事，唐求先是不信，继而确认后感到十分悲哀。他觉得苏兄弟正和自己渐行渐远，永不可能和自己一起，欣赏女同学的裙下风光。

亚飒也非常吃惊，对苏渐的“倒退”感到不快。不过，他想想自己印象中苏渐所做过的事情，便很快意识到，自己要坚定地相信苏渐。亚飒认为，以苏渐的为人，这么做一定有他的原因。想到这一点，阴柔多智的灰衣少年，嘴角慢慢地流露出一丝笑容。他想，也许将来有一天，自己还可能要追随苏渐呢。

亚飒真的一直坚信，如果在同辈人中，要挑一个人，将来可能改变混血者族群被歧视的状态，那苏渐是最有可能的一个人。

对苏渐变得方正、古板、严肃这件事，洛雪穹同样很纠结。

从理论上来说，按当时对男子的要求标准，洛雪穹觉得自己应该认同和欣赏他这种转变。

只是，不知怎的，苏渐浮现在她脑海中的形象，竟始终还是那个整天流露明亮笑容，并带点邪邪戏谑的少年。

当洛雪穹在栖霞小筑女宿花园中，想着这样的心事时，不远处的一个小亭子里，秋映萱、李碧茗等几个女孩儿，也在有一搭没一搭地闲聊。

偶然间，一阵笑闹之后，不知谁偶尔飘出一句：“想男人了吧。”不知怎么的，洛雪穹听到耳里，忽然间变得浑身都不自在起来。

略过朋友的感受不提，在这段日子里，苏渐每天傍晚都到灵鹫山鹿鸣森林一处固定的偏僻地方练武，每天如此，风雨无阻。

这一天，天空下起小雨，虽然还没到黄昏，天色已经变得非常黯淡。本来苏渐的例行练武地点就比较偏僻，这一下雨，可真就是人迹全无了。

又是天黑，又是下雨，这样的天气让人十分不舒服，苏渐却不忧反喜。因为换位思考一下，如果那凶人想出手，今天这会儿，就是绝好的时机。

所以别看苏渐一板一眼地挥着剑，但其实却眼观六路，耳听八方，时刻盯着有无可疑人物。

“咔嚓”，细雨幽林中，忽然传来一声清脆的枯枝折断声。

“来了！”苏渐心中一紧，手中继续挥舞血歌剑。

很显然,来人功力不凡,就算刚才那个枯枝折断声,在雨打林叶的沙沙声中,也很不明显。之后此人蹑手蹑脚,朝这边逼近,就变得更加寂静无声了。

雨林中,这潜近之人,身形修长,头戴斗笠,行动十分神秘。

当他小心地分开林叶,终于靠近苏渐时,便悄悄地从怀中抽出一根乌木硬棍,在雨势风声的掩护下,猛然间朝苏渐后脑勺砸去!

这时候的苏渐,还背对着他,慢腾腾地舞着剑。

当乌木硬棍已经无限接近苏渐后脑勺时,来人脸上露出一丝残忍而得意的笑容。

只是,跟见了鬼似的,硬木棒就快砸上苏渐脑袋时,一直好像毫无所觉的少年,却冷不丁往旁边一闪,这突如其来的偷袭闷棍,竟然就此落空!

"难道碰巧?"来人不敢相信地看着手中落空的棍棒。

只是这时,"碰巧"躲开的少年已回过身来,看着来人,如雷般暴喝一声:"高敞!原来是你!"

原来来人不是别人,正是高敞!

见少年看破他的偷袭,高敞倒不惊慌,冷笑一声道:"你这贱吏,叫什么叫?让老子亲自来教训你,是你几世修来的福气!"

"这么说,我该乖乖地伏地受你棍棒,还要给你拍手叫好?"苏渐冷笑着看着他。

说起来,按现下阶级贵贱规矩,苏渐这举动,对高敞来说着实无礼。

不过高敞心里有鬼,这时候也不计较了。斜风细雨中,他猛地扔掉手中棍棒,从腰间抽出一把早就准备好的利刃尖刀。

"受死吧!"高敞狞笑着,挥舞尖刀朝苏渐扑来!

林间狭小,地上又有雨水,十分泥泞,所以高敞精心挑选的尖刀对上苏渐的血歌长剑,从兵器角度反还占了便宜。

而高敞别看为人极其霸道卑劣,手底下那番功夫,可是着实了得——别忘了,他可是世家大族高家下一任家主的候选人呢!

因此,纵然苏渐也有准备,但对上高敞这番进攻时,也一时显得有些力不从心。

见得如此，苏渐却毫不慌张。

斗了几个回合后，他忽然手挽剑花，发出几个虚招，暂时将高敞逼退两步。

按现下打斗惯例，苏渐摆出这架势，应该是要暂时防御，暗地里抽出手来准备法术了。

见他如此，高敞却是冷笑一声，心中暗道一声“幼稚”，便将尖刀舞动如风，脚下发力，如猛虎下山般扑近苏渐！

高敞一近身搏击，苏渐顿时显得有些手忙脚乱。当他闪身错步，往旁边急躲时，好似没计算到地上泥泞，竟是“噗”的一声，脚底一滑，身子猛一歪，好像下一刻就要往旁边摔倒在地。

“嘿！”高敞这样的搏击高手，怎会放过如此良机？

“贱民，送你一程！”高敞抬起一脚，重重地朝苏渐腰眼子踢去！

不要说只有利刃灵法才能伤人，像高敞这用足力的一踹，要真踢在苏渐的腰眼子上，那苏渐不死也残！

何况此时林中昏暗，高敞这闪电般的一脚，就算是高手也来不及反应。

于是伴随着踢出的重腿，高敞的脸上已露出胜利的笑容。

只是谁知道，苏渐身子一摇，竟然没失去平衡；不仅这样，他还极有余力地往旁边从容一闪，然后淡淡笑着，看着用尽全力踢空的高敞，重重地摔在了地上！

“糟了！”直到摔倒在地上，高敞才想起了一件事：近身搏击中，不到万不得已，根本不能像刚才这样不留余地踢腿。因为这种时候，相当于把整个身躯的用力重心都灌注在腿上，一旦踢不中对方，自己下一刻必定倒下！

但已经晚了。这个念头还没转完，高敞已经重重地摔倒在林地上，转眼间那些泥水就溅了他一脸，糊满一身。

“完了！原来刚才那一个破绽，是这臭贼的陷阱！”想通这一点，高敞顿时悔恨无比。

不过这时候顾不上恨了，取而代之的，是一种极为浓重的恐惧。

如果在以前，一向高高在上的高敞，还不会对苏渐产生这样的感觉；但这时候落败在地，上回金运来赌坊中苏渐不屈血战的那一幕，忽然出现在他的脑海里。

这也就罢了，要命的是，一个念头很不合时宜地又出现在他脑海中："他可是杀死过龙兵的人啊！"

一时间，跌得如同狗啃泥的高敞又惊又悔：他悔恨自己实不该眼见苏渐落单，就想趁机下手。

"他会对我怎样？"一个更现实的问题摆在他的面前。

"应该不敢杀死我吧？"刚想到这里，高敞猛觉得身上一阵剧痛，转眼间少年的拳头如雨点般落下，直揍得这养尊处优的纨绔子弟哭爹喊娘！

狠揍一顿后，苏渐终于略略停手，恨恨叫道："没想到连环案的凶手，竟然是你这纨绔子弟。说不得，不管你身份再尊贵，我也要公事公办，将你送交大统领法办！"

说实在的，这时候苏渐心情愉快。

高敞几次三番加害于他，苏渐早就想以牙还牙，这下倒好，没想到他竟然就是血案真凶，那就公私两便、皆大欢喜了！

见他面露愉悦笑容，高敞却是又惊又恐，忙叫道："苏渐，你不要乱来！你刚才胡说什么？连环案凶手？难不成你敢公报私仇？"

"公报私仇？"苏渐嘿嘿一笑，"还让你说对了，今日我就要公报私仇，只不过你确实满手鲜血，该受了这报应！"

"浑蛋！"遍体鳞伤的高敞大叫道，"小贼，有种你将我一剑杀死！送去报官，算什么英雄？"

"嘿嘿！"听他此言，苏渐更加快意，低头看着他说道，"还以为高大少关系通天，不怕官办；现在看来，你还算要脸，怕给当户部尚书的爹丢脸。"

"哼！知道我爹官职就好！"高敞叫道，"不过就是指使沈高飞设计你们，就算当堂承认了又何妨？我爹自有一千种办法救我脱罪！"

"什么？"听了他这句话，苏渐忽然一愣，觉得好像有什么地方不对劲。

正想喝问，苏渐只觉得身后林叶响动，竟好像又有什么人走过来。

“你们两个，在这里做什么？”一个宽厚温和的声音，蓦然在这细雨幽林间响起。

一剑诛邪

苏渐一惊，蓦然回头，却见那走出之人，正是以公正严明著称的戒律教习狄子默。

“狄教习，我只是和高师兄演练——”

搪塞的话儿刚说到这里，苏渐蓦然瞳孔一缩，脱口惊道：“狄子默，原来是你！”

“什么？”躺在泥水里的高敞快疯了，心想道，“怎么又是这句‘原来是你’？苏渐这贱民今天失心疯了？”

正惊疑间，高敞却听得刚刚还宽厚说话的狄教习，竟忽然变了脸色，狰狞说道：“没错，苏渐，就是我。”

“果然是你！”看着狄子默那张方正严肃的正派脸，苏渐恍然大悟。

刹那间他已经想通很多事情。比如，为什么追查血义盟乱党聚会那次，这狄教习会在不该出现的时间、不该出现的地点出现。

看来，那几次，很可能都是他在欲行不轨之事。

“怎么会是你？！”苏渐不甘心地质问。毕竟在这灵鹫学院，除了秦玉教习，他最敬重的就是这位狄子默狄教习。

“为什么不会是我？”此时此刻，狄子默悠悠说道，“苏渐，你经历颇多，应该知道，世事无常，这世上不是非黑即白。”

“你是说走灰色道途了？”苏渐嘲讽地看着他，“莫非在狄教习心中，不断绑架、杀害有为学生，算是灰色之事？”

“你不懂。”狄子默摇了摇头。

说了这句后，他不再说话，不声不响地举起那把黑黝黝的铁鞭。

“黑铁戒邪鞭啊。”苏渐看着这把铁鞭，摇了摇头，嘲讽说道，“这就是灵鹫学院最著名的戒律法器吗？如果我没记错，鞭身上应该刻着‘人间私语，天闻若雷；暗室亏心，神目如电’。没想到今日狄先生，竟拿它来杀人灭口。”

听得如此，地上的高敞浑身一抖，面前的狄子默，却是动作停滞片刻，转而暂时按下铁鞭。

“我说，你不懂。”狄子默阴狠的面容上，此时竟似乎露出一丝无奈的神色。

“我不懂？”苏渐怒吼道，“那些惨死的学生，难道都是假的？还说我不懂！”

“我没想杀他们。”狄子默摇了摇头，脸上掠过一丝不易察觉的痛苦神色，“是他们不肯配合，才被黑魂术反噬。真的不怪我，都怪他们自己。”

喃喃说着这样颇诡异的话语时，狄子默与其说在解释给苏渐听，还不如说跟平常无数次那样，在安慰他自己。

“果然是黑魂术！”苏渐心里一跳，口中顿时叫道，“果然你是受尊龙教指使！”

“哦？”狄子默惊奇地看了他一眼，“苏渐，看来众人还是低估了你。你连黑魂术是尊龙教所为之事，竟也知道。”

“我知道的事情多了！”苏渐傲然道，“今日甭管怎么说，不是你死，就是我亡！”

“哈哈，不自量力！”狄子默瞥了一眼旁边正在努力挣扎站起的高敞，不屑说道，“没想到你苏渐，也沾染了这纨绔子弟的毛病。确实啊，咱们也算打过几次交道，今日必然要分出个结果了。”

“那是当然！”苏渐目不转睛地盯着狄子默，但脚后跟却不易察觉地朝后一踢，顿时踢中高敞的关节处。

本来高敞被少年制住，全身筋脉凝滞，挣扎不起，谁知被这么一踢，顿时觉得浑身血脉通畅，转眼便弹身而起。

“快跑，去报信。”苏渐用只有高敞听见的声音低喝道。

“什么?”高敞一听，却反而不干了。

“嗬嗬，别演戏了!”对背景剧情毫无所知的高敞，这时候却怪叫道，“苏渐，你个贱贼，今日羞辱踢打我成这样，就想跟这什么戒律教习联手演戏，想蒙混过关吗?!”

“嘿嘿。”狄子默听了，朝苏渐投去一个阴险的眼神，“小子，你看，别人不领你的情啊。”

“哈哈果然!”高敞叫道，“你俩这样眉来眼去的，果然只把我高敞当傻瓜!”

“你个傻瓜!”碰到这样自负的人，苏渐也实在无语了。

“狄教习，我真的不敢相信是你。”事已至此，苏渐急切间，忽换了一种情真意切的口气道，“我真没想到，平日受人爱戴的首席戒律教习，竟然会是连环血案的凶残凶手。狄先生，你知道吗？整个灵鹫学院中，除了秦玉先生，我最佩服、最敬重的师长，就是你。”

这番话，是苏渐为了拖延时间，但同时也是他发自真心的肺腑之言。直到现在，他还很难相信这个结果。

他这番真心之言，好似真的刺痛了狄子默的心。

“我不想的!”刚毅严肃的狄子默，忽然如被毒虫蛰了般叫起来，“你根本不知道！如果不是为了我那瘫痪等死的儿子，我绝不会干这种事!”

“你是说……”苏渐迟疑道，“对令公子的事，我也有听说过。不过这又有什么关系？那不是不治之症吗?”

“不治之症?”狄子默忽然嘿嘿冷笑，发狂般笑道，“哈哈哈，那只是你们凡人的看法!”

“小子，你说得没错，我用的黑魂术，就是尊龙教的法术。不仅如此，他们还保证，只要我按他们吩咐做，他们就能医治好我的瘫痪儿子。我儿不仅不会死，还会行走如常，成为正常人!”

“你疯了?!”看着癫狂的教习，苏渐冷笑道，“尊龙教果然就是幕后黑手!”

“你又错了!”狄子默叫道，“好！反正今日左右都留不得你性命了，索性就告诉你,你以为是尊龙教出手?大错特错!真正让我做事的,是一个大西北方的教门。尊龙教只不过和他们有点来往,从旁出手帮忙罢了。我只是用尊龙教的秘术,为那个教门掳掠年轻武学高手。作为交换,他们会让从不轻易出手的尊龙教高手,医好我的瘫痪儿子。"

"都是你!"说到这里,狄子默状若疯狂,冲苏渐吼道,"没想到你一个小小的黑衣卫杂役,竟逼得我差点露馅!嘿,也好,正好就差两三个名额了,今日就拿你俩交差!"

"狄、狄先生,你想干什么?!"到了这时候,高敞也听出些门道,慌忙叫道,"等等!狄先生,冤有头债有主,是苏渐这浑蛋爱管闲事,坏您好事,您要抓人交差,就抓他吧!您这就放我走,我保证帮您保密——"

"闭嘴!"狄子默怒喝道,"你也不是什么好鸟,民愤这么大,我就当为学院除害了!"

"狄先生!"高敞哀求叫道,"你要什么,我都可以给你!是钱,还是美女?只要你行行好放过我,我什么都可以给你!"

"是吗?"狄子默冷笑道,"我要你治好我的儿子。"

"这个……我实在没能力。"高敞苦着脸,死乞白赖道,"狄先生,真的,除了这个,你换个什么其他条件都行。要不我送三——不,十个美妾给你!那样你再生多少健康儿女都可以。怎么样?怎么样?"

"你……有子女吗?"狄子默沉默片刻,突然问道。

"呃?"高敞一愣,说道,"当然没有。"

"那你不能理解。"狄子默摇摇头,喝道,"还啰唆什么?你们两个,今天都得给我留下!"

话音未落,他手中那黑铁戒邪鞭,猛然冒出一股黑烟,如鬼蜮魔锁般朝旁边的苏渐缠去!

只是就在这时,一直沉静不动的苏渐身上,却猛地爆发出一阵耀眼的金红之光!转眼间他身后朱雀翼展,还隐约有个美人光影趴伏在背上。

"好心计!"狄子默见状忍不住赞叹,"刚才你们纠缠我说话这么久,还以为是好奇,谁知却在暗中蓄势星流术。只是——"

狄子默一指苏渐背后,冷笑一声,蔑视道:"你看这光影黯淡,是能实战的星流术吗？还有你这光影形状啥意思？鸟人？”

“鸟不鸟人，打过才知道！”苏渐喝叫一声，急催星流术异能，顿时火翼飞腾，转眼他整个人已是离地半尺。

不过也就是离地半尺了。他这“鸟人”星流术，还真被狄子默说中了，离地半尺后再难向上提升半寸，似乎真的不太能够实战。

察觉此情，原本好似镇静笃定的苏渐，脸上也不由得露出了惊慌神情。

“哈哈！”狄子默忍不住大笑一声，不再迟疑，一挥附带黑魂术的铁鞭，就朝苏渐猛然打去！

“苏渐，加油！”没想到这时候，正旁观的死敌高敞，竟也发自内心地为苏渐加油。

谁能想到，今天居然出现这样的奇葩景象？这俩死对头，现在已经成了互相支援的战友了。

只是高敞看来今日运势真的不佳，他想什么，什么就不成。那苏渐即使第一时间激发出星流术，还是不能抵挡狄子默。

黑魂之烟缭绕的铁鞭气势汹汹而来。苏渐手挥血歌剑试图抵挡，却“苍啷”一声很快就被荡开。

“不好！”苏渐大惊失色，眼见铁鞭逼近，顿时朝后跳去。

虽然他躲过这一鞭，但对狄子默紧接着的狂暴攻击，完全束手无策。

也没几个回合，苏渐便退出一丈多远，衣服和手臂有多处被林叶枝丫划伤，情况十分危险。

如此被动之际，狄子默却毫不迟疑，猱身而进，铁鞭纵舞如凶猛黑龙，下手毫不容情。

他这一动真格的，苏渐就吃了紧。

很快人鞭合一的狄子默就逼至咫尺之处，无论是锋利的鞭头还是诡秘的黑烟，已离苏渐只有一个手臂的距离！

“去死吧！”看着少年惊恐的面容，狄子默狞笑一声，往前一个箭步，猛挥铁鞭！

不过看着少年惊恐的神色，狄子默却怪叫道：“也别怕，不会死，只是你会成为不生不死的怪物!”

正这么说时,狄子默却忽然惊奇地发现,昏暗光线里,少年的脸上,此时此刻竟突然露出一丝诡秘的笑容。

“不好!”狄子默何等老江湖,一看这笑容,他近乎本能地就要收脚退步,先行躲避再说。

但这时已晚了。

胜券在握的狄教习,忽觉得足下落脚处一松,没着到力,紧接着只听“扑通”一声,还没反应过来,他整个身子就落到一个深坑中。

“哈哈哈!”很快就从他头顶传来少年得意的笑声,“狄教习,你以为我每天在这里练剑,是因为这里风水好吗?”

“苏渐,你这是什么意思?”坑顶另一端,传来高敞茫然的问话声。

“什么意思?”苏渐嘿嘿一笑,“高大少,如果真凶是你,这坑就是为你挖的!”

“什么?! 你这个浑蛋,我跟你没完!”高敞气急败坏地叫道。

“咳咳!”这一刻,无论坑底的狄子默还是坑顶的苏渐,都一齐摇头,叹道,“唉,这纨绔官家子,真是智力堪忧呀。”

“怎么样?”这时候,苏渐也顾不得理睬高敞,蹲到陷阱边缘,朝下嘿嘿笑道,“狄先生,学生这坑,挖得可还好哇?”

顿了一下,他听到下面传来一阵响动,便冷笑道:“狄先生,我看你还是别费力气了。我这坑整整费了我两个时辰的工夫,挖了有两人多高,还上窄下宽,你就别扒拉了。学生衷心建议,你还是省省力气,准备吃牢饭吧!”

“嘿嘿,未必!”正当苏渐以为胜券在握时,却忽然传来狄子默阴恻恻的声音!

这声音阴阳怪气,本就让人不舒服。但让苏渐更加不舒服的是,竟然觉得应该远在坑底的说话声,此时竟然好像近在咫尺!

察觉这一点,他急忙探头往下一看,便顿时大吃一惊!

“那是什么玩意儿?”昏暗光线里,他看见坑底下,竟有两个血肉模糊的人形,在用肩膀架着狄子默往坑顶爬!

“没见过吧，苏渐？”转眼间，狄子默已经升上地面，一边扑过来一边叫道，“血傀儡，这是尊龙教的神术！”

眼见这情形，苏渐回头大叫道：“高敞！你是死人吗？今日不出力，谁也走不了！”

本来正脚底抹油往外溜的高敞，闻声顿时止步。

这纨绔也不是傻瓜，一见这场面，已经知道，到了这地步，不拼一下，自己也完全没有生路。

于是这林中空地上，顿时出现了一个很诡异的场面，原本互为仇家的两人，这时候却同仇敌忾，开始毫无藏私地并肩作战！

只是就算他两人联手，狄子默有了尊龙教恶魔法术召唤出的两具幽冥血傀儡，相比之前更是占了上风。

没几个回合，当一具血傀儡将苏渐挤入死角，再无退避后路时，狄子默冷笑一声，再次扑身而上，举着戒邪鞭朝苏渐打来。

眼见苏渐退无可退，谁知道黑暗之中，却有一把闪耀着血色辉光的镰刃，突然伸在了戒邪鞭和苏渐脖颈中间！

“当”！狄子默必然打中的一鞭，就此被荡开。

“什么人?!”狄子默气急败坏，定睛一看，却见是一个紫色长发及腰的绝色小美女，正手持一把血刃长镰挡在他的面前！

“你怎么来了?!”苏渐看到来人，也是惊叫道。

不用说，这突然出现的小美女，自是魔女幽小眉了。

见是她，不仅苏渐惊诧，连旁边高敞也是吃了一惊。看着幽小眉的外貌特征，他心中迟疑道：“难道是……”

不过这时幽小眉听到苏渐惊问，却不回头，只是瞪着蓝莹莹的大眼睛，盯着狄子默道：“大叔，不许你杀他。”

“为什么？”狄子默本能地接了一句。

“他是我的！”

幽小眉想表达的意思是，苏渐是她的专属刺杀目标，所以只能死在她手上。

只是这样简洁的表达，显然引起了误解。

“原来是小情人!”狄子默叫道,“那就一齐去死,做对短命的苦鸳鸯吧!”说话间他驱动血傀儡再次迅猛扑上!

这三人和两具血傀儡,重又战在一处。

而狄子默何等老辣?没多会儿,他那把附加了黑魂烟的铁鞭,又对高敞打出了必中的一击。

见得如此,高敞惊惶大叫道:“快救我!”

这当儿,苏渐也被一具血傀儡逼住,确实腾不出手。急切间他瞥见幽小眉尚有余力,忙叫道:“小妹妹,这人虽然可恶,但情况特殊,还是救他一命!”

“哼,我才不救呢。”小魔女傲娇叫道,“我又不想杀他,干吗救?死就死了!”

听他们这样说,坏事做尽的高敞哀嚎道:“天呐!真是世风日下,这世上到底还有没有好人呐?”

还想再哭诉时,他已被狄子默的黑魂术击中,转眼整个人就软绵绵地倒下了。

打倒了高敞,狄子默这一方顿时变得轻松。

不过就在这当口,苏渐已经重新完成了星流术的蓄势,转眼间红光腾耀,那“朱雀血歌”的星流术再次依附在他的身上。

像这样剧烈的争斗之中,说到底还是战斗本能在起作用。

现在苏渐面对的是秘术驱动的血傀儡,于是当他星流术成形后,就从那个美人形状的光影中,忽传来一缕细微的歌声。

这次的歌声,不同于上回让庞文山产生幻觉出丑的幻歌。

现在的这缕歌声,竟是充满了魅惑之意!

很快与苏渐对敌的血傀儡,就被这“魅歌”控制,竟然在苏渐的意志下,转过头来攻击狄子默。

这样一来,战局立时扭转,原本占尽优势的狄子默,顿时手忙脚乱,竟有落败之势。

只是狄子默功力何等深厚?他见势不妙,顿时咬破舌头,一口鲜血喷出,也不知用了什么邪术,竟是迎风化成了一团黑血之雾。

狄子默毫不犹豫，一头扎进黑血雾中。

眨眼之间，只听得一阵不类人声的嚎叫，原本一派正面人物模样的戒律教习，竟整个身躯膨胀壮大，成了一个黑雾笼罩的诡秘巨人！

成为黑雾巨人的狄子默，无论力量还是速度，都有了显著提升。更何况他现在居高临下，简直视苏渐和幽小眉如蝼蚁。

于是那阴森森的黑铁戒邪鞭当头打下，眼看苏渐已是避无可避，幽小眉所立方位甚远，一时也是救援不及。

这时候林中的雨变得更大，雨打林叶沙沙作响，可谓凄风苦雨。

已陷入绝境的苏渐，却还不甘心，立时激发“幻歌”星流技，想让狄子默陷入幻觉。

只是这时候已经晚了。

黑雾巨人之形的狄子默，已经变得迟钝。当美妙幻歌传来时，他只是稍一迟疑，那黑铁戒邪鞭还是借着惯性，朝苏渐当头打下。

而此时更要命的是，在此之前，狄子默还只是要施展黑魂术，想将苏渐活捉控制。但现在，喷血邪化后，狄子默已失去了大部分心智。

所以，看他这把黑铁鞭迅猛打下的架势，竟是要将苏渐天灵盖一击而碎，不留活命！

凄风苦雨中，眼看苏渐就要死在狄子默鞭下，可就在这时，却见昏暗林中蓦然一剑飞出！

霎时间如同漫天冰雪狂舞，剑光灿烂闪耀，转眼刺破了血色黑烟的雾霾，将核心的狄子默击成了重伤！

“雷冰梵！是你！”苏渐又惊又喜。

“哼！”见他叫自己，雷冰梵却是一脸恼怒，冷冷指责，“苏渐，看，这就是你的好计策。”

“意外，意外，”看着倒地不起的狄教习，苏渐讪讪说道，“我也没想到这凶手隐藏这么深，功力也这般强大古怪。”

这林中的生死剧斗，到雷冰梵现身后，便宣告尘埃落定。

罪魁祸首狄子默，本就是燃烧生命使出邪术，这时被雷冰梵奋力一击，一剑刺在了前胸，眼看已是活不成了。

深藏不露的凶手，此刻就这样倒在林地的泥水中，再也没有了丝毫气焰；他曾召唤出来的两具血傀儡，也随即烟消云消。

一看大局已定，苏渐心安之时，便想向雷冰梵介绍幽小眉。谁知道扭头一看，却发现刚刚还在旁边的小美女，竟已消失不见。

“这小妮子，真是来去无踪。”苏渐苦笑一声，便专心来看被制服的狄子默。

此时林间昏暗，苏渐发出一招掌心火，照亮了这方天地。

跃动的火光中，那位曾经方正威严的狄子默，现在却重伤躺卧，痛苦而狼狈。

他的胸口已经破了一个洞，鲜血正汩汩地往外流，将旁边的泥水和树叶染成了鲜红的颜色。

“苏、苏渐……”泥水中，狄子默艰难地仰起头，吐着血沫道，“我、我果然……没有看错……你是最危险的……人物。”

“你高估我了。”苏渐蹲下身来，看着他真心地谦逊道，“我只是个小人物。如果不是以身犯险，我还真的没办法知道是你。”

听他这么说，旁边那雷冰梵，又是“哼”地一声，再次表达他的不满。

“你错了……”听了少年的话，狄子默却艰难地摇了摇头，“小人物？嘀嘀！”

这时候的狄子默，有点回光返照的迹象，说话也流畅了许多。

“你以前是不是觉得奇怪，怎么会派你去残月峡杀龙兵？”狄子默道。

“是很奇怪——啊？”苏渐吃惊道，“难道那次是你捣的鬼？”

“没错。”人之将死，其言也善，狄子默不再隐瞒，说道，“你几番手段，已让我深感威胁。正好有神秘重臣暗示下来，我就顺水推舟，动用学院人脉，将你们放在残月峡行动中。”

“什么？还有什么高官重臣？”狄子默要陷害苏渐，很让人想得通；但这时他透露出来的新鲜信息，却让苏渐悚然而惊。

“什么重臣会看得上我？呃，是了！”苏渐看了看旁边还昏倒在地的高敞，恍然大悟道，“我和高敞这厮有过节，一定是他高家的朝廷大员捣鬼，是不是？”

“不是。”没想到狄子默竟是摇了摇头。

“你不要骗我！”苏渐实在不敢相信还有其他可能。

“不会骗你的。”狄子默摇了摇头，“人之将死，其言也善，我知道自己是活不了了，干吗还要骗你？我可以肯定，绝不是高家一系的人。”

“那会是谁呢？”苏渐很是疑惑，不过他很快回过神来，冲着地上之人怒斥道，“狄子默，狄教习，好一个威严刚正的戒律先生，没想到竟做下这番血案，还暗中陷害我，人品真是卑劣至极！”

“我不承认！”本来半死不活的狄子默，这时候却突然激动起来，努力挣扎叫道，“不要怪我！要怪就怪这贼老天！谁让他把我儿子生成瘫痪怪病！我所做的一切，都是为了我的孩子！”

叫到这里时，他那已经开始神光涣散的眼眶中，充满了泪水。

“为了你的孩子？”苏渐却是冷笑一声，“好伟大的父爱啊！可是你想过没，被你绑架或杀害的年轻人，也都是有父母的！”

一句话，就好像晴天霹雳，又好似当头棒喝，直砸得狄子默神魂震荡。

“噗”的一声，他吐出一口血。苏渐再看他时，便发现他已是满面泪流。

“我错了……”他艰难地吐出这几个字，便气若游丝，眼神明显涣散。

“错了？那就给我撑着，先别死！”苏渐怒喝道，“快说，到底是什么西北教门指使你杀人？”

“不……”虽然只能吐出一个不字，苏渐却从狄子默的眼神中，看出他想表达的是，那西北组织行事神秘，他不能提供任何有用信息。

见得如此，苏渐更是心惊。

浓重的疑团在他心中升起：“什么样的教派，能把偌大的一件事情，竟然做得丝毫不留痕迹？”

“什么样的组织，有资格能让尊龙教帮他们做事？”

“他们绑架这些青年学生，真是要去改造成不死战士？”

“他们到底要干什么？”

想到这里，他提醒自己：“嗯，看来那幽小眉是个大宝贝，我得看紧点。”

正心事重重时，苏渐忽听到狄子默气若游丝的声音，正艰难地说道："苏、苏大人……能帮先生一个忙吗……"

"说。"苏渐神情复杂地看着他。

"能、能帮我……儿子……脱罪吗？"为了替儿子求情，已经差不多是死人的狄子默，竟爆发出惊人的生命力，眼神中满怀着期望的神采，紧紧地盯着苏渐。

"帮你儿子脱罪？"苏渐下意识地抬头看了那紫衣少年一眼。

"别问我。"雷冰梵冷冷道，"这是贵国内政，我不干涉。"

"那就没办法了。"苏渐既同情又无奈地看着狄子默，"先生，你要知道，你这是滔天大罪，别说你儿子保不住，你家九族也会被全部诛灭。"

听得这样可怕的话，狄子默反而没有任何激烈反应。

事实上，少年的话丝毫没有错。按他狄子默犯下的这些事，按时下的律法，别说株连九族了，就算将他全家一个个活剐了，都不为过。

于是，狄子默在这世上，拼尽全力，跟少年说了最后一个请求："帮我一个忙……杀死我……少受点罪……我有报答……"

"好。"见他出气多进气少，苏渐点了点头。

见他应允，狄子默一阵惊喜，便拼尽全力，在少年耳边低声说了几句话。

听他说完，苏渐有些惊讶地看着他，然后便毫不犹豫地站起来，提起血歌剑，一剑挥在狄子默的喉咙上，让这位连环凶杀案的凶手当场身亡。

可叹狄子默本是受人尊崇的灵鹫学院戒律先生，只因爱子心切，没能保持正心，竟走上邪路，犯下累累血债后，用如此狼狈不堪的方式结束了自己。

连环血案之事，到此尘埃落定。

虽然没能得到真正的核心情报，但总算将这一系列怪案破获，知道罪魁祸首是西北的神秘组织，而且尊龙教也有牵涉。

于是本就被朝廷通缉的尊龙教，再次被全国重点搜捕。

而破案后，轩辕鸿领导的玄武卫，在京师市民中的名声，竟然明显好转。

要知道，无论是灵鹭还是屠龙学院，都是这时代整个华夏国的精神象征。能破了发生在学院中的如此大案，总叫人对苏渐所在的玄武卫看高一眼。

没人不喜欢好名声，就算是被民间称作黑狗首脑的轩辕鸿也不例外。

毫无意外的，苏渐得到了玄武卫的嘉奖。和上次不同，这回不仅是荣誉上的，还有数目不菲的真金白银。

不用说，面对苏渐这功绩，盖英卫的嫉恨愤怒再次在内心膨胀。

不过现在玄武卫中，处在一个微妙的状态，别看苏渐只是一个底层的铁徽卫，但甭管谁再怎么看不顺眼，却也拿他没办法。

要知道玄武卫内，现在谁不知道苏大人苏铁卫，那是身负重任、受轩辕大统领直接领导的红人？

苏渐这回再出一次大风头，还把他好兄弟端木楚的人气地位给拉升了不少。

“是小苏大人的死党啊！”因为这层关系，大家对端木楚也比以前更友好了。

但端木楚却很是不爽。

“怎么搞的！”皇帝小舅子心中懊恼，“怎么又沾了关系的光？你们就看不到我端木本人的天赋才干吗？！”

再说狄子默事件中的倒霉蛋高敞，虽然中了黑魂术，好在他高家高手如林，要解除邪术自然不在话下。

不过虽然他逃过了这一劫，却因在玄武卫有关人士破案的紧要关头，贸然出现，终究还是被追究责任了。

而玄武卫后续深挖彻查此案时，又查出高敞这厮以前刻意讨好狄子默的行为，于是，本来想打苏渐闷棍的高大少，结果却得了灵鹭学院一个“不检点”的处分。

虽然只是一个处分，但对高敞这样的纨绔子弟来说，却是奇耻大辱。

旧恨未了，又添新仇，可想而知高敞有多痛恨苏渐。

再说苏渐。等这事情风头稍过，他想起狄子默临死前跟自己说的那番话，便陷入了沉思。

再三斟酌后，他觉得值得冒险。

于是经过一番准备，苏渐便在一天入夜后，身着黑衣，潜入了狄子默生前所住的“云鹤别院”住所里。

身为侦缉此案的一线人员，苏渐对狄子默的确切住址，可谓了如指掌。

轻车熟路地潜入狄子默被查封的屋子里，没费什么劲，他就在一个花盆架底下，找到了房中暗道的机关。

小心地打开机关，苏渐进入暗道，打起了全副精神，发出一道掌心火，照着明小心前行。

毕竟，虽然当时狄子默临死前说的话，不像说谎，但苏渐觉得，还是防人之心不可无。

靠着掌心火的照明，没走出多远，苏渐就发现暗道已经到了尽头。

眼看暗道是个断头路，苏渐却不慌不忙。

他举起掌心火，在暗道尽头的地方，仔细地照了一番，便看到角落里有一大片泥土，颜色比周围浅淡。

看到土色有异，苏渐凝神屏息，小心地将这块泥土挖开，便发现后面果然还有个小暗道。

挖开这暗道后，苏渐没有急着进去，而是在冷风嗖嗖的洞口，侧耳凝神听了好一会儿。

确定没什么异样后，苏渐才深吸了一口气，缩着身子，顺着小暗道爬了进去。

憋屈着向前爬行，大概爬出有二三十步远，中间还竟然有好几次转弯，才终于又到了尽头。

在这过程中，苏渐很肯定，这个密道连狄子默自己也很久没走过了。在他爬行之时，不仅一路闻着浓重的陈腐气息，还被无数蜘蛛网给挂满了头脸和衣服。

而在这样憋气爬行时，苏渐心中忍不住感叹，这狄子默还真是纠结的人，这一环套一环的暗道，也挖得跟他弯弯绕的心肠一样。

等终于爬过这个隐秘的暗道，苏渐赫然发现，这暗道尽头连接的，竟是一个非常阔大的密室！

这密室七零八落地堆放着一些杂物，显然尘封已久，到处都挂着蛛丝，稍微一动便溅起无数的灰尘。

如果没有狄子默的提示，一般人就算到了这里，也完全看不出有什么异样。

他们只会觉得，这里是一个尘封不用的杂物室。

不过苏渐稍微走了几步，就在一个不起眼的破旧蒲团下，翻出一本黑绢封面的旧书卷。

苏渐先灭了掌心火，在黑暗中小心地将旧书卷表面的灰尘抖去。

积年的尘灰飞入鼻孔中，倒让他连打几个喷嚏。

然后他重燃掌心火，凑上去一照，便看见旧卷的封面上，竖排着四个古体篆字：

黑、暗、心、辉。

光看到黑暗心辉的书名还没什么，但当他翻开书页，看到这些古朴字体写的内容时，苏渐的心，不知不觉跳动得越来越快。

密室如此安静，以至于苏渐咚咚的心跳声，在耳中听得非常明晰。

“这是……”

也难怪苏渐心跳加速，他看了一会儿，赫然发现这本竟然是传说中的禁书，记载了被禁止学习使用的“黑暗星流术”。

原来，这世上有光就有暗。在那些辉煌光明星流术的反面，就有透着邪恶气息的黑暗星流术。

这本《黑暗心辉》，记述的就是这样的异术。当然它所记载的，不是哪一种具体的法术，而是详细阐述了黑暗星流术的基础原理知识。

如此禁书，苏渐还是第一次读到。

这不读则已，一读之下，苏渐才真正理解，为什么这些黑暗星流术要被官方明令禁止。

苏渐也曾经认为，一种法术本身，无善无恶，就如《道德经》中所说“我自然”。

但今天一看之下，苏渐才知道，这种想法挺幼稚。

他看到，书中讲述，如何按照草木枯萎的道理，凋敝一个人的生命；他也看到，如何参考月涌大江流的自然场景，加速敌人伤口的失血速度；他更看到了，如何通过燃烧自己的生命，获得可怕的黑暗力量；他更看到了，怎样通过一种巧妙得让人恐惧的方法，让敌人走向本性的反面——比如，让一个温尔文雅的谦谦君子，变成凶残嗜血的屠夫！

可以说，苏渐是浑身颤抖着翻阅完这本前所未见的密卷的。

当然这秘笈中，除去这些让人发抖的邪术，还从死亡的"新奇"角度，对搏击、战斗，甚至整个种族间的战争进行了思考和议论。

不得不说，这些思考成果，有着置之死地而后生的独特之处。

读到此处，苏渐心中一动，忽然发现，这一点倒恰好契合他的血瞳心眼秘术。

苏渐一直认为，自己是光明正大的华夏好子民。

所以乍看这样邪恶诡秘的密卷，他真的很想扔到一边，抛到脑后。

但这古老的书卷，好像有一种神奇的魔力，在苏渐清醒过来时，发现自己已经读完了。

不仅如此，当他想着，看就看了，不记住就行，结果稍一回忆，却发现那章章节节、字字句句，竟是历历在目！

"唉……"

密室之中，少年丢下书卷，幽幽地叹息一声：

"莫非，你苏渐应该是个读书人……"

长街醉月

感慨一声，苏渐环顾四周，心想道："真没想到，狄先生平时那样道貌岸然，暗地里不仅血案累累，竟然还收藏这种禁书，也不知道这禁书是不是尊龙教之物。"

一想到这里，那个娇憨玲珑的小女娃儿，在他心目中再次升值。

接触到《黑暗心辉》这书，对苏渐还有个启发。

都说"星流术"是人龙大战后兴起的，但从这本黑暗星流术教材的材质、字体来看，其存在时间远远超过两百年。

这样看来，神州大陆之人，早就开始把星空之力往这方面使用了。

在从密室里出来之前，苏渐出于慎重起见，还是把这本禁书放回原处，继续藏在这很难被人发现的密室中。

而因为现在他已经完全记住了密卷内容，想忘也忘不掉，于是苏渐也只好用"术无善恶，唯人自使"来安慰自己。

并且，他也想着，自己这阳光少年，能有什么机会去和黑暗生物拟态融魂呢？

所以这本《黑暗心辉》，对他来说也不过就是一本偶然看到的参考书吧。

不得不说，因为立下这一番大功，苏渐接下来这些天里，可谓春风得意。

比如这一天傍晚，他出得学院，回到京华，往住处走的途中，路过以前巡街的地段，便发现那些商贩对他的态度明显改善。

于是在他们的热情相邀下，苏渐到这个摊儿喝杯酒，去那个摊儿拈只梨，与小商贩们关系融洽，其乐融融。

当然，真正的奸商，此时对他也是假笑，内心鄙视依然。

偶尔在街头，他还遇到青龙、白虎军的校尉出来喝酒，见他这个黑衣卫少年如此，还忍不住嗤之以鼻，当场嘲讽。

若放在以前，苏渐不免愁苦，但现在胸怀已经宽阔许多，面对冷嘲热讽，他只是一笑，行个礼自己走远。

见他这样应对，那些准备借酒发疯的友军军官们，倒是一愣，仿佛一刹那有个错觉，好像自己面对的不是一个卑微的黑衣卫少年，而是碰上什么气度雍容的主官。

只是苏渐并不知道，碰上友军嘲讽这样的风波，实在算是小事。

他不知道的是，就在他喝了几杯酒，脚步踉跄，哼着不知名的歌儿往住所走时，就在路过的一个暗巷中，还发生了一件事。

就在某条巷口的墙角阴影里，一个身形修长之人，正在暗中窥伺。此人一边窥伺，一边还一副沉吟的模样，似是若有所思。

过了一小会儿，偶尔一阵风来，吹开街边行道树的枝叶，将皎洁的月光透在他脸上。

如果这时苏渐注意到这人的脸，定会大吃一惊："神戟将萧龙雀，为什么会在这里?!"

不过苏渐这时酒饮微醺，浑然想不到这天子脚下，还有一个武功高绝之辈，在暗中窥探自己。

他懵然不觉，但萧龙雀锐利的目光，却时刻聚焦在他的身上。

出人意料的是，当苏渐终于走向这里，萧龙雀如此大人物，竟是屏住呼吸，潜身向前，眼神逐渐凌厉。

这时，一片发黄的秋叶飘下，本会落在萧龙雀的头上，但就在几寸之外的地方，似被无形墙壁所挡，硬生生地歪向一旁。

杀气已然流溢。

只要下一刻苏渐靠近，萧龙雀就会倏然扑出，如夜影灵豹，利刃在少年喉头一抹,如清风吹过,少年的生命就将随之消逝。

只是在这千钧一发间,却有一个紫发少女,悄无声息地出现在他的面前。

一股强烈而独特的暗黑气势,倏然冲撞在萧龙雀身上!

猝不及防下,萧龙雀身形灵动地向后一翻,几个纵跃,已如行云流水般避入了深巷中。

“谁?”萧龙雀那对细长的美人目,锐利如刀,看着如影随形而来的少女。

“我?”少女神色冷厉,冷冷一笑,忽然浑身散发暗紫的光芒,转眼一对幽月蝠翼张开在身后,暗月幽云下宛如炼狱的死神。

如果这时苏渐在场,刚看过《黑暗心辉》的他定会大吃一惊:

“幽小眉,原来你会黑暗星流术!”

“冥月血蝠”,这正是小魔女幽小眉的黑暗星流术。

和平时在苏渐面前呆憨的模样完全不同,幽小眉此刻神情肃杀,目光凌厉,整个人寒傲如冰,就如一支出鞘的利剑,和苏渐面前的娇憨少女简直判若两人!

见幽小眉黑暗魔族的特征,萧龙雀先是一喜。

作为人族豪杰中的豪杰,出手消灭龙魔二族,几乎成了萧龙雀场面上的本能。

不过,等他看清小少女寒傲如雪的美丽面容时,却又是一愣,竟没有像往日那样,一出手就消灭挡在面前的任何黑暗势力。

“那个人,是我的。”少女冷冷说道。

“那个人?”萧龙雀看着外面正乐呵呵走过的少年,又是一愣。

“没错。”幽小眉拧眉说道,“这个人,已经是死人。不过,只能是我的死人,要杀,我来。”

“什么意思?”萧龙雀沉吟地看着少女。

不得不说,表面是人族豪杰的萧龙雀,对幽小眉这样的黑暗气息,却有一种说不出的爱好。

他被这样的黑暗气息吸引,便跟幽小眉多攀谈了两句,就进一步被少女流露出来的娇憨、冷厉的双重性格所吸引。

曾有那么多美妇佳人，在萧龙雀面前花枝招展、搔首弄姿，使尽浑身解数，想得到他的注意。但那一切都没有任何作用。

可是今夜这暗巷中，这少女只是一个冷冰冰的眼神，几句恶狠狠的话儿，却将萧龙雀深深地吸引。

这种吸引，来自于她玲珑美丽的容貌、冷厉傲然的态度、娇憨冷傲交织的双重性格。

按年纪，她显然是妹妹的身份；但言谈举止间，她却对萧龙雀以姐姐的身份自居。

同样，幽小眉表面警惕，实则却毫无心机。

这样错乱的双重的观感，对眼高于顶的萧龙雀，竟形成一种致命的吸引。

这种感觉，就好像，张开冥月血蝠之翼的少女，明明告诉你她是一剂毒药，但萧龙雀还是毫不犹豫地拿过来，倒在杯中酒里，摇晃，调匀，然后优雅从容地喝下去，在死前还不忘发出由衷的赞美。

于是，当幽小眉已从幽暗的月影中遁去后，萧龙雀还是久久不动，在秋夜的月光里静静地出神……

第二天苏渐又去火枫林中的心碧湖畔，搭讪幽小眉。

苏渐去时，幽小眉正在练功。

本来这火枫林心碧湖，风景清新优美，但幽小眉此刻身着黑衣，还拿着把黑气腾腾的血色镰刀舞来舞去，说实话即使她身姿灵动玲珑，也有些煞风景。

立功心切的少年，可不管这些。他不仅对着蹦来蹦去的小美女起劲儿地鼓掌加油，还一个劲儿地跟她套话。

不过过了一会儿，苏渐便发现，今日这幽小眉却是变得有些不同。

“小眉你怎么了？”苏渐惊奇地看着少女问道，“你今天怎么老噘着个嘴，简直能挂油瓶啦。对我也这么冷淡，怎么，是谁惹你生气了？”

“哼！你真是笨蛋！”幽小眉不客气道。

“当然当然，我是笨蛋！”苏渐嘴上表示肯定，心里却是一乐，想道，

“哈,还说我是笨蛋,真正的笨蛋还不知道是谁呢!不过这样也好,省得她对我起疑心。”

正心怀鬼胎,却听幽小眉忽然开口问道:“苏渐,你老实说,是不是惹了什么仇家啊?”

“仇家?”苏渐一愣,也不以为意,随口答道,“不瞒你说,你哥哥我行侠仗义,专门扶持弱小,不免惹下仇家无数,却不知你想问的是哪一个?”

“果然是有仇家。”幽小眉点点头,接着问道,“那你仇家中,有没有谁功力十分高强的?”

“有啊,不就是高敞那厮嘛。”苏渐随口道。

“高敞?”幽小眉鄙夷道,“上次抓坏蛋教习,我已见识过他的本事了,根本不算强。”

“比他本事还要强的仇家啊……”苏渐想想道,“盖英卫算一个。不过也强不到哪儿去。”

“那也不是。”幽小眉若有所思道。

“咦?你今天这是怎么了?”苏渐奇怪地看着她,“怎么今天很闲吗?有工夫跟我问东问西的。”

听了他这话,刚才还问来问去的幽小眉,却忽然转过脸去,两手支着腮帮子,看着眼前波光粼粼的湖水,怔怔地出神。

“今天她这是怎么了?”看到幽小眉这样子,苏渐不知怎么心里有些发毛。

总觉得不太踏实,他便起身,准备找个借口先溜为妙。

谁知就在这时,发呆的小少女忽然“噌”的一声跳起,转过来指着正悄悄往外挪步的少年大叫:“原来你们是这样的关系!”

“什么关系?”苏渐停住脚步,莫名其妙道。

“你说!你是不是认识什么男人?”幽小眉叫道。

“废话!我认识的男人多了去了!”苏渐不耐烦道。

“我不是说那些臭男人,我是说,有没有个长得很美的男人?”幽小眉执着地问道。

“长得很美的男人啊……”苏渐的脑海中,顿时闪过了萧龙雀的影像。

他这一迟疑，幽小眉顿时跳起来叫道："果然被我猜中了！我说怎么你说仇家时，没提他，原来你们是那种关系！"

说到这里，少女看苏渐的眼神都变了，鄙夷道："坏蛋，真恶心！"

"不是，你听我解释。"看少女的眼神，苏渐大约已经猜出她的意思，便连忙向她走去，想好好地解释。

谁知道他才一靠近，幽小眉顿时就跟见了鬼似的往后急退，急切间差点掉进湖里！

见得如此，苏渐心中大叫不妙。他急的不是别的，而是生怕幽小眉从此将他疏远，坏了他的立功大业。

于是情急间他纵身向前几个跳跃，一把抱住了小魔女，将她死死地搂在怀里！

然后他想起幽小眉的误会，便立即低下头，用最深情的语调说道："小眉，你想哪儿去了？我根本不认识他。其实到这地步也不瞒你了，其实哥哥我，是看上你了，就等着你长大娶你呢！"

说完这番话，他也不顾幽小眉什么反应，便一把又将她扔下，头也不回地跑掉了。

"你说这叫啥事！"苏渐一边逃离是非之地，一边懊恼想道，"本来想来套点尊龙教情报，谁知道这小妮子胡说八道，简直莫名其妙，害得我不得不使出美男计，真是亏大了！不过，为了那份大功劳，就算牺牲点色相，也就忍了。等回头问问大统领，这算不算为国献身啊？"

他在这边胡思乱想，抱头鼠窜，那边幽小眉看着他逃窜的背影，却是咬着嘴唇，泪光盈盈，郁闷道："浑蛋……我、我……居然被调戏了！"

正又羞又恼间，她不知想到什么，忽然愤怒叫道："什么'我根本不认识他'，听这口气分明就是已经知道那人是谁啦！真是大骗子、大坏蛋！"

"不过……"小少女转念一想，又觉得有些不对，"那个美女一样的大哥哥，为什么要杀苏渐呢？当时那杀气，可骗不了我。啊！难道这就是传说中的'相爱相杀'?!"

可叹这娇憨幼稚的小少女，说话时实在抓不住重点，竟让苏渐对萧龙雀想杀他如此重要的事实一无所知。

这时的幽小眉，还不知道自己已经犯下一个天大的错误，只管一个人坐在心碧湖边的石头上，呆呆地出神。

过了好一会儿，她忽去木屋中取来九幽夺魂镰，拿起来，又放下。

如此重复了好几次后，她又吐了口气，放下兵刃，继续坐在湖边石上发呆。

又沉默了半天，忽然两串晶莹的泪珠从少女的眼眸中坠下，扑簌簌地落在了湖面上。

“浑蛋……”

“这可是第一次有人跟我表白啊……”

“竟然逃这么快……”

“我连矜持一下的机会都没有啊……”

小少女纯真而难明的心事，就随这泪滴湖面荡起的涟漪，一圈圈地传向远方……

而这时候，苏渐也没弄明白，自己也可能犯了个错误。

幽小眉现在才十三四岁，苏渐只当她是小妹妹；可是对当时的世情婚俗来说，十三四岁的女子就算成年，已可嫁人生小孩。

所以说，苏渐到现在还没意识到，自己刚才那救急的“玩笑”，其实一点都开不得。

而为了探听情报，本来苏渐还想继续“纠缠”幽小眉，谁想就在这时候，却传来一个惊人的消息！

这一天，亚飒急匆匆跑来跟苏渐说，洛雪穹昨日晚间在学院外遇袭！

一听这话，苏渐大吃一惊，连忙问亚飒：“她有没有受伤？伤情如何？”

“倒是没什么大碍，”见他着急，亚飒忙道，“洛姑娘身怀奇术，虽然袭击之人也是高手，但没有大碍。只是现在，据说还在女宿中卧床不起，要休养一段时日。”

听说她没事，苏渐稍微放了点心。

不过乍闻这消息，他还是有些揪心。

痛心了片刻，他问道：“亚飒，到底是什么人袭击了她？”

“还没确定。”亚飒道，“敢袭击洛姑娘，还能让她受伤的人，一定不会是什么小蟊贼，没这么容易泄露身份。不过当时恰好有路人经过，说袭击她的只有一个人，身形精瘦，行动干练。”

“精瘦的高手啊……”苏渐沉吟片刻道，“此事一定不简单，我一定会帮洛姑娘追查此事，一定查个水落石出！”

“其实，苏渐……”亚飒忽然欲言又止地看着少年。

“怎么了？”苏渐奇怪地看着他，“难道有什么隐情吗？”

“是这样，”亚飒踯躅了片刻，终于好像下定决心般说道，“依我看，洛姑娘遇袭之事，我看很可能是冲你来的！”

“什么？！”苏渐听了亚飒的话，大吃一惊。

“这真不是我多想，”亚飒不慌不忙道，“苏渐你想，现在外面都传言，说洛姑娘对你有好感。而我听人说，这次洛姑娘遇袭，袭击者更像是来绑架，而不是要她的性命。所以……”说到这里，亚飒看着苏渐。

“所以你想说，有人病急乱投医，想绑架洛姑娘来对付我？”苏渐道。

“正是如此！”亚飒说道。

“不是没有这个可能，”苏渐击掌道，“毕竟雪穹她虽然‘凶名在外’，但并没听说有什么真正的仇敌。”

“那你准备怎么办？”亚飒看着他道。

“我会调查此事。”苏渐冷静说道，“现在还不知道是不是这原因。不管此事为何人而起，我都会追查到底，还雪穹一个公道。”

“不错！”亚飒击掌赞道，“洛姑娘果然没看错人。苏渐，如果有什么用得着小弟的，尽管说话。”

“好兄弟！”苏渐真诚谢道。

不过，等亚飒走后，他却苦笑道：“连亚飒都以为我和雪穹有什么私情，其实我们……咦？”

想到这里，苏渐心中忽然一动：“对啊！我和雪穹根本没什么，但却有人误以为有什么。关注我们俩关系的人并不多，我为何不先顺着这条线索查一查？”

计议已定，苏渐立即赶回玄武卫，很是郑重地把“洛雪穹遇袭案”主动请缨在自己名下。

有了正式的名分，他立即调动一切能调动的黑衣卫力量，彻查当时事发的情景。

当然，他等洛雪穹传出康复的消息后，也专门去找她了解了情况。

玄武卫的力量何等强大？洛雪穹的眼力何等犀利？

没费苏渐太多力气，就查明当时究竟是谁下的手。

一得知此人的身份，苏渐便立即去找亚飒。

见到他后，苏渐头一句话就是："亚飒，你太厉害了！我看事情就是像你推断的那样！"

原来这袭击洛雪穹之人，正是高敞家的首席护院高伯驹！

一看到此人名姓，再查知他在高家是长子高敞一派，唯高敞马首是瞻，苏渐便立即知道，亚飒的推断完全正确。

苏渐心想，看来高敞这厮对自己的愤恨，已经到了极点。这不，高敞居然动用亲信，来绑架自己名义上的恋人了。

到了这地步，已经不仅仅是高敞和苏渐两人的私人恩怨了。

高敞的卑鄙程度，还是超出了苏渐的想象。他没想到这厮，之前把他俩的个人恩怨扩散到兄弟的身上也就算了，现在竟然还牵连到一个无关的女子身上！如果这一回真让他们得逞，洛雪穹一个冰清玉洁的少女，很可能一辈子都会被毁了！那之后的事，苏渐简直不敢想象。于是向来阳光开朗的少年，终于忍不住暴怒非常！

"好！哈哈！"苏渐到这时，真的是怒极反笑了，"高敞，看来我们俩之间，必须要有个了断了！"

还别说，高敞看苏渐，是旧恨未报又添新仇；反过来对苏渐而言，又何尝不是这样？

尤其这一次，高敞的所作所为，真的是突破苏渐底线了！

不过尽管如此，以苏渐的为人，他还是不愿妄下定论。

他又调动了玄武卫所有他能动用的资源，去确认自己和亚飒的猜想。

经过这一番折腾，最终的结果表明，他和亚飒并没有冤枉高敞，甚至还高估了此人的人品。

玄武卫的兄弟回来说，高敞这纨绔子弟，竟还秘密建有别院，专门在里面关押绑架来的少妇少女，供他常年蹂躏。不仅如此，甚至在她们之中，还有些是未成年的幼女！

听到这消息，苏渐又惊又怒，当时真是“目露凶光”了。

不过看到他这狰狞表情，来通报此事的玄武卫兄弟，却是好心地提醒他不要轻举妄动，最好当作什么都不知道。

这样的提议，看似荒唐无比，苏渐却完全能理解。

他当场没有说任何话，只是客客气气地拿了一小锭黄金，酬谢这位费了大力气探听到可靠情报的锡徽卫。

当他送走了感恩戴德的同袍后，他就立即去内堂找轩辕鸿大统领。

直接面见大统领的特权十分宝贵，苏渐并没有浪费。进入内堂后，他说的第一句话就是：“禀大统领，我已发现灵鹫学院中血义盟作乱之人的重要线索！”

毫无疑问，他所指的人就是高敞。

这罪名，苏渐还真没有冤枉高敞。

当然这并不是说，高敞就是什么铁杆的血义盟成员，而是像他这样的纨绔子弟，有恃无恐之下，真是无法无天。一般人难以想到，他这位高权重的户部尚书之子，竟还和血义盟有勾结。

但苏渐知道，高敞确实有。

高敞勾结血义盟，这个倒不是苏渐这一次刚查出来的消息。

对于高敞，苏渐已经盯了好久，特别到了这一次，高敞的老底已经被他翻得差不多了。

说起血义盟，这高敞既然是户部尚书之子，自然也是血义盟重点盯上的对象了。高敞十分好色，血义盟就专门安排了美色来诱惑他。高敞这样的人，自然一引诱就上钩，从此就和血义盟有了不清不楚的联系。

这样的联系，倒也不完全是被迫，满含逆反心理的高敞，确实被血义盟极端的教义所影响。

不仅是他自己，连他身边那些亲信，也或多或少跟他接触了血义盟的人。

当然，包括高敞在内，他们这一拨人，谁把这事真正放在心上？但今天，他们的报应要来了！

严格来说，和血义盟接触，只不过是高敞追求刺激的众多途径中的一种罢了，和偷偷掳掠女子蹂躏的本质差不多。

他自己不当真，他的那些亲信随从们，也没人把这事放在心上。

只是，虽然所涉并不深，但这样和血义盟不清不楚的关系，在当前朝廷对乱党高压的情况下，确实是说不过去的。

于是被激怒的苏渐，便以此为突破口，直接向轩辕鸿大统领陈情，在说了许多危言耸听的话之后，终于打动了大统领，将对付高敞的任务，正式交到他手中。

可想而知，当苏渐从玄武卫内堂中走出来时，那脚步甭提有多轻快了！

当然他却不知，身后那大统领从窗户中目视他离去时，心中想的却是："太好了！真是想睡觉就送来枕头哇！"

"高元博你这个老匹夫，仗着户部掌管军费统筹的职权，就对我玄武卫粮饷百般克扣——好好好！真是'贱人自有天收'，我这就出动麾下第一福将，让你的宝贝儿子好好吃一番挂落！"

心中这般想时，轩辕鸿还目露凶光，心中暗下决心，说是如果苏渐对付高敞下手太轻，他就要亲自出手了！

不过轩辕鸿这样的担心，看起来毫无必要。苏渐这次是铁了心要将高敞彻底打倒，便多管齐下，从重坐实高敞的罪行。

人常说"欲加之罪，何患无辞"，苏渐却发现，到了高敞这里，根本不用担心罪行不够。

不查不知道，一查吓一跳。当各路情报汇集而来，苏渐便发现，高敞不仅跟血义盟勾搭，蹂躏民女，绑架敲诈富商，甚至有隐约的消息表明，他跟对面的龙族势力，也有眉来眼去的勾当。

对这一条情报，苏渐格外上心。

他一直觉得，自己亲历的寂灭森林惨案，一定涉及内外勾结。高敞这条线，让他眼前一亮。

只不过很可惜的是，接下来查来查去，并没有查出更多问题。

不管怎么说,高敞暗地里做的坏事太多,就算这回苏渐是因私仇动手,客观上也绝对是为民除害,为国除毒瘤。

一张巨大的罗网,正在悄悄地张向高敞。而高敞本人,此时却还茫然无知。

这倒不是说他耳目不灵通,而是这次轩辕鸿有心要教训他,已严令玄武卫有关人等不得走漏风声;再加上苏渐行事小心谨慎,甚至连雷冰梵、唐求这些兄弟也没告诉,因此此事到了最后,竟然没让高敞看出丝毫端倪。

高敞这坏透顶的家伙,不仅没察觉苏渐的动作,反而还想着怎么再给苏渐致命一击。

就在高伯驹绑架洛雪穹不成后,高敞又把他叫了过来。

再次见到高敞的面,高伯驹又是惭愧,又是惶恐,告罪道:“少爷,怪小的武艺不精,还以为练成了木系绝学‘幽木噬魂’,万无一失,没想到还是被那小妮子逃脱了。”

“无妨。”虽然心中恼恨不已,高敞表面却显得很大度,一摆手道,“人常说,只有千日做贼,没有千日防贼,只要我们有心,她迟早中招。”

“少爷高见!”高伯驹奉承一声,想了想便小心翼翼道,“其实少爷,为什么我们不直接对付苏渐呢?去抓洛雪穹,毕竟隔了一层。”

“无知!”高敞喝斥道,“谁说我只对付苏渐的?那洛雪穹,本身就是我目标!”

“啊?”高伯驹有些吃惊地看着高敞。

“你别忘了,”高敞脸上现出一股子轻浮神色,冷笑道,“我高敞高衙内风流倜傥,才貌双全,洛雪穹这样的天仙国色,正是本公子的绝配。谁想她一时糊涂,近来竟跟苏渐小贼越走越近。我也无其他办法阻止,那就绑过来,少爷我亲自帮她转过念头,回到正途。”

“明白明白!”高伯驹恍然大悟道,“捉过来后,少爷自然亲自临幸,霸王硬上弓后,任她贞洁烈女也自然回心转意——”

“什么霸王硬上弓!”高敞打断他,鄙夷道,“真粗鄙,应该叫‘生米煮成熟饭’!”

“对对！”高伯驹忙道，“小人只知舞刀弄枪，哪比得上少爷您灵鹫学院的文采飞扬。那……”

高伯驹看看高敞的神色，试探道：“要不这两天，我就再去‘请’这位洛姑娘？”

“不急。”刚才一副急色模样的高敞，这时却摆摆手道，“过两天就是中秋，是我正式确立家主继承人之位的庆典，在此之前就不要轻举妄动了。等小爷我继承人之位确定后，到时候能调动更多人手，可确保此事万无一失。”

“正是正是！还是少爷考虑周详！”高伯驹满嘴谀辞，又想到刚才高敞所说的继承人确立庆典之事，顿时忍不住内心火热，两眼放光。

“呵。”看到这位高家首席护院的狂热目光，高敞轻轻一笑，倒是诚恳说道，“伯驹啊，其实你我二人虽以主仆相称，但我待你为叔父辈。你放心，只要你继续忠心耿耿地跟随我，我这次家主继承之位确立后，你就等着跟着我飞黄腾达吧！”

“不敢、不敢，多、多谢少主人！”满腔名利心的高伯驹，此时已经激动得语无伦次，打心底里恨不得把这条命都交给高敞！

高敞和高伯驹上演主仆情深戏码的第二天，就已是中秋佳节的前一天了。

说来也巧，胖子唐求的生日，正是中秋。

自从上回金运来赌坊风波后，他被李碧茗彻底伤了心，也彻底死了心。自那以后，他稍稍收心，慢慢和一个叫丁灵珊的女学生走得挺近。

中秋节前的这一天傍晚，唐求为了显摆，专门把丁灵珊和苏渐都拉来京华城里，就在苏渐管辖的那段长街边，寻了一家好吃的小吃摊儿，一起吃东西。

丁灵珊虽然是出身大户人家的小姐，却和李碧茗完全相反，性格爽朗，并不介意唐求带她来这样的地方。

不过虽然口味好伺候，丁灵珊却有一颗超出常人的好奇心。

还没吃几口，这位面容姣好、身形微丰满的少女，便盯牢苏渐问道：“苏师兄，上次在残月峡中，你最后能杀死龙兵，是因为神仙附体才大发神勇的吗？”

“神仙附体？”苏渐愕然道，“你听谁说的？”

“就是求求啊。”丁灵珊嫣然笑道。

“球球？球球是谁？”苏渐一时没反应过来。

“不就是我咯。”唐求苦笑道，“大哥，灵珊她老是要叫我求求，我总觉得说的是我身子圆胖胖的像球。”

“难道不是圆溜溜的球？”苏渐一愣，看了一眼唐求，却见他正狠狠地瞪着自己。

“好了好了，是我听错了。”苏渐告饶一声道，“不过你可别瞎说，什么神仙附体，分明另有原因。”

“什么原因？”丁灵珊一脸好奇地看着他，眼神十分热切。

“当然是我爱国心爆发，彻底逼出潜力，功力瞬间倍增，故而杀死龙兵。”苏渐一本正经道。

“去你的！”丁灵珊嗔笑道。

还别说，丁灵珊虽然容貌不能说有多好看，但一笑起来露出两酒窝，显得很甜，让人看得特别舒服。

有着甜甜笑容的少女，却不肯放过苏渐。

“那不说这个，师兄，”丁灵珊一副好奇宝宝的样子，盯着苏渐问道，“我听说你和洛雪穹师姐是情侣，是真的吗？”

“什么乱七八糟的！”一听这话题，苏渐有些头疼，只得摆出一副师兄学长的威严，板着脸道，“小小姑娘，别整天打听这些鸡毛蒜皮的事，专心学业才是正途。”

“切，你也不过是位少年，摆什么教习老先生的样子？！”丁灵珊撇了撇嘴不满道。

“师兄你不说，那我就说了，”丁灵珊摆出少女喋喋不休的势头，竹筒爆豆子般说道，“听说师兄开始是死皮赖脸地去勾搭洛师姐，洛师姐本来想一掌拍死你，但幸亏求求在一旁说好话，这才暂时免了皮肉之苦、性命之忧。没想到苏师兄的无赖程度竟超出洛师姐的想象，后来坚持不懈地去搭讪，竟让洛师姐不知不觉日久生情，所以现在你们两个就在一起了！”

“没有的事！”听到这一番说辞，苏渐这回真的板起脸，瞪着少女说道，“丁师妹，这话可不能乱说。我和雪穹真的是清清白白，并无任何情爱之事。”

“没有就没有，干吗这么凶……”丁灵珊嘟囔道。

“师妹，别怪我凶，”苏渐认真道，“我一男子，此事无论怎么传，都无所谓；但你洛师姐是冰清玉洁的黄花姑娘，如此乱传对她实在不好。”

“知道了！”丁灵珊也意识到这问题，便一吐舌头，做了个鬼脸。

“还有，”苏渐放过她，转向旁边那个正装着专心吃面的好兄弟，说道，“唐求，唐兄，求求，我真的要求求你了！你谈你的情，说你的爱，可别跟丁师妹掰扯我的事了。我这人，一向低调，低调！”

“好好，我知道了！”唐求告饶一声，又忍不住笑道，“还低调呢，自从你进了学院，做的哪一件事是低调的？”

“得了得了，你们两个也真是天生一对，”苏渐的脸皮没绷住，顿时也笑道，“你看我今天请你们俩吃了这么多好吃的汤面点心，却还堵不住你们的嘴！”

“师兄教训得是。”丁灵珊一吐舌头，冲唐求道，“你也别说了，听师兄的，我们就吃吃吃！”

“谁先说的啊……”唐求嘟囔了一声，便也笑笑，和丁灵珊一起专心吃起东西来。

这时候，苏渐又跟老板叫了三杯甜米酒，三人就在黄昏的街头小酌起来。

秋天的夜晚，略显萧瑟，不过这三人喝一会儿酒，吃一会儿菜，说一会儿话，再一起看城中灯火次第亮起，倒是心情舒畅，满是融融暖意。

转眼月上东山。

八月十四，月轮已经很圆，此时悬挂在东边城楼上，显得离京华城池如此之近。

苏渐三人，并非胸无点墨的白丁。此时看明月东升，他们也举杯邀月，吟一些文绉绉的明月词儿，相互考较下最近的文学功课。

于是，虽然这街边小摊简陋，甚至连个顶棚都没有，但无论是苏渐、唐求还是丁灵珊,都觉得这样的情境心情真的很美好。

正体会这样难言的舒畅愉悦时,却忽听到一个女子的声音尖利地响起:“我说这不是那谁吗?居然凑到一块儿在这种路边摊吃东西,简直丢灵鹫学院的脸!”

“嗯?!”三人闻言,先是一愣,转脸看见说话的人时,顿时表情各不相同。

“怎么是这女人,败兴!”当唐求看这出言讽刺之人是李碧茗时,马上又郁闷又愤怒。

“哼,是她啊!”看见是唐求的“前女友”,丁灵珊心中既生气又不服气,“哼,女孩儿家的,仗着脸蛋儿不错就趾高气昂!来这儿咋咋呼呼的算怎么回事?她以为她是谁啊?”

“原来是她。”苏渐看见是李碧茗,却是一愣,心中奇怪道,“上回赌坊之事后,这女子就跟霜打的茄子似的,跟我也不敢啰嗦。怎么今日在这里大声喧哗?是吃错药了吗?哦,我明白了!”

苏渐忽然想到一事,立即便明白了李碧茗为什么今天忽然变得这么嚣张。

第二十五章

匹夫一怒

这当口，丁灵珊先忍不住了。

只见她腾地一下子站起，瞪着来人道："李碧茗，我们在这儿吃东西聊天怎么了？好酒楼你以为我们吃不起吗？咱们就是享受这朴实亲民的派头！"

"不像有些人，"丁灵珊一眯眼，冷笑着看着李碧茗，"整天眼睛长在头顶，都不知道自己是谁了，莫名其妙地胡说八道！"

"哟哟，某人找的新女伴，还真不错，"李碧茗阴阳怪气道，"你看这牙尖嘴利的样子，将来一定能三从四德、相夫教子呢！"

"我说唐、师、弟——"李碧茗不等别人反应，转向唐求拉长声调道，"好歹我俩也有一段情分，别怪我没提醒你，要找个新女伴，也找个好看点的。你看你现在找的这个女人，胖就罢了，还牙尖嘴利的，简直丢我的脸！"

"你胡说什么?!"一听她侮辱丁灵珊，唐求顿时暴跳如雷吼道，"李碧茗你这个贱人，说我什么都好，不许你污蔑灵珊！"气急之下，唐求攥起拳头，就要对李碧茗不客气。

"等等。"苏渐见唐求冲动，立即拦住他道，"别动手，我等好男儿，即使打的是无知泼妇，终究不好。"

"你说什么?!"本来装模作样的李碧茗，一听苏渐的话立即气得脸色煞白，也不装了，尖叫道，"苏渐你好大胆子，竟敢说我是无知泼妇！"

“咦?”面对李碧茗的怒火,苏渐却是一脸淡然的样子,转过来看着她,悠悠地说道,“谁说你是泼妇? 本铁卫明明刚看到辖区内的一位知名泼妇,刚从街边缓缓走过,便有感而发说了一句。怎么李师姐你,自领了这无知泼妇的头衔?”

“你!”面对苏渐这绵里藏针的话语,李碧茗简直比刚才唐求暴躁骂她还难受。

按李碧茗的骄横性子,就想立即翻脸动手。不过一看少年老神在在的从容模样,李碧茗顿时又冷静下来。

她想到,先不管苏渐怎么可恶,这浑蛋一身功夫却是神秘莫测,这一年来杀过龙兵,砸过赌坊,逮过凶手,若真动起手来,自己必定吃亏。

心中转过这些念头后,专门来找茬的李碧茗,竟一时平心静气。

沉默了片刻,她忽然换了一种柔和的语调,跟胖少年说道:“唐求,明天是你的生日吧?”

“是又怎样?”唐求瞪着她没好气道。

“呵,我果然没记错。”李碧茗一笑说道,“这样,好歹我们也是朋友一场,就送你件生日礼物吧。”

“老子才不稀罕你的礼物!”唐求生硬说道。

“哈哈哈!”李碧茗忽然猛地爆发出一长声大笑!

她用一种跟女子身份很不相配的张狂劲儿叫道:“唐求,你不识好歹,我不怪你。可是这件生日礼物,就算你不要,我也送定了!”

“你!”唐求忍不住又要动手教训她,但这时苏渐还是再一次将他拦住。

“是什么礼物要送给我兄弟啊?”苏渐竟也用一种平和的语调问李碧茗。

“还是你懂礼貌,”李碧茗赞叹道,“要不说你这兄弟没你有出息呢。”

“少废话,快说!”苏渐不客气道。

“说就说,你凶什么凶?”李碧茗道,“看过了明天,你还敢不敢跟我这么凶! 实话告诉你们吧,”李碧茗既张狂又骄傲地道,“明天,就是明天,中秋节这天,我就要和高敞高公子,在他确立家主继承人资格的庆典上,订婚了！”

“这样啊，是不是要恭喜你？”苏渐淡然道，“这应该遂了你的愿吧？终于攀上高枝了？”

“你……”苏渐这样半死不活的淡然态度，倒让李碧茗好似喝水噎了一下。

“呵呵，苏渐，你别得意。”不管怎么样，说出这个天大的好消息后，李碧茗整个人轻飘飘的。

“苏渐，你了不起是吧？搞定了洛雪穹？要抱得美人归了？呵呵，我好心提醒你，想得美！你别忘了，前些天那冷脸女人遇到了啥？！”李碧茗恶毒地说道。

“李碧茗你个贱人！”到这时唐求再也忍不住了，破口大骂道，“我以前怎么会瞎了眼看上你，你根本就是个恶毒女人，大泼妇！”

“唐求，别跟她逞口舌之利。”苏渐转向李碧茗，手一指外面街上，冷冷说道，“我等好好喝酒，你少在这里乱吠，赶紧给我滚！”

“好！”李碧茗的脸上，呈现出一种极端兴奋后的不正常红色，连声尖叫道，“滚就滚。到今天为止，你们说什么都可以。不过，说什么‘逞口舌之利’？哈哈，我看你们这种人也只剩口舌之利了吧！你看你们俩，谁不是出身卑贱的贱民？哪一个、浑身上下哪一处，比得上我家钟鸣鼎食的贵胄高公子？”

一直小心做人的李碧茗，到今晚已觉得，自己当定了未来高家门主的夫人，从此便可傲视京华。

于是她整个人都好像飘浮在云端，说出各种以前想也不敢想的狂妄话。

到得此时，李碧茗也算把所有想说的话都说完了，便觉得畅快无比。

自己的话说完，她根本没兴趣听别人说什么，便一仰头，趾高气昂地走了。

“小人！贱人！”见她远去，唐求骂声不绝。

相比愤怒的胖少年而言，苏渐看着李碧茗逐渐消失在夜色中的背影，却只是冷笑不已。

“苏渐，对不起。”唐求忽然转过脸来，对少年说道，“没想到因为我一时糊涂，上次让你流血，这回又牵累你受辱，实在对不起。”

平时嬉笑怒骂、没个正形的胖少年，这时候竟似双目含泪。

“咱们是兄弟，说这个干吗?”苏渐不以为意，端起酒杯，跟唐求放在桌案上的杯子碰了一下，一扬脖，一饮而尽。

这时一旁的丁灵珊，看着唐求眼眶含泪，不仅丝毫没有看不起的意思，反而柔声安慰:“求求，别不开心了。这种女人，认清最好。她还来嘲笑你呢，但我却要说，她根本配不上你!”

说到这里，丁灵珊想起刚才的事情，还是气不打一处来，便叫道:“苏渐，唐求，你们不知道，这女人最可恶了！她一向虚荣，势利，平时在你们男学生面前装淑女，回到女宿后就牙尖嘴利，到处搬弄是非，从中得利。我们女学生中很多人早就看她不顺眼了！你们别生气，等我想办法，一定要教训她一顿，帮你们出气。”丁灵珊颇有女侠之风地说道。

“谢谢师妹好意。”苏渐拱拱手道。

说完这句，他转过脸去，看着长街中远近夜色里飘摇的灯火。

沉默片刻后，苏渐回过头来，举起酒杯向丁灵珊示意，然后悠悠说道:“灵珊好意，师兄心领。不过此女对我兄弟做下的事情，已不是教训一两顿这么简单了。”

“你要怎么做?”丁灵珊目光灼灼地看着他。

“我说唐求，”没想到苏渐话锋一转，转向唐求道，“明天是你生日，没错吧?”

“没错啊，你问这个干吗?”唐求有些摸不着头脑。

“是就好。”苏渐笑道，“明天兄弟我有一份生日礼物送你——是大礼!”

唐求闻言大惊道:“苏渐，咱兄弟俩还送什么大礼? 花那个钱，浪费!你若真有钱的话，还不如先借给我……”

唐求还要絮叨，苏渐却打断他道:“唐求你不知道，这礼物，对咱兄弟二人都有用，既送给你，也送给我自己。”

听他这么说，唐求虽然还是不明所以，但已放下心来，连说道:“这就好，这就好，大家都能用，不浪费。”

此后这三人又小饮几杯，苏渐便推杯而起，对唐求二人说道：“时辰不早，我便先回。唐求你也别喝太多，记得送灵珊师妹回去。”

“晓得，晓得。”唐求此时已有些醉眼朦胧。当苏渐结账离去时，他也不以为意。

“求求，”看着苏渐远去的背影，丁灵珊忍不住好奇地问道，“你说，苏师兄会有什么大礼，既送给你，又送给他自己呢？”

“是螃蟹，”唐求想也不想，笃定说道，“秋风起，河蟹肥，苏兄弟定是买来一篓大螃蟹，正好我兄弟二人下酒分吃掉。”

“吃吃吃！”丁灵珊嗔道，“你就知道吃！还大螃蟹呢。依我看，苏师兄怎么会送这样的礼？他这人，绝不简单！”

“他当然不简单了！”唐求大大咧咧道，“要是简单，还敢去招惹洛雪穹？你看我，也就只敢勾搭你——”

“你说什么？！”丁灵珊顿时不依，过来就要挠唐求的肋下。

对这胖少年来说，肋下肥嘟嘟的痒痒肉最是怕痒，即使丁灵珊没有苏渐的血瞳心眼，也早就识破他这命门。

于是这对小情侣笑闹了一阵后，也就相携回学院去了。

第二天，便是中秋佳节了。

中秋月圆之日，正象征阖家团圆。对于继承了神州衣冠的华夏之人，这一天非常重要。

当然京华城里，今年这个中秋节，对两个人来说，意义却比其他任何人都要重要。

这两人，自然一个是高敞，一个是李碧茗。

高敞即将在中秋这一天，正式成为京华高氏门主的继承人。

而李碧茗，因为臭味相投，也终于修得正果，被高敞接纳，就在这个仪式上一并订婚，所谓的“喜上加喜”。

可以说，这一天不仅是高敞、李碧茗的好日子，也是所有依附追随高敞之人的好日子。

于是一大清早，承担仪式场地的弥勒禅寺的外苑中，早已张灯结彩，彩台高筑。

所有高敞一系的人马早早到来，在仪式场地中来往穿梭。他们所有人，都在喜气洋洋地等待那个荣耀时刻的到来！

高家仪式庆典所在地弥勒禅寺外苑，虽然是寺庙所属，却并非真正的寺庙。

因此在世事艰难之际，禅寺的和尚们也积极拓展营收，把这场地阔大、古树成荫的禅寺外苑，租给各类善信举行仪式。

所以别说是继承人仪式和订婚庆典了，弥勒禅寺外苑连财主娶小老婆的仪式也都承接过。

选择弥勒禅寺外苑这地方，是高敞坚持的结果。

这小子一直觉得，这个新京华香火最旺盛的寺庙是他的福地。

以前有什么事，不管好的坏的，他都会来弥勒禅寺中祈祷。

最终的结果，显然都很不错：他高敞至今一直顺风顺水，除了对上苏渐那小贼稍有不顺，其他都非常顺遂。否则，也不会有今日这个高氏继承人确立仪典。

当然，到现在为止，高敞还是觉得，苏渐只是疥癣小疾。

“苏渐这贱民，除了运气好，其他还能有什么？倒是自己高家那些旁支别系的叔伯兄弟，才是自个儿将来执掌高家的大敌。”

说实话，平时高敞总是趾高气昂，在一般人眼里总是摆出个非常欠揍的高傲姿态。不过今天，作为胜利者，即使碰上平时族里不对付的竞争者，他也都尽力摆出一副平易近人的姿态。

但他这么做的效果很一般。

族里那些兄弟，谁不知道他的为人？高敞这姿态看在他们眼里，完全属于“纡尊降贵”、“折节下交”，反倒更加惹人生气。

这一天对高敞的父亲高元博来说，也是个大喜的日子。

虽然高元博是当朝正三品的尚书高官，还掌管户部这样直接与钱粮相关的肥水衙门，但他反而觉得，自己高氏一门内的明争暗斗，甚至比朝堂政争还让人头疼。

好在，虽然最近他这宝贝儿子出了几次纰漏，但在他使尽浑身解数，不惜做了几场苦肉戏后，还是让儿子顺利过关，得到高家太爷一辈的首肯，顺利拿下高氏门主继承人的身份。

当然，今天虽然打心眼儿里高兴，高元博高尚书，暗地里却把一个名字念叨了一遍："苏渐是吧？好！好！一个寒门贱民、龙血者弃子、玄武卫小杂役，竟然几次三番跟我家敞儿做对。我前段时间忙于保敞儿过关，等今日仪式一过，尘埃落定，少不得要腾出手来，收拾收拾你！"

道貌岸然的户部高尚书，心中已开始转着凶恶的念头，准备亲自对苏渐下狠手了。

当然了，对这件事高尚书也没怎么放在心上。

要一个寒门少年性命这样的事，放在他高元博眼里，跟碾死只臭虫有两样吗？

高大尚书的注意力，还是放在他亲弟弟高元盛的身上。

高尚书这弟弟可不简单。高元盛在当今朝中，已坐上翰林院掌院学士之位。

还别说翰林院掌院只是正四品，连个从三品也没到，比大哥高元博的户部尚书整整低了两级，但这个官职本身却是无比的清贵。

按以往惯例，最后入阁为相的，不是高元博这样看起来实权满满的事务高官，而常常是整天不做实事的翰林院掌院学士。

其实这种清贵官，要的就是不掌实务。要知道这世上动嘴皮子最简单，哪怕说得天花乱坠也没人管，怕就怕去从事具体事务，那样即使再小心，也总能让人找到把柄。

所以，从清贵官中拔擢宰相，也是对宰相这个百官之首的保护。

否则，当过事务官，曾动辄被人找茬，落下各种把柄，还怎么做百官之首，维护"一人之下万人之上"的尊严？

而翰林院掌院这职务，在龙族压境的今天，还有着更重要的权势，那就是屠龙、灵鹫二学院，是置于翰林院掌院学士管辖下的。

这两座学院，声誉何等显赫？

学院的毕业生，虽然名义上，最终都以当朝皇上光武帝李翊为座师；但有这么一层关系在，翰林院掌院学士分明就是每年都多了许多精英学生啊。

就这一点，别说高元博这个大哥了，朝野不知有多少人羡慕眼热高元盛的这个职位了。

在高家这豪门中，父一辈的两位高氏人杰明争暗斗，连带着他们的子女，也都互相不服气。

高元盛生子生得早，其子名叫高轩，现在可是正八品的翰林院五经博士。

这官职听起来有点傻，但高元盛为儿子博得这个位置，却一点都不傻。

既然老子是翰林院首席官员，那高轩在他的庇护下，将来怎么会不飞黄腾达？

豪门的一氏两支中，怕的就是这样势均力敌的状态。

索性高元盛这支彻底暗弱也就罢了，谁料其权柄声势竟然并不亚于大哥，于是形势就变得有意思了。

高元博、高元盛虽然是亲兄弟，在朝中时却是互相帮衬时少，相互拆台时多。高敞和高轩，更是互不买账！高敞鄙视高轩是耍笔杆子的文弱书生，高轩却认为高敞是胸无点墨、只知动手动脚的莽夫。

相互已经看不上，再加上还有高家门主权柄的争夺，于是这两支高家人就更加明目张胆地互相争斗了。

所以现在的高家中，不仅高氏族人本身，就连那些下人们也都分成了泾渭分明的两派，相互斗得鸡飞狗跳。

当然，一切纷争，到了今日，就将落幕。

高元盛一系，终究还是在豪门内斗中败下阵来，其长兄和长侄大获全胜。

待今日继承人仪式过后，那些原本依从于高元盛的外围人士，就要见风使舵，倒向高元博这一派了。

当这一天终于到来，清癯儒生风范的高元盛，看到这样的场景，还是忍不住在心里大骂，骂这个长子继承的礼法简直不像话。

这时候他却忘了，自己平时才是华夏朝最维护祖宗礼法的那一个。

再说高敞。刚才他去了外苑东侧的一处偏厅内堂,看到了正在被婢女化妆的李碧茗。

“没想到这妮子,这一盛装打扮起来,竟也挺好看。”看着描眉画鬓的女子,高敞不由得心中感叹。

“是公子来了?”本来低头妆扮的李碧茗,感到有人来,抬头一看是高敞,顿时喜上眉梢。

“你看奴家这妆容好看吗?”大喜之日,李碧茗也变得如同羞涩喜悦交织的小女孩,认真地问高敞。

“好看,好看!”高敞笑道,“是我选中的新娘子,怎么会不好看?”说着话,他便走近,在李碧茗腮上吻了一下。

“公子好坏……妆花了。”李碧茗羞涩地说了一声,便忙着对着菱花铜镜,用粉扑蘸着胭脂补妆。

如此用心打扮之时,女子脸上洋溢着幸福的笑容。看着菱花镜里自己美丽的颜容,李碧茗忍不住有一句话在心里反复盘桓:“结就来生双绾带,写成今世不休书!”

幸福感满溢地思忖时,李碧茗忍不住念出声来。

高敞听了,也不由得一阵大笑,揽过女子一阵拨弄,跟着念了这句喜庆诗句,一时间也觉得平生无如此刻乐也。

说真的,这高敞高大少,能答应娶李碧茗,完全只因为她出身没落贵族,又对高敞百般顺从,于是高大少便觉得,与其娶个门当户对的大家闺秀做大房,还不如就娶李碧茗。

这样一来,以后他一如既往地出去花天酒地,高夫人碧茗哪敢管他?

远的不说,近日他就准备绑了洛雪穹侮辱,若换了个高官小姐是自己老婆,那还不吵翻天去?

虽然怀着这样不良的动机,但这一刻高敞在禅寺外苑的厅房中,看得眼前美人眉目如画,被自己一逗娇羞嫣然,便也禁不住动了真情。

当此之时,高家大少爷自觉权势与美人都被自己掌握在手中,那志得意满的情绪,简直难以形容。

终于就快到了庆典正式开始的时辰。

巳时之初，正是旭日升空、光耀大地的时刻。

此时阔大的禅寺外苑之中，到处旌旗林立，各式高氏家族徽纹旗帜，迎风招展，猎猎作响。

高氏族旗，取的是黑底白纹，象征着祖上以军功立家，常年带兵大战，坐卧于白山黑水之间。

不过这样的渊源，周边路过的小民是看不懂的。看着这黑白旗帜，还有人问，是不是谁家死了老人，便租了禅寺外苑举行祭灵仪式。

当到了巳时一刻，只听得三声鼓响，本来还在随意走动、交头接耳的庆典嘉宾们，便都神情肃然地入座。

"终于等到了今天！"

这一刻，今日的主角高敞，在彩台之后看着外苑中坐满的黑压压人群，心情兴奋而激动。

仪典过程，不必赘述，无非是长辈登台宣讲，祭天地，拜皇家。

当鼓乐齐鸣三巡之后，终于到了今日主角高敞登台的时刻！

对今天这个仪式，高敞已经在心中预演过无数遍。

但事到临头他才知道，对这样的大场面，所有的准备都没用。

到了登台时，他头脑一片空白，幸好有专门的礼宾司仪，引领着他做这做那，才避免了出丑尴尬。

眼见这样，高敞心中倒也想："嗯，果然今日我还只能是坐个继承人之位。要像爹爹那样老辣掌管一族，还差得远。"

这么想着，高敞便登上了红绢铺地的礼台，按照预定的流程，由两位家中族老颤颤巍巍地替他披上象征高氏继承人的雪纹玄裳。

族老年事已高，动作缓慢，披衣的漫长过程，倒让高敞有时间平复心情，变得从容自然。

于是，他有暇看到，台下那位一直跟自己明争暗斗的堂弟，此刻正站立在人群之中，看向自己的眼神，如喷怒火。

还别说，越是看见堂弟如此，高敞就变得越是开心。

面对堂弟愤恨的眼神，高敞嘴角上翘，回以一个无声的轻蔑笑容。

见他如此，无论是高轩还是他老爹高元盛，霎时间变得脸色铁青！

无声的暗战中，所有繁文缛节也差不多完成。于是整个仪典最重头的一场戏终于到来！

只见当今高氏门主高元博，持着一封朱帖，准备交予高敞。

这封大红朱帖，正面绘着高氏族徽，四周洒着亮闪闪的金粉，内胆用的是素绢而不是白纸，上面写着确立高敞为高氏门王正式继承人。

那时的人最重契约。只要这封朱帖交到高敞手中，高敞这京华高家下一任门主的地位，就算完全确立了。

到得这一刻，不仅平静的高敞激动起来，就连高元博这样的官场老手，也变得格外激动——是啊，谁奋斗一辈子，不是为了子女？就连高元博这样老谋深算之人也不例外。

今日终于确定自己的门主之位传与儿子，对他来说，意义简直不亚于自己当年被提拔为户部尚书。

“对面之人，”高元博努力平复心情，按家传的仪程对高敞问道，“汝已斋戒否？”

“已。”高敞低头，郑重回答。此时他拱手与额平齐，这是所谓站立时最隆重的顶礼。

“汝已沐浴否？”高元博继续问他。

“已。”高敞再次低头顶礼回答。

其实，当高家族老替高敞披衣时，整个禅寺外苑就一片安静。场中人人都屏息凝神，看这样难得一见的重要仪式。

等到高元博登场时，整个场中更是鸦雀无声，只听得见风卷旌旗，哗哗作响。

只是，让所有人都感到意外的是，就在高元博父子二人问答时，他们听到禅寺外苑的大门口，竟然好像发生了一阵骚动！

“怎么回事？”那些德高望重的宾朋，不禁都皱起眉，心里开始怪高家怎么能允许这样低级的纰漏发生。

他们这时候还以为是门口有什么乞丐流民上门骚扰乞讨。

他们还在皱眉抱怨时，那大门口的人群已开始争执起来，而且争吵声还越来越大。

不过这时候，彩台上的高元博父子，还完全沉浸在胜利的喜悦中，充分享受这期盼了多年的兴奋时刻。

于是一时之间，他们俩竟没听到外面发生的异动。

只是，当高元博照规矩问了几个问题，马上要把大红朱帖交予高敞时，却听得“轰隆”一声巨响！

那禅寺外苑的楠木大门，竟然被人猛然撞开！外苑三寸厚的门板，竟然在一瞬间破碎一地！

到得此时，外苑场中没人不被惊动。

包括高元博父子在内，众人齐惊，一齐朝大门口看去。

让所有人做梦都没想到的是，在高家这么隆重的典礼上，他们这时从破开的门洞里看到的却是，有一大群黑衣卫武士如潮水般涌入，各举刀枪，杀声震天！

兵丁破门，如果说今日仪典真的只是关起门来的高家家事，也就罢了；但今日为了显威风，高元博可是把各地的高氏族长，还有朝中交好的同僚都给请来了！

这一下高元博的心情可想而知。

如果说场上其他人还只是“面面相觑”，高元博却变得跟他亲弟弟前一刻一样，“脸色铁青”！

按道理说，这时候高元博应该带头喝骂才对。但他看见闯进来的是负责刑事侦缉的黑衣卫，第一反应竟是眼皮一跳，心中吃惊想道：“难道是……”

正心怀鬼胎时，却听高敞已然骂了起来：“你们这些黑狗浑蛋，谁让你们冲进来的?!”

高敞此刻的心情比他老爹更差，同时也是气焰嚣张惯了，这时候自然想骂就骂。

“高敞你瞎嚷嚷个啥？不想活了?”这时冲到彩台前的黑衣卫打头一人，毫不客气地回骂。

“端木楚?”高敞一看领头之人，竟忽然有些发愣。

愣怔了片刻，他脱口道：“怎么会是你？端木大人，我没得罪你吧？你怎么带人砸我场子？”

“砸场子？哼，说什么呢。”端木楚面沉似铁，叫道，“来，苏铁卫，你来说说今日我等来此所为何事。”

“苏铁卫！”一听这词儿，高敞本能地身子一抖，心说要坏。这些天来，“苏渐”这名字对高敞而言，简直就是噩耗的代名词。

心惊之时，高敞再抬头一看，那个正慢腾腾从端木楚身后转出之人，不是苏渐是谁？

“高敞，你事发了！”一身黑色劲装的苏渐，一扬手中的一叠纸，中气十足地叫道。

一听“高敞”二字，高大少面如土色，但他旁边的老父高元博高尚书，不知怎么，第一反应竟是一下子松了一口气。

不过高尚书很快就反应过来。

“混账！你胡扯浑说什么？”

一听黑衣卫抓人的套话今日竟然用在自己宝贝儿子身上，高元博顿时气不打一处来！

“胡扯？”面对当朝三品大员，苏渐却是神色自若。

只见他一个纵跃跳上高台，面对高元博侃侃而谈：“尚书大人，我等玄武卫兄弟今日前来公干，怎么能是混账胡扯？我劝尚书大人您在没弄清事实前，请勿污蔑我等兄弟。”

“你你你——”被苏渐这样一呛，高元博顿时气得浑身抖如风中秋叶！

已经多少年了？从来没人敢这样跟高元博高大人这般说话！

于是他手指着苏渐，声音颤抖骂道：“你、你……哪来的狗东西？还不给我快滚！”

多少年没人这么对他的后果是，这时候高尚书想用最恶毒的话语来骂苏渐，却发现“书到用时方恨少”，竟然词汇量不够。

“滚？狗东西？”本来苏渐还有些恭谨姿态，一听这话，顿时挺胸抬头，在高家父子面前把腰挺得笔直。

而傲然挺立时，本就英俊洒脱的少年，更显得卓尔不凡。本来一袭黑色劲装只是玄武卫规定制服，这时候却衬托得他如同一柄出鞘的利剑，傲然伫立在云空下、高台上。

见他如此，台下有些高家旁支的大姑娘小媳妇，竟一时没忍住，把家族仇恨抛到脑后，不时地拿眼偷瞄苏渐的身材面容。

而苏渐此时目视高尚书，昂然说道："禀高大人，在下既不是狗东西，也不会滚。本来今日本铁卫前来，只是寻常公干抓人，既然大人您这么说，那说不得，我便要正告你——"

当此之时，青空如洗，旗卷如龙，整个禅寺外苑只听得见少年清越响亮的嗓音回响：

"高大人，我玄武卫一众兄弟，保皇屠龙，一片忠心，日月可鉴！我苏渐在此要正告某些人，千万莫要暗中使坏。若是暗动歪心，克扣粮饷，让我等出生入死之众饿了肚皮，那我玄武卫上千兄弟，决不答应！"

原来此来之前，轩辕鸿大统领怕苏渐下手温柔，早就把高尚书克扣粮饷这件事暗示给了他。

而苏渐这口才，真是上了一定水平。这一番话说出来，本来只是应付差事、跟着往前冲的一众玄武卫，直听得感同身受、热血沸腾！

于是苏渐话音刚落，他们便自发地齐声大叫："决不答应！"

这句话说得齐心协力，重复了几遍，声震四壁，回荡不绝，直惊得围墙外秋树上的昏鸦飞腾而起，呱呱地哀叫着飞向远方。

到这时，本来只想应付任务的玄武卫，被苏渐这番话激起共鸣，血冲头顶，已起了同仇敌忾之心。

到这一刻，再没人敢小看台上傲立如枪的少年。

玄武众卫，皆在暗中直挑大拇指："果然不愧是'孤胆屠龙'苏铁卫！"

还别说，以前也有人隐约提起这称号，没多少人当真；但从今日起，苏渐这"孤胆屠龙"的名号，便被在场的玄武卫兄弟口口相传，渐渐流传出去。

玄武卫同仇敌忾，士气高昂，对高家这一方就不算是什么好事了。

于是面对脸色煞白的高元博，心气儿也上来的端木楚冷冷说道："高大人，我劝你还是好好听咱苏兄弟把话说完。"

"哼！"面对皇帝的小舅子，高元博也不敢放肆，哼了一声，也就顺势往旁边避避，暂时不作声了。

“运气！”见高元博终于退让，苏渐心中暗暗松了一口气。

“高敞！”没了任何顾忌，苏渐往高敞面前跨进一步，如雷鸣般喝道，“我来问你，你可是新京华城三元坊街人士？”

“是又怎样？”见爹爹都退让了，高敞这时候也不敢放肆。面对少年程序化的提问，他没好气地应了一句。

“是你就好。”苏渐冷笑道，“你已经犯下滔天大罪，且听我一一宣来！”

“什么？！”听到他说要宣布罪行，高敞顿时觉得不妙。

当他正要往旁边跑，早有几个黑衣卫精壮武士扑过来，从两边一把将他揪住！

“苏渐！你浑蛋，你公报私仇……”被制住的高敞叫骂不绝，“你——”

还要再骂时，已有人十分娴熟地往他嘴里塞上一团破布。

没了他的聒噪，接下来苏渐便故意用十分响亮的声音，一桩桩，一条条，把高敞那些罪行响亮地宣布出来。

刚开始时，袖手旁观的高尚书听了，还直撇嘴，心说“刑不上大夫”，高敞是自己这户部尚书高官之子，这点罪名算得了什么？

但没想到，从第四条开始，高元博便越听越心惊：

什么蹂躏残杀数十名妇女，私卖大量管制军资，陷害逼死多名郊县官吏，甚至和敌国龙族还有不清不楚的联系！

这一桩桩、一件件，不仅性质严重，数量还非常多，于是本来看着一表人才的高敞，在那些和高家没什么关系的宾朋眼里，渐渐形象变得和魔鬼无异。

“污蔑！都是污蔑！”这下高尚书也顾不得什么形象了，不断地嘶吼大叫，气急之下甚至跨步向前，扬手想要打苏渐。

当然聪明如高元博，自然不会这么容易冲动。在他的手刚举起时，他便看到了对面少年嘴角露出的一丝冷笑。

看到这丝冷笑，高元博突然浑身一个激灵，心想道：“哎呀！高元博啊高元博，你怎么这么傻？刚刚这些黑狗还在嘀咕，这狗少年是什么‘孤胆屠龙’。以他这样的狡诈，说不定正等我一冲动扑过去，然后随便一指头戳死我！事后还把我安个‘袭击公差，不幸身死’的罪名——哎呀，他完全干得出，好险好险！”

一念及此，高元博顿时冷静。

不过，虽然他自己没动手，但不等于他就不想动手。

现在这场面他也看出来了，今日事情绝难善了。很明显，如果让黑衣卫的人就这样把宝贝儿子捉走，那么以苏渐这个狗东西的无耻程度，敞儿这辈子就再难脱出牢狱了。

心中计议已定，高元博冷笑一声，便退到一旁。

明面上他是退让了，实则却是找了个隐蔽的位置，对彩台一侧的高家护军高手，暗中做了个“斩首”的手势！

彩台两侧的高家护军，人数并不多。他们之中，不乏高手，但更多入选站立的，都是相貌堂堂之辈。

这点很好理解，毕竟今日来禅寺外苑主要就是撑场面的，谁能想到还要经历一场血战厮杀？

看到高家家主的暗示，本来应该一呼百应的高家护军，竟然在这一刻，都变得有些迟疑……

第二十六章

血染婚裙

很显然今天玄武卫来此公干，可不是闹着玩的。

这些护军都不傻，如果说最开始还有点不以为然，但当他们看见那个小小的铁徽卫，竟然敢在台上公然跟高大人对呛，就知道今天这事情，绝难善了了。

这还不算什么。

当苏渐刚才将高敞的罪名一桩桩、一件件地说得很分明，便对这些护军的士气，产生重大打击。

谁家没有父母？谁人没有妻儿？再是你高家的私军，听到这些违背公理伦常的血淋淋罪行，怎会不人人愤激？

所以，平时说一不二的高元博，这时候下的指令，却让那些护军迟疑了。

见他们不动，高元博固然恼怒，护军中有一人，却比他还要着急！这人正是高伯驹。作为高家首席护院、高敞的亲信死党，他对刚才发生之事，那是震惊无比。

当高敞被当场拿下时，高伯驹脑海中便转过无数可能。

不过片刻后他冷静下来，便知道今日对他而言，已是一个不是鱼死、就是网破的局面。

原因无他，实在是这位高家的首席护院和高敞牵连太深了。

简直可以说，高敞干的那系列坏事中，几乎没有一桩没高伯驹参加的。

所以，一想清楚这一点，高伯驹便时刻在找机会，想要将少主人抢下。

刚才苦于没机会，不敢轻举妄动；现在有了现任高家门主的暗示，高伯驹哪还不如获至宝？

本来还不想出头得那么明显，想趁大家一哄而上时下狠手，没想到，身边这一个个弟兄，平时个个龙精虎猛，这时候却变得如同泥雕木塑，让高伯驹既惊又恼。

眼见是这场面，高伯驹再也没办法沉住气了。只听他大喝一声道："兄弟们，黑衣卫摆明冤枉我家少主，大伙儿都是高家的人，决不能答应啊！"

说此话时，他所对的方向，正是平时他的那一帮亲信。

听得自己的头目这么说，这些亲信一时也来不及多想，略略迟疑了一下，也就跟着鼓噪起来。

他们这一吵闹，倒是把情绪给鼓动起来了。那些本来不准备掺和的护军们，在情绪感染之下，想起自己毕竟拿的是高家的钱，吃的是高家的饭，顿时也跟着呼声震天起来。

见此情形，人数不多的黑衣卫们开始变得有些慌张。毕竟高家作为京华高门大户，其护军之精锐也是众所周知的。

就在黑衣卫们还在愣神时，那些高家护军们已经往彩台上扑来，准备强行抢人。

这一刻，高伯驹已是一马当先，首先奔到彩台下面，一个极为漂亮的纵跃，便迅疾地跳上了高台。

以他跃上高台这敏捷神速劲儿，想必冲到被拘押的高敞近前，也只是眨眼间事。

而高伯驹能成为高家首席护院，无论是武技还是法术，都极为出众。不说别的，木灵法术中极为难练的"幽木噬魂"，近来也被他练成。

对他这底细，高家父子怎会不知道？于是见他搏命，高元博面露欣慰，本已绝望的高敞也重燃希望。

这时候，只见那飞跃高台的高伯驹，落上台面后，脚一点地，便要朝这边飞扑。当此之时，高伯驹脑中，已经想好了几种攻击的方法，确保万无一失。

只是，就在这时，他却忽觉一缕劲风袭来，紧接着台下又有什么地方传来“砰砰”两声奇怪响动，听着倒好像是什么弦线被拨动。

这时的高伯驹，只能感知到风声弦响，但在台下人的眼里，看到的场面可丰富生动多了。

他们看到，高家的首席护院才一发动，那个清俊明朗的少年黑衣卫，就好像早就盯着他似的，高伯驹才一落上台面，少年已将手中那口古朴剑器奋力掷出，转眼就从高伯驹前胸透入！

紧接着，台下一侧的玄武卫人群，看到少年掷剑，就像得到信号一般，突然朝两边如潮水般退去。

人群散开后，露出的是两辆四轮劲弩车。

很快有武士上前，熟练地瞄准、扳弦。“砰砰”两声后，两支劲弩如流星般朝台上飞去！

“什么声音？”高伯驹后知后觉，还在想道，“怎么……是胡琴拨动？又有点像劲弩发射……可咱高家没带弓弩来啊……”

正当他想到这里时，他整个人已被一股巨力冲撞，猛地朝后倒退飞去！

直到重重摔在台下地上，高伯驹才猛然觉得右胸处传来一股彻骨的剧痛！

等他低头一看前胸，一声凄厉的嚎叫从口中喊出！只见一个血淋淋的锋利剑柄，露在自己的右前胸外！

惊恐之际，高伯驹本能地想跳起来逃命，谁知道才一用力，两腿又是传来一阵剧痛。

他再扭头一看，便看见自己两条大腿上，各穿着一支血淋淋的尖锐箭头！

还待挣扎，蓦地一道黑影飞来，很快俯身将他胸前的剑器抽出。

刺骨的疼痛反而让重伤的高伯驹十分清醒，这一次他第一时间看清了来人，却见正是苏渐仗剑站在自己的身前。

“是他……”高伯驹痛晕过去之前，一个想法忽然划过脑际，“怪不得，少主人如此费心地对付他，这人真的不是我能与之为敌的……”

高伯驹昏过去后，刚才那些跟着冲的高家护军，一时没收住脚，还想顺势冲过来。

“谁敢动?!”苏渐大喝一声，滴血利剑横握在手，虎视眈眈地看着冲来的护军。

苏渐这一刻的气势，仿佛又回到残月峡力斩龙兵之时。

他这样睥睨四顾、舍我其谁的酷烈气势，竟真的逼得乱哄哄的高家护军一时停住脚步。

锐气一泄，万事皆休。

到了这时候，所有人都认清了形势。

在刚才，高伯驹被青龙军中才有的强弓劲弩射落，众人已是一惊；而“打狗还看主人面”，现在见苏渐又是如此狠辣地对付高伯驹，在场所有人俱是心中一凛，只觉得此事绝不像表面这样简单。

到这一刻，没人敢再轻举妄动!

整个弥勒禅寺外苑一时寂静，只有高元博气急败坏的叫骂分外刺耳：“苏渐，你、你下手太重! 你分明是跟我儿有私仇!”

这叫骂，无比响亮，但稍微有点头脑的人顿时反应过来：“哦，高大人这是服软了。还私仇，他当然恨不得是私仇了! 可你看玄武卫气势汹汹，青龙军军用强弩都出现了，特别还是当今皇后的弟弟带队，怎么可能是什么私仇?”

顿时这些想象力丰富的宾朋，开始各种脑补。

不过虽然他们想象力全开，有很多荒唐猜测，但基本上却正是说中了高元博的心理。

刚才这位尚书大人还满腔怒火，但现在全部心思却只化作一个“怕”字!

冷静下来后，高元博后脊梁一阵发凉，心中暗想：“难道……是自己和司徒宰相大人的那些事情，泄露风声了?”

心怀鬼胎之际，高元博还是表现出一个官场老手的应有水准。他输人不输阵地冲苏渐叫道:“小小铁徽卫,切莫张狂,今日之事,老夫算是记住你了!”

“记住就记住。”苏渐呲牙一笑,竟似是毫不顾忌。此时他见整个局面已经控制住,便一转身,朝端木楚使了个眼色。

一见他这信号,端木楚顿时恶狠狠大叫一声:“带走!”

于是曾经气焰熏天的高敞高大少,此刻就像条死狗一样,被如狼似虎的黑衣卫押走了。

高敞被押走的最后一刻,瞅向苏渐的眼神,倒让苏渐一愣,只觉得有几分眼熟。

直等过了片刻,苏渐才反应过来:哦,原来这眼神,惊恐、仇恨、痛苦、绝望相交织,正和先前刁正、曹良送命时的眼神如出一辙。

看到这样的眼神,苏渐也有片刻的心软。他反思,自己反击得这么狠,究竟对不对。

不过很快他就清醒过来,心想:“这些人只为了睚眦小事,就能对我下毒手,实在不值得同情!而且这种人作恶多端,尤其这高敞,不查不知道,原来犯下这么多不法大罪,我这已经不是报私仇,而是行公义了。”

到得这时候,苏渐忽然有些领悟了“杀一人而活万人”的道理。

就在他心中转念之时,高伯驹这个助纣为孽的恶人,也被黑衣卫架起来押走。

到得此时,一个好端端的喜庆仪典,被弄得鸡飞狗跳,遍地狼藉,连主角都被抓走了。

这时高元博自然惊怒交加,一时间手足俱抖,不能自已。

在这样艰难时刻,却还有一人凑近前来,跟高尚书搭话。

这人不是别人,正是尚书的亲弟弟高元盛高学士。

“大哥——”高元盛喊了一声。

“什么事……”高尚书无精打采地说道。

“大哥,我看,”高元盛轻轻一笑,“我看这高家门主继承人之事,也要重新议一议了。”

“哇——”刚才经受了那么多打击都没垮掉的高尚书,这时候却一口老血喷出,“咕咚”一声倒地,人事不知!

大喜庆典,这般鸡飞狗跳,但现在还有一人,却还对这一切变故一无所知。

禅寺外苑的偏厅内堂中,那位盛装打扮的李碧茗,还在痴痴地等待。

现在其实早已过了预定的上场时间,李碧茗也变得有些焦躁。

特别是,她先前听到外面阵阵的喧哗,按说应该是宾朋的阵阵欢呼,但是侧耳仔细倾听,却又不太像。

如此期待、疑惑、喜悦、焦躁相交织,让李碧茗的心变得如同有一百只老鼠爪儿在挠一般。

不过这时候,她对今日能跟高敞订婚一事,还是毫无疑虑的。

笑话,高家是谁?这预定的仪程,谁敢、谁能破坏掉?

信心满满的女子却没想到,正是自己前一天还在鄙视嘲笑的少年,刚刚亲手破坏掉她梦寐以求的仪典。

就在李碧茗患得患失之间,忽然有个婢女如飞般跑来。

一进门,这个叫如月的婢女就连声大叫道:“不好了不好了不好了!”

“闭嘴!”李碧茗抬手就扇了婢女一巴掌,“臭贱婢!在你家新女主人面前,怎敢如此大叫失礼?”

李碧茗是有功法在身之人,又有心立威,这一巴掌是打得极重的,婢女如月被打得晕头转向,一时都没反应过来。

不过等婢女如月回过神来,便手捂半边腮帮子,挺起胸,昂起头,用一种极为放肆无礼的眼神瞪着李碧茗。

“哈?!”李碧茗见状不怒反笑,顿时随手拿过梳妆台上的一根金钗,就要拉过婢女如月的手指来戳。

一边动手,李碧茗还一边愤愤地心想:“还没正式过门,这些小贱人就敢给我甩脸子?如果这时候不发威,以后正式嫁到高家来,还怎么能做一个人人畏服的正室大妇?”

只是她没想到,见她举起金簪,那婢女如月竟夷然不惧,冷笑着说道:“好心来给你报信,没想到事情都黄了,还敢跟我们高家人摆大妇的架子。本来还有些为你难过,现在看来,这结果正好!”

“死婢子你胡说个什么？我要撕烂你的嘴!”李碧茗抛下簪子就要扑过来。

“高敞被抓了。”婢女如月看着扑来的女人，冷冷说道，“你的高家媳妇做不成了。”

“什么?!”李碧茗如遭雷击，不信地大叫道，“你胡扯什么?! 大喜之日说这不吉利谎话，看我不打死你!”

就在她怒火中烧，正要下死手之时，更多的高家人跑过来。

所有的人，进屋后都用一种同情的目光看着李碧茗。

正是这种同情的目光，让女子如堕冰窟。

“难道……”她颤抖着声音问大家，“难道今天这婚……不订了?”

“不订了。”众人纷纭说道，“李姑娘，高大少爷犯事了，看样子一时半会儿出不来。这婚，没法订了。”

虽然，李碧茗极度虚荣功利，但内里其实还是挺坚韧强悍的，否则以一个娇弱女子，怎么能这样蝇营狗苟，始终为家族复兴努力?

但到这时候，好像一切的坚强都没用了。

只见李碧茗“哇”的一声，一大口殷红的鲜血从口中喷出，不仅喷得禅院的白墙红斑点点，还染红了粉红的裳裙，那场面真叫触目惊心。

见这情景，众人尽皆惊心。

还没等来得及上前安慰，却不防李碧茗见到自己喷出的鲜血，忽然如同呆傻，好一阵后才发出一阵惊恐之际的嘶叫声。

一时间，整个内堂中，全是她失控的“啊啊啊啊”声，凄惨的嚎叫不绝于耳，再配以带血的婚袍，那画面极为诡异。

还没等众人来得及上前安抚她，李碧茗却突然又发疯般地冲出了内堂，向后冲到了弥勒禅寺的佛堂里。

一路上，弥勒寺的众僧侣阻挡不及，当女子冲到佛前时，终于心竭力尽，瘫软在蒲团上。于是香烟缭绕的佛堂里，一袭艳丽的红嫁衣，一尊庄严的菩萨像，对比出一种强烈的悲情。

高敞被抓，此事还不算完。

苏渐在玄武卫中耳濡目染，怎会不知道“打蛇不死反被咬”的道理?

一抓来人，他立即和端木楚配合，在狱中审讯高敞时，以不死为诱惑，让他把自己做下的恶行供出。

出乎苏渐意料的是，这平素里嚣张跋扈的贵公子高敞，一到了牢里，心理素质竟比谁都差。

高敞不仅怕死，还害怕狱中的酷刑。于是在苏渐的承诺下，这贵公子竟误判了形势，不仅将罪行和盘托出，还把和血义盟勾结之事添油加醋，就怕说得不真，让苏渐他们不高兴。

听得他这些供词，不用说苏渐了，就连端木楚甚至轩辕鸿都喜出望外！

本来，端木楚只是帮朋友忙，轩辕鸿只是想找个茬儿，可谁能想到，他们竟然抓到一条和血义盟勾结的大鱼！

“尚书之子勾结乱党”，这是一个多么有想象空间的话题啊！

本来高家门主高元博，还想尽办法准备营救高敞。在听说高敞供出和血义乱党勾结后，高元博和高家家老们全都惊恐不已！

他们不仅息了搭救之心，还开始发动一切人脉资源，设法重金贿赂端木楚、苏渐等经手此案之人，力图让他们除了高敞以外，不要再广加牵连。

自然，玄武卫大统领轩辕鸿，是头一个需要打点之人。轩辕鸿，终于从户部尚书那儿得到了自己想要的东西。

本来高元博高尚书，有司徒威宰相撑腰，轩辕鸿这边的钱粮饷银，刁难也就刁难了，轩辕鸿也拿他没办法。

但谁能想到，这次在别人看来，苏渐有点像吃错了药似的，浑楞地起个头，对高尚书之子一顿拳打脚踢乱折腾，结果竟然不仅他本人啥事没有，还顺带把轩辕鸿这个老大难的问题给解决了！

不用说，经过这一遭，苏渐的“福将”身份在轩辕鸿的心目中进一步坐实。

而在上下打点的过程中，高家的长辈们直到这时，才得知苏渐往死里查高敞的真正原因。

他们也直到这时才知，他们家这位大公子，表面风度翩翩，但暗地里为人做事有多么凶狠嚣张。

他们查明了，原来现在这位破坏力极大的死仇苏渐，最开始时和高敞根本就没有交集！完全是他们家的高敞，在没有任何交集的情况下，只因苏渐跟学院中的一位美女同窗多说了几句话，就让高敞起了陷害之心，还几次三番地加害人家。

得知如此荒唐的来龙去脉后，高家人悲愤之余，也深为戒惧。

他们此后严令高家子弟，一定要约束自己的言行，尤其不得以任何方式去挑衅苏渐。

由此可见，所谓的高门大户，不管你再怎么位高权重、钟鸣鼎食，也根本没有想象的那样肆无忌惮。

处在他们这个位置，才更加惜福惧祸，如履薄冰。

当然，在高元盛、高轩这对父子看来，现在别说家族里不准挑衅苏渐了，他们简直想给这位苏大人立牌位烧高香啊！否则他们父子俩实在不知道怎么表达对苏渐的感激之情！

而相比现在身陷囹圄的高敞，李碧茗的下场更加悲惨。

虽然她那订婚仪式没举行，但以当时对女子的礼法而言，对外人来说，她这婚已算是订上了。

毕竟，以高家的高门大户，只要他们没发话，此后谁敢打李碧茗的主意？

于是，一贯虚荣跋扈的李碧茗，没想到自己有一天，还没进洞房，就已成未亡人。

也直到这时候，苏渐的好兄弟唐求才真正明白，中秋前夜长街边，苏渐郑重承诺的生日大礼究竟是啥……

对苏渐来说，最近发生的两桩大事，无论是狄子默还是高敞之事，都涉及父与子之间的亲情纠葛。

于是这一天晚上，苏渐上床后有些睡不着，开始琢磨这些事情。

他想到，无论狄子默和高元博是什么样的人，他们对自己的儿子，真可谓做尽了一切能做的事情。

苏渐忽然有些好奇，自己这个孤儿，真正的父亲是个什么样的人呢？

既然世人都说父子情深，那究竟当年在什么样的情况下，爹爹会将自己遗弃呢?

虽然不知道父母是谁,但“苏渐”这个名字,据说是父母留下来的。

那这个名字有什么含义呢？是让自己凡事渐渐来,悠着点吗?

想着想着,苏渐就忍不住苦笑起来。

“渐渐来,悠着点啊……我倒是想悠着点,可是看看最近发生的这些事,那些人愿意让我悠着点,慢慢来吗?”

这样想着,不知不觉,苏渐睡意渐浓,渐渐地滑入昏沉梦乡中……

就在这一夜,许久没“更新”的怪梦,竟然又难得的出现了新场景!

梦中的环境十分模糊。

苏渐只觉得四周如同黑夜降临,但有着点点的光斑,如同萤火一样在身周明明灭灭。

又或者,感受到那份高渺虚无的意境,梦中的少年甚至觉得,自己此刻就身处星穹的高处。

明灭闪烁的光辉中,美得不可方物的龙翼美少女,渐渐地浮现。

今日的少女没有穿战甲,也不似穿着常服。

幻梦中苏渐竟然觉得,她仿佛刚刚浴水而出,身上的衣物……仅仅只是够用。

也许是背景单一,暗夜星辉中的少女形象,渐渐变得十分鲜明。

苏渐一眼看到的,就是少女随意披散在肩上腰间的长发。

女神的发丝,呈现出一种缥缈的冰蓝。它华美,柔顺,深邃,但又洒着点点的银辉,闪闪烁烁,看起来宛如幽蓝的天幕上繁星闪烁。

这样神圣华美的长发,仿若光与暗的完美结合,简直把苏渐给看呆了……

不过梦境中美丽的女神,似乎丝毫没有受苏渐呆滞表情的影响。

她开始用一种悲苦的表情,向苏渐诉说自己的苦恼。

凑巧的是,在低沉但悦耳的声音里,少女也跟苏渐诉说了自己的父亲。

她说,曾经那样疼爱自己的父亲,不知道为什么,最近对她开始冷漠,甚至有意地疏远她。

听到这样违反亲情常理的怪事，梦里的苏渐竟好像并没有吃惊，反而还非常自然地开始帮她分析。

苏渐说，这事真的不简单，不会仅仅是家庭亲情的偶然变化。

梦中的少年侃侃而谈，少女看着他若有所思，脸上原本那一抹忧愁的神色，也似乎变淡了许多。

说着说着，似乎那漫天的星辉都不再留意，苏渐的意象里，只剩下自己和少女的喁喁细语……

当苏渐醒来时，发现夜色依然深沉。

朦胧的月光从窗中照入，为床榻前的鞋履笼上一层淡淡的清辉。

看着床前洒满的月色，苏渐陷入了沉思。

很显然，这龙翼美少女绝不简单。从残月峡那个龙兵的反应来看，她在龙之帝国的地位，应当非常的尊崇。

经过研究京华高家后，苏渐很明白，这样的家庭，绝没有单纯的家事。

她家人究竟发生了什么？

苏渐隐隐有一种感觉，觉得这件事说不定和自己那个被恶龙扑杀的梦境有关系。

甚至，沐浴在月光中的少年，有一种说不清道不明的直觉，觉得少女的家事可能还和整个神州大陆、人龙二族的命运有关……

此后的日子，并没有什么风波，很快就到了苏渐在灵鹫学院中的第三年。

灵鹫学院的学制，总共就三年。等这一年学完，如果没什么意外，苏渐便要回到玄武卫中继续效力。

虽然僻处西域，但华夏国的位置颇为优越，以南北纵向来说，正处在中央的位置，因此四季分明。

第三年的春季来临时，华夏国的原野中莺飞草长，春光烂漫。

这一天下午，洛雪穹闲来无事，便漫步于灵鹫山林的雨宿湖边散心。

雨宿湖畔，杨柳依依。

其实本来西域并无杨柳，但华夏国迁移此地后，也把中原江南的垂柳带来了。

“昔我往矣，杨柳依依；今我来思，雨雪霏霏。”

杨柳本来就是华夏人寄情抒怀之木，在这溃败西域、故土难回之际，更成了华夏人悲春伤秋的寄托之物。

此时雨宿湖边的杨柳正值盛时，偶然湖面风来，洛雪穹面前顿时飞起了无数洁白的柳絮。

柳絮漫天飞舞，轻盈婉转，宛如北地飘扬的白雪。

洛雪穹本来只是来此地散心，没想到却被这飘似白雪的柳絮勾起了故土之思。

“再过一年半载，我就能回去了吗……”

心中想到这个，洛雪穹有些惊奇地发现，离梦寐以求的归期越来越近，自己却没有当初想象中的喜悦。

“也许是伤春吧……”

洛雪穹微微摇了摇头，轻轻拂去落在自己衣襟肩头的白絮，仿佛也在拂去心中那一抹异样的情思。

就在这时，她忽然听到身后，有人颤抖着声音叫了一声：“洛姑娘，请留步……”

洛雪穹转过身，有些惊讶：“雷公子，是你？”

原来天雪国的皇子，正站在不远处的柳荫里。

绿柳如丝绦，春风若剪刀，俊美的少年一袭华美的紫衣，立在春水绿柳间，本身便宛如一幅工笔画。

“你找我做什么？”白裙翩翩的少女，有些奇怪地看着紫衣少年。

一向冷峻如刀的雷冰梵，这时候眼神却有些闪烁。

洛雪穹等了一会儿，才听到他开口说道：“洛姑娘，我知道，你和苏渐苏兄弟之间，其实并无私情？”

一听这话，毫无思想准备的白裳少女，脸颊顿时红了。

“当然没私情！”顿了一下，洛雪穹断然道，“雪穹与他只有同窗之谊。实在要说有点什么，要数那残月峡中，他于我有救命之恩。

“雪穹对此事一直铭记在心，十分感激，但却牵扯不到什么儿女私情上去。”

说到这里，洛雪穹忽然意识到一个问题，便奇怪地看着雷冰梵，语气变得有些冷淡："雷公子，你怎会忽然跟我说起此事？恕我直言，你提及'私情'二字，唐突了。"

对于洛雪穹的冷淡，雷冰梵却似乎毫无察觉，竟喜不自胜地说道："没有私情就好，没有私情就好！"

"雷公子怎么也变得和那人一样？"洛雪穹摇了摇头，转身就准备离去。

只是刚走了两步，却听身后雷冰梵说道："洛姑娘与苏兄弟既无私情，那、那可否考虑在下……"

"什么？！"洛雪穹脚步一顿，霍然转身，一双明眸诧异地盯着雷冰梵。

被她一盯，雷冰梵的眼神先是有些躲闪，但很快变得坦然。

"终于说出来了……"雷冰梵的语调恢复了正常，脸上露出了难得的笑容。

他看着洛雪穹雪莲幽兰一样的面容，认真地说道："或许唐突，但请洛姑娘一定相信，我雷冰梵对你的喜爱之情，绝对发自真心。也许洛姑娘会笑在下，但即使按世俗的眼光，你我也互为良配。你看，我为天雪皇子，当不辱没于你；你为灵山圣门门主之女，也是尊贵无比，我父皇自然会首肯。并且贵教门亦在天雪境内，若你与我成婚，对贵教门也是大有好处。"

"这么说，你我正是门当户对了？"洛雪穹看着他道。

"正是如此。"雷冰梵充满期待地看着少女，"不知你……意下如何？"

"雪穹感谢公子好意。"洛雪穹道。

雷冰梵心中一喜，少女却话锋一转："只是雪穹年纪还小，不通情事。况且婚姻大事，须听媒妁之言，不可仓促……"

"我懂了。"雷冰梵何等冰雪聪明，一听此言，双目中的热切光芒，逐渐熄灭。

"感谢洛姑娘。"冷傲的天雪皇子，竟微微躬身一礼，说道，"谢谢你顾及在下颜面，只是婉拒。"

"婉拒？也不算吧。"洛雪穹恢复了冰山雪风一样的语调，淡然说道，"只是雪穹从未想过此事，公子今日言此，真是唐突了。好了，若无他事，我便告辞了。”

“好，洛姑娘请走好，只是，”雷冰梵看着白裳少女，目光灼灼说道，“只是冰梵一片真心，不会改变。”

“哦，雷公子心性坚韧，是好品性。”洛雪穹淡淡说了一句，便转身翩然离去。

见她离去，雷冰梵摇了摇头，也就转身要走了。只是就在这时，却听不远处林中有人喊道：“咦？冰梵、雪穹，你们都在这里？”

听到这声音，雷冰梵和洛雪穹都是一愣，停住了脚步，一齐转身看向发声处。

“是我！”这位挂着明亮笑容从林中走出之人，不是苏渐还是谁？

“你们都在这儿啊？”苏渐热情地说道，“是在看景吗？这里确实不错哇，你看这柳絮如雪，波纹如云，真是赏春景的好地方呢。”

“苏渐，”洛雪穹盯着走近的少年，“你很喜欢看景吗？”

“当然！”苏渐乐呵呵道，“我最近经常看景，顺便吟诗作赋，努力提高文学水平呢。”

“哟，苏兄不再是赳赳武夫咯。”洛雪穹冷冷道。

“咦？雪穹你怎么了？”苏渐听得少女语气不善，便觉得很奇怪，“雷兄，你刚才没惹她吧？”苏渐看向天雪皇子。

“没，没……”雷冰梵俊脸微红，扭过头去装着看湖景，不再看苏渐。

“真的没惹她？”苏渐有些怀疑，正要追问，却听洛雪穹又道：“和雷公子没关系。我只是想问你，你喜欢看景，怕不是为了吟诗作赋吧。”

“被看穿了！”苏渐扮了个鬼脸，笑道，“其实是偷懒而已。”

“只是偷懒吗？”洛雪穹不知道为什么有些生气，冷笑道，“要我说明吗？火枫林，心碧湖，你最近常去那里，真是只为了看景？”

“呃！”听得此言，苏渐心中猛地一跳，暗想道，“大意了大意了！我去找幽小眉，行踪已是隐秘，每次都小心再小心，怎么还是被洛雪穹看破行踪？不过，她跟踪我干吗？难道……”

苏渐忽然想到一种可怕的可能性：“难道她是什么不法组织的成员，暗中监视我？”

“……呸呸呸！想啥呢？根本不可能！”

正胡思乱想间，他便听洛雪穹又声调转柔说道：“苏兄，其实我并不是跟踪你，也不是恼你去找个小……女孩。我恼的是，我们也算朋友吧，怎么安置了一个小妹妹，却不跟我们说？”

“我这不是事情太多嘛。”苏渐打了个哈哈，忙转移话题道，“雪穹，我不信雷冰梵刚才没惹你。怎么？他犟脾气又上来了，呛你了吗？你放心，别看他贵为皇子，要是他敢欺负你，我真敢跟他干仗！”

“说什么呐！”洛雪穹俏脸一红，扭过脸看向湖水，不理他了。

“哈哈！”见自己转移话题的策略成功，苏渐大为得意。

轻松下来，他也顺着洛雪穹的目光，看向那雨宿湖，便见得蓝天白云下，风拂杨柳，飞絮如雪，波光粼粼的湖水闪烁明灭，像是波纹中隐藏了无数闪亮亮的蓝水晶，风景还真的煞是好看。

正心情放松地欣赏春色时，他却忽听到旁边雷冰梵说道：“苏渐，上回你拉我喝酒，我不是没去吗？”

“哪回啊？”听了雷冰梵的话，苏渐有些莫名其妙，奇怪地看着他。

“就是那回小巷之事了……哪一回不重要了，我只问你，你愿不愿意陪我去？”雷冰梵脸罩寒霜地叫道。

“去去去！”苏渐嘟囔道，“就没见过你这样的人，拉人陪酒，还一副冰块脸的模样。对了雪穹，你自然不会去的吧？”他看向旁边的白裳少女。

“你们去吧。”洛雪穹犹豫了一下，说道，“苏渐，你照顾照顾他，别让他喝太醉了。”

“哈，你挺关心他嘛！”苏渐开着玩笑，却没看见，身旁那紫衣银发的翩翩公子，脸上划过一丝不易察觉的苦笑。

他两人结伴离开雨宿湖后，苏渐也不忘提议要拉上亚飒和唐求，谁知被雷冰梵一口否决，说今日只要二人痛饮，不醉不回。

二人喝酒的地方，叫“太白居”。

这酒铺名字取得挺大，其实只是路边一小酒馆，但是陈设精致，又好过路边摊，便十分合苏渐的胃口。

雷冰梵和苏渐两人相处时，因为雷冰梵性子比较冷，结果各种事情反倒是苏渐做了主导。

刚被拉来太白居时，看到这酒馆的档次，雷冰梵一皱眉，有心想换个更精美豪华的酒楼，没想到苏渐已经热情地去跟酒铺老板打招呼点菜了，便也就按捺下来。

不过让雷冰梵没想到的是，这太白居虽然门脸儿不起眼，但各种下酒菜却极为新鲜可口，连各种酒品也都热辣香醇，不似凡品。

见得如此，雷冰梵也在心中感慨，说是果然华夏泱泱大国，天子脚下的京华城，连随便一家酒铺都品质这么好。

刚来太白居时，日影西斜，几近黄昏。

本来等到华灯初上，酒入愁肠，更容易倾诉衷肠，但雷冰梵心中情绪翻腾，就在这暖暖的落日余晖中，跟苏渐推杯换盏，诉说起心中的苦闷。

开始时，苏渐见少言寡语的雷冰梵，竟然跟自己大谈特谈，还十分激动，便拉开架势准备好好和他聊聊。

只是没想到三杯酒后，便只听天雪皇子愁苦问道："苏渐，你说，我是不是配不上洛姑娘？"

"呃？"苏渐闻言，手中杯子差点掉在地上。

龙巫沧雪

苏渐看着雷冰梵惊道："哎呀，没想到你们俩还有一腿！"

"什么话！"雷冰梵恼道，"别开玩笑好不好！我是认真问你的。"

"你还真的不是开玩笑啊……啊，我知道了！"苏渐恍然大悟道，"刚才我还以为你犟劲儿上来，惹恼了雪穹。没想到是……难道你真跟她说，你喜欢她？"

"正是！"雷冰梵猛地一扬脖，把一整杯酒都喝进肚里。

"结果如何？"苏渐问道。不过很快他便自言自语道："瞧你这倒霉样子，不用问，也知道被拒绝了。"

"不是拒绝！"雷冰梵酒杯一顿，大声道，"洛姑娘只是说，我这样唐突了。"

"当然唐突了！"苏渐叫道。

"你也觉得只是唐突？"雷冰梵眼睛一亮，抓住苏渐的袖子急声道。

"这很明显啊，"苏渐奇怪地看着他，"雪穹她凶名在外，我当初跟她搭话，已冒生命危险，你居然敢说喜欢她这样的话！"

"你们都误解她了！"雷冰梵顿时激动起来，摇晃着苏渐的袖子叫道，"都是谣传！都是污蔑！雪穹她外表冷漠，内心温柔，是世间一等一的好女子！"

"这就对了嘛，"苏渐甩开他的手，赞许道，"就该叫她雪穹，整天洛姑娘洛姑娘的，都叫生分了，还说喜欢她。"

“别打岔！”雷冰梵恼道，“被你一打岔，我都不知道说到哪儿了！”

“不就是说雪穹她看着冷淡，内心温柔，是世间一等一的好女子嘛。”苏渐不以为意道。

“对对对！”雷冰梵叫道，“真的，苏渐，你相信吗？在结识雪穹前，也有许多女孩儿跟我献殷勤，我却都觉得厌烦——”

“你说什么？！”苏渐愤怒地打断他，“你再这个样子，鬼才陪你喝酒！你拉我来，是想让我听你炫耀的吗？”

“真的真的，我不是炫耀！”雷冰梵急道，“你不知道，那些女孩儿，要么有才，要么美貌，但在我眼里，却都是庸脂俗粉，连半点都比不上雪穹。”

“哦，我听明白你的意思了，”苏渐道，“你是说，雪穹是你见过的世间最美好的女子，是吗？”

“对！”雷冰梵眼睛一亮，击掌赞叹，“我总也想不出最确切的话来形容，没想到你这句话，正说出我心目中对雪穹的评价！”

“喝酒！”苏渐一举杯，“你那是当局者迷。”

“也许是。”雷冰梵举杯一饮而尽，已开始朦胧的醉眼，斜视少年说道，“说了这么多，你还没回答我，我到底配不配得上雪穹？”

“什么配得上配不上！”苏渐摇了摇头，喝一口老酒，看着长街渐起的灯火，悠悠说道，“你这么说，就错了。情爱之事，哪会计较这个？发乎情，顺乎意，激于爱，恬于心，哪有丝毫空闲去计较什么配得上配不上。”

“啊呀！”雷冰梵仿佛被突然刺激了一般，猛地大叫道，“我知道问题出在哪里了！”

“怎么，你一上来就说什么门当户对之事？”苏渐惊讶地看着他。

雷冰梵一脸的苦笑，郁闷地点点头。

“哈，那我现在奇怪一件事，”苏渐笑道，“雪穹她怎么没一剑拍走你呢。”

“那我真是失策了。”雷冰梵一脸苦闷，闷头连喝几杯酒。

“不过，”雷冰梵忽然抬起头，说道，“苏兄，怎么听起来，你对男女情爱之事，竟颇有心得？”

“怎么会呢！”苏渐本能地否认，不过很快，他也吃了一惊，“对啊，我根本没和什么女孩儿谈情说爱吧,怎么刚才说起情爱之事来一套一套的?倒好像真的很有心得体会似的。”

“一定是你看过有关的闲书。”雷冰梵推测道。

“对对,应该是,除此别无解释。”苏渐这般说时,不知怎么,脑海里忽闪过梦中龙翼少女的倩影。

连喝几杯酒,雷冰梵到此时已经醉意酣然。

酒酣耳热时,他眼见夜幕初临,华灯初上,京华城千家万户灯火盏盏,宛若星海,便忽然推案而起,拔剑在樽前起舞。

剑舞圆光,如落月中之雪。

兴致盎然时,天雪皇子忽停住剑舞,望月弹剑高歌:

“我放歌,君进酒,酒到莫停手!聊宽锦绣肠,小试谈天口,一饮三百杯,再饮五六斗,胃中不平气,散作风雷吼!今夕饮酒酣,曾在帝前等闲走!君进酒,听我歌,等闲莫负金叵罗!闲日少,忙日多,古来豪杰俱消磨,百岁光阴一掷梭,人生不饮将如何?”

长歌唱罢,雷冰梵冲回案前,斟满酒,高举杯,朝苏渐示意,于是二人又饮尽一杯美酒。

“我不会放弃的!我不会放弃的!”已经酣然而醉的天雪皇子,如同痴傻一样,使劲拉着苏渐重复这句话。

“对对,别放弃别放弃。”苏渐摆出一副嫌恶的样子,使劲推开雷冰梵。

正拉扯间,苏渐却听雷冰梵突然说道:“雪穹她提起的事,其实我也知道。你养了个小外宅?可是我须提醒你,小心那个小女孩!”

“什么乱七八糟的!”苏渐盯着雷冰梵,正要矢口否认,却忽然笑了。

“你这人,忒没劲,”他说道,“连喝个酒,也不敢酩酊大醉。”

“你不也是吗?”雷冰梵看着好似东倒西歪的少年。

“哈哈!这不是乱世嘛,仇家又多,喝酒,喝酒!”

“好!喝酒喝酒!”

这二人街边畅饮,却不知道,在远处一个街角暗影中,有人暗暗窥伺。

“怎么搞的,小小年纪喝这么多酒!”说话老气横秋之人,正是幽小眉。

看着苏渐在酒铺前一副东倒西歪、酩酊大醉的样子,幽小眉不禁暗暗皱眉，发愁道："他这人，不知自制，喝酒大醉，根本忘了还有责任在身——他这样子怎么当我刺杀的目标啊！"

想到这里，小少女不满地盯着苏渐，自言自语道："怎么搞的，像这样子不要说我这样的高手出手，随便一个路人，冷不丁上去一刀，也把他捅死了。"

"不对。"让幽小眉没想到的是，本来应该空无一人的身后，竟忽然传来一个冷冷的声音。

"谁?!"幽小眉被唬了一跳，猛然转身，却见正是上回小巷中碰到之人。

"怎么又是你?"一见萧龙雀，幽小眉不自觉地又变得十分冷厉。

"是我。"萧龙雀悠然说道。

"你刚才说什么?"幽小眉恶狠狠道，"说我'不对'？真是胡说，明明就是这样子的。"

"当然不对。"萧龙雀摇了摇头，"你别看那两人，看似在那儿推杯换盏，高谈阔论，可一身劲气未泄，若是此时有人贸然动手，后果犹未可知。"

"好了好了。"幽小眉摇着小脑袋叫道，"你这人怎么这么烦？没事打扰我的刺杀训练干什么？你快给我走开！"

幽小眉这言辞举动，可谓无礼之极，但冷艳高傲的萧龙雀不知怎么，听了之后却浑身微微发抖，竟有些兴奋激动。

他立着不动，看着幽小眉说道："小姑娘，你这话又不对了。偌大的京华城，只要不是皇宫禁院，有什么地方我萧龙雀去不得?"

"哈?"幽小眉不屑地嗤笑道，"萧龙雀是吧，你好大的口气啊！好！既然你跟本小姐叫板，那今日就勉强杀你来练手吧！"

听得她要杀自己，萧龙雀不仅不愤怒，反倒像是受宠若惊，脱口说道："好啊！那苏渐小儿杀起来有什么意思？不如你以后就专门来杀我吧！"

"你想得倒美！"幽小眉嗤之以鼻，"只不过今晚临时追杀你一下而已。另外你说话小心点，什么苏渐小儿的，你侮辱我的猎物，就是侮辱我啊！"

"哦哦，对不起。"杀人不眨眼的神戟将，竟立马道歉。

"对了，你叫什么名字?"萧龙雀充满期待地问道。

“你想干吗？”幽小眉警惕地看着他。

“没想干什么，这不是你马上就要追杀我了吗？万一我死在你手，连凶手的名字都不知道，那多亏啊。”萧龙雀道。

不知不觉间，萧龙雀在幽小眉面前，不仅话变多了，连语调都变得十分亲切平和。要知道在平时，神戟将萧龙雀不仅惜字如金，即使说话，也都是字字透着寒气的。

听他这么说，幽小眉想了想，便道：“好吧，反正你也告诉我名字了，不告诉你的话倒显得我做事不公平。

“记住，我叫幽小眉，将来会成为天下第一杀手，总有一天四族之人一听我名字，就想哭！”

“好名字。那就，开始吧？”朦胧夜色中，萧龙雀手一伸，做了一个优雅的邀请动作。

“好！”幽小眉顿时眼神一缩，变得敏锐如刀，转瞬便猱身扑上，如一头小小猎豹，飞快扑向身形颀秀的萧龙雀。

萧龙雀为京华第二杰，又号称“神戟将”，其功力哪是现在的幽小眉能赶上的？

见幽小眉闪电般扑来，萧龙雀却是不慌不忙，直到幽小眉扑到近前，挥起的小刀就快触及自己前胸衣襟时，他才稍一发力。

仿佛一触即发的弓弦，他整个身形行云流水般倒退，顺着身后的地形向小巷的深处退去。

从这一刻开始，这二人如同猎手与猎物，在夜幕下的京华小巷中追逐。

以他们二人的功力，自然不是一般夜巡士兵能察觉的。往往巡城司的兵丁才一眨眼，这两人便掐好时机倏然飘过，连一点声响灰尘都不留。

他们两人就这样一前一后地追逐，几乎过了一刻多钟，幽小眉始终没碰到萧龙雀半片衣服。

见久逐不及，幽小眉不免便有些急躁。

“雾魂阱！”随着她一声低喝，忽然正在前面飞奔的萧龙雀脚下，飞腾起一股黑色的迷雾。

雾魂阱正是冥系的法术。若是吸入这样的黑雾，便会立即陷入昏乱，如同魂魄落入陷阱一样。

不过，萧龙雀见到足底腾起的雾魂阱黑雾时，却是傲然一笑，心说道："这等雕虫小技，还想阻住我？"

这般想着，他便要一脚踢散黑雾，继续往前飞奔。只是就在这时，他却听到寂静的黑夜里，身后那小女孩儿，传来轻微低沉的喘息。

"罢了。"萧龙雀摇了摇头，一低头，吸入几缕黑雾，叫一声"啊呀"，便见他身形轻晃，一时步速变慢了。

"中招了！"幽小眉见状大喜，连忙用尽全身的气力，持着雪亮小刃向前飞扑。

喜滋滋刺出利刃时，幽小眉却不知道，按萧龙雀的实力，即使他故意示弱吸入了几缕幽冥黑雾，也对他没有任何影响。

但即使这样，当萧龙雀转过身，面对小女娃飞刺而来的致命一击时，本应往旁边闪避的萧龙雀，却在一瞬间忽然恍惚了。

这恍惚，并不是幽冥雾对他产生了影响，而是面对飞射而来的利刃，萧龙雀突然各种心绪纷至沓来，竟在这一刻忽然想："人，终有一死，如果能让我选择，不如就在此刻让她杀死，或许是自己最好的结局。"

萧龙雀这样的念头，绝对是心魔。

当然这心魔并非无缘无故生发，而是表面风光无限的神戟将，在背后有着太多不为人知的沉重隐秘：

他最亲近、最敬佩的义父司徒宰相，一直在告诉他，他所做的一切，都是英雄豪杰的行为；而他自己，也一直这样认为。

但在这一刻，他这个"大英雄"，却突然就想死在这样一个"过家家"一样的刺杀下。

假戏即将真做。

就在这千钧一发之际，倏然扑近萧龙雀的少女，却在刀刃就快触及男子前胸时，猛然停住攻势。转眼间，她已翩然回身，一跳落在半丈之外。

幽小眉这整套动作，也是如同行云流水，一气呵成。显然她对身形的控制，已到了炉火纯青的境界。

"浑蛋!"刚落定身形的小女娃，张口大骂，"你竟然在让我！你是看不起我的实力吗?"

"……不是。"萧龙雀有些黯然神伤，顿了顿正要解释，却忽听得不远处有人叫道："谁在那里？是小眉吗?"

听得这呼唤，萧龙雀凤目一跳，那幽小眉则是转过头，却见不远处的巷口，那醉醺醺的少年正努力睁着朦胧的醉眼，朝这边张望。

"是我是我!"一见是苏渐来了，幽小眉摇着手儿，努力地朝他摆动。

"你看——"幽小眉回头正要跟萧龙雀介绍苏渐，却忽然愣住：刚才还站在自己身后阴影里的美貌男子，竟然在眨眼之间消失不见，踪迹全无!

"哼，跑得还真快!"幽小眉有些生气，有心回身追过去看个究竟，但这时候苏渐已经扶墙歪歪斜斜地走过来。

他一边走一边朝她叫道："你怎么在这里？是来找我喝酒的吗？咦？怎么手里拿个刀子？哎呀，幽小眉，你小小年纪，这时候手里该拿的是棒棒糖，拿什么凶器？作为管辖本地治安的黑衣卫，我要没收你……"

"好了好了!"幽小眉见苏渐都快顺着墙壁倒下，忙跑过去，一边扶住他，一边抱怨道，"就知道喝酒，都不陪我。还没收我的刀，一定是看我这刀做工精良，想拿回去换钱花吧!"

"你怎么知道的?"酒气熏人的少年一脸惊恐，"难道你是我肚里的蛔虫吗?"

"什么蛔虫！长长软软的，不好看，我才不要做!"幽小眉愤愤地说着，便努力撑住少年高出自己一两头的身形，往巷外走。

"你啊，真会偷懒，"一边走时幽小眉还一边数落，"你看，刚才那……咦？他叫什么来着……竟然忘了……不管了，反正他比你好，我想找人杀时，他就立即出现，真是好人。"

"什么好人！他是傻子吧!"苏渐大呼小叫，"你说什么？他主动给你杀？这人一定是个蠢蛋吧，哈哈哈!"

"不许你侮辱我的猎物!"幽小眉不满地叫道，"你侮辱他，就是侮辱我啊!"

听得她这句话，此刻正如一只壁虎般无声息吸附在附近转角墙壁上的萧龙雀，忽然间觉得鼻子都有点发酸了……

幽小眉撑着苏渐出了小巷，雷冰梵正站在对面街边，手里还拿着一只酒樽。

“这不就是你那个外宅？”雷冰梵此时酒意上头，口无遮拦。

“什么外宅？不要胡说！”苏渐一口反驳，立即想到幽小眉身份特殊，还关系着他将来的大功劳，便连忙想把小少女往回推。

没想到幽小眉却从他身后钻出来，朝雷冰梵脆生生叫道：“你这白头翁，说话倒风趣。‘外债’？对啊，我就是他的外债。他要当我的目标，锻炼我的技能，可不就是他欠的债嘛。”

此言一出，顿时街边附近不少人，都朝这边看来。

苏渐见状哭笑不得，眼见人人侧目，忙使劲儿把少女往小巷中推回。

这时身后雷冰梵醉醺醺的声音，还顺着夜风传来：“哎，没想到这女孩儿，说话还有口音呢……”

雷冰梵都能误会，更别说街边那些贩夫走卒了。

“啧啧，这小苏大人，居然养小外宅。”一个菜贩阴阳怪气说道。

这位仁兄曾因占道受过苏渐驱赶，因此不放过任何贬损少年的机会。

“那不会吧？”一旁卖字的老先生仗义执言道，“我看小苏大人眉目英俊，举止正气，不会是不端之人。”

“怎么不会？”菜贩斜着三角眼，跟街边这些商贩鬼鬼祟祟道，“你们不知道吧，高衙内，就是高尚书家大公子，最近下了玄武卫的大牢。”

“这我听说了，”旁边卖肉的张屠夫道，“听说是犯了好些大罪，就被捉了，连老尚书大人都保不住他。”

“对啊，但这和小苏大人有什么关系？”卖字先生奇怪道。

“看来你们消息太闭塞！”菜贩子鄙视道，“还是我走街串巷收菜卖菜消息灵通。你们难道不知以高公子这样的高贵身份，怎么就会被下了大牢？”

“王子犯法，与庶民同罪，这道理我都知道。”张屠夫自豪道。

“不对。”一直质疑的卖字先生，这次却道，“张屠，别傻了，以高大衙内那身份，别说寻常犯法，就算杀人，也都遮掩得过。快说吧，卖菜佬，究竟怎么回事？”

“嘿嘿，你们还真不知道啊，”菜贩子得意道，“我可听说了，那高衙内横行不法，犯事无数，却看上了灵鹫学院一位貌美女学生。”

“那有什么关系？”

“他没想到啊，小苏大人也是花花公子！也看上那娘们呢。于是二人争风吃醋，高衙内斗不过，才倒了霉，被苏大人暗下黑手啦！”

“你这是道听途说，纯粹胡扯吧？！”对菜贩子这番话，卖字先生根本不信。

可是像卖字先生这样冷静有主见的文化人毕竟是少数。

一听这里面涉及桃色信息、风流韵事，这些三教九流们，立即采信了菜贩子的说法！

于是片刻之间，附近这京华街道中，夜市的商贩、顾客就此起彼伏地传言，说小苏大人是因为争风吃醋，才陷害了高衙内，正是“狗咬狗一嘴毛”……

而苏渐虽然喝酒喝得醉醺醺，对这此起彼伏的议论声又怎会听不见？

于是他悲愤地一声哀号：“都是谣言！”便要去一个个辟谣追责，谁知被冷眼旁观的雷冰梵一把拖住，连拽带劝地带离。

灵鹫学院第三年的日子，本来如同平静的雨宿湖水，谁知就在暮春时节，一个重大的消息震撼了整个人类王国！

这个消息，耗费了无数金钱，牺牲了无数人的生命。

原来，对面龙境冰龙之国中，有个天才女巫师名叫“沧雪”。

她针对人族的风暴之墙天然防线，苦心研究，据说对如何消弭横断山脉的风暴，有了突破性的进展！

这个消息，对所有人族而言，无疑是最可怕的噩耗！

人类王国存续至今，可以说不依赖于任何人的努力，不依赖于任何王朝帝皇的勤政英明，而仅仅依赖于横断山脉的呼啸风暴。

一旦这个叫沧雪的女巫师能够平静横断山脉的风暴，不用想，转眼便有强大的龙族主力呼啸而来，让整个神州人族遭受灭顶之灾！

所以可以想象，所有有资格知道这个情报的人知晓此事之后，那种惶惶不可终日的感觉，有多强烈。

整个人类王国联盟的情报和军事力量，立即被全力运作起来。所有参与者心目中只有一个目的：

破坏龙女巫师沧雪的计划！

无数的人员和组织，瞬时启动，高效运转——这一刻，就显现出华夏国当朝皇帝的果断和效率来。

其实，就从光武帝李翊自拟的“光武”帝号来看，就能看得出，这位当今人族的领袖，绝非凡庸之辈。

光武，乃旧朝大汉刘秀皇帝的谥号。用谥号做自己的帝号，李翊皇帝用这个不避讳的举动告诉世人，他时刻不忘自己是绝境中的危亡存续之主。

而“光武中兴”的旧事，自然也寄托了光武帝李翊中兴人族、反攻龙境的强烈愿望。

在光武帝李翊的组织驱动下，眼下这一件关乎族群存亡的大事，自然不止一个计划。但所有的计划都有个共同点，那就是需要进入东方的龙境。

不仅是龙境，甚至范围可以缩小到紧邻的兽龙国。据情报，沧雪巫女不知出于何种目的，正朝兽龙国而来。

“进入龙境”这样的事情，倒是正中苏渐下怀。要探寻梦中龙翼女神的秘密，实地考察一下是再好不过的。

只是当他丝毫不顾龙境危险，跟轩辕鸿大统领主动请缨时，却被大统领毫不犹豫地给否决了。

大统领的否决理由，还很让苏渐哭笑不得：他现在可是大统领心目中大大的福将，但以他在大统领心目中的武力水准，这次如果派去龙境，简直如同送死。

因此，轩辕鸿出于爱才的考虑，还没等苏渐慷慨激昂地表达完爱国决心，就把他给轰出玄武卫内堂了。

爱国心切并且急于探秘的少年，就这样被玄武卫大统领给“雪藏”了。

不过，让他没想到的是，虽然自己没能参与，但这一件大事，毕竟还是和他有了间接的关系。

原来，作为诸多应对方案中的一种，有人提议，需要派一位和沧雪龙巫师年龄、容貌、武力相仿的女子，伪装成龙族女子，伺机接近沧雪。

自然有人要问，为什么不找一位美男子去施展美男计？

另一个用无数鲜血换来的情报告诉人们，这位沧雪龙女巫师因为醉心于法技巫术的研究，厌恶男欢女爱。因此如果找个美男子过去，后果很可能是还没接近就为国捐躯了。

所以，既然没有情报表明沧雪女巫师痛恨姐妹情，那就找个和她条件相仿的女子过去，看看能不能有机会接近。

这个计划听起来极不靠谱，几乎相当于纯靠想象力，死马当活马医。

但在现在这种情报条件下，有什么计划不是死马当活马医呢？

因此，这个极不靠谱的方案，也就被一本正经地付诸实施。

那这个人，找谁呢？

根本不用多说，这个人选简直是唯一的！

洛雪穹！如果她的气质、容貌、力量、年岁还和沧雪巫女不符的话，那整个神州大陆就没人符合条件了。

所以，这样一件大事还是和苏渐发生了间接的关系：他的朋友洛雪穹，被委派潜入龙境，伪装成龙族的民间天才女法师，去接近龙巫女沧雪。

这样的计划，以苏渐的级别，最多只能算有所耳闻，对详情完全不知。

甚至，以他现在的人气，也只有在洛雪穹已经受命潜入龙境的五天后，才得到她被委派入龙境的消息。

乱世之中，就是如此无奈。

自己最要好的朋友，去执行一个极具生命危险的任务，却只能强迫自己平静地等待她平安归来。

两百年乱世，苟且偷安的想法，已经渗入了很多人的骨子里，即使他们没有意识到。但这样的人，绝不包括苏渐。

一听到洛雪穹深入龙境，他便如同化身目光敏锐的鹰隼和嗅觉灵敏的豺狗，抓住一切机会打听有关此事的消息。

他的努力没有白费。

自洛雪穹走后的第十二天，他从逃回来的一个玄武卫辅助者那里听到了一个消息。

确切说，这是个噩耗。

原来在三天前，洛雪穹和几个玄武卫辅助者，按照预先根据情报设定的路线，顺着泪原对面兽龙国境内的药杀水前进，谁知在一个兽龙兵关卡，陷入了重围。

当然所谓的重围，只不过只有四个龙兵。但关键就在于，这四个龙兵，不是情报显示的两个兽龙徘徊者，而竟然全是咆哮者！

咆哮者，兽龙族龙兵的精锐，当年只是寥寥几个，就闹得整个泪原防线后方的残月峡鸡飞狗跳，苏渐小组差点全军覆没，才由苏渐最后勉强杀死一个咆哮者。

所以，陷入四个咆哮者的包围后，洛雪穹等人的下场可想而知。

同行之人非死即伤，洛雪穹本人则因为容貌特别出众，被龙族咆哮者们活捉。

现在能有人逃回来报信，还实属这位仁兄有二十多年的龙境潜伏经验。他一看苗头不对，立即扭头逃跑，才能跌跌撞撞地跑回来送信。

而当时混乱之中，他也只来得及顺手捡回洛雪穹失手摔出的月神白虹剑，其他任何忙都帮不上。

听到这个消息，苏渐如同遭受当头一棒，整个人都呆住了。

要说苏渐这少年，虽然小小年纪，但经历了那么多风雨和磨难，心性已经极为坚韧。但这一刻，他还是变得如同呆傻。

他不仅头脑中一片空白，整个身体还不受控制地不停地发抖。

“怎么办?!”他表面无声，但心中却在疯狂地呐喊！

虽然说，洛雪穹并不是他什么人，也完全不涉及什么男女私情，但只要明确一点，洛雪穹和他的关系，并不比唐求和他的关系差。

只要弄清这一点，就知道极重视朋友的苏渐，此刻听闻凶讯时，是何等的心情。

可以说，上回唐求身陷赌坊，他苏渐可以不惜一切去救，这一回，也行！

只是，和上回的情况相比，这一回有一点根本不同。

金运来赌坊，再怎么伏兵暗藏，也算不得龙潭虎穴。但是恶龙帝国，在现在的人族心目中，却是和龙潭虎穴无异！

尤其是，像洛雪穹这样还是被兽龙咆哮者抓去，则举世公认，绝没有生还的可能。

换了旁人，这会儿她的亲朋都该联系寺庙，办理后事了。

所以，在正常的情况下，无论是谁，都不可能生出什么营救的念头。因为，那意味着牺牲更多的人。这一点，亲戚朋友都会理解。

但苏渐却生出了这样的念头，而且坚决地去实施了。

事实上，苏渐出发去龙境，并没有得到玄武卫的许可。

他深知，如果真的去申请，肯定被打回。何况他已经听到风言风语，说是这回导致洛雪穹遇难的情报错误，就是他苏渐顶头上司盖英卫故意所为。

苏渐丝毫不怀疑这个风声的真实性。

盖英卫自从和他撕破了脸，虽然表面没什么表示，但心中的怨毒，苏渐时刻提防。

但让他没想到的是，盖英卫没对他下手，却不知什么缘故，去招惹了洛雪穹。

这还是苏渐后来从外围听说的。

他听说这位铜徽卫，几次纠缠洛雪穹不成，最后一次冲动之下，竟然想仗着武力用强，但毫无疑问地被身负绝学的洛雪穹给打退，据说还受了伤。

毫无疑问，假如这个错误情报提供者是盖英卫的消息是真的，苏渐这位顶头上司，更没有可能允许任何人去营救少女了。

所以，平时看着很守规矩的少年苏渐，这一次，在没有告诉任何人的情况下，自行前往龙境。

他有所不知的是，就在他走后，那个盖英卫对他的不辞而别，竟然毫不惊怒，反而大喜过望。

盖英卫的用意很明显：洛雪穹那个“贱人”，已经被他报复身陷龙境，现在苏渐又不知死活地去营救，显然也是有去无回了。

“这简直太好了！”得意的盖英卫狞笑着想，“本来只是为了惩罚一个不识抬举的‘贱人’，没想到连她的‘奸夫’也一并给折进去了。看来我的运气，又回来了！”

虽然取得这么奇妙的成果，但盖英卫还不满足。

苏渐前往龙境后，他又去跟大统领告状——歹毒的铜徽卫，这是想要让苏渐不仅死在龙境，还要背负一个擅自行动的罪名。

他这一打小报告，开始时，轩辕鸿也是大怒不已！

“浑蛋！谁让他去的？”听完报告的轩辕鸿勃然大怒。

“谁说不是呢！”盖英卫一看这架势，心中大喜，顿时添油加醋道，“其实苏渐不禀报我也就算了，他现在也算轩辕大人您直接指导之人。只是他这样擅自行动，分明是不把大统领您放在眼里啊！”

“当然！”轩辕鸿愤怒地咆哮道，“他这是恃宠而骄，目无尊长，不服管教！盖英卫——”

“小的在！”盖英卫伸长了耳朵，期待大统领的下文。

“你回去吧。”

“是！”盖英卫应了一声，却忽然愣住了。

“什么？大统领，您刚才说什么？是不是我漏听了什么……”盖英卫有些不敢相信自己的耳朵。

“我是说让你回去，听不懂人话吗？”轩辕鸿斜着眼睛看着他。

“是是！”表面称是，盖英卫心里却刮起风暴！

他内心狂叫道：“难道这就完了？轩辕大人，这完全不符合您的风格啊！”

“大人，”他还不甘心，想最后再努力一把，便壮着胆子问道，“那不知属下该将苏渐如何处置？”

“不用处置！”轩辕鸿大手一挥，“我曾说他是福将，好，这次正好再考验他一次。如果他能全须全尾地回来，那就证明他是福将。”

“如果不能呢？”盖英卫问道。

“盖英卫，你今天傻了吗？”轩辕鸿不满地看着他，“如果小苏他回不来，不就是自己为自己的愚蠢行为付出代价了吗？”

“是是，小的愚钝，小的这就告退了！”盖英卫倒退着走出门外，心里想着大统领刚才那声“小苏”的称呼，暗自心惊不已。

“唉，看来大统领他对苏渐这小贼还是百般维护。”出来后，盖英卫心中想道，“若换了个人这样，按大统领一贯的作风，早就命令血晶徽卫追杀过去，用尽酷刑折磨而死了。唉，真是‘好人不长寿，祸害活千年’啊……”

哀叹到这里，盖英卫抬起头，看看昏沉沉的天空，只觉得自己的心情和天空一样阴郁。

对于盖英卫这次不幸失败的闷棍，苏渐一无所知。

此时他经过日夜兼程，已经穿过了残月峡，就快到泪原了。

走得这么急，完全是因为形势逼人。

之前苏渐去找那位幸存的同袍打听情况，才知道洛雪穹很可能被掳往兽龙国第二大城苦盏城。而从被掳地点沿药杀水往东南走，到苦盏城不过七八日距离。再算上幸存同僚逃回的时间，留给苏渐的时间真的不多了。

时间如此紧急，苏渐现在只能期望兽龙族人对洛雪穹十分重视，到达苦盏城后，再向南越“波悉山”，渡“那密水”，将洛雪穹解往乌浒河北的兽龙国都城“天马城”。

当然，那样的话，就意味着他营救的难度要大上百倍！

对一个十七八岁的少年来说，这真是一个煎熬内心的艰难问题。

穿过残月峡后进入泪原，就意味着苏渐要开始面对兽龙族的威胁。

于是在进入泪原前，苏渐并没有冒进，而是在残月峡谷东边出口前，找了一个偏僻但安全的地方，稍作休整。

大约休整了半个多时辰，又将水囊补充足泉水，他就重新踏上征程。

只是，刚出残月峡，还没等他踏入东边那片血色的荒原，就忽听得旁边崖壁转角后，有个声音冷冷说道：“苏兄，留步。”

“呃？”苏渐一惊，扭头一看，却见崖壁后转出一人，正朝这边冷冷说道：“苏渐，那洛雪穹，也是我的朋友。”

“冰梵，你……”苏渐看着来人，又吃惊又感动。

本来这件事，他没想惊动别人。因为这事和其他事不同，惊动就等于连累，连累就等于让别人送命。

所以这时他看见雷冰梵从崖壁阴影中走出，一时间心中五味杂陈，既感动又难过。

第二十八章

丝路故国

还没等他想明白，这时候崖壁后又转出一人。

峡谷的天光里，有着灰栗色光润头发的少年，柔柔地说道："苏兄，也许你还需要我出出主意。"

"亚飒……"苏渐的声音已经开始哽咽。

"苏渐，你不够朋友！"崖壁旁又听一人吼道，"送死为啥不算上我?！看不起我唐求吗?！"

于是残月峡东，泪原之前，除洛雪穹外，苏渐小组又在此聚齐。

药杀水，自华夏旧地天山山脉流下，一路西行，在当今兽龙国第二大城苦盏城附近拐弯，向西北折行千里，最终注入咸海。

药杀水，是旧神州西域昭武九国之一的石国所在地。

"药杀"之名，听起来吓人，但在当地语言中，其实是"珍珠"之意。

若真要较真药杀水的真实地理位置，那它其实就是贯穿了后世中亚诸国的锡尔河。

而苦盏城，在龙族入侵前，是属于石国的第二大城。

凑巧的是，苦盏城不仅在后世是中亚塔吉克斯坦国的第二大城，也是当前兽龙国的第二大城。

很显然苦盏城是兽龙国的要塞之一，据情报得知，此处正由勇猛善战的兽龙将军迪傲思统治。

这次苏渐他们的运气还挺不错，穿过整个泪原时，竟没碰到任何兽龙战士。

庆幸之余，他们便潜入兽龙国境内，一路向东找到那条东南西北流向的药杀水，然后便沿着这条大河往其东南上游走。

这一路的惊险，完全可以想象。在敌占区前进，时刻都可能碰上残忍强大的敌人，那种生理和心理的双重压力，一般人绝对承受不来。

重压之下，灵鹫学院的训练成果就显现出来了。

这一路，就连四人中最弱的唐求也静如牛蛙，动如野猪，始终没被兽龙士兵发现。

药杀水的河畔不是荒漠就是绿洲。和一般情况相反，苏渐他们遇上荒漠就心情相对轻松，如果碰上绿洲，那心就提到嗓子眼儿。

原因很清楚，宜居的绿洲也是兽龙族的聚居地，如果一头撞上去，绝对是找死。

开始十多里的路程都是有惊无险。但好运很快用完，就在他们绕过一片绿洲，想绕远从一片荒漠通行时，碰到了两个巡游的兽龙探路者。

作为最弱的兽龙战士，两个兽龙探路者对上苏渐四人，完全占不到便宜。但要命的是，“强龙不压地头蛇”，外来的不及本地的人多。

别看兽龙探路者不经打，但数据表明，他们嗓门极大，这要是一吵起来，附近绿洲中的兽龙兵营肯定会被惊动。

看到这情况，根据预先制定好的对策，苏渐、雷冰梵、亚飒立刻向四下荒野逃跑，而唐求迎上去，引开这两个兽龙探路者。

这种对策，看似无比屈辱，却是在敌占区中根据实力对比做出的最好决策。

果不其然，那两个兽龙兵看到这情形，先是一愣，又看到其他三个撒欢儿逃散，那腿脚快得跟兔子似的，只剩下一个人族胖子傻呵呵地留在原地，相互看了一眼，立刻就有了决定。

他们没什么犹豫，放过了苏渐等人，呼喝着朝唐求扑来！

独立旷野，面对凶猛的龙兵，唐求内心的恐惧可想而知。

他很想扭头就跑，但想起他跟兄弟们的承诺，便努力控制住自己的两条腿，一动不动地钉在原地。

见他一动不动，那俩龙兵倒是有点迟疑。

他们提着锈蚀的板刀，走到离唐求两丈多远的地方时，竟站住了。

他们望望那三个在云空旷野下跑成黑点的身影，再看看眼前这位“夷然不惧”的胖子，觉得有什么地方不对劲。

见龙兵站住犹豫，唐求倒是正中下怀。

他在心中呐喊：“快怀疑我快怀疑我！最好多迟疑点时间，这样苏兄弟他们就能跑得更远了！”

不得不说，虽然心中如此期望，但与两个龙兵对视的感觉，实在太令人煎熬了。

事实上就在今天之前，唐求很难想象，自己有一天竟然敢跟两个兽龙士兵对峙。

这样的空城计没唱多久。

那两个兽龙探路者虽然实力弱，却不傻，左看右看没看出什么花样来，便恼羞成怒，用了比平时大两三倍的力气，举着板刀朝唐求扑来！

一见他们猛扑过来，唐求不敢再装腔作势，赶紧扭头就跑！

求生的执念能激发出最大的潜能。唐求这么胖大的身形，在这一刻却动如脱兔，好似一块大圆石在云空下隆隆滚动！

这样的逃跑，并没持续太久。

很快，唐求冲上一个山丘，然后好像脚下一绊，便扑通一声摔倒在地，顺着还算陡峭的山坡一路滚到谷底。

那两个兽龙士兵追上丘顶，朝下一看，唐求一动不动地趴在谷底，那情状实在像他已经被摔死。

兽龙士兵在丘顶观察了很久，发现谷底那人确实一动不动，便相视一眼，离开了这里。

其实在他们俩的心目中，唐求根本就不是个有价值的抓捕目标。

因为刚才看唐求站在那儿一动不动，他们就判定此人很可能是个脑子有问题的傻子；现在再看他狂奔之后滚到谷底摔死，简直就是个下场悲惨的小丑。

于是，这俩龙兵顿时没了下到谷底察看的兴趣。

只是他们却不知道，就在他们走后不久，刚才趴在地上一动不动的人，却悄悄地挪动，然后慢慢地站起。

“想杀你唐爷爷?”装死逃生的胖少年傲然一笑，对着丘顶做了一个鄙视的手势。

不得不说，由唐求来第一个承担引开龙兵的任务是对他的优待。这时候深入龙境并不远，他此后的返程没费多少周折，不到半天工夫就回到了残月峡谷。

到了这里，安全了的胖少年并没有急着回去，而是根据约定，在此地等待雷冰梵他们回来——如果他们还能回得来的话。

事实证明，雷冰梵三人来协助苏渐，非常必要。

唐求帮苏渐解除了第一个危险，此后苏渐和其他两人相互协助，把很多危险消灭在萌芽状态。

平时学习到的武技和法术，在这样血淋淋的实战中飞速成长。他们这一路为了脱险，甚至已经杀死了两个兽龙探路者。

虽然不是更厉害的徘徊者和咆哮者，但杀死龙兵的消息如果传到华夏国内，还是会引起轰动的。

但这时候，他们时刻面临生命危险，根本来不及想这些。

他们的头脑非常清醒，知道这四五十里路程能够有惊无险，只是因为他们运气非常好，在特地挑选的偏僻路线上，只碰到了战力最弱的兽龙探路者。

但好运很快就用完了。

当他们沿药杀水溯流而上，来到一个特殊的地点时，便遭遇了一小队兽龙徘徊者!

为什么在这里遭遇这么强大的龙兵?这是因为，从此地再往东二十多里，就是兽龙国另一座很重要的城池——白水城。

白水城在后世属哈萨克斯坦国，当然这时候只是兽龙国占领石国旧地的一座城池。

因为东望白水城，所以尽管苏渐他们一再小心，专拣小路走，却还是碰到了在此地巡逻的兽龙徘徊者。

不幸中的万幸是，苏渐他们三人极为警醒，才刚刚露头，就发现了迎面而来的徘徊者队伍。

不用想，他们立即扭头就跑，而对面的徘徊者一时没反应过来发生了什么事，也没看清苏渐他们到底什么情况，最后只派了一名徘徊者追上来看看。

事实上，到了白水城附近的药杀水，已经算是到了兽龙国的腹地。

此时，不利的是遇到强力龙兵的概率大大增加；有利的是，这些龙兵一时会反应不过来，从而轻敌。

毕竟，这里是腹地，一般情况下，怎么可能有人族，特别还是半大的少年深入？所以，苏渐他们所遭遇到的兽龙士兵，看到他们的第一反应往往是怀疑自己眼花了。

但兽龙徘徊者毕竟是比探路者更高的存在。

他们性情嗜血，手中的镔铁巨斧可不是摆设，那棕褐色的斧身不是故意涂的颜料，而是由人族的鲜血染成。

被兽龙徘徊者追逐，苏渐三人并不犹豫。只见那亚飒朝苏渐和雷冰梵点一点头，做了个后会有期的手势，便故意弄出响声，吸引兽龙徘徊者往别处追去。

看着灰发少年如风远逝的身影，不仅苏渐喉头哽咽，连心冷如铁的雷冰梵也默然无语。

敌占区危机四伏，就连悲伤的心情也不能够持久。仅剩的二人相视一眼，略略收拾心情，便重新踏上征途。

此刻负责引敌的亚飒，很快陷入了危机。

他被追入了一片戈壁丛林。

本来他还想借着这些荒漠灌木阻碍追兵的速度，谁知道身后的兽龙徘徊者，在这种地形的奔走能力，看起来比他还要强。

被追入绝境的阴柔少年并没有绝望。

在察觉到身陷绝境后，他的第一反应竟是：如果此时此地，换了是那位玄武卫的少年会怎么做……

而苏渐和雷冰梵二人，根本无暇顾及亚飒的生死。他们此刻只有一路向前，期望在洛雪穹被解入苦盏城前追上。

当他们二人向东南到达药杀水另一个重要节点时，果然追上了押送洛雪穹的队伍。

和先前类似，这里东望三十里，是兽龙国另一座要塞拓折城。

拓折城在后世叫“塔什干”，是乌兹别克斯坦国的首都，其地理位置的重要性可想而知。

所以，从药杀水到这里，沿途碰到的兽龙士兵逐渐多了起来。

此刻苏渐二人看得分明，押送洛雪穹的是三名兽龙咆哮者。

“三”，这个押送者的数量，如果放在人族境内，简直让人笑掉大牙，分明觉得是儿戏。

但兽龙咆哮者完全不同，由三名这样级别的兽龙战士担任押送者，尤其还在兽龙国的腹地，已然说明了他们对洛雪穹的重视。

洛雪穹的身份肯定没有泄露，现在兽龙国却对她这样重视，原因只可能是一个。

据说，兽龙国第二大城的守护者迪傲思十分好色。所以，他未必知道有洛雪穹的存在，但架不住手底下的人投其所好。抓住洛雪穹这样的上品美貌女子，肯定要献给迪傲思的。

想到这个原因，苏渐和雷冰梵更加忧心如焚。

很显然，按照来时一路上的商量，就算他们同时出手，也无法从三个咆哮者手中救人。

因此，此时就要雷冰梵先出马，用调虎离山之计，能引走几个是几个。

到这时，整个苏渐小队的营救思路就非常清楚了。他们是要把苏渐留在最后，完成最终的营救任务。

这样的共识，在出残月峡前就已经达成。

选择苏渐，倒不是因为他是最先的营救行动提出人，而是大家一致认为，从武力、勇气、智慧、潜伏、侦察、随机应变等多方面综合来看，苏渐是他们之中最强之人。

而雷冰梵无疑是武力与勇气两个单项最强之人。吸引兽龙咆哮者，这话听起来，就像是自杀的一种方式，还是最惨烈的那种，但当终于找到机会,看到附近没有其他兽龙族时,雷冰梵毫不犹豫地冲了上去。

而且,他根本就没等对方发现自己后扑过来,竟然先行如旋风般冲了上去!那主动无比的架势,放在不知情的人的眼里,还以为是他想主动猎杀龙兵!

事实上,还别说,雷冰梵真有这念头。

对龙族的愤恨,已经深入他的骨髓。此刻的天雪皇子,还真的充满无穷战意,想主动击杀这些龙兵。

只是,兽龙咆哮者岂同一般意义上的龙兵?上回残月峡中,只一个这个级别的龙兵,就弄得苏渐五人小组人仰马翻,何况现在只有雷冰梵一人对敌?

所以,望着冲上去的银发少年,苏渐满心悲伤,因为他知道,这一次雷冰梵面临的危险,胜过之前的任何一回。

只是深处险境,有很多事他也无能为力。

看着一个咆哮者咆哮着朝雷冰梵扑过来,苏渐也只能希望,这位固执冷傲的银发皇子,能够真听进他之前的千叮咛万嘱咐。

他之前说,无论如何,雷冰梵只需要引开龙兵,千万不要跟对方硬拼。

苏渐很清楚,毕竟以雷冰梵的功力,只一心怀着逃跑念头的话,逃脱的可能性非常大。

只是,对雷冰梵“听不听话”,苏渐心里却丝毫没底。因此隐藏在暗处,当他看着旷野中那一抹银发飘飘的紫色身影越奔越远,心中便很不是滋味。

悲苦之时,此刻伏低身形的少年,很想站起来挥拳质问苍天,为何好好的日子要降下如此侵略成性的异族,让他们国不成国,家不成家,人不成人。

苏渐的这个念头如此强烈,以至于他想着,如果改日真见到那位梦中的龙翼女神,也要向她质问,他们龙族为什么要这样?!

再说雷冰梵。虽然杀死龙族的心情如此炽烈,但在悬殊的实力对比下,实在难以完成。更何况,此刻是在兽龙国的腹地,雷冰梵厮杀时还要顾及不能惊动更多的龙族。

而兽龙咆哮者，也不会管你是真打还是假打，雷冰梵的惊人气势已经将这位龙兵激怒，因此最后雷冰梵被他追上时，一人一龙，真的进行了一场实打实的厮杀。

毫无疑问的，雷冰梵最后败了，而且败得很惨。

不能说雷冰梵不努力。高贵冷峻的俊美皇子，到最后可谓浑身浴血。

在殊死搏斗的最后，他被兽龙咆哮者的狼牙棒猛地击中后背，一下子摔进药水河畔的一片树林里。

虽然他有暗藏的天雪国皇家宝甲护体，但那样巨力的一击还是让他猛然吐出一大口鲜血！如此重创之下，雷冰梵很想就此躺倒在地，但身后兽龙兵扑过来的声音，让他知道此刻绝不是喘息的时机。

于是即便已经重伤如此，他还是拖着疲敝之躯，将身体里最后一丝潜能发挥出来，支撑他在丛林中尽力奔走。

对他这样积极的求生努力，老天爷给了一个奇怪的回报：当雷冰梵确实已经用完了最后一丝力气时，整个人恰好摔入丛林中一条溪流里。

这条溪流是药杀水的支流，因为地势落差比较大，这条支流的水流很急。

因此当雷冰梵体力不支摔入溪流中，他的身躯很快就被湍急的溪水冲走。

紧追不舍的兽龙咆哮者，很快也奔到这处溪边。

兽龙咆哮者并没有看见雷冰梵被溪流冲走，但看看四周的环境和地上的血迹，这个经验丰富的龙兵很容易就判断出刚才发生了什么。

于是他站在溪流边，朝下游的方向看了很久，最后摇了摇头，便转身走掉。

不要以为这位龙兵发了善心，他可是最残忍的一类兽龙战士；也不要以为他想到了“穷寇莫追”的道理，因为他们虽然杀人经验丰富，但头脑简单。

现在龙兵止步不前放弃追杀，完全是因为按照他丰富的杀戮经验，那位银发紫衣的人族少年，经过自己一系列的猛烈攻击后，再倒在这样湍急的溪流中，生还的可能性已经为零。

所以，正常来说，上天给予雷冰梵的眷顾，只是让他不被龙族残杀，换了一种体面一点的死法而已。

但无论是兽龙，还是老天，都低估了雷冰梵的求生潜力。

这位天赋惊人的银发少年，被急速的流水带动冲击，不仅没有湮灭最后的一丝生机，水流还反而带动了他浑身各处的筋脉血流，让他破败不堪的身体悄悄地恢复着生机。

最后，当他被一处横在溪流上的歪脖柳树所挡，他便用尽了全身所有聚集起来的力气，攀着柳树躯干爬到岸边。

但也仅仅如此了。

当雷冰梵爬到了溪边草地上，便再也支撑不住，两眼一黑，不省人事……

昏迷的皇子，似乎做了一个很长的梦。身体的创伤，让他的梦也蒙上了一层阴影。

简单地说，他做的这个长梦是个噩梦，是所有他经历过的不愉快的集合体。

一个明证便是，他梦到了洛雪穹对他的拒绝。

当然他梦到的不止是这些。他还梦到了他的故国，他的皇弟，还有他的父皇。

在梦中的故国，依旧是千里冰封的模样，龙族时不时入侵的硝烟，飘散在梦里。

儒雅的二皇弟在梦里出现时，是雷冰梵训练他剑术时，他面对哥哥训斥时惶恐的脸。

即使在梦中，雷冰梵依旧清晰地听到自己的怒喊："二弟！冰烨！你这样偷懒，总有一天会丢咱皇家的脸！"

对父皇的梦境，依然不太愉快。

梦是白日中不敢言之事。于是在梦中，充满了雷冰梵的失望和怨怼。

父皇对内对外的政策，他一个都不满意！他不满父皇对内总想和华夏国争夺人族的领导地位。

他不满父皇对外抗击龙族时，只是醉心追寻什么神器、秘宝、奇术，把打回故国去的希望，全部寄托在虚无缥缈的机会上。

这个噩梦很长很长，让表面冷峻的天雪皇长子极不舒服。

当他快要忍受不了这么多负面梦境时，一个声音忽然惊醒了他："殿下，您看，这白发佬竟然没死。"

被这声音所激，雷冰梵立即一惊，猛地坐起身，伸手就往旁边摸去，却摸了个空。

"啧啧，生命力果然顽强！"刚才那个声音，正嘲讽着说道，"别摸了，你在找这个吗？啧啧，想不到快死的人，却有这样的好剑。"

一听到"剑"字，本来头脑昏沉的雷冰梵猛然清醒。

他睁眼一看，却见自己身处在一个极简陋的茅草屋里，他身下是一张最简单的木板床，伸手摸一摸，也没什么被褥床单，纯粹只有几团干茅草。

"这是哪儿？"雷冰梵一时没反应过来，但是他的目光，却一下子就聚拢在眼前不远处那把剑上："快雪时晴剑"，天雪皇室祖传至宝，冰梵皇子一周岁抓周所得之物，这时却连剑带鞘，被一个年纪挺大的粗豪汉子拿在手中。

这汉子只顾玩耍，把皇族珍宝当作哨棍一样在手中旋转，舞成了花儿。

见自己的爱剑被人如此轻亵，雷冰梵勃然大怒，便挺身想上前夺取。谁知道刚一用力，他却只觉得浑身筋骨疼痛，剧痛之下"啊呀"一声，又摔回木板床上的干草堆里。

"你来拿呀！哈哈！"粗豪汉子继续拿剑逗引他。

"楼将军，住手！"就在这时候，忽然有个沉稳的青年男子声音喝道。

"是！"没想到外表狂傲不羁的汉子，一听这声音，立即吓得噤声不语，连忙把剑器放在雷冰梵身旁。

见得如此，雷冰梵一愣，便暗暗蓄积力量，当说话的青年走到床前时，他也再次端坐起来。

这一次雷冰梵精神好了不少，便清晰地看见走到床前的青年，一身西域异族装束，年纪大约二十四五，国字脸，五官英俊，面相刚毅。

让雷冰梵有些暗暗称奇的是，这青年年纪不大，但举止神情却显示他已经历不少世事。

“天雪殿下，”正当雷冰梵打量他时，这西域青年竟忽然跪倒叩头，行大礼后恭敬说道，“外臣昭武长风，拜见殿下！”

“咦？”雷冰梵有些惊奇，“你认得我？”

“当然。”这个叫昭武长风的青年，庄重说道，“雷皇子冰梵英明神武，艺业不凡，这在神州人族诸国闻名遐迩，外臣怎会不知道？”

听得这客套的说法，雷冰梵却有些不以为然。以他冷傲的心性，却是不太习惯这种恭维的话语。

另一个不以为然的，就是屋里被昭武长风称为“楼将军”的人。

见自己的主上对雷冰梵如此卑颜，楼将军便嗤嗤冷笑，忍了半天后，终于大声叫道：“长风殿下，您也是一国王子，何必对人如此卑躬屈膝？！”

“楼超，你胡说什么？！”昭武长风大怒道，“你忘了我之前怎么叮嘱你的？”

“叮嘱我的？”楼超脸一别，看向屋子角落，哼了一声道，“臣下忘了。”

“你！”昭武长风大怒，正要斥责，却不防雷冰梵挪下床来，立在他面前说道，“昭武长风，你且起来。”

“是。”听得雷冰梵所言，昭武长风不敢违逆，也就站起身来。

“你姓昭武？”雷冰梵看着青年，若有所思道。

“正是。”昭武长风恭恭敬敬道。

“哦。”雷冰梵打量着眼前青年，沉声问道，“既在药杀水出没，又姓昭武，还被手下称为殿下、王子，那你一定是此地昭武之国的石国后裔王子了？”

“正是。”提到故国，昭武长风的神情便有些悲戚，“殿下慧眼，外臣正是石国王子。今日在附近林中巡游，恰碰见殿下白龙鱼服，流落溪畔，故此迎回。”

“原来是你们救了我。”雷冰梵想了想，便对昭武长风行了个礼，真诚说道，“谢谢你们救我。”

见他如此，昭武长风正要表示逊谢不敢，谁知旁边那楼将军，却蓦地“哼”了一声，满是不屑。

“你怎么回事?!”昭武长风猛然大怒，喝道，“楼将军我知你忠心耿耿，一直守护于我。但今日屡对贵客无礼，实在是忍无可忍！来人!”

随着他一声怒喝，四五名胡服武士立刻出现在屋内。

“来啊，”昭武长风大喝道，“把他拉到屋外，重责十大板！记得拉远点，别惊动了贵人!”

“是!”那几个武士冲上前来，押住楼超就要往屋外推。

“住手!”这时雷冰梵喝道，“长风王子不必罪责于他。我观楼将军为人，直爽豪迈，绝非无礼之人。今日对我几番不恭，本皇子倒想知道，究竟我何时得罪于你?”

听雷冰梵如此说，昭武长风手一挥，那几名武士躬身退出了屋外。

“其实并无什么事，”昭武长风掩饰道，“只是他今日饮酒过量，方才胡言乱语。”

“哦?”雷冰梵眉毛一扬，冷声道，“我却闻不见丝毫酒气。”

“这……”被雷冰梵毫不留情地揭穿，昭武长风有些尴尬。

“殿下不必回护老奴!”楼超忽然大叫道，“殿下不方便说，那就我来说!”

听得他话里有话，雷冰梵立即示意楼超直说。

“不就是你那个好父皇嘛!”楼老将军响亮说道，“当年人龙大战，我药杀水石国跟随天雪大军厮杀，虽然国小力弱，依然舍身忘死，多立奇功。谁知溃败至风暴之墙后，你们天雪国却拒绝对我石国庇护，更不用说帮我们反攻故土。虽然后来看我们太惨，勉强收留我们，却视我们为奴仆，让我石国人到处承担低贱杂役。本来二百年来，我石国人已经开始融入天雪国，两国军民都开始互相融洽尊重，谁知你父皇搞什么‘纯血令’，又开始将我石国族裔区分开来，去从事艰苦沉重的低贱活儿。可叹凶恶龙族已经侵占了我们的故土，没想到我们同类对我们也视如粪土!”

说到此处，楼超老将军激愤非常，双目赤红，看样子如果不是昭武王子在场，他都能冲上来和雷冰梵以命相搏。

本来克制守礼的昭武王子，终于被楼老将军的激愤之言带动情绪，忍不住动容说道：“皇子殿下，楼老将军之言，虽然有损天听，但句句属实。

想我等祖上石国与华夏朝间,虽时有龃龉,毕竟兄弟之邦,共通丝绸之路。赖尔天朝繁华,我石国苦盏城、白水城虽僻处西域,依然整日商旅如织,驼铃终日不绝,沟通中西商贾。现因恶龙大劫,石国后裔只得就近依附贵国天雪,但若纯血令世代推行下去,我石国子民哪怕历经艰难险阻,也要南附华夏国。外臣在此斗胆陈情,恳请皇子殿下不要见怪。"

无论是楼超还是昭武长风,说出这些犀利话来,无非是被压迫得久了,不免直抒胸臆,出此激愤之言。

但当昭武长风说完这番话后,不仅是他,连脾气火爆的楼超老将军,也忽然惴惴。

他们冷静下来全都认为,按照天雪国人的勇猛性情,贵为天雪国皇长子的雷冰梵,听了他们这番冒犯之言,定是会勃然大怒。

出乎石国君臣的意外,看上去举止冷傲的紫衣皇子,此刻的神色却是云淡风轻。

沉默了半晌之后,就在石国君臣忐忑不安时,雷冰梵忽然开口:"那敢问,你们现在为何出现在兽龙国?"

"问我们为什么在这里?"楼超用一种"死就死吧"的无畏心态,继续高声大嗓地叫道,"别管你们天雪国怎么对我们,我们总不忍心石国子民流落在龙境。要知道你们天雪待我们如奴役,兽龙却待我们如猪狗!昭武殿下他不忍心子民继续留在龙境被残杀,故此带我们多次冒着生命危险,潜入龙国收拢流落山林的石国后裔,将他们带回天雪国。怎么,这个回答,天雪皇子殿下还满意吗?"

面对楼超这近乎反讽的语气,雷冰梵很出奇的,依旧是一副云淡风轻的样子。

"沉默得越久,爆发得就越剧烈。"心中想到这道理,除了楼超之外的所有人,都在胆战心惊地等着雷冰梵爆发。

真别说,到了这当儿,就连怨气郁积、直抒胸臆的楼超老将军也有些后悔。他想到,不管怎么不公,他们石国人还不是得寄于天雪篱下?

正在所有人忐忑不安地等待时,雷冰梵却忽然一笑,开口说道:"你们听过'雪杀组'吗?"

“雪杀组？听过。怎么了？不就是天雪国那个非常厉害、非常神秘的反抗组织吗？”楼超还没怎么反应过来。

“听说过就好。”雷冰梵悠然一笑，“想必对他们的能力，你们应该有所耳闻。你们今后可以去找它，如能找到，可以向他们寻求帮助。无论是来兽龙国收拢子民，还是在天雪国好好安置，雪杀组都可以助你们一臂之力。”

“那太好了！”楼将军搓着手，快乐得如同小孩，“我楼超还是有些门路的，真要想联系上雪杀组，也不是不可能。太好了！雪杀组啊！我们有救了！”

只是，在楼超雀跃之时，昭武长风却疑惑着一个问题。他看着雷冰梵，欲言又止，终究没能问出来。

此后，当他们将雷冰梵护送回残月峡后，那楼超却头一个向昭武长风问道：“我说，殿下，这事情，我怎么想怎么不对。那雪杀组，不是专门跟天雪皇族对着干吗？这雷冰梵，怎么……”

“想这么多干吗？”本来庄重严谨的石国皇子，这时候却打断了他的话。

他停住脚步，仰望天上白云，悠悠说道：“楼将军，你听说过吗？有些人，缥缈高华，如同天边白云，可望不可及，是你我此生永远也追不上的。就此事而言，你只需知道，雷皇子他说雪杀组能帮咱，就能帮咱。你我知道这一点，就足够了。”

“是，是！”豪迈不羁的楼老将军，这时候却服服帖帖，点头称是，不敢再多言。

再说苏渐。

被雷冰梵引走一个咆哮者，虽说已经是引走了三分之一的敌人，但苏渐看着那两个块头很大的咆哮者，还是流露出一丝苦笑。

但事到临头，无论恐惧还是胆怯，都无济于事——苏渐这么想着，忽然觉得有点奇怪，只觉得这想法很熟悉。

过了一会儿，他想起来，原来类似的话，秦玉教习曾跟他说过。

于是他觉得有点奇怪，平时听着秦教习说那些励志金句，只如同清风过耳，一个字都记不住；这时候面临危急，秦教习的谆谆教导，却自动浮现在脑际。

苏渐一边转着这些念头，一边悄悄地跟踪押送队伍。

洛雪穹此时正被几条皮索绑着，被两个咆哮者一前一后地夹着，踉踉跄跄地前行。

看着往日高冷如雪的清丽女子，这时候却如罪囚一样狼狈前行，苏渐心里很不是滋味。

这时候，洛雪穹并不知道身后还有熟人在追踪。

别看她只是妙龄少女，但是极有见识。不幸的是，正因为如此有见识，她才已经放弃了自己。

落入兽龙族之手，身处对方腹地，还由几个咆哮者押送，洛雪穹断绝了任何逃脱的念头。

不过刚才，倒也发生了一件让她十分吃惊的事情。

那就是悲苦绝望之际，竟然看见那个冷傲的天雪皇子，突然现身在这兽龙国腹地，还朝这支押送队伍冲来，很显然是要解救自己。

只是很可惜，最后事情的发展，还是符合了那个举世公认的常理：雷冰梵只是被一位兽龙咆哮者追赶，就狼狈不堪，根本来不及施展星流术，就落荒而逃，生死不知。

但即使如此，洛雪穹也非常感动。

就在默默地为雷皇子祈祷祝福时，她也忽然想到一个敏感的问题："当日自己拒绝他的表白，究竟是对还是错？"

本来她觉得此事毫无疑义，但看到雷冰梵竟然"孤身"深入兽龙国境，不顾实力悬殊挺身挑战兽龙强兵，内心起了一丝动摇。

当然，较真说来，她此刻的心绪，倒不是后悔当初的决定，而是在雷冰梵这样惊世骇俗的英雄壮举面前，她觉得自己非常愧疚。

"那他……会来吗？"虽然知道自己已经身处绝境，不该想这些毫无意义的问题，洛雪穹的脑海里，还是忍不住浮现出那张有着明亮笑容的英俊面容。

"肯定不会的。相比天雪皇子的固执，苏渐他……才不会做这种肯定会失败的亏本买卖。”

这样想着，洛雪穹内心中，竟为那个少年的明智而骄傲。但不知为什么，她的内心里，还是抑制不住地有些隐隐的失落。

这样悲苦地走着，洛雪穹的眼神，偶尔无意识地扫过路旁。

“咦？这块石头好大，”她随意地想道，“还布满青苔。虽然这里离药杀河不远，有青苔的石头很多，但这块石头的形状和大小，还真的有点奇怪呢……”

但绝境中的少女对一切都失去了兴趣，虽然想了这么多，其实也只是没什么主动想法的意识流。

只是，就是这块她不经意间觉得奇怪的青苔大石头，却在下一刻突然发生了惊人的变化！

烈火英姿

就在洛雪穹走过，后面押尾的兽龙咆哮者也走过时，这块看着布满青苔的大石头，却忽然光影一闪，竟赫然变成一个人形！

石化为人后，便不要命地往前一扑，一道寒光闪过，已是连人带剑撞在了队尾的兽龙咆哮者身上！

“嗷——”一声惨烈无比的号叫，强大的兽龙战士轰然倒地，挣扎了几下后，头颅一歪，竟当场死去！

“苏渐！”洛雪穹一声尖叫！

这一刻，就是这一刻，她来不及惊奇，来不及喜悦，来不及看那个滚地的龙兵是生是死！她的整个视野里，都只剩下那个提着血淋淋的利剑，在旷野云空下森然伫立的少年！

“我来了。”刚刚屠龙的少年，给了受缚的少女一个明亮的笑容，露出白灿灿的牙齿。

“你——”本来想本能地说“你怎么来了”，但话到口边，洛雪穹却忽然哭了起来。

她猛然叫道：“你为什么要来？你不该来，你这是送死啊！”

被缚的少女突然意识到，自己根本帮不了任何忙，很可能下一刻，自己就要目睹少年被暴怒的龙兵撕裂的惨烈场面了。

而龙兵已经被激怒。

虽然刚才苏渐用自己研制的幻系伪装晶符，将自己短暂伪装成一块布满青苔的大石头，奋不顾身地杀死一个龙兵，但这也是他的极限了。

当最前的那个兽龙咆哮者反应过来，返身朝他怒吼着扑来时，命运和结局似乎已经确定了。

要知道，当初残月峡中，苏渐通过各种方法杀死的那位兽龙咆哮者，是多处受伤，强弩之末；现在他面对的，可是一个精力充沛的精锐咆哮者啊！

但他此刻却还是不慌不忙。

在暴怒的龙兵扑来之时，苏渐还有暇挥剑如风，瞬间割断洛雪穹身上的绳索。

“快走！”向扑面挥来的龙兵狼牙棒迎去时，苏渐对少女大声喝道。

“不走！”洛雪穹一扬脸，竟攥着双拳，想要赤手空拳地扑过来助战。

“笨蛋！”苏渐骂了一声，闪身挡在她的面前，又挡下龙兵一击。

而这时候，那位龙兵大人显然没什么耐心。只见他一张口，一团青紫色的龙炎砰然喷出！

苏渐眼疾手快，拉着洛雪穹往旁边一闪，那龙炎没打着他俩，却打中了他们身后那片丛林。

这个季节，很多林叶已黄，地上又多陈年枯枝，被龙炎一击，顿时燃烧起来。

“快滚！”舍命来救的少年，这时候却对洛雪穹粗言叫骂，“你这笨蛋小妞，赖着不走，只会拖累我！快给我滚，赶紧在我眼前消失！”

洛雪穹贵为灵山圣门教主之女，这辈子还是头一回被人用如此粗鲁的言语冒犯。

但她完全没有生气，反而百感交集。

而以她高贵冷傲的性情，听出少年话语中的决绝之意后，一时竟不敢违逆，一咬牙，转身逃去。

这时候，苏渐已经和龙兵战得如火如荼。

无奈奔逃时，洛雪穹回头一瞥间，正看见苏渐在烈火中奋战。

丛林大火，燃成了滔天的猩红火浪；少年不屈奋战的身影，如同一只与暴风雨搏斗的小船，颠簸在热浪火舌之上。

誓死不屈的战斗身形，在鲜红火幕上投下不屈的影像。这一幕让转身奔逃的少女，再一次泪水肆虐。

问世间，谁是英豪？

问苍天，何为大侠？

问自身，孰是真情？

此刻火丛中跃动的少年身影，就是最好的回答。

烈火中少年英勇奋战的身姿，永远地鋈刻在了洛雪穹的心上，永世不忘……

但在这之后，无论苏渐如何努力，实在因为力量悬殊，力有不逮，还是被兽龙咆哮者擒住。

幸运的是，不知道是苏渐特殊的功法、不屈的战意吸引了龙兵的注意，还是洛雪穹跑了，总要有人顶替，又或是因为他杀死了同伴，就这样将他撕裂实在太过便宜，这个兽龙咆哮者竟然在擒住苏渐之后，一时没有将他杀死。

就在龙兵犹豫如何处置他时，苏渐说了一番话，龙兵于是下定决心，用刚才捆住洛雪穹的皮索，继续将苏渐绑住，押往苦盏城。

且不提苏渐之后面临何等凶险命运，再说洛雪穹。

被苏渐舍命救后，她一路小心警惕，专拣偏僻处走，往泪原方向而行。

此时洛雪穹如此小心，倒不是纯为了惜命，而更像是为了不想白费苏渐的一番好意——这好意，可是用生命为代价的！

说起来，苏渐这一番行径，是对“侠”字的最好诠释。

真正的“侠”，不是说你做一件力所能及的助人好事，而是去做那种明知不可为，但义之所在而必为的事情。

就在洛雪穹百般小心之后，这一路也有惊无险，大约两三天后，血红色的泪原又呈现在她的面前。

在经历了兽龙国的危难之后，往日危机暗藏的泪原，在洛雪穹眼里已经不算什么了。

用风刃、风芒闪等斩杀了几个不开眼偷袭的猛兽后，她便穿过泪原，远远望见了残月峡。

本来这一路归心似箭，还没什么，但快接近残月峡时，洛雪穹忽听到几个擦身而过的旅人，正唱着一首歌谣：

万水千山青复青，寻仙先遇小湖亭。

我如云鹤卿如雪，从此游仙梦不醒。

听到这歌谣，洛雪穹本来已经平复的心情，顿时再次崩塌！冰川雪山一样清冷的少女，忽然间泪流满面。

不用说，洛雪穹听到的这首歌谣，正是苏渐当年，在灵鹫学院鹿鸣森林雨宿湖边，为接近她用发声晶符所唱。

而灵鹫学院世所瞩目，其中有什么风吹草动，都能引领华夏风潮。更何况那次事件如此特殊，后来苏渐"花花公子""与高敞争风吃醋"的"威名"，多半是拜它所赐。

所以这首歌谣，随着苏渐的"事迹"流传出来，传唱于市井之间，毫不出奇。

但在此时此刻，洛雪穹再次听到当日少年的歌谣，那效果完全不同。

一路上已经说服自己的少女，再次觉得无法面对内心，便在残月峡山崖咫尺可见的情况下，扭头重新踏上来路。

寒傲如雪的灵山少女，此时已经下决心，这一次，哪怕是以卵击石地去送死，也要死在解救苏渐的路上！

只是，恰在这时，她却听到身后有几人一齐在叫她。

"雪穹？洛姑娘？是你吗？"

明显身后这几个呼喊之人，语调又惊又喜，似是不敢相信自己的眼睛。

洛雪穹闻言霍然转身，便立即看到，那云空下、丘崖边，雷冰梵、亚飒、唐求齐望着这边，全都是惊喜交加的表情。

"是我。"在这样的情形下，洛雪穹再也没法一走了之。

于是这两拨人，从两边开始奔跑，最后在中央汇合。

"苏渐他真的做到了！"亚飒以手抚额，激动叫道。

"还以为你们都回不来了呢！"唐求也叫道。

“这样，真好。”雷冰梵到此时，也是情绪激动。

只是他往洛雪穹身后看了好几眼，迟疑地问道：“苏渐他……”

“他没回来。”洛雪穹黯然道，“他好像被抓走了，当时匆忙，我没看太清，也许就被……”

即使以她冷峻的风格，后面的话，也说不下去了。

“你回来了就好。”神色同样黯然的银发少年，还要安慰眼前的少女。

“刚才怎么回事？”唐求这时叫起来，“洛姑娘，怎么，刚才看你的样子，还想往回走，是有什么钱粮珠宝掉在泪原了吗？如果那样的话，我们帮你一起去找！”

“不是。”洛雪穹摇了摇头，也不隐瞒，“我，是想回去救苏渐。”

顿了顿，她又道：“我这样，是不想欠他这么大一份情。倒是你们，这是……”

她用询问的目光，看着雷冰梵等人。

见她疑惑，亚飒笑了笑，便将之前整件事情跟她说了说。

听到眼前这几个同窗，在前几日里都为了自己而亲身涉险，洛雪穹十分感动。

而当她听亚飒明确无误地描述，这个完全没希望的救援之旅最开始是苏渐孤身一人上路时，洛雪穹的内心，也不知是什么滋味。

不过在情绪复杂难明之际，对一件事洛雪穹更加坚定：她要回去，她要去救苏渐，她对苏渐活要见人，死要见尸！

只是，正当再次坚定决心时，亚飒观察到她的表情，尤其是脸上的泪痕，便如同看穿她心事一样，开口道：“洛姑娘，你不必回去救苏兄。”

“为什么？”虽然心存感激，但听亚飒阻止自己，洛雪穹顿时神色一凛。

“这是苏兄交代的。”亚飒道，“他之前曾千叮咛万嘱咐，说如果咱们能有幸逃回来，并且他万一失陷于敌境，叫我们绝不要再回头去救他。他说，他一定能幸免逃脱，如果我们再回去救他，没他在，肯定不是被抓就是被杀，不划算。”

“他倒自信，哼。”洛雪穹怒道。

想了想，她也便问眼前这几个苏渐的兄弟：“苏渐的话，你们相信吗？”

“相信啊！”亚飒率先脱口回答。

“为什么？”洛雪穹问道。

“不为什么。”亚飒笑着说道，“经历了这么多事情，我也看明白了，对苏渐的话，我亚飒，只要无条件相信就行了。”

“哼，盲从。”洛雪穹摇了摇头，又看向唐求。

“我？”见她看来，唐求毫不犹豫地连连点头，“信，我当然信他！”

“你是为什么呢？”洛雪穹道。

“为什么？问得好！亚飒那说法，纯粹扯淡；我这个，可是有强大理由的！”唐求自信地说道。

“是什么呢？”洛雪穹好奇问道。

“你们也知道的，我唐求最近不知倒了什么霉运，逢赌必输。而我来之前，对于苏渐这次能不能全身而退，我是把宝押在他不能生还那边的……”

“什么乱七八糟的！”洛雪穹气恼道，“苏渐有你这样的损友，真是……好吧，祝愿你这次也是输个精光！”

“雷兄，你相信苏渐的话吗？”洛雪穹又转向银发少年问道。

这时候，她的目光极为期盼，希望能从这位稳重冷峻的皇子口中，得到一个比较靠谱的说法。

面对她的询问，雷冰梵没有作声，只是默默地点了点头。

“为什么呢？”洛雪穹追问。

“很简单，”雷冰梵目视远方说道，“华夏有谚，‘好人不长命，祸害遗千年’，我看苏渐他很可能就是龙族千年不遇的祸害。”

听得这话，洛雪穹半晌无言。

好半天后，她才悠悠地说出一句话：“你们这些男子啊……真是搞不懂你们之间这样奇怪的情谊……”

再说苏渐。

先前能让龙兵一时不将他杀死，反而将他押往苦盏城，实在是苏渐求生之心太过强烈，鼓动三寸不烂之舌，骗兽龙咆哮者说，自己身为龙血者，有重要秘密任务在身。

听他说出这番话来，兽龙咆哮者不敢怠慢，不仅不敢自作主张处置他，还小心翼翼地一路伺候好他，生怕他在押往苦盏城的路上有什么闪失。

托词能奏效，完全是因为经历了这么多，苏渐深知危急时刻如何取信龙族。

面对这些凶险残忍的异族，空口编瞎话肯定不行，于是他不惜说出自己龙血者的身份——虽然，已经是过气的。

正是这样三分真，七分假，骗得兽龙战兵信之不疑。

还别怪苏渐满口瞎话，这时身处龙境，如果不能打动龙兵，让他觉得苏渐是奇货可居的重要人物，就是龙兵自己不下手残杀，这一路上碰上那些其他兽龙战士，也很可能随手将他杀掉。

毕竟，在兽龙族的眼中，人类有如猪狗，是能够随时合理合法杀掉的。

当然苏渐这一路上，也遇到无数敌意的目光。毕竟国仇家恨在心，苏渐这时候不愿意委屈自己，也毫不犹豫地回瞪回去。

这样一来，便惹来无数的谩骂，不停地有兽龙族人上来要动手，却都被押送的龙兵给赶跑了。

还别说，苏渐这一做派，倒让押送的龙兵更加重视，心说，这少年还真有点门道，换了别人，哪敢这么嚣张？一定是龙血者无疑，毕竟只有和高贵龙族相近血脉的生灵，才能这样勇敢。

于是苏渐这一路算是有惊无险，在身边这位立功心切的兽龙咆哮者的保护下，被押往了苦盏城。

只是，虽然一路无事，但苏渐刚才不得已编出的那番瞎话，却又暗藏了极大的危机！

龙血者，正是龙族欲除之而后快的特殊人族。之后如果苏渐没啥好的后招，基本就预备着跟这个可爱的世界、如画的江山告别吧！

沿药杀水溯流南上，到达最南端时，顺着河道的走向向东拐个弯，直直地走过十几里，他们便到了苦盏城。

苦盏城沿河而建，筑在药杀水的南岸。

看着浩浩荡荡的药杀河水，路过的苏渐在心里念叨，根据灵鹫学院中教授的《神州山河志》，这药杀水过了苦盏城后，再往东便微微向北转，在另一座石国旧城渴塞城的南边，再往东去，就进入华夏故国的领土了。

当到了华夏故国境内，这发源于华夏天山的河流，就不叫药杀水，而称为真珠河了。

这些地理知识对苏渐而言，都是学院中纸上谈兵的学习，但华夏衣冠，故国江山，无一不让他梦萦魂绕。所以当他看见苦盏城，遥望真珠河时，也不禁心情激荡，热泪盈眶。

看到他流泪，那押解的龙兵还以为他毕竟年纪小，想要要进苦盏城见龙族大人物，毕竟害怕，故而流泪。

苏渐的心情，在进了苦盏城后，变得更加激动。

苦盏城本来是神州西域石国领地，整个城池带着西域胡族的异域风情。后来被兽龙族占领后，便被大肆改造，用巨石盖大房，还故意在城中堆砌石头城堡，将其中的房间筑成巨石洞穴的模样。

当然这些兽龙房间在苏渐眼里像洞穴，在兽龙族自己眼里，却是富丽堂皇的居所。在他们族中，一向用石堡的大小、石材的好坏、石窟的进深来衡量一家的贵贱贫富的。

虽然苦盏城现在已经被改造得一塌糊涂，但苏渐能亲眼看见故国建筑的城池，还是激动莫名。

当然，确切地说，这里是石国旧地。但龙族入侵，神州浩劫，两百多年过去，再区分当年的国别族群，有何意义？

现在在苏渐的心目中，异族压迫之时，所有人族就该团结一心，力争将可怕的侵略者赶出家园去！

而心情激动之余，苏渐还抓住这样难得的“机会”，极力观察在大街上看到的任何人和事。

他发现，果然越高等的龙族生灵，就越接近人形。很显然能在苦盏城中居住生活的兽龙族，都是他们自己族中比较高等级的族群。

于是苏渐触目所及的那些龙族基本都是人形。如果实在要说有什么区别，那就是兽龙族人身形更为健壮高大，目色有蓝有绿有黄有灰。他们所穿的衣物也大多是猛兽剥皮制成的皮甲，并且男子多戴鹿角、牛角之盔，女子多戴鸾鸟雉鸡的羽毛头冠。

苏渐被押入苦盏城中时，也吸引了那些兽龙族路人的目光。

十七八岁的少年，本就相貌英俊，身材颀长，个头并不比兽龙族人矮；而他浑身英气勃勃中又不失秀慧之气，于是和那些健壮的兽龙族男子一比，倒是有另一种风情。

苏渐带有别样风情的样貌，吸引了不少兽龙族女子的目光。这些健美的异族女子，那眼神儿直在苏渐周身上下打转。

见得如此，她们粗豪的兽龙男伴顿时不快。

他们骂骂咧咧，只道世风日下，如果龙族女子审美都背离五大三粗型，则必将破坏龙族尚武的传统美德……

而就在街边某位兽龙男子也在这样上纲上线、忧国忧民地咒骂时，冷不防他旁边一个相对清秀的兽龙族男子却忽道：其实，我也觉得这人族男儿挺好看……”

听他这么一说，开头咒骂的那兽龙男子顿时惊得一跳，瞪了此人一眼后，忙拉了自己的女伴匆匆离去。

在这样的议论纷纷中，苏渐被一路押解前行。

本来他以为自己会被带往城中心那座最高的石堡，谁知到最后，龙兵竟带他穿城而过，往城东一处水草丰美的牧场而去。

见是这样，苏渐心中奇怪，也不客气，大大咧咧地问道："这位龙兵大哥，不知要带小弟去哪里？怎么又出城去呀？"

对他这样的自来熟、套近乎，负责押解的龙兵显然不太适应。

本想修理他一顿，不过这位龙兵一想，自己今天很可能有一场大富贵要落在这人族小子身上了。

念得如此，他只得生生地忍住气，没好气地回答道："你懂什么？苦盏城主迪傲思大人，这季节只会在城东牧场围猎。"

"哦。"苏渐不置可否地应了一声，暗地里却心思急转："哎呀，去荒郊野外啊？那我是不是有更多机会逃跑啊？"

苏渐见到传说中的兽龙将军迪傲思大人，并不是在那些出猎的兽皮营帐中。

押解他的龙兵一路询问，最后将他带往一处绿洲中的胡杨林前。

整个过程中，苏渐丝毫没闲着，一路都在努力记住途经的地形。

被带到这处胡杨林前后，苏渐更是打起了十二分精神，极力观察这片绿洲树林。

经过一番观察，他发现，这片林子中的胡杨树虽然都不太高，但却占地极广。并且，这些胡杨树的枝干，扭曲延展如虬龙之形，便在这暮春初夏之时，如同为整个绿洲盖上一个绿色的巨大毯子。

在茂密的胡杨树枝庇护下，苏渐看到整个绿洲土地的表层，生长着茂盛的灌木，一看就是经常与胡杨伴生的红柳灌木。

不知怎么，看到它们俩的组合，苏渐的第一反应却是他吃过的一种食物："胡杨木炭烤红柳枝羊肉串！"

苏渐正用心地默默观察、牢记周围地形，一个男子声音忽然如雷鸣般响起："听说抓住了个人族的龙血虫子，在哪里？"

未见其人，先闻其声，就已经如听雷鸣；等那传说中的苦盏城主迪傲思将军被几个护卫簇拥着出现时，苏渐更是大吃一惊！

直到看到兽龙将军迪傲思，苏渐才知道，有些人真的可以只凭外貌，就惊得别人精气神全无。

就在这胡杨林前，壮年的龙将就如同一座小山，矗立在苏渐面前。

他几乎高出苏渐半个头，满脸筋肉虬结，伤疤纵横交错，把一张本来端正的面容衬托得无比凶猛。

和脸上的风格相似，他此刻赤裸的上身也是筋肉虬结，整个胸腹的肌肉板结得如同一块块坚硬的石板。

看到他这健壮无比的上身，苏渐都要怀疑如果自己一剑砍上去，会不会跟砍在石头上一样冒出一溜火光。

他的下身，穿着血色的皮甲、紫色的战裙，脚蹬轻便但坚硬的兽皮战靴，整个人显得无比的威猛精神。

他手中正用紫金板刀拄地，这板刀如同半爿门扇，又长又大。

"龙精虎猛"，这就是苏渐对迪傲思的第一印象。

他这时甚至还有个想法，觉得"龙精虎猛"这个成语，很可能就是针对迪傲思这样的身形说的。

苏渐在打量龙将时，龙将也正用他那双鹰隼一样的铜铃巨眼，也斜着瞪视苏渐。

这时候，苏渐身上的皮索已经被解开——笑话，有什么人族能够在兽龙猛将面前逃跑？

“我该如何应对这样的人？”自打听到押解龙兵说要送自己去见迪傲思，苏渐就在思考这个问题。

本来还有点纠结，但当迪傲思一双锐利目光射来时，苏渐顿时有了选择。

“哼！”在这样凶名远播的威猛龙将前，苏渐竟冷哼一声，昂首回瞪，大声说道，“龙血虫子？还有这样睁眼说瞎话的吗？看清楚，小爷是顶天立地的人！”

“人？顶天立地？哈！”迪傲思带着嘲讽的语气咆哮道，“到现在，你们这些卑贱的人类还不认命啊！看不出来，你小小年纪，还敢跟我回嘴，不错，不错！”

威猛龙将这两句“不错”，倒也是真心实意。

要知道以前偶尔捕得人族，别看抓捕时还可能剧烈反抗，但等送到他迪傲思面前时，不用说怒喝了，只要一瞪，就能把他们吓得筋酥骨软，浑身颤抖，连句完整的话都说不出来。

见到这样的人，迪傲思连多说一句话的兴趣也没有，随手就拿他那巨钵一样的拳头砸死了。

“有意思，有意思。”想到这些，迪傲思忍不住又真心诚意地多赞了两句。

但他却不知，在他心目中很另类、很勇敢的人族少年，现在却在心中叫道：“赌对了！果然这龙将吃硬不吃软！”

这般想着，苏渐用更加愤怒的眼神看着迪傲思。

当然，他这样的抗拒和怒意，倒不完全是故意的。

对残暴侵略者的愤恨，已经深入他的骨子里。

“别用这样的眼神瞪我。”来了兴趣的迪傲思，破天荒地想多聊几句。

“你们这些人类，就是卑贱愚蠢。难道你们到现在都看不出来，我伟大龙族‘进入’你们所谓的‘神州大陆’，是来帮助你们的。”迪傲思大言不惭地说道。

“哈哈！”苏渐差点以为自己听错了！

他怒极反笑：“哈哈哈！难道我还要感谢你们屠杀了我的祖辈？还要感谢你们把我们从千百年栖息的家园赶到西域的蛮荒僻壤？”

“对啊！”迪傲思傲然道，“所以说你们愚蠢！难道你们没看出来，原来你们多么愚昧、无知、落后，是我高贵的龙族，给你们带来更高等的文明，为这片大地清洗了落后的种群。物竞天择，自然至理。对于你们嘛，我龙族就是‘天’。你看——”他一指苏渐，“像你这样的幸存者，敢在本大人面前正常说话，是不是都是精英？”

面对这样极度无耻、极度可怕、超出底线想象的说法，以苏渐的明智与口才，竟然一时都不知道该说什么好。

“没话说了吧？”迪傲思见状，得意洋洋道，“看来，在这举世公理面前，你这样的人族精英，也只能无话可说了。好吧，实话告诉你，本将军其实挺欣赏你的。”

“想招降？”苏渐看着他，平静地说道，“不知道别人如何，但我绝不会当你们的走狗。”

“小娃娃，你想错了，嘿。”迪傲思冷笑一声，凶狠说道，“能让我欣赏的人族，就说明对我龙族威胁极大，何况你还是龙血者血脉。所以，本将军怎么还能留你活口呢？”

说着话，迪傲思纵步向前，扬起巨拳，就要将苏渐一拳轰死。

“且慢！”苏渐见状不妙，连忙大叫。

“哦？”迪傲思将拳头停在离少年鼻子半尺处，“你想说遗言？可惜这儿没人有兴趣听。”

“不是遗言。”苏渐叫道，“但你们会有兴趣。”

见他如此，迪傲思一时停住动作，举棋不定。

“将军，听他说说也无妨。”这时他身后的一个护卫随从凑上来说道。

“森拳，真的有必要吗？”迪傲思转过头，斜眼看着这个自己最亲信的护卫。

“听听，就听听，也不费大人什么事，正好半场狩猎刚完，就当休息。”这位叫森拳的兽龙护卫赔着笑说道。

“有道理。”迪傲思转向苏渐，“那就多留你一时半刻的性命。”

“算你识相！”在鬼门关前走了一遭的少年，竟然火气还很大，倨傲说道，“其实，我此次来，身负一个秘密任务，是针对某位龙族贵人的。”

“对对！”押解他来的那个龙兵，忙表功道，“他就是说他有秘密任务在身，小的才千里迢迢押来求见大人——啊？针对龙族贵人？”

到这时，龙兵才反应过来，顿时张口结舌。

不过此刻在场其他人的惊讶程度并不亚于他。

“龙族贵人？”迪傲思眼神一缩，目光锋利如刀，瞪着苏渐喝道，“说！你们想针对哪个龙族贵人？是吃了熊心还是豹子胆啊，竟敢打我龙族贵人的主意？”

“我们想针对的，是……”终于等到这机会，苏渐便把自己怪梦中那个龙翼少女的模样，跟迪傲思描述了一番。

其实就从苏渐这举动，足以看出这个出身卑贱、身份低微的少年，有多胆大包天。

他此刻生命危险完全没有解除，却还想抓住最后的机会，打听自己内心那个一直难解的谜题。

不过，光描述梦中女神的样貌，并没能让迪傲思听明白。

他歪着头想了想，便退后了几步，手一招，旁边护卫顿时会意，将他习惯使用的那把紫金板刀扛上来。

巨大的紫金板刀分量极重，要两人来抬。但迪傲思却随手从护卫手中拿过来，将沉重的板刀如若无物般握在手中，挺向苏渐的脖颈。

“就凭你说的这些？”迪傲思不怀好意地笑道，“随便找个美貌龙女的容貌说一说，就骗我说是什么龙族贵人？你当我迪傲思是傻瓜吗？”

说到最后这句时，他几乎已经是怒吼起来。

见他如此，苏渐也十分紧张。

眼见那把门扇大小的板刀就快架到自己脖子上，苏渐连忙又搜肠刮肚，把前后几次不同的怪梦场景提炼改编，把能说的都说了说，希望能过这一关。

还真别说，听他描述了更多信息后，原本喊打喊杀的龙将，竟很快又将板刀收回。

拄刀在地的迪傲思，竟头一回脸现凝重表情，目光看向远方，若有所思。

见他如此，苏渐的内心，忽然间变得既兴奋又紧张。

“大人……”此时他不惜用了敬语，小心翼翼地试探道，“您是不是已经知道她是谁了？”

“当然！”出乎少年的意料，迪傲思竟毫不犹豫地道，“连她都不知道，我还能当咱兽龙国苦盏城的守护者吗？她就是伟大的、尊贵的、举世无双的、第一美貌的、继承九大王国的、被奉为我龙族战神的圣龙皇朝月歌公主啊！”

这一连串的定语实在太长，也幸好迪傲思中气强壮悠长，才没一口气接不上憋死。

“圣、圣龙皇朝……月歌公、公主……”

猛然间，就好似一个霹雳在苏渐耳边炸开，让他身子晃三晃，摇三摇，差点摔倒！

而这时，他又想到了两件事。

“星降之链？月歌公主？”

蓦然间，苏渐忽然觉得天旋地转！

他想起了那一晚，就在那星降高原上，那一首如同从自己心底流淌而出的芦笛之歌，最后就被洛雪穹命名为“星降月歌”。

“天下有这么凑巧的事情吗？！”一时间，苏渐好像要喘不过气来，都要觉得自己是不是撞鬼了。

正想到“鬼”字，就听得迪傲思猛然大喝道：“小娃娃，你骗鬼啊！”

“你说，你们怎么知道我们伟大的月歌公主的？难道见过？”迪傲思神色不善地盯着苏渐。

苏渐闻言一愣，见不对头，连忙摇头。

“那你怎么知道她老人家的样子的？”迪傲思恶狠狠吼道，“要知道，别说是你们外族之人，月歌公主她老人家的御貌真容，老子可连一眼都没见着哇！”

一提起这事，迪傲思简直气死了，大叫道：“刚才能从你说的听出是月歌公主，也全因为我给皇家内廷近臣奉上了大量金银珠宝，这才知道一些咱们公主的样貌特征。以你区区一个外族少年，怎么能知道得这么详细？！”

听迪傲思这么一说，苏渐一惊，顿时在心中说道：“罢了，刚才情急之下，还是不该说那么多。”

不过他转念一想，又觉得也不能怪自己。

“谁能想到，自己梦到的女孩儿，竟然是最知名的龙族公主？这样的人物，就连威风八面的兽龙城主，连半个面也见不着！”

一念及此，再看看龙将郁闷抓狂的模样，苏渐忍不住心中快意想道：“嘿嘿，你连面也见不着的圣龙公主，却经常和我在梦中相会，卿卿我我呢。”

当然这话他半个字也不敢说出来，否则看迪傲思那样子，肯定会被他愤怒地撕成碎片。

心中这般转念，看着迪傲思还在等自己的回答，苏渐心念一动，便道：“其实，我们也没谁见到她。能知道这些，是在书本上学到的。我想，应该是我们的前辈族人在战场上记录的情报。”

“是吗？”迪傲思怀疑地看着他。沉默了一会儿，他的满面狐疑，竟慢慢转变成艳羡。

“唉，你们那个族人太幸运了。”迪傲思由衷地赞叹，“没想到，区区一个卑贱的外族人，竟然能看见伟大的圣龙公主。只是可惜啊，毕竟是卑微的人族，虽然有着天底下最大的幸运，还是胆子太小，也太猥琐，太无耻了。”

“呃？”苏渐只觉得莫名其妙，“为什么这么说？”

“愚蠢！”迪傲思叫道，“你们在书上看到的这事情，只能是在战场上极远处装死的胆小鬼记录的。否则，月歌殿下她魔武双绝，怎么可能让看到她真容的敌人还留存在世间?"

"这样啊……"苏渐见迪傲思一提到圣龙公主,就像被搔到了痒处,便想道,"别看我现在生死未知,但要了解我那怪梦的真相,眼前便是千载难逢的机会。"

想到这里,他把心一横,伸手便摘下自己脖颈间的星降之链,想进一步向迪傲思求证。

可是没想到还没等他开口,那迪傲思已是眼睛一亮,上前一把将项链夺走。

"好宝贝!"拿到项链,迪傲思赞不绝口,"没想到你这小小贱民,竟藏有这样好的珠宝在身!啧啧,真不错真不错,正好又要准备一批上好礼物去贿赂内廷近臣,这条项链嘛……"

迪傲思眼珠一转,忽然兴奋起来,叫道:"既然它这么好看,那为什么不想尽一切办法去送给月歌公主?说不定公主她老人家一高兴,能记得我'迪傲思'的名字呢!"

看来这位龙将对圣龙公主的崇拜已经到了走火入魔的程度。他想尽一切办法,献尽珍宝,最终目的却只不过是为了能让公主知道他的名字。

从他这样的表现也可以看出,那位圣龙月歌公主,在整个龙之帝国疆土内,拥有着多么尊崇的声望和地位。

迪傲思在这边兴奋异常,苏渐那里却一派愕然。

他看到眼前这一幕,再想想迪傲思刚说的话,忽然如同被雷电击中!一个疯狂的念头在他心中升起!

第三十章

恶女本质

苏渐想，难道那梦中龙翼少女递给自己的信物，还是自己送给她的？到底这些事情，谁在前，谁在后；谁是因，谁是果啊？

一时间，苏渐觉得自己都快晕倒了。

当然，此时此地，绝不是晕倒的好时候。

见迪傲思高兴，他连忙道："大人果然好眼力。其实我在那书上也读到，那个写书的人族先贤，也说圣龙公主最喜欢珠宝，尤其是这样亮晶晶的项链。现在大人将它献给公主，说不定公主不仅能记住大人的名字，还会接见你呢！"

"胡说八道！"面对少年的奉承和赞美，迪傲思却大骂道，"月歌殿下尊贵无比，贵为九大王国公主，什么奇珍异宝没见过？区区一条好看点的项链，就能让她老人家接见我？真是愚蠢、没见识！"

表面怒骂，其实迪傲思听到苏渐刚才那番话，内心里已经乐开了花！

忍住喜悦的心情，迪傲思摆出一副大度的样子，冲苏渐说道："虽然你没见识，胡说八道，但看在你献上项链的份上，我就放你一马吧。"

"啊？这就放我走？"苏渐有些不敢相信自己的耳朵。

"想什么呢？"迪傲思一咧嘴，残忍一笑，"我说的是，先给你十息时间逃跑，然后本将军亲自出手，你能不能活着，就看运气了。"

从迪傲思的表情也能看出，别说十息时间根本不长，就算比较长，苏渐也绝难在以凶猛残忍著称的兽龙猛将手下活命。

所以,这时候在场的那些龙兵护卫,看向苏渐的眼神,都已经把他当成了死人。

苏渐也不是傻子,顿时在心里破口大骂,心说迪傲思这厮还真是伪善。

不过骂归骂,既然人家给了机会,苏渐还是要极力争取的。于是他道:“将军果然仁义,在下万分感激。不过,能不能把我的佩剑还给我?也好多点逃生几率。”

说着话,他便扭头看向押他来的龙兵腰间。

原来,苏渐的血歌剑在刚被擒时就被龙兵夺去,此刻正系在龙兵腰间。

“小事一桩。”迪傲思大度地示意龙兵将血歌剑归还,心里却道:“哈,在本将军面前,逃生可能性本就为零,再拿什么神兵利器都没用,何况我看那剑也只是普通。”

而这时,那位龙兵见迪傲思示意,便有心说别看这剑鞘普通,里面的剑器却莹莹烁烁,不似凡品。

只是迪傲思气场实在太过强大,龙兵只是稍微犹豫了一下,便被迪傲思两眼一瞪,直吓得胆战心惊,闭口不言,乖乖地把血歌剑还给苏渐。

“记住,给你十息时间,”迪傲思“和蔼”地一笑,“那么,现在,就开始吧!”

随着他一说开始,苏渐毫不犹豫,顿时身形如箭,飞奔入胡杨丛林中!

“小崽子,跑得倒挺快嘛!”迪傲思冷笑想道,“可就算跑成兔子,又有什么用?在我迪傲思面前,一切挣扎毫无意义。”

虽然想法傲慢,但以迪傲思过往的战绩,还真有这样骄傲的本钱。

否则,强人林立的兽龙国中,如何能让他担任第二大城的守护将军?那都是从千军万马中杀出来的。

正因有这样的自信,迪傲思甚至对计时十分宽松,别说十息了,等他开始行动追杀时,已经半刻钟过去了。

只是,和自信满满的迪傲思想象的不一样,当他冲入胡杨红柳丛林中时,却看到原本清爽的丛林里,竟到处升起毒瘴迷雾!

本来对于迪傲思这样级别的龙将来说，这点毒瘴根本起不了任何杀伤作用。但郁闷的是，弥漫四处的瘴雾阻挡了迪傲思搜敌的视线。

“真是见鬼！”迪傲思咒骂道，“这地儿哪来的雾瘴？从来没听说过啊。”

他却不知道，苏渐此行准备极为充分，他知道深入龙境救人的行动极度危险，因此预备了充足的晶符藏在贴身衬衣里。当他在必死之局中等到一丝机会时，就利用这些预备好的晶符，将一点点的逃生可能发挥到十足。

冲进丛林后，他一路抛撒毒瘴迷雾晶符，让这片占地广大的胡杨丛林中到处弥漫烟雾，从而掩盖住了他的身形。

不仅如此，有几次迪傲思实际已经追到他附近，他立即用幻系的伪装晶符，将自己伪装成一丛灌木。

虽然这样的伪装晶符往往时效极短，但对付生性暴躁的迪傲思已经足够用。

于是，这场本来结局注定的大逃杀闹剧，结果竟然出乎所有人的意料：

竟真被苏渐逃脱了！

当然这时候除了迪傲思，其他人还都没看出来。那位首席亲信护卫森拳，看着好一会儿工夫过去了，迪傲思还在胡杨林进进出出，便以为自己的将军大人只是为了炫技。

于是这位外表五大三粗的兽龙壮汉，不肯放过这个奉承的好机会，凑到近前，讨好地说道：“将军果然想得好，这人族小崽子是比那些飞禽走兽更好玩的猎物。将军不着急抓住，正是想好好玩玩他，这份从容气度，属下实在佩服佩服！”

“混账！少拍马屁了！”没承想半晌不作声的兽龙将军，一听这奉承话顿时怒吼道，“胡说八道什么？他娘的，我真让那小兔崽子跑丢了，找不到了！”

“啊？！什么？！”无论是森拳还是在场其他人，一时都惊得目瞪口呆。

这一来，也不用迪傲思特地下命令，所有在场的护卫龙兵，全都冲进胡杨林，尽心搜索起来。

可是这时候早已晚了。

他们不知道苏渐这时候早就从胡杨林里跑出来，一口气跑了十来里，跑到了北边药杀河边去了。

到了那里，苏渐毫不犹豫，一个纵身便跳入了河中。

千里药杀水，从东方天山上发源，一路向西奔流。跳入河中后，苏渐就在浪涛中浮浮沉沉，正好借着水力，一路向西边来路逃离。

而当确定苏渐已经逃脱时，苦盏城东郊外的胡杨林前，所有人都面面相觑。

懊恼之际，龙将迪傲思偶然一转脸，正看见先前押送苏渐来的龙兵，还在逡巡徘徊，目光时不时偷偷瞄向自己。

见得如此，迪傲思立时便知这位龙兵何意。

“你过来。”迪傲思唤了一声。

“是！”龙兵立即跑到他面前。

“嗯，不管怎么说，毕竟是你擒了一个人族俘虏来。”迪傲思和蔼说道。

“不敢！”龙兵连忙低头，恭敬应答，但眼神中已经透露出兴奋的光芒。

“本将军还是赏罚分明的，既然你来献俘，该有的赏赐不会少你。森拳——”迪傲思叫道。

“来了！”森拳忙跑过来，站到了那位龙兵的身后。

“就由你来负责‘好好地’赏赐这位兄弟。”迪傲思说道。

“好嘞！”森拳话音刚落，便猛地挥起手中那根粗大的石棒，一下子轰在龙兵的脑袋上！

可怜前一刻还满心喜悦等待赏赐的龙兵，还不知道怎么回事时，就已经头颅碎裂，血肉横飞，当场倒地。

“浑蛋，还想讨赏！”前一刻还笑呵呵的龙将，已是满面凶狠狰狞，“哈，想得真美啊。却不知让你看到老子丑事，也只能让你永远消失了！”

虽然迪傲思出了一场大大的丑，但苏渐这边也不太好过。

毕竟身处敌境，还在其腹地，苏渐的千里归途，肯定不会就这样顺着河道往下漂这么简单。

和来时一样，当他沿河西北而行，快到东望拓折城时，便被迫离开河道，另寻小路潜行。

原因非常简单，之前苦盏城与拓折城之间的药杀水河道，还可能防守有些松懈；但西北而行到拓折城附近，这药杀水流域的守卫就变得森严起来。

甚至刚开始时，苏渐疏忽了这其中的危险，差点就被一船巡逻的兽龙水军抓获。

当时，他几乎和巡逻战船迎头撞上，还亏得他机灵，一见势头不对，立即潜入水中，憋着气不在河上露面。

兽龙族的战船在药杀河面的巡逻很用心，他们在苏渐憋气的河道附近停留了很久后，才渐渐离去。

而这时候，苏渐已经几乎用尽了肺里存着的所有空气，差点窒息死去。

经得这番凶险，他再也不敢大意。

他意识到，这种荒漠里的大河，一定是有重兵巡守的重要水源地。想通这一点，他连忙拐入荒凉的戈壁，另寻其他归路。

但很不幸，好像苏渐此行的运气，在之前苦盏城外的胡杨林中已彻底用光。当他进入地形复杂的戈壁丘陵后，兜了十来里路，竟然……迷路了！

对苏渐来说，兽龙国的地域，虽是神州故土，毕竟完全陌生。而且这里也太广大了，完全不同于他一直居住的狭小的人类王国。

所以，虽然浩荡无际的戈壁滩、天高云低的大草原这些美妙的异域风物开始时带给他无穷的兴奋劲和新鲜感，但另一个险恶的后果随之而来：他发现，比兽龙族巡逻士兵更难对付的，是这里完全陌生和艰苦的自然环境！

而像他这样，还是受过无名山庄和玄武卫训练过的；如果换成普通的华夏子民到了这里，情况只会比他更惨。

不管怎么样，他这一迷路，就是七八天。

当然，虽然迷路，狼狈不堪，但他也尽力不苦着自己。

这不，这一天清晨，他在一片草原的边缘，猎杀了一只羚羊，用血歌剑剥了皮，又引了火开始烤羊肉。

身处敌占区，他当然不会那么肆无忌惮，所以他特地挑选了一处谷地来解决早饭。

这里三面包围着低矮的山丘，另一侧面对草原的边缘，地形颇为隐蔽；他也察看过周遭的环境了，并没有任何兽龙国的士兵。

只要没有兽龙国的士兵，像那些草原丘陵出没的飞禽走兽，苏渐现在已经不会放在眼里了。

所以累了这么多天，他现在便抓住这难得的机会，烤着羊，哼着歌，抓紧时间放松着身心。

如此愉快之时，他甚至还有闲暇，时不时看看谷地敞口那一侧的草原。

兽龙国草原的风格，就是大开大合与精美秀气并存。

苏渐眼前的草原，一碧无际，似是翠绿无涯的海洋；但上面又点缀着无数野花，星星点点，斑斑斓斓，缀得草原好像一张尺寸巨大的花毯。

此刻还是清晨，无论草尖还是花瓣，都滚动着晶莹的晨露。当然从苏渐这距离，根本看不清具体的露珠，但当它们映射朝阳时，便在苏渐的视线里映出点点的虹彩。

随着旭日东升，云空更加明朗。这时草原中那一片片湖泊，上映着蓝天白云，又好像在草原大花毯上镶嵌了蓝白色的亮片。

这样的美景让苏渐赏心悦目。而此时羊肉渐熟，一缕好闻的焦香味随风钻入了苏渐的鼻子，让他感到更加愉悦。

“哈！”苏渐快意想到，“前些天看到苦盏城外的胡杨丛林，还想到‘胡杨木炭烤红柳枝羊肉串’；想不到今日我便脱身，真的来吃它了。好！那就让我来尝尝这兽龙国境内的烤肉串到底滋味如何！”

说着话，苦中作乐的少年，便伸手去取烤羊肉。

只是就在这时，他转头之际，偶尔朝那片草原一瞥，却忽然看见那翠绿斑斓的旷野碧草中，竟似有一个白衣女子，朝这边袅袅而来！

刚开始时苏渐还以为眼花，他心里想道：“是不是天上的一块白云坠到地上？哎呀，看来自己真饿了，都出现幻觉了，该快点吃肉了。”

这么想着，他便伸手去拿了一串羊肉。

只是就在这时，他再往那边看了一眼时，却发现，前一刻慢悠悠如天上白云的女子身影，这会儿却好似化成了一道白色闪电，朝自己这边倏然激射而来！

“啊呀！”女子的身形，快得让苏渐以为白日撞鬼，吃惊之下，他手里那串香喷喷的羊肉串“啪”的一声落地。

也难怪苏渐以为撞鬼。

飘然而来的这女子年纪并不大，大约十七八岁的样子。但和大部分人族不一样，这女子飘逸的长发，竟然是雪白颜色！

如果不仔细看，苏渐还以为这女子的发色，和雷冰梵的银发类似；但此刻她已经到了近前，苏渐看得分明，少女这雪白发丝发出莹润光泽，确切说应该是一种珍珠白的颜色。

她的瞳孔，更加奇特，宛如一片湛蓝的水晶。

她的肌肤更是腻白，也透露出一种珍珠角质的光泽，在阳光映照下，几乎让人觉得半透明。

最奇特的是她的耳朵，在流瀑一样的雪发中露出来的双耳，也有点尖尖上耸的模样。

苏渐并不知道，这样雪发蓝瞳尖耳的样子，正是冰龙族的特征。

说起来，冰龙族在龙族中属上龙之族。龙之帝国中和它同属上龙之族的，还有巫龙族、穹龙族、灵龙族、雷龙族。那个和苏渐纠缠这么久的兽龙族，却只属于下龙之族，连中流都算不上。

而倏然出现在苏渐面前的冰龙族少女，那一身飘逸流丽的雪色裙衫，虽然看起来设计并不繁复，但放在行家眼里，一眼就能看出绝不是世间寻常能见的服饰。

衣物已然如此优美华贵，少女的姿容更是曼丽脱俗。

身为龙族的缘故，少女的身形极为高挑，非常符合民间对神女的想象。而那一身雪裳白裙，其实用料挺省，便露出少女洁白如玉的修长美腿。

身姿窈窕玲珑，五官之美也毫不逊色。

她的眼耳口鼻如此精致，以至于每一样分开已是完美的艺术品，现在组合在一起时，更散发出百倍的魅力。

本来，苏渐觉得自己口才已不错，再经过学院学习，文学功力也大大长进，但现在看到这女孩儿，却发现竟然词穷，无法直接描述她的美，只能用一些泛泛的比喻，来形容自己此刻的感受：

她像天界流落在人间的一片雪，她像佛国飘来世上的一片莲，她像千百年来能工巧匠雕琢出的最晶莹的玉，她汇聚了各族生灵对美的最顶尖最终极的想象。

当然，这一切形容苏渐觉得还不够，他觉得有个评价，最能描绘自己对眼前少女容貌的感觉：

她的高贵和优美，几乎能赶得上他梦境中的月歌女神啊！

这一刻，苏渐呆呆地看着少女，嘴角竟然失态地滴下了口水！

当然事后他回忆起来，坚持认为，那口水只是为本该到嘴的烤羊肉而分泌的。

冰龙少女的绝色容貌，已经让苏渐称奇；但接下来的事情，更让他惊奇。

苏渐很确定，自己跟这位异族少女萍水相逢，以前从来没见过。

但就是这样完全陌生的少女，来到他面前后，却丝毫没有任何招呼作为过渡，竟径直说道："你，过来，帮我搬那几块石头。"

少女的声音，清凌凌的，很好听，如同冰雨落在银盘上。但这样好听的语调中，却蕴含着一种不容少年抗拒的威力。

见她如此颐指气使，苏渐也不太高兴。

他有心反驳，但一想到自己身处敌境，这女孩不是来抓捕自己的，就算万幸，那帮她当会儿苦力，又有什么要紧？

在这种想法的驱动下，苏渐便毫不反抗，冰龙少女说什么，他就做什么。

他按照少女的指示，搬来各种土木石块，七弄八弄，也不知有什么规律，便在谷口靠里面一点的位置，七零八落地摆放开来。

当苏渐按照她的命令做完,这少女也不看他,自言自语道:

“嗯,午时一到,谷口大风刮起,就能看到这法阵形式有无实效。”

听到她的话,苏渐只觉得莫名其妙。

他完全不觉得自己刚才摆得乱七八糟的土木石块能有什么作用。

此时离午时大概还有半个时辰。

不用再做苦力,苏渐终于有闲暇再仔细看看这少女。

心情相对放松之时,苏渐以前学过的一些知识,终于从心底冒了出来。

“哎呀!她竟是冰龙之族!”到这时,他终于看清了少女所属的族群。

恰在这时,那少女转脸看见他,顿时也惊道:“哎呀,你竟是个贱人!”

“贱人?”苏渐勃然大怒,瞪着她道,“你骂谁?!”

“没骂你啊,”少女奇怪地看着他,“我想说的是‘卑贱的人类’。”

“请别这么省略好不好?”现在苏渐对龙族的憎恶脾气,已经忍不住冒了上来。

“干吗不省略?”少女没好气道,“说那么多,不白白浪费精神吗?应该多留点时间,思考这世间至理,说辞能省就省啦。”

“那能不能请你换个省略法?”苏渐郁闷道。

“好啊,贱类。”少女爽快道。

“得得得!”苏渐无奈道,“要不,你还是叫我名字吧。我叫‘苏渐’。”

“那还不是‘贱’?真麻烦。”少女不耐烦道。

“字不同好不好?”苏渐叫道,“我这个渐,是慢慢来的意思。”

“哦。”少女轻答一声,显然没怎么放在心上。

“那你叫什么?”苏渐出于习惯问道。

“我?沧雪。”少女答道。

“哦,沧雪……啊??!!”苏渐忽然大惊失色,瞳孔紧缩,盯着少女,真跟见了鬼似的!

“你知道我?”察觉到他的反应,少女冷冷地看着他。

“当然知道!”苏渐心念急转说道,“龙族天才巫女的威名,神州大地谁人不知、哪个不晓?”

“真的吗?”沧雪闻言也有些欣喜,一双蓝汪汪的大眼睛看着苏渐。

“当然是真的。”苏渐道,“只是,确实没想到你这么年轻,竟是位和我差不多大的少女。”

“这有什么想不通的?”沧雪道,“如果年纪大,怎称得上‘天才’? 不过我这是龙族的年纪,看着和你差不多,但已经活得比你久多了。”

“那当然。”苏渐心说,如果不是这样,那位梦中的月歌公主,怎么可能和自己发生瓜葛时,还是少女的模样。

正这么想着,便听沧雪忽然自言自语道:“抓到一个贱人——嗯,卑贱的人类,倒也好。这一路我缺个帮手,看他长得弱不禁风,说话动作还算机灵,就勉强收他为奴仆吧。”

“什么? 奴仆?”听得这说法,苏渐勃然大怒道,“小小女娃儿,竟想猎我为奴,真是天大的笑话!”

“你不愿意吗?”沧雪裙裾无风自动,冷冷地看着他。

“主人,请问我们接下来要去哪儿?”苏渐忽然赔笑讨好问道。

“对嘛,这才乖嘛。”少女沧雪用一种大姐姐的语气说道,“渐奴啊,我们中午之前,哪儿都不去,就在此地看‘静风法阵’的效果。”

“行行行,主人说什么就是什么! 那么……”苏渐用一种期盼的眼神看着少女,“现在能让冰牙兽把它的大门牙从我的腰间移开吗?”

“哼!”沧雪瞪着他道,“就知道你们这些人吃硬不吃软。”说着话,她也是一挥袖,于是那只凭空凝结的冰牙兽,就在苏渐的腰旁散碎成无数冰雪光点,倏然消失。

“谢谢主人!”苏渐道,“有个事情能不能跟您打个商量?”

“说。”沧雪威严道。

“能不能别叫我‘渐奴’?”苏渐苦笑道。

“咦? 不是你的名字就叫‘渐’吗?”沧雪怪道。

“是是,都怪我爹妈名字没取好。但还是恳请沧雪主人能换个说法,比如‘苏奴’也好。”苏渐讨好笑道。

“苏奴? 真麻烦!”沧雪不耐烦道,“你不是不想听‘贱’这个音吗? 我就偏叫你苏渐,不许再啰唆什么了!”

“好，好，主人英明！”苏渐满嘴谀辞，心中却在冷笑：“主人？奴仆？沧雪啊沧雪，本来以为我苏渐此行晦气星随行，没想到一场大富贵，就在归途最后等我！不就是你这个沧雪小妮子弄什么新颖秘术，吓得我华夏朝野人仰马翻吗？那好，我就暂且潜伏你身侧，弄清你到底有什么真章，还是只是故弄玄虚，惑乱我族人心！”

心中主意已定，苏渐便安下心来，决定扮演好自己的角色。

不过，虽然有心立场大功劳，但他也深知滞留敌国，尤其待在沧雪身边的危险性。

他已经想得很明白，寻机逃跑归国还是放在第一位的。只是在这过程中，能打听到多少消息就算多少，绝不会为了贪功而拿自己的生命当儿戏。

虽然这般想，他还是没想到，这情报探听这么快就有了进展！

他刚才还在想，沧雪这冰龙巫女是不是故弄玄虚，空口吓人；但等午时一到，他便发现，自己的猜测大错而特错！

原来，他看到，到那午时之时，可能是此地地理气候所致，从那遥远的草原上，毫无征兆地刮来一场风暴。

这场风暴范围并不大，烈度也不强，但已经明显地听到它们刮进山围谷口时，激发出“咻咻”的啸音。

荒原上可以预测的大风并没有让苏渐惊奇，真正让他惊讶，或者确切说受到惊吓的是，他看到这股大风刮过谷口自己摆放的那些土木石块时，原本气势汹汹的风暴，竟然真的显著地慢了下来！

猛然间，苏渐圆睁的双眼，仿佛看见头顶高悬的白日，变成了血红的颜色！

“人族的末日，真的要来了！”

一时间，谷口的风暴变小，他的内心中，却刮起一股更猛烈的风暴！

不过沧雪才不管他这些内心戏呢。

看到自己的秘术有效，她满意地点点头，心想道：“果然不负这些天的努力。不过，这里的风暴还是太小，要知道同样的法阵法术，面对尺度不同的施法对象时，很可能效果完全两样。”

心中这样想时，她看了看西边的方向。

虽然这时有山丘阻挡，但龙族天才少女巫师的目光，显然已经投向那亘古回荡的风暴之墙。

于是接下来，她便带着苏渐，往人龙边境的风暴之墙走。

本来这一点，倒是正中苏渐下怀，但可惜的是，沧雪没有将这一点说出来，苏渐也根本不认识路，于是接下来一路上，苏渐还不知道这个"喜讯"。

离开那个山谷，大约走了小半天工夫，一直闷不作声的沧雪，忽然停下来，转身跟苏渐说道："喂，问你个事情。"

"不知主人想问什么事情？"口中友好回答，苏渐却在心中警惕，心说如果这恶女想打听人族的情报，那定然誓死不屈。

"是这样，"只听沧雪说道，"遇到你之前，我从一个兽龙将军那儿，拿到一件珠宝。你帮我看看，好看吗？"

"哈！"听得这话，苏渐心想道，"还以为什么事呢，原来只是这个啊。嗯，到底还是个爱美的女孩儿，这不，忍不住挑起的话题，却还是和珠宝首饰有关。"

"好好好，等我看看她到底得了什么珠宝，也好好好地赞美一番，降低她的警惕心。"

这么想时，便见那沧雪略略撩开了胸前的衣襟，将挂在胸口的那根项链挑起来给苏渐看。

苏渐一看那项链，顿时呆若木鸡！

"怎么？"看到他这反应，沧雪有些奇怪，"难道这项链这么好看，都让你惊呆了吗？"

"是、是很好看……"苏渐心说，不好看才怪呢，这可是"星降之链"啊！

原来，沧雪此时向他炫耀的项链，赫然就是前些天苏渐忍痛献给迪傲思的星降之链！

"奇怪，这项链怎么会到她这儿？"苏渐心中嘀咕，十分不解。

他却不知道，虽然先前那迪傲思，在苏渐恭维下，口口声声要将星降之链献给圣龙公主月歌。但之后迪傲思冷静下来想想，他连给公主奉上礼物的勇气都没有。毕竟，他只是下龙之国的人，血统和地位相差得太远。

月歌对迪傲思而言，是远远悬在天边的明星，只能用来崇拜和仰望。但沧雪不同，自命不凡的迪傲思将军，真正暗恋的女子，却是她啊。

所以先前沧雪游历到苦盏城时，迪傲思毫不犹豫地就将星降之链送给了她。

可惜的是，沧雪号称天才少女，连话都懒得说全，自然更不会把心思放在什么情情爱爱上了。

于是很不幸，面对迪傲思委婉的情意，沧雪茫然无觉，只觉得这人挺好，只是路过一下，还送她一件首饰呢。

当然，对迪傲思而言更不幸的是，他做梦也没想到，自己精心送出的礼物，此时已经被某人给惦记上了。

“嗯，运气还真不错。”此刻苏渐正想道，“总得什么时候找个机会，虎口拔牙，从这恶女手中把女神之物给夺回来。”

龙族猎人为奴，在当世是十分普遍的事。所以一开始时，苏渐虽然愤懑，但并不惊奇。

毕竟到目前为止，沧雪对苏渐还不错，并没有什么残酷举动；而因为有了她的带领，一路上碰到兽龙关隘，只要沧雪出示特殊的雪色令牌，守关将士无不恭敬无比，立即放行，对跟随在后面的苏渐视而不见。

这一点，对身陷龙境的苏渐很重要。

所以他觉得，和龙巫恶女虚以委蛇，并不算太悲惨的事。

只是他很快就认识到，这个想法有多么错误！

这一日，当他们行走到一处小溪旁，沧雪忽然毫无征兆地停了下来。

“苏渐，你过来。”她叱道。

“哦。”苏渐走到她面前，疑惑地问道，“什么事？”

面对苏渐的疑问，沧雪并没有回答。

正当苏渐还想再问问时，沧雪却和刚才停下一样，毫无征兆地一扬手，在空中迅速地画了一个圆圈。

“怎么？她要凭空作画？”苏渐有些愕然，“这是在画蛋吗？”

但和他猜想的不同,随着沧雪手臂轻挥,手指拂过的轨迹上,迅速凝结出雪白的冰晶,形成一个浮在空中的冰环。

就在冰环欲坠未坠的瞬间,沧雪长袖一挥,这冰环就朝苏渐罩来,转眼间就从他头顶套下,下降到胸前时停了下来。

“这是什么?”苏渐看着悬浮身周的冰环,有些吃惊。

但还没等沧雪回答,他便猛然觉得一股刺骨的疼痛在胸前背后生发!

转眼疼痛向上向下传播,很快全身上下都笼罩在这种如锥刺骨又如堕冰窖的剧痛中!

虽然痛楚剧烈无比,但苏渐惊人的意志让他残存了一丝清醒。靠着这最后的清醒,他察觉到这剧痛传播的路径,竟好像是顺着他血脉流淌一样。

“怎么回事? 怎么突然下手? 不是猎奴吗? 怎么转眼就要杀人?”

心中闪过一连串疑问,苏渐忽听到沧雪说道:“唔,人血热于龙血,循环更快,那么我特地研究的这‘血冰环’,应该对杀伤人族有奇效。”

一听这话,苏渐顿时恍然大悟:沧雪这是拿他当新法术的实验体呐!

其实按照此刻他感受到的疼痛,合理的反应应该是蹦跳、惨叫、昏倒,用这种生理本能反应来缓解这种非人的痛苦。

可是,当他听到沧雪的话,便改变了主意。

苏渐没有顺从本能的生理反应,而是聚拢起全部残存的意志力,努力支撑住身形。

虽然他此刻脸色已经苍白如纸,却还挤出一丝笑容,用尽量平和的语气,看着沧雪说道:“血冰环吗? 这名字,真、好、听。”

说出最后几个字时,他几乎是一字一顿,生怕在说某个字时,流露出明显的颤音。

“咦?”见他竟然笑容满面,还言语如常,沧雪十分惊奇。

“怎么回事?”她疑惑道,“这血冰环经过我的研究,应该万无一失啊。怎么会这样啊?”

有些不敢相信,沧雪便围着苏渐转了几圈,仔细地观察。

她这一看,便发现,这长身玉立的少年,虽然身形有些微微颤抖,却依然如一棵青松一样，伫立当地，并不摇晃，更遑论倒地。

“嗯，看来研究还有缺陷。”沧雪自言自语一声，长袖一拂，围拢苏渐的冰环，瞬间消失无踪。

挥散冰环后，沧雪没再说任何话。她沉浸在自己的法术研究世界里，娉婷前行。

于是这位天才龙巫少女并没有发现，当苏渐颤巍巍地举步前行时，眼中终于流下忍耐多时的忍痛泪水，那抬脚离开处也已覆盖一层薄薄的冰雪，地上的湿泥也冻得坚硬如铁。

超出人体承受能力的疼痛，并非如此容易消散，因为还要不动声色，苏渐花了比正常情况更长时间来消除痛感。

在这过程中，苏渐前面冰龙少女的身影，依旧美丽娉婷，但这时候看在他眼中，却如同恶魔一样可怕。

“恶女！妖女！”苏渐冲着龙女的倩影，在心中破口大骂！

骂她也只能解解气，当苏渐想起沧雪针对风暴的平息之术，以及刚才特地针对人族的险恶法术，悚然而惊。

“不能再留在这女魔头身边了。”到得这一刻，苏渐觉得，打探情报，立个功劳，固然很好，但还是小命更重要。

打定了主意逃生，苏渐才发现，这事情太艰难了。

别看沧雪好像整日沉浸在她自己的法术世界里，但无论视觉、听觉、嗅觉，甚至直觉都十分灵敏。

别说逃跑了，往往苏渐眼神里流露出一丝逃离的意思，就立即被沧雪发觉，紧接着就是一阵“法术实验”！

被她这么一搞，苏渐苦不堪言。

一想到有可能永远被束缚在这暴力恶女身边，苏渐就忍不住在心中潸然流泪，深刻反思：“唉，果然年少无知，当初不知道珍惜。相比这恶女，那兽龙战将迪傲思，是多么的善良，多么的单纯啊……”

大概在苏渐被沧雪捉住的第三天，这一日，正当他们沿着一片荒漠和山丘之间的小路行走时，迎面碰上了一个龙族的队伍。

这队伍有车有马，像是龙族的商队，但其中又夹杂兵士，更像是在运送什么重要的军事物资。

如果放在以前，苏渐肯定用心观看，想多搜集点情报。但是这两天认识到沧雪“恶魔般的本质”后，苏渐那颗急着立功的心也迅速冷却，变得兴趣缺缺。

本来苏渐没怎么在意，只是当他随意地一抬头时，却忽然在这支军伍商队中，发现了一个做梦也想不到的人。

偷心之贼

“厉华楚!”当看到那张俊美而不失刚毅的脸时,苏渐心中刮起风暴,“他怎么会出现在这里?!”

原来,这龙族队伍中的一人,正是苏渐曾经在龙血者组织中的同窗厉华楚!

对于厉华楚,他自然不会忘记,当初自己落魄时,只有这位厉华楚厉兄,对自己一如既往地回护。

对厉华楚的出现,苏渐开始很惊奇,不过很快就想通了。

“这没什么奇怪的。”苏渐想道,“他是我们那一届最杰出的龙血者,血脉和龙族的相似度几乎完全相同,现在自然受到重用,潜伏到这龙境中执行任务了。”

想到这一点,他心中也有些苦笑:“唉,苏渐,往日你可不像今天这样迟钝。还是因为可恶龙巫女的折磨,才让你变成这样啊!”

一想到这里,苏渐顿时觉得一刻也不想跟沧雪待在一起。而厉华楚的出现,对他来说不啻是一个最佳的逃生良机。

于是,当这支队伍停下来,跟著名的“沧雪大人”行礼问候时,苏渐便开始用当年无名山庄中教授的联络方法,开始向厉华楚传递信息。

别看此时苏渐好像不动声色,但如仔细观察,他的眉毛、鼻子、嘴角,都在按照一种特殊的序列,在先后微微牵动。

龙血者组织的特殊联络手段果然厉害,这头脸五官中只需要用到三种器官，再按照特定的序列进行动作，就足以表达多达数十种的意思。

现在苏渐跟厉华楚发出的信号，便是说自己身陷险境，希望他能施以援手，解救自己。

很显然厉华楚看到了他的信号。

于是这位京华四杰之一、龙血者组织中的佼佼者，便跳下高头大马，向这边走来。

“来了来了！”刹那间苏渐感激涕零，在心中欢呼，“果然还是这位厉兄靠谱啊！”

正当他欣喜莫名时，旁边那沧雪忽道：“咦？苏渐，你刚才脸怎么了？是不是又在动什么歪主意？”

“没、没什么。”苏渐一惊，忙道，“只是刚才有小虫钻入鼻孔，有些痒。”

“哼，真笨。”沧雪嗤之以鼻，便把脸转向正走过来的厉华楚，不再看苏渐。

“是沧雪大人吗？”厉华楚走到近前，彬彬有礼地行礼问道。

“是我。”沧雪冷冷说道。

其实厉华楚高大英俊，一表人才，现在又一身武士戎装，极为帅气，换了其他女子，别说正常说话了，现在说不定都已经胸口窒息，激动得要晕倒了。但这时沧雪就只是冷冷答话，一副不耐烦的模样。

“原来真是沧雪大人！”厉华楚一副激动莫名的模样，以手抚额赞道，“在下早就听闻沧雪大人威名，最近又听说将有奇术大成，真是我龙族之幸！”

“哦，不算什么。”沧雪裙袖微拂，波澜不惊。

她的双眸冷厉地看着厉华楚，甚至没问他的姓名，直截了当道：“你还有什么事吗？”

“没了。”厉华楚再次行了个礼，便转身离去，回到队伍中上了坐骑。

于是他们那一行人，又继续向前赶路。

“这、这就完了？”苏渐几乎不敢相信自己的眼睛！

“厉兄他就这么走了？”实在不敢相信这个事实，以至于那支队伍已经走到身后很远，苏渐还在不停地朝后张望，希望能看出厉华楚有什么后手。

只可惜，那位厉兄台，真的就这样走了。他们的队伍没过多久，就拐过一处山崖，消失在苏渐的视线中。

“苏渐！”正当少年回头张望，面如死灰时，沧雪却忽然喝道。

“在！”苏渐吓了一跳，忙回头应答。

“你认识刚才那人？”沧雪面色不善地看着他。

“哪个？”苏渐一派茫然，“您说的是刚才来给您请安的那位吗？他叫什么？”

“真的不认识？”沧雪怀疑地看着他，“我看你跟他挤眉弄眼，真不认识他？”

“呃！”苏渐闻言，猛然一惊，暗暗警醒道，“好可怕！这女魔头表面看似武痴，其实简直比猴儿还精，我真要小心了！”

心中转念，表面他却要摆出一副天真烂漫的样子，拍着手笑言道：“刚才啊，只是我看这位大人相貌英俊，威武不凡，故此有些激动，不免手足无措。”

“你……”沧雪忽然用一种奇怪的眼神看着少年，然后便默不作声地快步往前走去。

见她如此，苏渐长舒一口气，心说终于过关了。

这时候他也顾不上琢磨沧雪最后那个奇怪眼神的含义，他现在正满心悲凉，因为刚才那最后一根救命稻草，也被证明不靠谱了。

不过虽然厉华楚没救他，但苏渐并不怪他。

厉华楚的苦衷很容易想通，作为龙血者潜伏敌后，他为了自保，自然不可能随便冒险来救一个人族。

“嗯，也好。”这时候，看着前面那个袅娜前行的倩影，苏渐在心中暗暗想道，“果然，靠山山倒，靠海海干，这逃脱之事，还得靠我自己！”

一念及此，这两天陷入颓废的少年，再次豪情满怀，斗志冲天！

“想要逃脱，先要降低这恶女的警惕心。”想着沧雪贼精贼精的目光，苏渐这么想。

想降低沧雪的警惕心，其实并不简单。

别看她好像整天沉溺于自己的世界，但聪明到了她这种程度的人，绝不好哄骗。

不过苏渐可不习惯认输。

这不，很快机会又来了。

大约在碰见厉华楚之后一个多时辰，沧雪忽然在路边一座崖壁的缝隙间，看见一株鲜蓝色的兰花。

虽然兰花长在山间，但在神州西北的荒僻戈壁丘陵中，并不常见。尤其这株兰花的周围，放眼整个山壁，再也看不到任何花朵，便更显得难得。

而这株兰花本身，无论颜色姿态都极美。在来人面前，它迎风摇曳，空谷流香，楚楚可怜。

见它这样，沧雪顿时被打动，赞叹道："呀，没想到这戈壁荒野，还有这样美丽之花。"

"美吗？"让沧雪没想到的，先前一味顺从的苏渐，这时候却唱反调道，"这花根本不美啊！"

"呃？"见他如此，沧雪有些愕然。

"你怀疑我的眼光？"她冷冷地威胁。

"还真的怀疑呢。"苏渐不为所动道。

"你！"沧雪大恼！

只是当她正要动手时，却听得苏渐接着说道："没错，这朵野山兰本来挺美，但它不走运，和你的容貌一比呀，这本来极美丽的花儿，就黯然失色，毫无光彩啦！"

"真的？"听得这样的赞语，沧雪美目连连闪动。

"当然是真的！"苏渐面不改色道，"其实以您的容貌，这朵花，就是渣，即使所有我见到过的女孩子，她们的美貌都加在一起，也及不上您的分毫啊！"

口中说出这样的谀辞时，苏渐的内心其实在流泪："苏渐啊苏渐，你怎么能为了脱身，这样节操尽失呢？别说月歌女神了，就连雪穹她和恶女相比，也在伯仲之间啊……"

"真的没骗我？"这时沧雪还是怀疑地看着他。

“绝对没有！我可以对天发誓！”刚还暗暗谴责自己良心的少年，立即大义凛然地答道。

“嘻……”见苏渐如此真诚，本来万年冰川一样的沧雪，也终于被说动了。

于是她满心欢喜，粲然一笑。

这一瞬间的笑颜，还真让苏渐产生一种错觉，只觉得她这时确实是世间最美丽的女孩啊。

“嗯，其实我夸得并不算太过分。”他看着沧雪的脸，心中暗暗想道，“别看这恶女做的事情歹毒，但模样还真不坏。”

得到沧雪的笑容回应，苏渐便得了鼓励，开始变本加厉地赞美起少女来。

只听他说道：“难道主人您不知道吗？您额似美玉，眸似明月，鼻如琼瑶，唇似樱苞，牙似珠贝，胸似——”

这时随着他的目光下移，终于移到了少女的胸前。

看到这里，苏渐忽然顿住——因为沧雪的那里，其实不算出众，甚至还有点偏含蓄……

但这怎么会难得住苏渐？

他只是稍稍顿了顿，便面不改色道：“您的酥胸，嗯，发展潜力更是巨大！”

要说苏渐的口才还真是常人难及，就算这位龙巫女接近完美的姿容上，有这样的瑕疵缺陷，却还被他换了一种方式，继续肆无忌惮地吹捧，还吹得耳目一新。

还别说，苏渐这赞美容貌降低警惕心的法子，还真的奏效了。

沧雪好似对兴趣之外的世间万物都不太在意，但毕竟作为女子，天性还是十分爱美的。

这一点，先前主动撩起那条星降之链给苏渐看，就是一个明证。

苏渐大义凛然、面不改色的吹捧，特别是对少女一直耿耿于怀的胸脯瑕疵，竟然也能赞美，终于融化了她的态度。

虽然她对苏渐依旧保持着种族的偏见，但她的内心，已经对苏渐起了一丝莫名的好感。这好感，虽然细微，却像初春封冻河面的坚冰，起了一丝裂纹。别看这裂纹细小，只要那春日暖阳持之以恒，裂纹终有一日会扩展成巨大的鸿沟，让整个冰河融化消散。

跟在天才龙女巫师身边的日子，就跟做梦一样。

这些天来苏渐不断降低自己的下限，用各种甜言蜜语讨好沧雪，有些话说出来，连他自己都觉得脸红。

而以他的口才，真心诚意地说一件事，那简直就跟真的一样。

所以他不得不时刻提醒自己："你面对的是一个妖女、恶女、暴力女、女魔头，她时刻想消灭你们整个种族，千万不能对她怀有任何善意！"

不得不说，苏渐的花言巧语，果然让沧雪降低了警惕心：让苏渐生不如死的法术实验，渐渐降低了频率；同样，"苏渐"的名字，沧雪唤起来也逐渐温柔；至于"奴仆"一词，现在已经不被她提起。

放松警惕之下，沧雪有时也会跟苏渐吐露一些心事。

如果只是小儿女一些小小心事，也就罢了，但沧雪吐露的，却是有关龙族的军政大事。

这对苏渐来说，是意外的收获。

沧雪聊起这些，是因为她醉心于法术研究，便对有些政事不太懂。

从她的口中，苏渐得知，原来龙之帝国那位"英明神武"的至尊圣龙皇，已经将军政大权委任给巫龙国主撒菩勒伯，封他为摄政王。

撒菩勒伯，龙族语为"堕落"之意。

撒菩勒伯乃是圣龙皇的好兄弟、最亲近的左膀右臂，在攻略镇压恶魔国度的战争中发挥了极大的作用，被封为一等世袭亲王。

撒菩勒伯自己也是巫龙一族的族长，任巫龙国的国主。

巫龙之国是为数不多的上龙之国，所以，这撒菩勒伯亲王既有帝皇恩宠，又有强大的上龙王国作为后盾，其实力和威望可想而知。

但即使这样，沧雪还是不能理解，为什么伟大的圣龙皇会封他为摄政王。

要知道，圣龙皇正处于龙族人的壮年之时，精力、智慧都非常充沛；而且以圣龙皇的行事作风，他向来乾纲独断，不习惯将大权交给他人。

在这种情况下，不仅是沧雪，整个龙之帝国的上层，很多权贵不能理解这个委任。

不是没有人怀疑撒菩勒伯做了什么手脚，妄图谋朝篡位，便暗中进行了调查。

可是这些调查不仅没有任何结果，最后还惹恼了圣龙皇，他警告大家不要对他的决断有任何乱七八糟的想法。

调查没结果，圣龙皇又一副龙精虎猛、自愿自觉的姿态，那一切的反对质疑声音也就烟消云散了。

最后众人理解为，天下布武的英明龙皇，在镇压了平生大敌恶魔国度，又将人族逼入绝境后，天下已无大事，便想歇歇了。

而那位巫龙之王登上摄政王之位后，也勤勤恳恳，恭谨低调，把所有的精力都放在打理政事、为主分忧上，这样一来就打消了众人最后一丝疑虑。

虽然几乎所有人都打消了疑虑，但沧雪这位对政治不敏感的天才少女，却对此事始终保持着疑惑。

至于究竟为什么这么执着，沧雪也说不上来，但她总觉得此事颇有蹊跷。

龙国之人都说不出个所以然的事情，苏渐就更不知所谓了。

本来一听沧雪有龙国政事跟他咨询，苏渐还兴头头地以为能获得重大情报。等沧雪说完，他却意兴阑珊。

不仅是意兴阑珊，他甚至还有些悲伤：有一个圣龙皇已经让人族够呛，现在又多了位深沉稳重的亲王主政，那龙国继续蒸蒸日上，灭绝人族更是指日可待了。

对沧雪的疑问，苏渐没什么好答案，最后只好一本正经地打岔，说自己作为外族人，不方便干涉他国内政，这才把沧雪哄笑，含混过去。

虽然白天这个话题苏渐没得到什么信息量，但到了晚上，他却有了意外的收获。

在戈壁滩熊熊的篝火边睡着，苏渐在梦中，竟觉得自己看见了撒菩勒伯的脸！

梦里情境依稀,很多事情只是个概念,苏渐在梦里好像刚开始时,并没有真正看见撒菩勒伯的面容,只是觉得自己应该看见了他。

苏渐感受到,缺乏实像的新任龙族摄政王,正在用无形的眼神凝视他。

在这样让人窒息的凝视中,撒菩勒伯的脸渐渐浮现。

这张脸汇集了威严、凶恶、城府、野心,比苏渐看过的任何人都要特别,但依旧有些模糊。

正当苏渐要仔细打量,看清楚时,撒菩勒伯却仿佛看穿了他的心思,猛然一声巨吼:"净化之日即将到来!"然后他的脸形便幻化成冰冷的血色的雪,在苏渐的梦境中漫天飞舞,充斥了整个视野。

"啊!"一声惊恐之极的惊呼,从苏渐口中迸发。

他猛然坐起,却发现周围一片寂静。夜色迷离,那木柴篝火依旧在熊熊燃烧,并没有熄灭。

"苏渐,你怎么了?"这时沧雪也被他惊醒,坐起来看着他,"做噩梦了吗?"

看着少年恐惧的面容,沧雪温柔地说道:"别怕,有我。我会保护你的,乖乖的,继续睡吧。"

"哦。"苏渐回以一个感激的微笑,便又和衣睡下。

可是他怎么可能睡得着? 这一晚,他都在辗转反侧。

"净化之日是什么?"

"为什么说它即将到来?"

"龙族的新摄政王,为什么会出现在我的梦中?"

"他的脸形为什么会化成鲜红的雪?"

"我为什么对他如此恐惧?"

一连串的疑问,充斥在少年半梦半醒的意识里。

当黑夜逐渐逝去,清晨的第一缕阳光投射大地,彻底醒来的少年忽然有些省悟:那位撒菩勒伯,和自己最初的奇怪梦境,应当有着极其重大的联系。

再联想到梦中龙翼少女的圣龙公主身份,苏渐很有理由相信,自己失忆的那一段日子，很可能在龙境中，和这些大人物发生了某种奇特的关联。

一想到这点，他便归心似箭，想早点回到人族的领地中，好好地整理思绪。

于是他加速了自己当初定下的脱逃计划。

这一天，天气极好，正是蓝天丽日，白云如絮。

苏渐暗中观察，发现沧雪的心情极好。

到了傍晚，因为白天的好天气，这兽龙国戈壁的天空上，正是夕霞漫天，彤云万里。

苏渐暗中留意，发现沧雪时不时仰面西望，看着那些美丽的霞光，表情极为神往。

看到她这样，苏渐便下定决心，有一件事，要趁今晚注定迷人的夜色，做了！

这一夜，天悬银月，明河如雪。

苏渐和沧雪歇脚的地方，在一条白浪滔滔的大河边。

星空下，月光里，苏渐发现今夜的龙女格外美丽。

本就白衣胜雪，再被月华围绕，此时的沧雪，真宛如仙界瑶池中一朵最美的白莲。

而欣逢如此良夜，少女心情愉悦，还跟苏渐言笑晏晏。

月中仙莲，本就极美，再加上笑靥如花，就更加惊艳。

但这对苏渐来说，还不是最伤神的；少女言笑晏晏，让人如沐春风，流露无限情致，让已经下定决心的少年，更增添了无穷负罪感。

“苏渐——”正内心纠结时，苏渐忽听得沧雪唤他。

“怎么了？”苏渐机械地应道。

“你知道这条大河叫什么吗？”沧雪伸出白如雪藕的玉臂，朝那条滔滔不息的大河一指。

“这条河吗？不知道。”苏渐神思不属，随口答道。

“就叫‘乌浒河’啊！”沧雪欢笑说道。

“乌浒河……啊？”“乌浒河”这个名字，忽然触动了苏渐的心。

“原来是乌浒河啊……”苏渐的内心，忽然间非常感慨。

他扭头向东边望望，暗中想道：“那边不远处就该是安西都护府的安息州吧？可惜啊，现在都已经在残暴龙族的铁蹄下。”

想到这里，苏渐心中那点负罪感顿时烟消云散。

他看着眼前美如白莲的少女，心中冷笑道：“我神州锦绣山河、如画江山，不就是被你们这些异族粗暴侵占的吗？对你这侵略者中的佼佼者，我还需要有什么恻隐之心呢？”

心中转念，他忽然站起，笑道：“沧雪，我听过乌浒河的一个传说。”

“咦？这里还有什么传说吗？”沧雪好奇地看着他。

“当然有啊，还是个美丽浪漫的爱情故事呢。”苏渐道。

“那你快讲讲。”沧雪催促道。

“光讲吗？”苏渐笑着看着她。

“不用讲的，那还能用什么法子告诉我？”沧雪奇怪地看着他。

“当然有办法了。”苏渐神秘一笑，从容地走了十来步，来到那乌浒河边。

“你看——”苏渐手一挥，顿时有一道火焰流光随手射出，飞向那滔滔大河的上方。

“你这是要做什么……”看到少年这举动，沧雪不明所以。

但很快她就知道了苏渐要做什么。

当那道火焰流光飞到乌浒河的上空时，猛然间迸开，就像一朵射入高空的烟花。

但和烟花不同，这道火影流光留在空中的时间更长，还用火线变幻出各种图案。

本来沧雪以为少年只是用火灵法术模拟烟花逗自己开心，但很快她就看出不同来：她发现，这少年分明在用夜空中的流光火影，演绎着他们二人相遇后所经历的一件件事情！

漫天流光火雨中，她看到，一开始苏渐被自己猎奴，被俘的少年是那样的“楚楚可怜”；

她看到，后来自己拿他做新法术的实验，虽然他万分害怕，但还是努力挺了过来；

她看到，当自己日常行走时，苏渐在身后乖巧地跟随，不仅丝毫不想逃跑，还默默地注视着她美丽灵动的身影，眼神中流露的全都是崇敬和仰慕；

而苏渐深夜做噩梦，从梦中惊醒时，又是自己温柔体贴的安慰，所发出的守护少年的誓言，让他一夜没睡着，全是满满的感动……

看着苏渐这种方式独特的演绎，刚开始时，沧雪只是惊讶于这法子的巧妙。因为自古以来，就连她这位法术天才在内，都没想过用动态变化的火灵法术，来演绎人和事。

只是，渐渐地，少女的心绪，从开始的惊叹，渐渐起了微妙的变化。

她的眼神渐渐朦胧，她的肌肤开始火热，她的呼吸开始局促。

最特别的，是她胸膛中的那颗心，本来因为冰龙族的特质，常年冷静，但这时也“怦怦怦”跳得越来越快，快得连她自己都开始感到害怕。

猛然到了某一刻，她发觉此刻的自己，如同坠落于那边的大河，被一种陌生而甜蜜的情绪淹没……

“我不信！”猛然间少女大叫起来，“苏渐，你骗我！”

“我没骗你。”苏渐停住法术，转过身来，委屈地看着她道，“你真的很美丽，我一直很仰慕你。”

“我不是说这个！”少女的语气中，带着一丝忸怩，“我是说，你对我，真的这么深情？”

“你怀疑我？！”苏渐大叫起来。

沧雪捂着胸膛，沉默以对。见她如此，苏渐也对以沉默。

他没有再说话，只是转过身，默默地往乌浒河走。

“你去哪儿？你要干什么？”沧雪喊道。

“我要跳河而死！”苏渐吼道，“我一腔真心，却被人怀疑，那我就要用整条乌浒河的水，来洗刷自己作为男儿的清白！”

说到这里，苏渐已经奔到乌浒河边，抬腿就要往河里跳——

就在这一刻，沧雪忽然陷入了一种奇妙的新鲜的情绪：就好像豆荚在仲夏成熟干透，轻轻一碰就会炸裂，弹出里面浑圆的豆粒，她觉得此刻自己的胸膛，也好像成熟干透的豆荚，被少年刚才的话一碰，就猛烈地裂开，将自己的心弹向了他。

“不——”沧雪大叫一声，就像最开始抓获苏渐时，那身形再次快如闪电，倏然便到了苏渐身后。

“我不要你死！”大叫声中，沧雪已经拉住了少年的手。

“谢谢你……”转过脸来的少年，已是泪流满面。

“对不起，都怪我，是我太多心，吓坏了你。”沧雪也哭了，不停地自责道歉。

“没关系，不怪你，真的！”苏渐安慰着少女，口气十分真诚。

他心想：“真的不怪你，刚才差点就跳下这么深的大河去，都把我吓哭了……”

这般想时，他没被沧雪牵着的那只手，可没闲着。

随着他手指轻弹，无数的火灵流光飞上天空，转而迸裂成无数光焰之花。

花雨缤纷，漫天挥洒，这一刻星河明月失色。

面对漫天的光之花雨，已经敞开心扉的沧雪，好像忽然变回一个小女孩，拉着少年的手徜徉缤纷光雨中，又笑，又跳，又闹。

看着欢乐的少女，苏渐笑了，随手拈过最美的一朵，用优雅无比的姿态递向了她。

沧雪羞涩地接过，有一个念头宛如微光一样闪过她的心头：“此时的自己，是不是像一个冰冷的雪人，正靠向灼热的篝火？”

但此刻漫天的光雨，柔美的月光，浪漫的情绪，却如乌浒河水一样淹没了她的心魂。

她的整个身心灵魂，陷入了一种甜美的错乱之中。

她觉得自己就如同一片弱小的秋叶，甘之如饴地被呼啸的漩涡吞噬，转眼消逝在天顶那片巨大的星空中……

这一夜，她与苏渐就坐在这乌浒河边，相互依偎，观星，赏月，听水浪滔滔，最后相互倚靠着睡着。

自这一夜后，沧雪对苏渐的态度大为改变。

虽然她还苦恼于两人是敌对种族,但对苏渐的警惕心,已经几乎降低为零。

而自这以后,再碰到什么兽龙国的士兵盘查,苏渐便自称是“龙巫助手”,很快便能打消兽龙士兵的疑虑。

借着“龙巫助手”之名,此后苏渐随沧雪而行的途中,看似不经意地搜集着多种花草。

对于他这举动,沧雪也觉得有些奇怪。但无论她怎么想,也不会产生怀疑,因为这些花草种类非常零散,相互间实在搭不上边。

每当她实在好奇问起时,苏渐便推说是想物色最美丽的花朵,亲手为她编织一个最美的花环。

陷入浪漫爱恋的女子,不用说警惕心了,连智商都可能归零。

听苏渐这么一说,沧雪不仅没产生任何怀疑,内心反而更加甜蜜,心说苏渐他还真是一个懂得浪漫的人。

只是,如果她稍微有点神州华夏古草药学知识,就会发现苏渐采集的这些花草,颇有些蹊跷。

这些花草有:风茄花、生草乌、香白芷、当归、川芎、菖蒲、南天星、羊踯躅、姜半夏、茉莉花根……

所有这些组合起来,赫然就是一个古华夏最著名的药方——“麻沸散”!

当所有配方药材终于集齐,苏渐丝毫没有拖延。

就在“火雨定情”之后的第七个晚上,他调配好麻沸散的药酒,哄着沧雪喝了下去。

沧雪不疑有他,怀着感动的心情,将苏渐敬来的美酒一滴不剩地喝下。

烈酒本来就能激发药力,这一来,苏渐预谋的药酒更快更剧烈地发作了。

沧雪变得浑身酥软,满面酡红,很快就在少年的注视下,陷入了昏沉的醉梦。

沧雪所服下的这剂麻沸散可非同一般。

其实在华夏民间流传的麻沸散配方，版本多种多样。为确保万无一失，特别是考虑到服药者的冰龙体质，苏渐可以说是把所有看过的配方版本，都拿来作为配药标准！

所以，这剂麻沸散，材料最齐全，效果可谓史上最强，即使以沧雪的特殊体质，也依然很快中招。

而这种以前从来没有过的最全配方，还让药酒产生了一个始料未及的副作用。

迷醉中的沧雪，甚至还产生了幻觉，在梦中和苏渐做了一场难以启齿的美梦——要知道，以前在她眼中，人族只等同于猪狗！

但这时，在梦境中，她跟随着苏渐的动作，宛似飞翔盘旋，如梦如幻，最后沉溺于甜美浪漫畅快的感觉，一同坠落迷失于神秘的深渊……

这一刻，冰雪仙莲一样的少女，浑身已是香汗淋漓。

美梦悠长。

一夜过去。

当第二天清晨，东方第一缕晨光照在身上，悠悠醒来的沧雪，还带着惊诧、害羞、满足、甜蜜的美妙情感。

“苏渐……”想起昨晚这个梦，霞光中的少女，也两颊飞霞，一时竟不知道如何面对那个人族少年。

踌躇了良久，她才好不容易平复了激荡复杂的心情，转过脸去，看向少年平时应该睡的位置。

只是，她这一瞧，却猛然发现，苏渐竟消失了！

“怎么回事？他去哪儿了？”沧雪疑惑道，“难道是去乌浒河中抓鱼烤给我吃？还是去为我寻找甘甜的泉水？”

但很快，现实就击碎了她这个乐观的猜测。

她很快就发现，和苏渐一起消失的，还有自己随身的金银、令牌——

事实上，她的整个行囊都被拿走了！苏渐竟然连她的干粮都没放过！

但悲剧并没有到此结束。

她悲痛欲绝地发现，先前展示给苏渐看的那条星辉水晶项链，已经从自己的脖颈上消失了！

除此之外，她手腕上那一对具有冰雪威能的手环——“沧雪之镯”双双消失。这可是她自己特制的最得意的一对作品，五年前作为生日礼物送给自己。

事实上，她浑身上下全部的首饰被一扫而空，苏渐甚至连她头上那个并不出色的普通银簪都没放过！

“还有这样无耻的人吗？！”沧雪气得浑身发抖。

“啊呀不好！”她好像想到什么，忽然一声惊叫。

紧接着她连忙伸手探入自己的胸口，十分紧张地一阵摸索。

也不知她在摸什么，但在胸口间摸完之后，她忽然松了口气，庆幸无比地说道：“幸好幸好，我这把可大可小的‘冰潮法杖’，藏在两乳间，才没被那贼子搜走——啊呀不对！”

刚满面庆幸的少女，忽然间又陷入了暴怒，跳脚怒吼道：“浑蛋，怪不得先前说我这里发展潜力巨大，分明就是小看本姑娘，觉得这里浅显，藏不住东西，这才不来搜看！哇哇呀呀，气死我啦！”

冰潮法杖没被拿走，沧雪却好似遭受了有史以来最大的打击，暴怒无比！

如果苏渐在场，定会瞠目结舌，觉得女孩子的心思真是永远别想猜透。

当然，沧雪也是当世响当当的人物，就算在强大的龙之帝国中，也是闻名遐迩。

因此，从大清早发现变故起，也只是到了夕阳西下时，她就渐渐恢复了冷静。

只是当她平静下来，头一个想到的问题却是：“苏渐这浑蛋，把我的饰物偷光，是不是要去送给别的女人啊？！”

这么一想，好不容易平静下来的少女，又陷入更大的暴怒之中！

于是只见她脚一跺，口一张，一股冰气顿时爆裂开来，整个大地以她为中心，方圆百步之内的土地草木全部冻结，表面笼罩了一层白森森的冰霜。

震怒之中的少女，流露出来的冰雪威能如此强大，甚至让附近乌浒河中都结了一层寒冰，本来奔流不息的河水顿时凝滞。

“骗子！渣男！”明月下，龙族史上难得一见的天才巫女，正披头散发，咬碎银牙，跳脚大骂，“苏渐，你这个浑蛋，我沧雪发誓，下次再让我见到你，定要将你碎尸万段！不对，还要冻成冰坨，打成冰渣！”

对这位龙族史上最伟大的天才之一来说，这一次肯定是沧雪第一次受骗，也是第一次发毒誓。

只是，有些事情的发展，可能和她想象的会不太一样。

因为毕竟世事难料，这是不是她最后一次受苏渐的骗，还很难说呢……

当然，沧雪还是那个不世出的难得人物。

所以她这一轮暴怒，从夕阳黄昏时起，也只是等到旭日东升、朝霞万里时，也就慢慢地平复。

不过此后，恼人的消息还是陆续向沧雪传来。

那苏渐，不仅用从她这里偷来的令牌，大大咧咧地通过兽龙国重兵把守的关隘，还狐假虎威地顺走了充足的补给和食物。

听到这消息，沧雪顿时充满了挫败感。

她觉得自己似乎已经成了整个龙族史上最大的笑话，因为那个苏渐正是借助她，成了史上第一个大摇大摆地被龙族兵将恭送回去的敌国人物。

当沧雪稍稍冷静，她在二人刚刚露宿的营地中，找到了一张苏渐的留言。

这是一张不知道苏渐什么时候弄来的竹纸，上面用成分未明的墨汁写着几句话。

沧雪忍着怒气看了看，只见上面写的大意是：尊敬的沧雪阁下，虽然你被我骗了，但也不要太难过，毕竟，你还是所有上我当的人里面，长得最好看的那一位。

看到这张留言，沧雪先是怒火中烧，转而便陷入了沉思……

她感到非常疑惑，因为这可恶少年已经将她身上值钱的东西一扫而光，却为什么还要在最后留下这么一张字条？

身为冰龙族的天才少女,沧雪自然没法理解华夏少年的思路。

苏渐留下这字条,认为这是“做人留一线,下次好相见”。

苏渐的苦心,显然没能被沧雪理解。他这个在冰龙族少女眼里画蛇添足的举动,还给他带来了相反的作用。

本来,苏渐已经把所有有关他的事物带走了,甚至连沧雪的私人物品也一起带走了。在这种情况下,沧雪很难施展冰龙族特有的追踪秘术,因为那需要追踪对象留下的一些物品。

让苏渐始料未及的是,他最后的这番“好意”,却给沧雪凭空生出一个机会。

雪舞泪原

看着这张字迹英秀的纸笺，刚刚若有所思的少女，忽然间一丝冷笑在她嘴角边蔓延："苏渐，只要你还没穿过边境，我就能抓住你！"

打定主意后，沧雪一刻也没停留，立即根据留言纸笺上的气息，开始用冰龙秘术追踪苏渐。

最开始时，她主要依靠那些兽龙国城镇关隘守军的消息。

因为实在觉得丢脸，在守军将领询问原因时，沧雪哪怕心头再恨，也只得强作欢颜，含糊其辞说那苏渐是她一个很重要的人。当然每当说出这个理由时，她就在心中补充：嗯，重要的仇人。

为了掩饰，她也不得不面对那些守将听完这理由后的暧昧表情。这样一来，她对苏渐的仇恨又增添了几分。

追寻苏渐的路径，从乌浒河流域逐渐转向更北方的药杀水。到了这里，相对荒僻，苏渐通过兽龙国关隘的必要性大大降低。沧雪没办法从守军口中得到精确的信息，便开始倚重对苏渐气息的追踪。

终于，她顺着药杀水北上，追出去有上千里，追随着苏渐的气息离开了药杀水西拐，到达了一个特殊的地域。

这地方正是泪原。

作为人龙两族的荒僻交界地，泪原属于风暴之墙的微小缺口。最开始，龙族的决策者们还希图从这里大举进攻人类国度。但很快他们便发现，这里不仅地理环境极其恶劣，而且顺着国界线的正面截面极小，完全不利于大军的展开。

更何况泪原之后，往西只有一条道路，便是绵延十几里的残月峡。

别说是高明的军事家了，就连普通人都看得出，残月峡这样两侧悬崖高耸、中间只有一条羊肠小路的地形，实在不利于进攻的一方。

要是大军不管不顾地冲到这里面，在严阵以待的守军面前，简直就如同冲进一口预备好的棺材，到时候无论水攻火攻礌石攻，都没什么大活路。

而作为风暴之墙的豁口，以华夏国为首的人类王国，也知道这儿一旦被大举攻破的灾难性后果，所以在泪原防线囤积了重兵，因而上回苏渐他们消灭的兽龙咆哮者，只是个别的漏网之鱼罢了。

对于地理位置特别的泪原，沧雪也有耳闻。

正因如此，她才深知，一旦苏渐穿过了泪原，逃入残月峡谷，她便再无抓住少年的可能。

而错过了这次机会，按沧雪的理解，这个骗子、小偷、浑蛋、人渣，这辈子都不敢再进入龙境了，到那时她的复仇之路就会变得遥遥无期。

所以，当踏足泪原边缘，沧雪就变得前所未有的慎重，仔细辨别苏渐留下的气息。

只是，苏渐逃到泪原这里时，留下的气息已经极为微弱。

如果按照正常的道理来想，基本已让苏渐逃脱，沧雪应该就此放弃。

但天才自有其执着，直到这时候沧雪也完全不愿放弃。

当她深入泪原的时候，又是一个月明之夜。

顺着苏渐残留的微弱气息，沧雪首先来到了一片石林区域。

怪石林立的地点，在泪原中并不常见。看着这些月光中耸立的天然石柱，沧雪忍不住想："苏渐，你个浑蛋！你跑到这里，是不是以为彻底安全了，便倚靠在石柱上，安心享用我的干粮？"

想到这里，沧雪的心中再次燃起怒火，便不顾一路追击劳累，开始在石林中探寻起来。

只是，专心寻找下一个路径线索的少女却没想到，此刻在那石林边缘的一角，却有一人正在窥伺她！

暗中窥伺之人，身形高大英武，面容神俊爽朗，一身银甲蓝袍，容貌身材极为完美。

如果这时苏渐在这里，定会惊呼："怒雷神剑！"

原来此人正是人族战神轩辕承天。

说起来，他出现在这里，还真和苏渐有点关系。

作为玄武卫大统领的儿子，虽然轩辕承天的正式身份是青龙军将军，但很无奈的，经常被他那当大统领的老子抓闲差，为玄武卫做事。

这不，身为大统领手下第一福将的苏渐失陷龙境，轩辕承天就被他老子抓来，在泪原一带巡视，争取有机会接应很可能逃回来的苏渐。

对于苏渐，轩辕承天并不太了解。

因此刚开始听他爹爹说苏渐很可能能逃回来时，轩辕承天还不以为然。

但华夏以孝为大，对于老子的话，轩辕承天不敢不听，只得无奈地安排好青龙军中事宜，一个人来泪原一带巡视。

只是，来此地也有四五天了，连兽龙咆哮者都顺手解决了两三个，却连苏渐半根毫毛都没见着。于是到了今晚，轩辕承天心中暗想，如果过了今天还没什么动静，就回去了。

谁能想到，就在这时候，却让他撞上了追踪苏渐而来的冰龙巫女。

再说沧雪。到了泪原这里，苏渐留下的气息已经极为微弱了。因此她想找出少年经过的路线，需要细微至极地去探察。

于是，她的动作变得十分缓慢，这让她的姿态变得极为优雅。

而她的样貌身材，本就不亚于那以美貌著称的圣龙公主，所以能够想象，轩辕承天第一眼看到她时，心里的那种惊艳感。

而这时，天心一道月光射来，正笼罩在沧雪的身上。沐浴在银色光辉中的少女，闪耀起冰龙族特有的星辉，于是星月交辉下，更显得极度的美丽优雅。

所以，这时候对轩辕承天来说，心里那份感受，已经超越了惊艳，而变成震撼了。

于是，月光中，阅人无数的轩辕承天，这时候竟看呆了。

而恰在这时，沧雪偶然一回头，正看到石林边缘呆呆地注视自己的青年。

“什么人？”沧雪脱口喝道。

“你是什么人？”轩辕承天也本能地问了出来。

“我在找之前掉的东西。”沧雪本能地搪塞。

“我在赏月看风景。”轩辕承天也本能地掩饰。

此后二人默然无语，相互对视。

再过了片刻，二人不约而同地清醒过来！

“你是人族高手！”沧雪叫道。

“你是冰龙族人！”轩辕承天喝道。

反应过来后，所有美丽的遐想都被抛到脑后，两人瞬间就战在了一处。

本来沧雪没认出这位顶尖的人族高手，还不想用武器；没想到才两三个回合一过，她轻敌之下，差点被轩辕承天怒雷神剑上发出的闪电击成黑炭。

这一下，沧雪再也不敢掉以轻心。

她立即从胸口唤出那根极品水系法杖“冰潮”，握在手中迎风一晃，法杖变成寻常大小，便开始挥舞召唤冰龙族特有的冰雪法术。

顿时，这片月光下的石林，寒风呼啸，漫天飞舞闪着寒光的雪片，霎时充满肃杀之气。

交手了几个回合，轩辕承天惊奇地发现，这偶然遇上的冰龙族少女，竟然力量绝强！

要知道即使是强悍的龙族，能在他手下和他匹敌过招之人，也不太多。如果有，那也是有名有姓的知名龙将。

“你是谁？！”这一次，轩辕承天是真的想知道她是谁。

只是沧雪却不再说话。

这时候她的内心，在剧烈地进行着思想斗争。

“怎么办？怎么随便遇到的一个人族战将就这么强？”

“看这样子，我当务之急，还是赶紧脱身，回到龙境吧。”

“可是这么一来,那浑蛋家伙就逃脱了,真是不甘心啊!”

“这可恶的人族武士究竟是谁?不过看他外形模样,肯定和苏渐一样,只知骗无知妇孺。”

所谓“恨屋及乌”,一朝被蛇咬,沧雪把轩辕承天也给恨上了。

作为醉心法术研究的天才少女,她其实对轩辕承天的身份一无所知。

可是尽管如此,她还是从轩辕承天的举手投足中,嗅出了巨大的危险。

本来如果从容来打,沧雪其实并不输于轩辕承天,但此刻毕竟还在人族境内,对她来说绝不可久留。

心中纠结了一会儿,沧雪最终还是理智战胜了情感。

趁着胜负还未分,沧雪虚晃一招,迅疾遁走。

但临走时不甘心的少女愤恨地大叫:

“苏渐你个骗子!你哄我、骗我、偷我,还摸我,总有一天我会抓住你!”

说罢她便在一片极其绚烂空灵的冰风雪舞中,悠然遁去。

这一刻,虽是逃跑,她表现得依旧宛如女神——当然除了她的破口大骂。

“苏渐?我没听错吧?”看着冰龙女法师遁去的妙丽身影,轩辕承天神色古怪,怀疑自己是不是听错了。

“怎么她也在找苏渐?”轩辕承天想道,“什么‘哄我、骗我、偷我,还摸我’?难道她被苏渐调戏了?什么乱七八糟的,以她这样高绝的冰法,苏渐那小子怎么可能调戏得到她?”

困惑之际,他却不知道,沧雪情急之下想表达的是,苏渐那小贼临走时,从她头上、脖间、腕中、腰间等等几乎所有戴东西的部位,将她的首饰财物全部亲手摸走。

当然了,作为正直有原则的少年,苏渐这么做,只当是收获敌族的战利品而已。

再说轩辕承天。

“这少女究竟是谁?怎么会出现在这边境的泪原上?”直到这时,轩辕承天也没把刚刚交手的龙族少女联想到那位“天才巫师沧雪”的身上去。

毕竟，人族有关沧雪的确切情报少之又少。而且按一般人的理解，身负灭绝人族最大可能性的少女，肯定被龙族重点保护，怎么可能随意到人龙边境来溜达。

本来也确实是这样，但谁能想到半路杀出个苏渐，弄得天才巫女意乱情迷、气急攻心？

当沧雪遁去后，轩辕承天依然伫立在月光下的石林中。

想着刚才那个美丽灵动、优雅出尘的身影，从未真正动情的人族战神，却变得久久不能释怀。

“她究竟是谁？”轩辕承天越来越迫切地想知道这个问题的答案。

“嗯，不管怎样，她提到了‘苏渐’，回头找这小子问问怎么回事吧……咦？苏渐？”转念到这里，轩辕承天心里忽然一动，“听她刚才的说法，难道苏渐早已逃过泪原，回到华夏国中去了？”

直到这时候，轩辕承天才意识到，那个自己认为生还可能性不大的少年，竟然很可能已经进入了泪原，和他擦身而过，安然地回到国中去了。

轩辕承天的猜想完全正确，在身后有沧雪这么一个巨大的威胁存在，苏渐哪还敢有任何拖延？他早就一溜烟逃回华夏国中了。

一回到国都新京华，苏渐也顾不得别的，立即回玄武卫总部找大统领汇报情况。

这样的衙门口，一般正门都不开，就算玄武卫自己人也都从两边侧门进入。本来苏渐也想像以往一样，直接从侧门进入，然后径直往玄武卫内堂走。

谁知道他刚到玄武卫大门前，那值班的玄武卫看见他就跟见着鬼似的，连忙让他先等等，然后便转身冲进侧门里。

见他如此，苏渐自然知道，是这位同僚不相信自己活着回来了。

只是，这个举动能让他理解，紧接着的一件事情，却让他觉得有点不对劲起来。

原来，片刻工夫不到，先前冲进去的那个守卫并没有出来，却换了一个内堂的内卫走出来，将正不耐烦要往里走的苏渐挡住，说是让他再等会儿。

听得这么说，苏渐便惊疑不定起来。

其实苏渐去内堂的次数也不少了，和这位内卫挺熟悉，因此他犹豫了一下，便请求这位内卫让自己先进去。

他想着，有什么误会，只要自己亲自面见了大统领，凭着自己的口才总能说清。

谁知道，平时和他有说有笑的内卫，这时候却变得铁面无私，坚持让他再等会儿。

见得如此，苏渐十分吃惊，心里开始疑神疑鬼了。

现在他有些后悔，为什么自己一回到华夏，没先在外围打听一下情况，看看自己离开的这大半月间，玄武卫里有没有发生什么变故，万一盖英卫那小子使什么坏水，自己也好有个防备。

正胡思乱想间，他忽然听到大门里传来号炮声声！

"怎么响号炮了？"正愣怔间，苏渐忽然惊奇地发现，那玄武卫一般不开的中门，竟突然咯吱吱朝两边开启！

"出什么事啦？"苏渐还没反应过来，探头探脑往中间大门里一看，却发现里面已是红毯铺道，两边黑衣卫列队整齐，所有人都朝他看来。

当看到那些同袍炽热的目光，现在的苏渐已有些反应过来。

"原来是好事。"虽然不知道大统领葫芦里卖的什么药，苏渐还是放松了下来。

"苏渐！"就在这时，从内堂传来一声大喊，紧接着那大统领轩辕鸿就戎装整齐地冲出内堂来！

"娘的，这身礼服竟有些小了。"大统领冲过来时，苏渐还听得他在抱怨。

这一下子，苏渐算是彻底明白了：

为了欢迎他归来，玄武卫不仅红毯铺地，号炮连天，大开中门，连恩威深重的大统领轩辕鸿都翻出只有重大典礼才穿的戎装礼服，亲自来迎接他了！

"这……"当大统领扑过来，礼贤下士般将苏渐搀进中门，苏渐苦笑着低声说道，“大统领，您、您这是不是太夸张了？”

“夸张个啥？！”轩辕鸿暗中瞪了他一眼，吹胡子瞪眼地低声骂道，“小兔崽子，你还不知道你这次闹出多大动静，从来没人像你这样，敢深入龙境千里救人！这就算了，这世上也不乏白痴笨蛋傻大胆；但要命的是，那人偏偏给你救回来了！那可是在龙境啊！”

“大人……”这时候的苏渐，真是受宠若惊，激动得不知道说什么好。

晕晕乎乎之际，他冒出来的一句竟是：“大人，那龙境也没什么，切不可灭自家威风，长敌人志气啊。”

“得了吧。”轩辕鸿暗中拿手肘撞了苏渐一下，“别在本座面前唱高调，这些话往日都是说给老百姓听的。兽龙国什么境况，本座又不是不知道，你这次，真的太了不起了！”

说着话，他真心诚意地向苏渐竖起了大拇指。

见他做出这个动作，所有两边涌出来观礼的玄武卫同袍，顿时爆发出一阵震天动地的欢呼声。

还别说，这次虽然只是苏渐一个人完成的壮举，但所有的玄武卫成员同仇敌忾，都觉得与有荣焉。

虽说“男儿有泪不轻弹”，但这一刻热烈的氛围之下，他们中许多人想起苏渐这一次置之死地的悲壮义举，忍不住流下热泪来。

这当中，作为苏渐的铁杆死党，端木楚更是激动莫名，看着被大统领挽向内堂的少年，他的一双虎目中充满点点的泪光。

苏渐被轩辕鸿亲自迎进内堂后，便开始详细地汇报这一行的具体情况。

在这样重要的汇报里，苏渐除了详细说明自己和同伴的整个营救经过，还报告了一下自己和沧雪接触的情况。

对于轩辕鸿而言，也直到这时才知道，苏渐这小子竟然和那个万众瞩目的天才龙女巫师近距离接触了！

要知道那位叫沧雪的龙女巫师，只是一点点语焉不详的消息，就能把整个华夏国朝堂闹得天翻地覆了。

于是，看着苏渐还轻描淡写地说那沧雪如何如何，轩辕鸿便忍不住在心中感叹道:“唉,这臭小子,还一副云淡风轻的模样,你是真不知道还是假不知道沧雪的厉害啊? 唉,你还能全须全尾地回来,还真是我玄武卫——不,华夏国的第一福将啊!”

心中感慨赞叹,轩辕鸿面上也毫不保留。平素对别人很深沉的大统领,这时候却对苏渐大包大揽地作出承诺。

他承诺,不仅会为苏渐申请华夏朝三等荣誉徽章“红绶银龙银星徽”,还会为参与营救行动的雷冰梵、亚飒、唐求,以及为国被俘又逃回的洛雪穹,争取华夏朝五等荣誉徽章“黑绶青铜龙星徽”。

原来,人龙大战后,华夏朝共设五等荣誉星徽,鼓励战功。这些星徽,由绸缎绶带上镶缀东方神龙、辉耀星芒而成。

荣誉星徽的等级,由低到高依次为:黑绶青铜龙星徽,绿绶黄铜龙星辉,红绶银龙银星徽,蓝绶金龙银星徽,紫绶水晶云龙金星徽。

华夏朝的荣誉星徽一向颁发极严,不要说苏渐他们还是在读学生,就连华夏四灵军中的将士,在不发生大战的情况下,对皇朝星徽都是想也不敢想的。

而乱世战时,这样的星徽虽然不是直接能花用的金银财宝,但它带来的附加价值,可远远大于普通的钱财。

夸张点说,任何人有个三等以上的华夏星徽,这辈子便吃穿用不愁了。

所以,对苏渐来说,哪怕刚才轩辕鸿大开中门亲迎的礼遇,也没让他真正激动;但这会儿一听大统领会为他申领三等星徽,顿时便喉头哽咽,差点就要热泪盈眶了。

看见他如此,轩辕鸿哪还不知道他的想法?

于是能使国中小儿不敢夜啼的大统领,忍不住摇头笑骂道:“苏渐,不要跟我说,你现在还愁这辈子的吃穿用度。好男儿志在四方,大丈夫在世当建功立业,现在就有个立功的机会摆在你面前!”

“啊? 有什么立功机会?”苏渐眼睛顿时又亮起来。

“果然没看错你,是个好男儿!”轩辕鸿赞了一声,便道,“既然你跟沧雪接触过,看起来还有些交情,那……我看你模样也不错,要不就……‘为国捐躯'一回？要知道从你刚才说的那些事情里可见，这沧雪竟有些不谙世事，似是情窦初开啊。"

"大统领，这……"苏渐完全没想到，轩辕鸿给他的立功机会，竟会是这样的。

虽然轩辕鸿刚才言语含糊，并没有说得直白，但苏渐现在也将近十八岁了，对轩辕鸿挤眉弄眼的暧昧暗示，怎会不知道他在说什么？

只是如果换成其他事，一听大统领如此厚望厚爱，他一定喜出望外立即答应；但一听还要回到沧雪身边去，少年顿时呆若木鸡，然后装傻充愣，吭吭哧哧，平日那股子机灵劲儿全然不见。

见他如此，轩辕鸿颇为不悦，便用救世济民的大义，逼苏渐认同他的安排。

到得这时候，苏渐知道自己逃脱的过程，已经不说不行了。先前报告时，他还觉得逃脱的手段不算太光彩，便略去没说，没想到最终还是要跟大统领说明白。

于是，在这玄武卫内堂中，苏渐只得硬着头皮，把最后怎么得罪沧雪的事情详细说了一说。

当然这过程中，他只重点讲述药酒迷晕之事，其他夺回星降之链等战利品的事情，他归于私人恩怨，就略去不提。

说到最后，苏渐也非常直白地告诉轩辕鸿，如果再让那位沧雪龙巫女见到他，他就不是引申意义的"为国捐躯"，而是真要为国捐躯，死于非命了。

听得他如此解说，轩辕鸿也没办法，叹惜之余，也只得作罢了。

顶着一头冷汗出来，苏渐便想把大统领嘉奖大家的好消息，去告诉洛雪穹、雷冰梵、亚飒、唐求。

谁知道还没走到大门口，他便听得前面又是一阵骚动。

苏渐刚千辛万苦地逃回来，不免有些敏感，一听前面有骚动，立即拔出血歌剑冲了过去。

谁知道，刚冲到大门边，却见到一群玄武卫正围在大门口，他们的目光全都看向街上一个什么人。

“难道有美貌女子路过?”苏渐心中转念,走过去扒开人群一看,却见到有一人站在大门前,不是什么美貌女子,而是一位英俊男儿。

“轩辕承天!”一眼认出是他,苏渐心中顿时理解为什么这么多人在此围看了。

轩辕承天几乎已是华夏国的全民偶像。此刻大门前这些玄武卫男儿,并非冲着轩辕承天的颜值围观,而是出于一种对英雄的景仰。

这是苏渐第二次见轩辕承天,上一回相见,还是在星降高原上。

和上回的满身戎装不同,这回出现在玄武卫大门口的轩辕承天,只穿了一身月白色的便服。

但有些人就是这样,本身容貌身材完美到一定程度后,便穿什么都好看。

轩辕承天此刻只是穿着华夏男子常见的月白长袍,随随便便地站在大门口,但给人的观感就是不同。

虽然现在是大白天,但在苏渐的眼中,只觉得他如在月白风清之夜,伫立在广阔平原上的一座峻峭山峰,身披明月之光,既巍峨又飘逸。

“轩辕承天来这儿干吗?”苏渐心中嘀咕,“是来找他爹吗?”

正想着,没想到轩辕承天看见他冒头,竟龙行虎步地走过来,到他面前拱了拱手,特别问候道:“苏师弟,别来无恙?”

他这举动一出,顿时就把周遭围观的人群给惊呆了!

轩辕承天是什么人?

怒雷神剑,光明战神,人族反抗龙族的希望象征!

这样的全民偶像,平时对大部分人来说都如同天边的明月,可望而不可及,永远都高悬在天边,高贵高渺高冷!

谁知道,就是这样遥不可及的人,现在竟然走过来,主动跟苏渐问好,还叫他“苏师弟”!

顿时,各种猜想在众人的头脑中冒出。

他们中很多人的第一反应甚至是:

“莫非苏渐这小子,竟是大统领的私生子?这样他就是轩辕大人同父异母的弟弟了。”

“但这也太匪夷所思了吧？”

“但如果不是，怎么解释眼下这情况啊！”

另外有很多人，则对“师弟”这个称呼一时没想通。

不过在场之人都是玄武卫的精兵强将，纵使一时没反应过来，也很快想到：哦，原来轩辕大人，也是在苏渐就读的灵鹫学院毕业的。

苏渐此时并不知道其他人怎么想。

见轩辕承天这样的大人物主动来跟他问好，他也很是受宠若惊，忙躬身回礼说道：“敢承轩辕师兄挂念，小弟……最近倒是无恙，只是在龙境的最后日子里，稍微受了点惊吓。”

“哈哈，”轩辕承天朗声笑道，“难道苏师弟这样智勇双全之人，竟也会受到惊吓吗？”

轩辕承天此言一出，旁观众人再次惊呆：轩辕战神这带着调侃的口气，分明是和苏渐十分熟稔，对他十分看重啊。

“让师兄见笑了。”苏渐尴尬地笑笑，说道，“小弟在轩辕师兄面前，还敢提什么智勇啊！对了师兄，今日来此不知所为何事？是找统领大人吗？”

“不。”出乎苏渐和众人意料，轩辕承天来到这京华城玄武卫大门口，竟不是来找他爹轩辕鸿的。

“那他来干什么？”所有人都产生这个疑问。

“苏渐，苏师弟，”轩辕承天对着少年温润地笑道，“我今天来，就是特地找你的啊。”

此言一出，众人只觉得眉眼眩晕，思路混乱，再也想不明白是怎么回事了。

“师兄是来找我？”苏渐受宠若惊之余，也十分疑惑。

“难道……”他想到一个可能，忙道，“是不是因为我刚从龙境归来，师兄来找我问询一下龙境的情报？”

“是，也不是。”轩辕承天高深莫测地说道，“这样，你平时常去哪家酒楼？今日师兄我做东，请你好好吃顿饭，顺便跟你问些事。”

“好！那师弟就不客气了，其实那家太白居不错。”

有人请客,这等好事苏渐是从来来者不拒的,更何况今日是轩辕承天请客,别说他苏渐了,就算是当朝宰相也得给面子。

“好,就太白居。”轩辕承天想了想,便笑道,“太白居啊,你倒会替师兄省钱。”

于是,这二人便肩并肩,朝京华城中的小酒家太白居走去。

还别说,因为“协同效应”的增效作用,此时随轩辕承天翩然而去的苏渐,其形象在很多围观者眼中,也变得更加高大起来。

苏渐常去的太白居,自然不可能太豪华。确切点说,它就是个临街的平房小酒铺,连酒楼都算不上。

但就是这样不太起眼的酒铺,掌柜的却拾掇得干净用心。无论是屋里还是临街的酒棚,都十分整洁。

比如,太白居临街酒棚边挂的招牌幌子,虽然那黄色的布料已经挺旧,但依旧洗得非常洁净。掌柜对酒铺的陈设也尽量古色古香,除了红纸封口的深褐酒坛、雕花精美的桌椅,就连那酒铺门口两边挂着的对联,也颇为考究。这对联写的是:“旗展春风,天上一星常耀彩;杯邀明月,人间万斛尽消愁。”这两句联语虽然用词简白,却不失风味。

当然苏渐常来这里,包括上次和雷冰梵喝酒,除了这里干净用心这两点外,最重要的还是他家酒水菜肴货真价实,价位适中,符合他的消费水平。

所以,当轩辕承天说要请他喝酒,苏渐想也没想就点了这里。

等到了太白居中,苏渐再次见到了轩辕承天这全民偶像的威力。

本来掌柜张老板还没怎么认出来,但架不住识货的食客几声惊叫,顿时别说来吃饭的客人了,就连太白居从掌柜到跑堂,也都激动难耐地来围观轩辕承天了。

到最后,还是苏渐拽出血歌剑,拿着明晃晃的利剑和玄武卫的腰牌一阵威吓,这才把众人驱退。

不过经了这一遭,那苏渐习惯坐的临街酒棚是没法待了,他们二人只得进了后堂由屏风围起来的雅座。

落座之后,苏渐想到刚才的情景,由衷地羡慕,便对轩辕承天说道:

“师兄，我还真羡慕你啊，到哪儿都能引起轰动。你看他们的眼神，是真的很景仰你啊！”

“你说的是万众敬仰吗？”轩辕承天道，“不自谦地说，师兄我现在已经差不多达到这地步。可是有句话你相信吗？如果可以，我真不想这样。”

“为什么？”看他神色不似作伪，苏渐十分吃惊，“难道这样不好吗？咱们男儿在世，自当建功立业，受万人景仰啊！不都是这么说的吗？”

“好吧，”轩辕承天摇摇头，苦笑道，“不说远的，就说刚才。你说你羡慕我被那些食客敬仰，我却还羡慕你能拿出宝剑，把他们吓唬走呢。”

“不是吧……”苏渐一脸不相信的样子。

“是真的。”轩辕承天道，“跟你说句实话，师兄对这虚名，早烦了。就像刚才，不过就是吃顿饭喝杯酒，就被人围个里三层外三层，还不能发火。你看——”

他指指自己的腮帮子，苦笑道：“不瞒你说，为了在各种场合保持笑容，我这儿的肌肉最近都有点扭着筋了。你若是知道城中有什么好的跌打推拿大夫，一定要给我介绍啊。”

轩辕承天说出这话，开始时苏渐还以为他说笑；结果看了看，传说中的“怒雷神剑”、“光明战神”，还真为脸部肌肉酸痛所苦。

于是哭笑不得之余，苏渐充分发挥“地头蛇”的优势，替轩辕承天隆重推荐了几位跌打师傅。

听了他的推荐，那怒雷神剑轩辕承天，还真的用心一个个记了下来——这场景说出去，都没人相信。

酒过三巡后，那轩辕承天借着几分酒力，便跟苏渐开口道：“其实不瞒师弟，为兄今日请你来，却有一件重要事情请你帮忙。”

“啊？什么事？包在我身上！”一听轩辕承天有求于自己，苏渐哪还不拍胸脯打包票？

甚至他还热情过了头，用暧昧的眼神瞅着轩辕承天，低声说道：“是不是师兄有什么不方便的事情要小弟去做？是放贷给人，对方悍然不还？是养了外宅，结果发生纠纷？还是最近手头紧要跟小弟借点钱？师兄请放心，只要在白银……三十两以内，对我都不成问题！”

“不是不是!”见他越说越没谱,轩辕承天连忙截住他的话头。

“师兄不缺钱,也单身未娶,扯不到什么养外宅上去。师兄只是……”说到这里,没想到这位英神爽朗的怒雷神剑,竟一时神色忸怩。

“那就是了!”苏渐一拍大腿,自责道,“是我想差了。以师兄的境界,怎么可能是什么钱财纠纷、儿女私情?定是国家大事了!师兄快说,是什么国家大事?”

听到苏渐这么说,轩辕承天脸上,却有一丝惭愧之色。

他踌躇了片刻,下了好大决心之后,才开口跟苏渐说道:

“苏渐,我想跟你打听一个女子。”他道。

“女人?”苏渐有些愕然,“是灵鹫学院的女学生吗?”

“不是。但是,怎么说呢……”轩辕承天想打听的那女子,身份也实在是敏感,所以即使以他的智慧,也得费好一番措辞。

“其实……这个人你应该也认识……”轩辕承天吭吭哧哧道。

“我认识?”苏渐有些惊讶。

“奇怪,”他想道,“以我这师兄的地位和人脉,我苏渐能认识的女人,他没有理由不认得。再说了,他老子可是玄武卫大头领啊,有这么个现成的消息源不用,他来问我做什么?”

想到这里,他好奇之余,也知道此事绝不简单,那神色也严肃起来。

看见苏渐严肃起来,轩辕承天也仿佛变得自在了些。

“是这样,”他一扬脖,饮尽一杯酒,然后说道,“就在你安然回到京华城的头一天,我其实在泪原之中,遇到了一个女子。”

“呃……”忽然间,苏渐有了种不祥的预感。

“师兄,那女子跟你提起我了吗?”他小心翼翼地问道。

“对啊!”轩辕承天立即变得兴奋起来,“你这么问,肯定就是认识她了!”

轩辕承天激动,苏渐反而变得冷静下来。

他问道:“那师兄,她是怎么提起我的?”

“当时她……说了些奇怪的话。”轩辕承天看着他,回忆着复述道,“她很奇怪,竟是大叫:‘苏渐,你个骗子!你哄我、骗我、偷我,还摸我,总有一天我会抓住你。'她的语气颇为激动呢。"

"这！"苏渐闻言，倒吸一口冷气，脱口道，"妈呀，她还追到泪原了啊。前后脚只差一天啊，好险好险！"

后怕之时，他拿起案上的白瓷酒盏，一饮而尽。

第三十三章

星湖情梦

平静了下心神，苏渐想了想轩辕承天刚才的话，又忍不住骂道："好狠的小娘们，大家都一拍两散了，却还这样咒骂我！不就是拿走你点干粮银钱嘛，那可是两方交战，我应得的战利品。你至于这么骂我吗？还说我摸你！天地良心啊，饭可以乱吃，话不能乱说，'偷你摸你'的乱嚷嚷，传出去大家还以为我是色狼呢，以后谁家闺女敢嫁我？师兄，你可得替我保密！"怒冲冲的少年，十分真诚地看着轩辕承天，一副恳求的眼神。

"好，好，这些都不成问题。"轩辕承天看着少年道，"那她，到底是谁？"

问出这话时，轩辕承天既期待又忐忑，那患得患失的样子，很难让人相信他就是人族的光明战神。

"她？"苏渐道，"她就是沧雪啊。"

"啊？沧雪？！"一听这个名字，饶是轩辕承天这般境界修为，也一时心神激荡！

只见他手中端着的那只酒杯应声落下，在桌上骨碌碌滚了一圈，要不是苏渐眼疾手快，差点掉下地摔碎。

"看来师兄也听说过这个女魔头。"苏渐见状，一副知音的样子，说道，"你不知道，这沧雪，比之前传说的可怕一百倍！

"对，她模样是还行，但用心却极为恶毒。

"你不知道，沧雪能够平息风暴之墙的秘术，很可能是真的，我当时亲眼见到她平息了一处山谷前的狂风！

“她还在研究各种针对咱人族的残酷法术，我被亲身试过，果然对我人族有奇效。不过当时为了让她判断错误，我都挺住，故意装作没事，让她判断错误——

“哎呀，说到这个我都忘了把这跟大统领也就是你爹说了，不行，明个儿我还得去问问你爹，这能不能算工伤。

“除了这个，沧雪她还……”

接下来，苏渐继续把沧雪极其负面地说了一通。

并且，当他忽然意识到眼前这位听众，正是自己大上司的儿子时，便立即对相关经历进行了适度改编。

他强调了自己被沧雪擒住后，纵然这女魔头使出种种酷烈手段，自己却总是宁死不屈，始终不忘忠君爱国！

只是没想到，他这一番慷慨激昂的描述，那轩辕承天听着，却竟似神思不属。

要说那些暗示听不出含义也就算了，苏渐发现，轩辕师兄对自己那些明白无误的描绘，也似乎视而不见。

不仅如此，当自己说完后，轩辕承天反而还使劲追问沧雪本人的各种细节。

看到青年战神这样的表现，苏渐刚开始很是吃惊。不过，到最后，他忽然想到一个理由，便释然了：“呀，我怎么没想到？听说这轩辕师兄，和冰梵类似，是个武痴。他这般追问沧雪的情况，定然是上回泪原交手不过瘾，现在想再找她比武想疯了。”

苏渐自以为想到了轩辕承天的心意，却不知道，自己完全错了。

他不知道，在人族中曲高和寡的轩辕承天，已经悄悄地爱上冰龙巫女了……

感情这件事，真的说不清。

为什么向来以消灭龙族为己任的人族战神，会喜欢上敌族中那个最危险的敌人？

个中的原因，连轩辕承天自己也无法说明。

也许，就是因为那一晚泪原的月光中，美丽而危险的一瞥……

这是苏渐现在想错的第一件事。

而他还有一件事没想到。这件事和他与沧雪有关。

在国恨家仇之下,他过去那几天里,对沧雪虚情假意。

这一点,站在苏渐的立场,非常好解释。

他在目睹了沧雪真的威胁到整个人族赖以生存的防线后,就不可能对沧雪动任何真感情。

当然,这件事,还是苏渐能想到的。他想不到的是,自己虚情假意了那几个白昼和夜晚,沧雪却对他动了真情……

轩辕承天对沧雪滋生危险的情愫,但苏渐却恰恰相反。

虽然因两国交战,他又要逃生归国,因此哄了沧雪。不过现在回想起来,苏渐觉得真好像把沧雪坑得有点惨。

"我应该留下两块干饼的。"他认真地自我检讨道,"饿坏了的女人,很容易会发疯的。"

越是回想,苏渐便越是觉得,自己和那位冰龙女巫,最好此生再无任何交集。

为此,他甚至第二天就去弥勒禅寺上香祈祷。

他跟菩萨真诚许愿,如果真能保佑他二人今生再无交集,他日必携一只大肥猪头回来给佛祖还愿。

少年祈祷的心很虔诚。只可惜如果他知道那位阶下囚高敞高大少,以前也常来这座寺庙祈祷,他一定会换一家的。

进庙祈祷是一方面,另一方面苏渐也完全没忘这场危机的根源是谁。

"盖英卫!"没人时,苏渐咬牙切齿,"这次如果不扳倒你,我就跟你姓!"

原来苏渐完全没忘记,洛雪穹之所以身陷敌境,差点没命,就因为盖英卫公报私仇,假报情报。也难怪苏渐咬牙切齿;盖英卫这么做,已经超出了少年能忍受的底线。

不过他并没有轻举妄动。经历这么多风雨,苏渐现在不动则已,一动定求一击必中。

当他在玄武卫内外,暗中调查了七八天,便再去内堂面见了大统领。

到了轩辕鸿面前，他把盖英卫因为私人恩怨陷害洛雪穹的事情，好好说了说。

当然，苏渐深知，这些大人物看人看事的角度，和自己很可能完全不一样。比如盖英卫陷害洛雪穹，在他看来如此卑劣，不仅差点害死了洛雪穹和后续去营救的自己和伙伴，还毫无一个男子汉大丈夫的品德和风度。但是放在轩辕鸿眼里，苏渐相信，盖英卫的罪过和可恶程度，并没有这么大。大人物为了做大事情，经常可以取舍，甚至道德之类的标准也完全不需要遵守。比如这盖英卫，即使犯下这事，在轩辕鸿眼里最多也就算私心多了点，毕竟惹出的事因为苏渐等人的奋勇，并没有造成严重后果。这种情况下，轩辕鸿更看重的，可能就是盖英卫这人本身的能力了。

很显然，如同苏渐是轩辕鸿的“第一福将”，盖英卫则是“一条好狗”。

事实上，玄武卫大统领轩辕鸿，此刻就是这么认定整个事情的。如果要追究，盖英卫最多得点小惩处。

只可惜，这次苏渐是有备而来。他不仅控诉盖英卫此次事件的公报私仇，还检举说，经过多位玄武卫兄弟和受害者控诉，这盖英卫还存在私吞饷银、勒索富商的罪行。

特别的，他有几次追缉血义盟乱党的行动，存在多个可疑之处。

盖英卫和血义盟关系暧昧！

这事情要不是苏渐说出来的估计轩辕鸿立即就破口大骂，根本不信。

谁不知寒门出身的盖英卫一心想做的事就是往上爬？在这种情况下，他哪还敢跟朝野深恶痛绝的乱党勾搭？

但世事很多时候就是这么富有戏剧性。多方证据表明，虽然涉入程度不深，但这位盖英卫盖大人，还真就是和血义盟眉来眼去。

其实这也说得通，原因正出在盖英卫急于立功表现上。

所谓“常在河边走，哪有不湿鞋”，功利心太过，难免有被血义盟抓住把柄要挟的时候。

更何况，作为“猫抓老鼠”的游戏，盖英卫对血义盟睁只眼闭只眼，但血义盟也不时抛出点无关紧要的小棋子、小情报，让他盖大人去立功，正好大家两便。

这种“养寇自重”“官匪勾结”的事情，也不算新鲜，某种程度几乎成了某些人的潜规则。但现在苏渐把它捅破，性质便立即不同。

更何况，苏渐只是把这件事情当作扳倒盖英卫的多个指控之一。

这样一来，曾经在玄武卫还算根深蒂固的铜徽卫盖大人，真的就栽了。

那轩辕鸿，听到自己十分看好的玄武卫好苗子，竟然暗地里有这么多不法之事，特别是竟然还和血义盟有暧昧，他顿时就怒了。

当然，作为城府深重的老江湖，轩辕鸿并没有当场发作。

等苏渐说完，他什么话也没说，只是淡淡地说，此事他已知道。

见得如此，苏渐并不多言，躬身行礼退出。虽然大统领没有当场表态，他却一点都不担心。

果不其然，之后他留心观察，便发现玄武卫中专门负责内务的血晶徽卫，出动了好几人，暗中开始调查盖英卫。

没多久，对铜徽卫盖英卫的惩处令就从内堂发出来：

“铜徽卫盖英卫，行事多有不检，辜负君民及大统领的厚望。为示惩戒，现连降两级，降为锡徽卫杂役。”

这消息一出，顿时大部分不知情的玄武卫同僚全都愕然。

要知道这盖英卫盖大人，是当前铜徽卫中最有希望升级为银徽卫的那一个。

内堂传出的消息，还不止这一个。

与这个惩处令同时发出的，还有对苏渐的嘉奖令。除了那个三等红绶银龙银星徽，这嘉奖令中，最重要的一点是：“鉴于苏渐屡立新功，虽是年少，再不拔擢，恐伤仁人志士之心，便特此拔擢为铜徽卫，所辖即为锡徽卫盖英卫原所领铜徽卫兄弟。”

如果说之前单单看盖英卫被贬职的命令，大家还搞不清楚究竟发生何事；现在一看对苏渐的擢升令，所有人都恍然大悟！

不用说，大统领这一拉一打，除了故意抬举苏渐，一个潜台词就是，恐怕这盖英卫得罪小苏大人了。

能在玄武卫混的，哪个不是人精？这时候再联想苏渐直接出入内堂的特权，以及前几天轩辕承天亲自来请苏渐去喝酒，顿时这位不起眼的少年的人望，在玄武卫中达到了新高！

这时候别说低于铜徽卫的下级同僚了，就连那些银徽卫、金徽卫、紫晶徽卫、血晶徽卫们，也都按照各自应有的姿态和方式，来跟苏渐示好了。

当然这件事还有个副作用，那就是“苏渐是大统领私生子”的谣言，更加甚嚣尘上了。

这一点，倒是苏渐始料未及的。

正当他到处辟谣灭火时，又一个好消息传来：他在玄武卫中的铁杆好友加盟友——端木楚，也从铜徽卫擢升为银徽卫了！

这次皇帝小舅子被提拔的理由是：慧眼识英才，早就看出苏渐是个人才，因此之前多有协助，应予拔擢嘉奖。

其实在明眼人眼里，端木楚被提拔的这理由非常牵强。但玄武卫的高层就是这样的不加掩饰，因为他们等这提拔皇帝小舅子的机会已经等得太久了。

只不过虽然这一次提拔的真正原因还是裙带关系，端木楚却不这么看。他真的认为，就是因为自己慧眼识英才，结识看重苏渐这样的英才，才让自己能更上一层楼。

在玄武卫中“靠自己升官”，这比金银财宝更让端木楚兴奋！

因此，当苏渐面有难色地向他抱怨，最近自己手头紧，这个宴请众兄弟的答谢宴有些支撑困难时，端木楚立即红光满面，拍胸脯承诺，说咱兄弟俩的答谢宴一起办，保证规模档次超过两倍，一定风风光光！

等这些事情尘埃落定，那位新上任的锡徽卫杂役盖英卫，也就不得不硬着头皮来跟苏渐报到了。

按理说，受到这样大的羞辱，换了别人，早就找个借口辞职不干了。但出身寒门的盖英卫有个优点，就是坚忍不拔。他坚信凭着自己的才华和能力，还有东山再起的机会。

因此虽然十分难堪，他还是厚着脸皮，穿了一身新的锡徽卫官服，来跟苏渐请示职责。

见他来，苏渐也没什么特别的表示，只是慢条斯理说道：“盖英卫——”

“小的在!”盖英卫忙低下头一行礼,态度非常谦卑。

“嗯,不错,”苏渐道,“果然不愧是盖英卫,知道自己所处的位置。”

“不敢,全凭苏大人吩咐。”盖英卫低垂着眼皮,真的一副恭谨顺从的模样。

“那好,我现在就交个重要任务给你。”苏渐看着他道。

“多谢大人栽培,还请大人示下!”说实话,现在盖英卫心里还是蛮高兴的。

他心想,以自己的能力,就怕这苏渐记仇、使坏水,不让自己做任何事。如果那样的话,自己空有一身才干,也没有任何立功出头的机会了。

正得意地想着,盖英卫便听苏渐慢条斯理地说出一件事来。

只听苏渐道:“既然你现是锡徽卫,就要负责侦察工作。但考虑到盖兄弟你曾是铜徽卫,确实是很有才干的,一般的人和事也就不要你去盯了。”

“多谢大人抬爱!”听得苏渐这么说,盖英卫就更加高兴了。

“那现在我要你去盯一个人,”苏渐道,“这个人,对我神州人族非常重要,近期很可能会出现于汨原之中。”

“大人,这人是谁?”听苏渐这么形容,盖英卫既高兴、又紧张。

“这人嘛,你也知道,名字中有个‘雪’。”苏渐慢条斯理道。

“洛雪穹?”盖英卫脱口说道。

但他很快意识到什么,连忙打了自己一个耳光,自责道:“该打!叫你胡说八道,洛姑娘可是苏大人的同窗好友,怎么会有问题?”

“当然不是雪穹。”苏渐盯着他,语气平常地说道,“这人,叫‘沧雪’。”

“沧雪,好的——啊?!沧雪?!”盖英卫反应过来,大声惊叫道。

“就是沧雪。怎么,有问题吗?”苏渐面色不善地看着他。

“没、没问题!”盖英卫口中唯唯诺诺,但心下却是大骂:“好你个苏渐,还打我小报告说我公报私仇,你看看你这是在干什么?还一个‘人’呢,她分明是条龙好不好!”

尽管暗中腹诽,他表面可不敢有什么表示。

毕竟苏渐安排下这个任务，根本不能算错，现在的冰龙巫女沧雪，可是神州人族朝野人气最高的头号大敌。

但这不等于盖英卫没有怨言。当他恭谨地跟苏渐告辞，走过几个庭园，确定周边没人后，便悲愤地嚎叫："苏渐！你居然陷害我！我跟你没完！"

如果苏渐在这里，一定会觉得盖英卫这话非常耳熟：

这正是他当初，被盖英卫安排去接近洛雪穹时悲愤的呐喊啊。

苏渐的公职事业蒸蒸日上，灵鹫学院那边的学业也按部就班，没什么波澜。

事实上，虽然看起来他在灵鹫学生中不算太起眼，但他那超出常人太多的实战经历，却获得了比学院科班宝贵得不知多少的教训和经验。

别的不说，换了其他灵鹫学生，恐怕就想不出像苏渐那样从沧雪"魔爪"下脱身的奇葩招儿来。

转眼苏渐在灵鹫学院的第三学年中期结束了。

度过了这个暑期，下个半年就将是他在灵鹫山的最后一个学期了。

进入了暑期，正是盛夏之时。一日中午，苏渐处理完公事，忽然想起来前几天听学弟学妹说，因为天热，那灵鹫山鹿鸣森林雨宿湖中的水生荧光魔藻，开始大量地滋生。

想起这件事，苏渐心说："反正现在无事可做，我何不去学院中走一遭？到时候寻个小舟，去湖中清理魔藻，也算在最后一个学期前，替母校出点力气。"

打定主意，他跟同僚们招呼一声，便径自离开玄武卫，朝那东郊的灵鹫山而去。

说来也真巧，当他到了灵鹫学院，走进鹿鸣森林的小路，快接近雨宿湖时，却见到湖边有一抹熟悉的倩影。

"雪穹？"苏渐朝着那背影唤道。

"苏渐？"立在湖边的雪裳少女，转过身来，见是苏渐，有些惊喜。

"你来做什么？"苏渐迎上去问道。

"我听说湖中荧光魔藻丛生，怕污染了湖里清波，想来帮忙清理清理。”洛雪穹答道。

“哈！”苏渐笑道，“我们俩这真是不期而遇，不谋而合。我也是来帮忙清理魔藻的。”

“那真不错呢，”洛雪穹微笑着看着他，“那，我们，动手吧？”

于是，这两人便在岸边杨柳荫里，寻了一叶扁舟。雪穹俯身解开小舟的缆绳，苏渐上船后抬起竹篙，在湖岸上一点，小舟便载着两人，悠悠然飘向湖中。

因为是暑期，这灵鹫山间的雨宿湖中并无别的什么人。

空山幽寂，只听得见蝉嘶鸟鸣；此时泛舟于渺渺的清波中，更显得清幽宁静。

苏渐与洛雪穹二人，此时独处于扁舟之上，又都正值青春韶龄，不免心情有些别样。

为了消除尴尬，苏渐在清理魔藻的同时，也有一搭没一搭地跟洛雪穹说话。

不知不觉，夕阳向晚。

霞光映水，小船悠然漂过，便在船后摇曳了一路的火浪霞波。

俄而黄昏渐沉，暮雾四起。

偶尔有肥大白水鸟自舷边飞起，掀起的波澜震荡了木舟；舟上的洛雪穹一个不察，身形摇晃，几近摔倒。这时苏渐眼疾手快，一伸手将她扶住。

当少年的手掌拢住少女的玉臂香肩时，气氛忽然变得有些旖旎。

向来清冷淡泊的冰山少女，忽然觉得自己的心跳加速，浑身血液飞快流淌，两腮双颊也开始变得滚烫。

心慌意乱之时，洛雪穹忽略了自己已站稳的事实，仍任由苏渐的双臂有力地扶着。

淡月东升。

二人彼此凝视，心儿跳得扑通扑通。

正当洛雪穹浑身发软，想转身逃开时，却听苏渐忽然看着她说道：“雪穹，快看，你身后——”

洛雪穹闻言讶然，忙转身一看，却见身后的湖水中，有一大群碧莹莹的游鱼出现。

这些是雨宿湖特有的莹鱼,因为喜爱食用带有荧光的魔藻,所以鳞片也自带翠色的荧光。它们又有追逐舟船的天性,这时候便成群结队,环绕木舟,映得舟上二人如在光明天境。

梦幻般的景象中,雪裳少女欣赏唯美异景的同时,心中却也有些微微的失望:“哦,原来,刚才他不是在看我,而是在观察那些莹鱼聚集……”

莹鱼追逐小舟一阵之后也就渐渐地散去。

看着点点飘逝的绿光,苏渐忽有所感,便收回目光,看着少女道:“雪穹,你看这淡月疏星,清风徐来,正是心旷神怡。而舟行湖中,四下无人,要不,我们就说说各自最隐秘的心事,如何?”

“……好啊。”洛雪穹咬着嘴唇,有些羞涩地回应。

她面前的少年,此时有所不知的是,此时少女的心,蓦然间跳得更快了。她想:“难道……我要跟他说出,我的真实心意……”

少女的脸,忽然间更红了。

正意乱情迷间,洛雪穹听苏渐说道:“那,既然是我提议的,就我先说吧。是这样,我这几年来,一直在做一个怪梦……嗯,确切地说,是个反复出现还不断出新的怪梦。”

“怪梦?”洛雪穹睁大了眼睛。

“是的,很怪很怪的梦。”苏渐认真地说道。

也许,一个秘密守久了,或迟或早,都有跟人分享的冲动,这就是苏渐现在的心情。

而眼下天时地利人和兼备,苏渐便在静谧的星空下、摇荡的小船中,向洛雪穹说出了自己遭遇的怪事。

当然,能说出来的,都已经把那些匪夷所思的,或是比较敏感的部分,委婉地略去。

到最后,让洛雪穹听明白的是,苏渐在这些年里,反复梦到一位绝世美少女,她背生双翼,和苏渐亲近、亲密,甚至在最后分离的时刻,还和苏渐同生共死。

在讲述这个最隐秘的心事时,苏渐也毫不隐晦地表达了,他已把梦中的少女当作自己此生理想的伴侣。

这一刻，苏渐只顾沉浸在自己的叙述中，完全没有注意到少女瞬间变幻的脸色。

星月湖光里，他继续倾诉："雪穹，苦恼就苦恼在这儿，虽然在梦中，我和她好像十分熟悉、亲密，但总觉得我和她一个在地底，一个在天上，看起来永远都不可能有交集。也不瞒你，我已经立下誓言，一定要找到梦中少女。可是……"

苏渐停了停，有些疲惫地告诉洛雪穹，他不太有信心，他觉得此事太难。

听得苏渐之言，洛雪穹沉默不语。她有心要安慰他，却觉得自己有些伤心。

作为自幼养尊处优的圣门之女，事实上洛雪穹从来没这样的经历。

她觉得现在面对的事情，是如此的陌生。

她不仅要平生头一回地去安慰别人，还要在违背自己本心的情况下，去鼓励苏渐坚持到底，祝福他一定成功。

这样纠结的情绪，让她很想落泪，但还是生生地忍住；虽然她也很想生气，但一想起少年为救她在烈火中奋战不屈的身影，那一点怨气也烟消云散。

最后，冰雪少女用尽量平静的语调，温柔地安慰苏渐不要悲观，不要放弃。

听到她这样的安慰和鼓励，苏渐也甚是感激。

表面他似乎接受了少女的宽慰，但内心对前路的想象却依旧不安。

毕竟，眼前这位软语温柔安慰自己的女孩儿，还不知道他刚才口中的那位梦中少女，竟是龙之帝国的公主——月歌。

到得这时，苏渐察觉到洛雪穹似乎情绪不高，便有些自责地想："哎呀，苏渐，你还是男子汉大丈夫呢，一直在吐苦水，这不，雪穹她受了影响，便有些沉郁。"

这么想着，他便有些歉意，忙收拾收拾心情，故意笑道："雪穹，你不要笑我，我刚才只是说了一个梦，是不是很奇怪？你……也不要太当真呀。"

“是梦啊……”听了苏渐这句话，不知道为什么，本来神情郁郁的少女，真的变得没那么低沉了。

见得如此，苏渐趁热打铁，忙道：“雪穹，刚才光顾着我说了，你呢？你有什么心事想说出来啊？”

“我啊……”

洛雪穹欲言又止，看着眼前殷切注视自己的少年，心中有些无奈地想道：“真是世事莫测，如果刚才你让我先说，我可能就……说出对你的好感了。嗯，也幸好是这样吧，否则今天我可要丢死人了。”

想到这里，她便彻底平复心情，露出一丝笑容，说道：“我嘛，心事很简单。我……想我的妹妹，想我的妈妈……”

“原来还真是思乡啊。”苏渐笑道，“没关系的，就剩下半年了。之后你就可以回家去看家人了。”

“嗯。”洛雪穹轻轻应了一声，不置可否。

此后，二人很有默契地沉默不言，专心看这盛夏星湖的夜景。

当小舟随波逐流，路过一处湖湾，洛雪穹看见一株倾斜在水中的杨柳，忽有所感，便轻轻地说道：“苏渐，有时候我在想，人生匆匆，最多不过百年，真想自己来生做一株雪山红梅，冷香幽远，俯瞰千山，万年不绝。”

“咦？你这想法倒有趣。”苏渐赞了一声，想了想便道，“做雪山寒梅？不好不好，太过冷清。如果真有来生，还必须投生草木，那我更愿做此灵鹫山雨宿湖边的一棵青青杨柳。”

“为什么呀？”洛雪穹不解地看着他。

“只为看年轻的学子来来往往，多好啊，哈哈。”苏渐朗声笑道。

苏渐的这声笑声，惊动了一对在杨柳根部筑巢的鹭鸟。

它们俩一齐惊飞，顺着湖面倏然远逝；前后追逐之际，羽翼脚蹼在水面拍击，激发魔藻发出熠熠的荧光，点出一条断续的荧光轨迹，宛似水中乍现的光明天路。

雨宿湖中倾诉心事后，苏渐又回到日常的生活轨迹上。

有一件事，倒让他始料未及。扳倒盖英卫后，还带来一个副作用，那就是玄武卫加强了对血义盟的侦缉。

玄武卫的大统领轩辕鸿，当得知自己组织中的骨干竟然跟血义盟眉来眼去时，不仅愤怒，还很吃惊。他立即通过血晶徽卫，在玄武卫上下排查，看看还有没有类似的情况。

这一查发现，虽说没人真正背叛投靠乱党，但类似盖英卫这样的态度暧昧者，还真有一些。

见此情形，轩辕鸿更加震惊。

不过他并没有大动干戈，而是申明自己宽宏大量，只要这些兄弟痛改前非，他大统领既往不咎。

安抚人心、消除隐患的同时，轩辕鸿展开了史上对血义盟最严厉的追缉。

这一来，血义盟乱党的日子就不好过了。

其实，现在的血义盟，内部也正在走向蜕变。

因为久劳无功，他们的思维变得越来越极端和激进。他们不思如何壮大组织，实现“屠灭龙族”的正义目标，而是忙着用各种暗杀之类的极端手段，达到短期的目的。

血义盟的人并不知道，他们这样的做法是饮鸩止渴，只是短时间热热闹闹，从长远来看，只会削减他们组织赖以存在的根基。

血义盟里也不是没有明眼人看不出这一点。古玉妃就是其中之一。

这一年多来，美女教习不仅对盟中事务越来越不满，还对自己爱侣吴山云的行事越来越看不懂。

尽管内心已经开始不认同，但她出于对吴山云的热爱，依然在试图为组织做力所能及的事。当玄武卫雷厉风行地稽查血义盟、组织处境越来越艰难时，古玉妃就在内心做了一个重大的决定：不惜牺牲色相，接近苏渐，打探消息！

于是，在内心大义的驱动下，别说在校外寻找机会了，身材和性情同样火辣的女教习，就是在学院内，也不顾别人的眼光，主动亲近苏渐。

和别人想象的不同，对她这样的人情，苏渐却不显得如何受宠若惊。

自从经历过上回暗夜追捕血义盟高层的事情，苏渐对古玉妃的身份已是心知肚明。

那次他不怎么知道具体详情，但经过这一年多来后续的查探了解，他已经开始有点明白，这位古玉妃古先生，很可能背后有一条血义盟的大鱼。

虽然这背后之人不知道是谁，但已经可以肯定，古玉妃也是血义盟的人。

说实话，刚推断出这消息时，苏渐十分震惊。

他完全没想到，身份贵重超然、表面热辣佻达的古玉妃，暗地里竟然会投靠血义盟。因为按他的想法，哪怕秦玉先生是血义盟的成员，都不会让他这样吃惊。

虽然对古玉妃的身份已有些隐约的判断，但苏渐念在她并没有真正为乱党做什么事情，便留了一份香火之情，睁一只眼闭一只眼也就算了。

不过现在古玉妃居然主动来接近他，那苏渐虽然表面装出一副受宠若惊的样子，但暗地里对她的意图，已是心知肚明。

对古玉妃主动亲近苏渐，灵鹫学院中，自然有很多人不满，特别是男学生。

但今时不同往日，这些人一想起还在牢中苦熬的高敞学长，就忽然觉得，同窗间还是要友谊第一。但他们偃旗息鼓，不等于没人表达不满。

这一天，正是夏末初秋。

和很多人不同，相比春日，苏渐更喜欢秋天。虽然春天花团锦簇，但苏渐总觉得那容易消解自己的斗志。

而秋天不同，秋光肃杀，秋风涤荡，在秋日的金风中看落叶飘零，苏渐觉得这样能让自己在神清气爽之余，保持一份必要的警醒。

这一天中午，他在灵鹫学院中用完了饭，便溜达下灵鹫山，往西边京华郊野中的火枫林漫步而去。

他这倒不是要去找火枫林中的幽小眉，而纯粹是想去看看枫林中叶子红了多少，顺便散散步，消消食。

走下灵鹫山，快到火枫林，中间还需要翻过一座低矮的丘陵。

快走近翻越丘陵的那条小道时，正巧有一阵子清风顺着原野吹来。

旷野的清风，带着金秋特有的气息，让苏渐的思绪开始飞扬。

他想到，还真像别人说的那样，女孩儿的心事，真是难以捉摸。这不，从这学年开始，本来对自己挺友好的洛雪穹，不知道为什么开始疏远自己。

也许也不能说疏远，但确实两人已经很久没像上回泛舟湖中那样，说过那么多话了。

“是那回雨宿湖中，我有什么地方得罪她了吗？”抬腿迈上丘陵小路时，苏渐在心中检讨自己。

“好像也没有啊。”他仔细地回想，“最多，小船摇晃时，她没站稳，我好心扶了她一把。难道怪我没有‘男女授受不亲’？不会啊，她当时根本没有什么激烈反应。后来也就是互相说说心事了。那就更不可能有什么事了，毕竟我都对她敞开心扉了，那她怎么会对我有什么不满呢？”

正郁闷迷惑时，苏渐忽听到身后有个声音喊：“苏渐，等等我！”

苏渐闻声一愣：“古先生？”

他转过身一看，果然看见古玉妃那袅娜火辣的身姿，正自草野中摇曳而来。

“古先生好。”苏渐客气而矜持地打招呼。

“好什么？”古玉妃走近，眉目飞扬，“来这里赏景，都不叫我。”

“那你还不是来了？”苏渐笑着看着她。

被他这么一瞧，古玉妃的俏脸竟有些微红，忙快步走到前面，回头唤道：“快走吧，翻过这山丘，前面就是火枫林，我也想看看林中枫叶红了几分呢。”

“好。”苏渐应了一声，跟在后面往上走，但心中却有些凛然：原来这位古先生一直在琢磨自己的心思呢。

今日的古玉妃，虽然穿了裙裾，却是罩在外面的一层薄薄的嫩黄纱裙。

这纱裙质地上佳，但却极薄，里面衬底的红绸内衣袒露无遗。

相比飘飘然的宽松纱裙，古玉妃里面贴身的这层红绸衣，却十分紧身，将本就凹凸有致的火辣身材，衬托得更加婉转鲜明。

因为是向上翻越山丘，苏渐跟在古玉妃的后面，视线几乎与她腰臀平齐。于是这时候袅袅娜娜的女子腰身，就好像散发出强力的光系法术，直刺得少年双眼无处安放，只得扭向旁边。

在前面引领前行的女先生，好似背后长了眼睛，能猜到少年此时眼神无措的窘状，便不由得轻笑一声，心中也觉得颇为有趣。

正当二人沉浸在这样暧昧而尴尬的局面时，却冷不丁从山丘上冲下一人，一边跑还一边大呼："又是你这女人，来勾搭我苏哥哥！"

二人闻声尽皆愕然，那古玉妃没反应过来，但苏渐立马就听出了来人是谁。

"幽小眉！"苏渐一脸苦笑，"你来干什么？"

从山坡上冲下之人，正是幽小眉。

如一阵旋风冲下来之后，一身黑色短衣裙的幽小眉，立即绕过古玉妃，站在她和苏渐之间。

"苏哥哥，是要去火枫林吗？"幽小眉仰着脸儿对苏渐说道，"我带你去吧，那里我熟。"

"谢谢你！"还没等苏渐来得及搭话，那古玉妃已是抢先笑言，"这位小妹妹真懂事，知道我和你家苏哥哥要去火枫林游玩，专门当导游。"

第三十四章

亡者永恒

“谁是小妹妹?”幽小眉一脸晦气,转过身,对古玉妃张牙舞爪道,“你这女人,不怀好意,老来纠缠我家苏哥哥。你别跟着我们!”

“嗯?”听得幽小眉之言,古玉妃心中倒是一惊,“难道这小妮子在暗中窥伺,已经知道我的真实目的?”

心中忐忑,她便出言试探道:“小妹妹,我们不认识吧?怎么一见面,你就说我‘不怀好意’?”

“当然不怀好意了,”幽小眉不客气道,“你的阴谋我早知道!不就是想跟我苏哥哥好吗?如果真让你得逞了,小苏哥哥整天就只知道谈情说爱了,那我还刺杀个什么劲啊?”

“什么谈情说爱……还刺杀?”脸红之际,古玉妃听了幽小眉最后那句话,只觉得莫名其妙。

“古先生别见怪。”这时苏渐忙道,“这小妹妹是我收养的,平时挺懂事,就是这里……”

他指了指自己的脑袋,示意古玉妃这小妹妹脑子有点问题。

“原来如此。”古玉妃微笑一声,示意自己心知肚明。

“你们在打什么哑谜啊?”幽小眉疑惑道,“是说我今天这双抓髻的发型好看吗?”

“是是。”苏渐忙笑道,“头顶两个窝窝团,正显得你可爱嘛。”

“是嘛!我想也是。”听得少年的赞扬,幽小眉也挺开心。

不过想了想,她说道:“可是小苏哥哥,我还是不想这女人纠缠你。”

“喂!什么是纠缠啊?”古玉妃故意道,“我可是你苏哥哥的先生,经常教他法术呢,怎么能说是纠缠呢?”

说着话,古玉妃还故意从她身边绕过,一手拉住苏渐的臂膀,摇晃几下,撒娇般说道:“小苏弟弟,你说是不是,是不是嘛!”

古玉妃此时已经存了逗弄幽小眉之意,便故意显得愈加的佻达,腻在苏渐身边,挑逗不已。

幽小眉哪知她真实用意?见她如此调戏自己的专属刺杀对象,顿时心头火起,冲上去要把古玉妃拉开。

于是二女便发生了冲突,苏渐夹在中间,劝也没用,跑也不是,处境十分尴尬。

而二女围绕苏渐相争的过程,还十分香艳。

那古玉妃为了逗幽小眉,使出各种娇媚手段;幽小眉则誓死保卫她的刺杀对象,抗争也十分激烈。于是二女衣裙飞扬,肉帛相击,场面香艳而混乱。

在这样缭乱的纷争中,终于有人受伤了。

“啊?哥哥,你怎么流血了?”幽小眉看到苏渐脸上那道血痕,顿时对古玉妃怒眉而视,“一定是你,打伤了哥哥!”

“咦?”古玉妃也觉得奇怪,顺着刚才幽小眉的视线,往苏渐脸上一瞅,却见他鼻血长流。

“哈哈!”古玉妃顿时笑了起来。

“你这不懂事的小妹妹,”古玉妃看了看一脸尴尬的少年,又看看怒容满面的少女,便放声笑道,“哈,你的好哥哥确实受伤了,罪魁祸首我算一个,但其中也有你的功劳啊!”

于是这二女,一个如冰,一个似火,又围绕着苏渐一阵“龙争虎斗”。

看见这样没来由的笑闹,苏渐无奈之余,却没想到,此刻在丘陵一侧的偏僻处,有一个身形修长之人,正在暗处静静地看着这一切。

暗中窥伺之人,也是风华正茂,大约二十四五的年纪。

他容貌俊秀,身材挺拔,纵使一身黑袍,又立在丘陵的暗处,却依旧如玉树临风。

不仅外貌出众，此人的气质也颇为儒雅——

气质这种事，说起来虚无缥缈，但就看这人的儒雅气质，如果读书少于百册，根本不可能如此。

只是，如此容貌气质俱佳的青年，此刻看着古玉妃围绕少年调笑厮磨，他那神光暗蕴的眼神中，却闪过一丝阴鸷之色……

打闹中，那古玉妃偶然转过目光，向这边看来，这时候丘陵这处角落，却变得空无一人，只留下几片秋叶在风中盘旋。

看到这几片秋叶在地面旋转的速度，古玉妃微微一惊，但也没怎么在意，便继续抵挡幽小眉越来越快的攻击。

终于被围在当中的苏渐待不下去了，瞅了个空档，赶紧将身法提升到极致，冲出了战团，落荒而逃。

见到他逃之夭夭，古玉妃和幽小眉不约而同地住手。

她二人互相瞪了一眼，“哼”了一声，也就各自转身走了。

“终于逃出来了。”苏渐擦擦额头汗、鼻间血，心有余悸地想道，“唉，真麻烦，我也不是想说你，幽小眉，那古玉妃想来跟我探听追缉血义盟的虚实，你怎么也来凑热闹了？刚才闹出这一出，搞得鸡飞狗跳的，我都流鼻血了——唉，秋天的天气也真干燥啊，我得赶紧止血。”

这么想着，他倒没有就此打道回府，而是在郊野中转了一圈，便又往火枫林奔去了。作为一个坚定不移的人，苏渐想着今天的红叶还没看呢。

为了避免再跟幽小眉碰上，他特地换了个方向靠近火枫林。

等到了林中，他发现原来现在只有不到两成的枫叶红了，其他很多都只是变黄。

不过，虽然还没到整座林子如同火燃的壮观时节，但初秋的枫林，也自有其独特的味道。

正因为大部分枫叶没有红，只是在从青到黄再到红的过渡，所以这时枫林中的林叶反而呈现出多姿多彩的颜色。

翠绿、苍青、鹅黄、淡红、浅褐、彤红，不同色彩的林叶随风婆娑而舞，映在波平如镜的心碧湖中，色彩斑斓，上下辉映，极为赏心悦目。

在枫林中赏了会儿景，苏渐挂念着下午的学业，便也顺着林中的小路往外走。

谁知道，刚走近枫林边缘，接近一棵粗大的老枫树时，忽然从树后扑出四名黑衣人！

很显然这些人来者不善，刚一出现，就各提兵刃，将苏渐团团围住。

苏渐察觉不对，抬头一看，顿时一惊："血义盟！"

他见这些人全都是黑衣红带红头巾，哪还不知道他们是哪一路的？

"不好！还是大意了。"见被血义盟围住，苏渐顿时在心中自责，"还以为这些天都是同袍们在追缉乱党，和我没什么关系，便放松警惕来此偏僻地方，真是不该。"

"不过，也不对啊，"他转念一想，心中还是有些疑惑，"也真不能怪自己啊，按常理来说，最近我确实没招惹他们，怎么会派出这么多人来堵我？"

心中惶惑思忖时，他表面可一点都没表露出紧张来。

即使被团团围住，他却装出一副茫然无知的样子，朝四下团团一拱手，赔笑道："各位好汉，怎么回事？是最近手头紧缺点银子花吗？都包在小弟身上！"

"哼！"包围圈中为首一人，冷笑一声，大喝道，"好黑狗！死到临头还想要花样。什么缺银子花，老实告诉你，今日我等热血好汉，就是为了匡扶正义来取你狗命！"

"对！"旁边有人附和道，"杀的就是你，还敢勾引我们大嫂！"

"老三！"为首那人转过脸去，朝刚说话那人喝骂道，"就你话多！跟一个死定了的人，啰唆这么多干什么？！"

话音未落，他已高举手中长刀，朝苏渐砍来！

见他来攻，早有准备的苏渐猛一拔血歌剑，在那长刀临头前的一刻，准准地将刀架住。

"好小子，果然有一手啊。"为首之人见状，阴恻恻道，"果然传言不假，点子还真挺扎手，既然这样，那兄弟们，就别顾什么江湖道义了，给我并肩子上啊!”

听得此言,他那些同伙还没来得及冲上前,苏渐却已是悲愤地大叫道:“好哇,原来还以为血义盟义薄云天,是个有理想、有追求的民间组织,没想到现在满口黑话,是纯洁队伍混进了什么强盗匪徒了吗?”

听他这么一说,其余那三人,一时倒有些踯躅。

见得如此,为首那人立时气急败坏叫道:“你们脑壳子都被驴踢了吗?听一条小黑狗瞎汪汪啥?赶紧给我麻溜儿地上,把他给我宰了!”

被他这样一骂,那几个血义盟武士再无迟疑,各擎刀枪,猛冲上来。

这时苏渐也怒气冲天,满口叫骂:“好哇!竟然骂我是狗,我跟你们拼了!”

大声叫嚷着,他作势欲往前冲,可是当血义盟的人做好准备、严阵以待时,他却脚一滑,拐个弯,朝旁边人群中一个空隙冲去。

见他如此狡猾,气得那为首之人大骂道:“什么‘孤胆屠龙’,完全就是个泼皮无赖!兄弟们,你们现在还迟疑什么?他这屠龙英雄的名号看样子完全是吹出来的,是假的啊!”

一听这话,本来还有些留情的血义盟武士,再无任何保留,攻击如疾风暴雨般而来。

见得如此,苏渐心中大大后悔。他心说早知这样,还不如大大宣扬自己的屠龙功绩,说不定还能争取点时间。

但到了这地步,不拼也不行了。

他再无二话,右手握紧血歌剑,将雷冰梵指点的剑技发挥到极致,纵横捭阖地抵挡兵刃攻击。

与此同时,他的左手也没闲着,法诀暗掐,暗蓄灵力;当灵力蓄满,便见那飞火术、熔火球、炽炎破鱼贯发出,一时林中烈焰乱舞,竟将这围攻四人一时逼退。

“哎呀!”见他如此,围攻四人心中俱是一凛,“没想到,他竟是魔武双修。看来盛名之下无虚士,我等兄弟要小心了。”

接下来这双方,便刀来剑往,战得如火如荼。

说起来,苏渐的剑技不算惊艳,比不上雷冰梵;他的法术在同辈中也不算最顶级,赶不上洛雪穹。但他却有一种惊人的天赋,能将各自独立的剑技和法术巧妙地结合起来,发挥出惊人的增效作用。

而死亡的威胁,让苏渐不得不逼出自己所有的潜力。虽然这时以一敌四,剑火乱舞,但他却还是留有余地。

在血义盟武士的眼中,苏渐现在剑技与法术协同施展,已经是常人很难企及的超常发挥;但谁能想到,就算这样,苏渐还暗留后手,紧张攻防间竟在暗中蓄力,赫然便是准备发动星流术“朱雀血歌”!

和敌人周旋了一阵,苏渐觉得时机已至,顿时暴喝一声,全身光焰大张,转眼鲜红朱雀焰羽在身后铺开,中间再次出现了美人幻影。

“星流术!”血义盟刺客见状大惊。

当然他们惊的倒不是苏渐会星流术,这一点他们早就打听得门儿清。

他们这会儿惊的是,难道星流术不该是啥事都不做,花老长时间蓄积发动吗?这少年一边和自己打,怎么突然就使出来了?真是大白天活见鬼了!

趁着他们惊诧,苏渐已经借着朱雀血歌之力,无论剑技还是火灵法术发出的速度,都越来越快。

很快这四个围攻之人,伤的伤,死的死,最后只剩下为首的那人还在苦苦支撑。

见得场面如此,苏渐也是信心大增,本来他只想尽快逃跑,没想到星流术施展之下,竟将自己的实力提升如斯,顿时他便改了主意,想把这领头的乱党给抓住。

那幸存的乱党,见势不妙,也不迟疑,扭头就跑。苏渐见了冷笑一声,喝道:“贼子,你还想跑吗?”

说着话便如同化身朱雀,在后面疾驰追去。

只是,正当他就快接近那人时,这片树林中却悄悄地发生了变化。

苏渐飞奔的路径上,忽然间蔓延出无数蛇藤,它们飞速地延展,其中一条环转如套索,正巧缠住苏渐脚脖子。

“啊呀!”苏渐猝不及防,扑通一声,重重摔倒在地。

见发生这样的变故,前面那奔逃的血义盟小头目,心中也是大喜。

不过刚才他已被苏渐的星流术吓破了胆，这时候也不想回去趁火打劫，反而加快了脚步，一溜烟般蹿出树林，落荒而逃了。

他倒是逃脱了，但苏渐却麻烦了。

一看到脚下被树藤绊倒，再看到附近地上，无数青碧的藤蔓如蛇般朝自己游来，苏渐顿感不妙！

他反应也极快，立即挥起血歌剑，绕身挥斩，立刻把脚上还有附近逼过来的藤蔓斩断。

脚上束缚一去，他立即弹身跳起来，飞火术、熔火球等火灵法术随手挥发，将这些变异的藤蔓焚烧殆尽。

暂时解了围，苏渐可丝毫没有追究原因的想法。

他头也不回，立即顺着刚才那血义盟小头目逃窜的方向，也往林外奔去。他相信，刚才那浑蛋逃跑的路线，一定是最短路径。

苏渐这前后一系列举动和措施，也算是经验丰富，应对得十分聪明。

只是，当他正要蹿出林外时，却在火枫林的边缘，看到林外射进来的日光，忽然被一个人挡住。

突然出现的这人，行动悄无声息，出现也如同鬼魅，直吓得苏渐腾腾腾倒退几步，立定后往这人身上一看，顿时又倒吸了一口冷气！

原来蓦然出现的这人，身形瘦长，浑身黑袍笼罩，头顶一个三角形的鲜红高帽，将头脸完全罩住，只留下双眼和口鼻外露。

本来林间光线就不好，这人还挡住了林外的日光，于是他这身血帽黑袍的打扮，诡异得如同地狱的勾魂无常。

见他这身打扮，再想到刚才那阻止自己的“蛇藤索”，苏渐不用想也知道，此人是敌非友，很可能就是血义盟的高手。

即使如此，苏渐还是先断喝一声：“什么人？玄武卫办事，速速离开！”

这时候，苏渐非常希望自己判断出错，出现那万分之一的可能性，这位仁兄只是一位异装癖爱好者，正好秋游打这儿路过。

只是很可惜，这世上意外并不多。

这人先是沉默了片刻，两道锐利的目光从血色头罩中射出，似是在仔细打量苏渐。

正当苏渐已经忍耐不住，急转身形想从旁边树丛中绕过去时，他却忽然双手骈指，怪声怪气地喝了一声："荆棘剑！"

话音未落，四五支带刺的锋锐荆棘杆，已凌空如飞箭般朝苏渐射去！

区区几支荆棘剑，自然难不倒苏渐。他甚至不用什么火法，直接望空急舞血歌剑，就将这些荆棘剑削落。

只是这显然不算完。那黑袍人双手急舞，袍袖挥舞间如同传说中的魔族巫师，转眼便又有无数蛇藤索和荆棘剑，朝苏渐疾风骤雨般攻来。

虽然，无论是蛇藤索还是荆棘剑，都只能算中级的木灵法术。但让苏渐十分不走运的是，他遇上的这位木灵法师，看着动作身材年纪不大，一身法力竟然十分渊深。

虽然这俩是普通的法术，但血帽黑袍人随手挥发，不仅念咒时间几乎可以忽略不计，那法力消耗也跟不要钱似的，只管往苏渐身上招呼。

这一来，苏渐就吃紧了！

刚开始时他还能剑火齐发，勉强抵挡；但没过多会儿，他一个不留神，就被一株蛇藤索缠住脚踝，往旁边一拖，身子顿时失去平衡。

而这带来的连锁反应，立即让他本来算好的一次抵挡失了准头。刹那间，只听"嗤"的一声，一支荆棘剑破开他的衣服，深深刺入他的肩胛骨中。

"啊呀！"苏渐一声惨叫，身子往旁边一歪，摔在了地上。

而这时这片火枫林的地上，全是黑袍人催发的蛇藤索。

苏渐刚一倒地，那些游移不定的蛇藤索顿时像闻到血腥的毒蛇，飞速延展着朝他游来。

这时候，就算苏渐有心反抗，却也已经来不及了。

要知道那带刺的荆棘剑可不是闹着玩的，虽然插的不是要害，但那引发的疼痛如刀锯切割一般，剧烈无比，让苏渐一时失去了抵抗的意志。

见他已经倒地，暂时失去了抵抗能力，血帽黑袍客顿时冷笑一声，欺身上前，双手挥舞如鬼爪，就要取苏渐性命。

就在这千钧一发之时，幽暗枫林中却忽有一物破空飞来，呼啸着打向黑袍客的面门。

突遭偷袭，黑袍人也是大吃一惊，连忙朝旁边闪避，只听“啪”的一声爆裂响声，黑袍人回头一看，却见是一只核桃打在树干上，撞得粉碎。

“核桃?!”还没等他反应过来，却听得一声怒叱从密林深处传来：“是谁？想动我的人?”

如果换作是一个时辰前听到这声音，苏渐不免懊恼，不胜其烦，但这一刻他却如聆玉旨纶音，差点热泪盈眶。

不用说，这出手出声之人，正是那幽小眉。

刚用一颗正要砸开吃的核桃打退黑袍人，幽小眉立即持镰急射而来，护在了苏渐身前。

一来到这里，她看到地上荆棘扎肩的少年，顿时大吃一惊。

“你是谁?”她瞪着黑袍人，“竟敢抢在我前面刺杀我哥哥?”

“什么乱七八糟的!”小妹妹的话再一次让听众错乱。

“滚开!”疑惑之余，血帽之人怪叫一声，双手挥舞，顿时又有几支荆棘剑朝幽小眉飞射而来。

见他的荆棘剑简直呼之即来，幽小眉也十分吃惊。

别看平时幽小眉娇憨幼稚，夹缠不清，一旦进入战斗状态，她就静心凝神，十分专心。

几乎只在刹那之间，她就从黑袍人举手投足间嗅出了莫大危险。

想也不想，她立即一声清叱，浑身忽然泛起幽暗紫光，一对巨大的蝠翼闪耀幽月光芒，在身后张开。转眼间她腾飞半空，轻松地闪过那几支荆棘剑，转而又落在地上，再一次护在苏渐身前。

得了幽小眉的保护，苏渐立即忍着疼痛，撑地而起，勉强支撑着站立。

见得如此，特别是看到幽小眉施展黑暗星流术，这黑袍怪人先是一惊，转而啧啧有声，怪声嘲讽道：“苏渐，你这官家走狗，还被朽朝塑造成屠龙英雄，啧啧，没想到我们的屠龙英雄，暗地里竟和身负黑暗禁术的恶魔混在一起！而且对方还是雏龄，你对得起你那个风流女教习吗？真是猪狗不如的家伙!”

“不许你骂他!”幽小眉愤怒道，“不许你侮辱我的刺杀对象！还有，你要讲道理，是那女教习不要脸，主动缠着我家苏哥哥的。”

“哇呀！”不知为什么，一听幽小眉这话，刚才还说古玉妃风流的黑袍怪人，却似乎勃然大怒。

他如同失控一般，也不顾会不会让林外什么人听到，咆哮道：“是你们蛇鼠一窝，狼狈为奸，邪恶急色，今天就统统都给我去死吧！”

吼到这里，他看看少女冥月血蝠的星流术外形，又桀桀怪笑道：“别以为弄什么污秽的黑暗禁术，就能挡得住我！”

说罢，他双手一振，顿时浑身上下笼罩一片淡绿色的光华。

他本就黑袍森森，头罩如血，这时再笼罩如同鬼火的绿莹莹的光辉，整个人更显得阴森诡异。

但他召唤出这样的绿光，显然不是为了吓人。

“叶雨天袭！”他低吟一声，顿时一股狂风吹起，无数枫叶被卷落枝头，裹挟在狂风之中，如暴雪冰雹一样朝幽小眉和苏渐袭来。

满天枫叶席卷如潮，并且凌空飞射之时，原本柔弱轻薄的枫叶，已一片片变得如同坚硬锋利的铁片。

幽小眉显然颇有见识，一看不妙，立即回身抓住苏渐，瞬间驱动“蝠月舞”的飞空术，转眼就带着少年飞上半空，堪堪避开那翻滚如龙的枫叶狂袭。

虽然她能抓着少年短暂飞空，但毕竟这里还是枫树林里，根本没办法就此飞空而逃。

于是幽小眉很快又带着苏渐落地，两人如同心有灵犀，毫不停留，一前一后往林外逃。

但很显然，整个刺杀最后出现的这位血帽黑袍的血义盟怪客，手段极为高强。

见二人想往外跑，他顿时冷笑一声，口中又是一阵怪啸。

随着他这一声满含咒语的呼啸，本来在林中疾奔的二人，只觉得嗤嗤几声，自己脚底板突然剧痛，好像被什么钉子扎到了。

他们收住脚步低头一看，顿时大吃一惊：原来林间地上遍地的小草，此刻竟全都坚挺如针，直直朝上，闪耀着一种诡异的锋利光辉。

“千草坚针！”

虽然不会，但苏渐显然识货。这个法术虽然名字听起来不霸气，却是木灵法术中一种极为难练的高级法术。

别看这法术不是什么星流技，但其霸道的效果已经在不少星流技之上了。

特别是在这种遍地都是野草的林地里，黑袍人把每一株小草都变成一把朝上直指的锋利匕首，其威胁程度可想而知。

事实上，在这样身周方圆上百步范围内到处都是锋利草刃的情况下，想从“陆路”逃跑已经不可能。

见得如此，幽小眉第一反应便是用“蝠月舞”的星流术再次带着苏渐飞空，虽然那样可能和枝叶磕磕碰碰，但总好过从到处都是利刃尖刀的林地里趟过。

只是这样简单的思路，那黑袍人如何会想不到？

“叶雨天袭！”随着他一声怪叫，又有无数的枫叶硬化如刀，被狂风席卷着，飞舞在枫林的空间中。

这一刻，苏渐和幽小眉可谓是“上天无路，入地无门”，再也无处可逃了。

黑袍人见胜券在握，竟起了猫抓老鼠戏弄之心，那叶雨天袭的叶刃风潮只在苏渐二人头顶打转，一时并未落下。

见得如此，苏渐一推幽小眉，凄然笑道：“你快走吧！我受了伤，行动不便，绝无逃生可能了。”

“不——我不能丢下你！”幽小眉含泪叫道。

人说日久生情，虽然幽小眉一直嚷着要杀苏渐，但对于她这样特殊家庭成长起来的少女，这段时间里，实际已经对经常关切自己的少年产生了严重的依赖之情，否则她也不会对古玉妃的举动如此吃醋。

见她如此，苏渐大急，连叫道：“你快逃！自己逃得一命不说，出去后记得去找玄武卫，一定要说我苏渐英勇抗敌，给我争取个因公殉职的待遇！”

“不！”在这样的生死时刻，少女的犟劲儿上来了，大叫道，“苏渐，你是我的人，只许我杀你，不许你死在别人手里！”

话音未落，她身上忽然一阵紫光大盛，无数的幽蓝光焰从身躯四射而出，如同她的身躯一瞬间被打成了筛子，被光芒穿透。这时她的双眸忽然充满了血焰之色，肌肤逐渐变得透明。于是她整个人在紫光、蓝焰、血眸的映照下，竟然在刹那间被苏渐和黑袍人看见了她的骨骼！但很快，紫芒、蓝焰、血眸和骨骼光影都消失了，一个泛着骨质光泽的虚幻之影罩住了幽小眉。

苏渐还有那黑袍人虽然都没看见过什么亡灵形象，但当看到笼罩幽小眉的虚幻白骨之影时，不约而同想到一个词："九幽白骨灵将！"

所有的一切，都发生在电光石火间。

当被亡灵的阴影笼罩时，幽小眉的口中吐出一个完全不似人声的沉重声音："亡、者、永、恒。"

随着这四个字一出，幽小眉快如疾电般抓起苏渐，竟然完全无视漫天如箭的叶雨和遍地如刀的草尖，丝毫不受伤害地朝林外走去。

血帽黑袍人见此情形，在短暂的震惊之后也反应过来，立即从腰间掏出几支短匕利刃，应手甩出，朝正朝林外走去的身影击去。

只是，激射如电的利刃，才刚一碰到那亡灵虚象，便如同变成软弱的枯叶，瞬间碎成了无数碎片。

"亡者永恒"，恶魔国度无视攻击的无敌防御禁术，这一刻彰显了它惊人的威力，让苏渐和幽小眉在无路可逃时，硬生生地走出了密林。

到了光天化日之下，"亡者永恒"的虚象很快消失。

"逃出来了！"被放下来的苏渐欣喜若狂，正要向少女表示感谢时，却看到刚才神勇无比的幽小眉，忽然两眼一闭，扑通一声摔倒在地。

"小眉！小眉！"苏渐见状大惊，忙俯下身大叫，但幽小眉双目紧闭，没有任何反应。

"是禁术反噬！"联想起刚才出奇霸道的异术，苏渐很快反应过来。

这时候他也不敢迟疑，立即抱起幽小眉，往京华城方向奔去。

说起来此地毕竟是京华城的东郊，刚才血义盟的人敢在火枫林中动手，这时却不敢跟随他追向京华城。

于是这位血帽黑袍的杀手，看着苏渐抱着少女飞奔逃窜的背影，一时也不追上去。

他静立了片刻，忽然一拳击打在身边的枫树上，在漫天飘落的枯叶中愤恨不已。

作为京城的“地头蛇”，苏渐对城里的名医了如指掌。但让他没想到的是，无论他把幽小眉抱到哪家医馆，那些满头白发的老医师都摇头叹气，束手无策。见到这样，苏渐的心都凉了半截。

其实他对这样的结果，并不是没有半点心理准备。事实上他非常清楚，幽小眉这种情况，一定是用了那样霸道决绝的禁术的下场。但来这些医馆之前，他还存了一丝希望，只是现在，希望已经破灭。

带着一些温神养气的药丸，苏渐抱着幽小眉回到自己城中的住所。这时候，他也顾不得掩人耳目，面对一路碰上的街坊熟人，都宣称幽小眉是自己新收的义妹。

回到住所，看着榻上瞑目若死的小少女，苏渐满心痛悔。

想起先前火枫林中的那一幕，他头一回开始反思自己对小女娃的态度。

“人心都是肉长的。”

虽然幽小眉出身魔族，也一直嚷嚷着要杀了苏渐，但刚才火枫林中发生的那一切，已胜过万语千言，让苏渐觉得自己的心都快碎了。

正闷坐愁城时，他忽听得前院门扉叩响。

门扉响动，苏渐又呆坐了一会儿才反应过来，便起身出去开门。

进来的访客是雷冰梵。

一见苏渐苦闷苍白的脸色，他大吃一惊，忙问：“怎么回事？”

“刚才，她救了我。”苏渐苦着脸，把刚才火枫林中发生的事情说了一遍。

“这么说，是这小女娃救了你？”雷冰梵看着他。

“是的。”苏渐有气无力道，“她救了我，我却不知道怎么救她……”

“救她？”雷冰梵迟疑了一下，低声道，“刚才听你所言，她最后所用的那一招，恐怕是魔……”

说到这里，雷冰梵欲言又止。

苏渐忽然哈地一笑："雷兄想说的，不就是魔族嘛。但那又有何妨？"

他双眼灼灼放光："现在我什么都不管，我只知道她救了我，我就要救她。如果你想动她——"

话音未落，刚才还一副病恹恹样子的少年，却忽然弹身而起，"苍啷"一声已经横剑在手。

"哼！"见他如此，雷冰梵怒道，"还以为你我义气相交，谁知此时竟然疑我！"

苏渐闻言，凝视着皇子英俊的脸庞，脸上神色逐渐融化。

他还剑入鞘，躬身抱拳一礼，歉意说道："对不起。"

"罢了。"雷冰梵一挥手，回头看看榻上的少女，问道，"她这样子，似是病入膏肓，药石罔效，你要怎么做？"

"我……"苏渐愣怔良久，忽地颓然坐在榻边，丧气说道，"我不知道怎么办。我总不能带她到极北湮灭地带、混乱界域，去找他们恶魔族的医师吧。"

"你真心想救她吗？"雷冰梵忽然没头没脑地问了一句。

"当然！"苏渐跳起来，急道，"当然真想救！难道你有办法？"

"不是我有办法。"雷冰梵道，"确切地说，应该是我们可能有办法。"

"啊？那快说啊！"苏渐跳上前，抓住雷冰梵的肩膀使劲摇晃。

"松手。"雷冰梵面沉似水，"不要冒犯皇族。"

"抱歉。"苏渐急忙松开手。

雷冰梵弹了弹肩膀上苏渐刚才碰握处，这才慢条斯理道："我听闻，对她这情况，有种叫'幻月丹'的丹药，可能有效。"

"可能有效？"苏渐一愣，立即道，"只要有一丝可能，我都要试试！快告诉我，这丹药哪儿有卖？多少银子？快告诉我个数，不够的话我好早点筹钱！"

"幻月丹可不是能用钱买到的。"雷冰梵摇摇头道，"难道你没听说过这个丹药？它是世间罕见的珍品丹丸，还是大战前你们华夏京师回春堂的秘方丹丸，对幽痹之症最为有效。可是据说配方早就失传了。"

"失传？！"苏渐怒目圆睁，吼道，"雷冰梵，你在耍我？！"

“别急,”雷冰梵道,“如果真失传了,我干吗跟你说?其实能救幽小眉的幻月丹,恰好就是迷雾谷竞战赛的优胜奖品啊。”

“迷雾谷竞战赛?”苏渐一愣,差点没反应过来。

不过他很快就想起来了,脱口道:“原来就是咱学院三年一度的武学修炼检验赛啊。不过那简直如同儿戏,我原来没当回事,看来现在……”

他回头看了看床榻上的少女,握紧拳头,用力一挥道:“那现在我不仅要参加,还必须赢!”

“嗯。”雷冰梵道,“我本来就要参加,不过不为奖品,只为了看一看我今日剑术法技究竟到了何等程度。”

“你要来跟我抢奖品?”苏渐一听就急了。

“那我可以不参加。”雷冰梵看着焦急的少年,嘴角弯成弧线,“你恐怕忘了吧,这竞战赛是以每五人为一组参赛啊。”

“那你必须参加!”苏渐立即抓住他的手,严肃道,“别忘了,三年学业将满,你也要看看自己的剑术法技究竟到了何等程度!”

“我好说。”雷冰梵甩开少年的手道,“还需要三个人呢。”

“当然是胖子、亚飒和雪穹了!”苏渐叫道,“谁叫我在学院中,就和你们几个最熟呢!”

“和他们一起参加竞战赛,当然没问题。”雷冰梵忽然也变得很严肃,目视少年道,“可你别忘了,为什么这竞战赛不像其他试炼考验一样要求每个学生都参加,而只是自愿报名?”

“不就是因为凶险嘛。”苏渐不以为意道,“这我知道。迷雾谷是恶魔时代遗留的秘境,不仅弥漫毒瘴雾气,还有很多可怖的妖灵山魈出没。”

“如果学艺不精,不要说和其他组竞逐厮杀,光是这迷雾谷本身,身陷其中,想活着出来,也不是易事。可是,”苏渐目光炯炯道,“此事虽不易为,但义之所在,我必为!”

“好!”冷傲的天雪皇子罕见地举起大拇指赞道,“前有唐求、雪穹事,后有幽小眉事,看来苏兄你甭管身份如何,都是我雷冰梵平生罕见的大侠!”

“快别夸我了。”苏渐连连摇头道，“什么大侠不大侠的。人生在世，知恩图报，救助友朋，不该是最寻常的道理吗？”

“最寻常的道理啊……”听了他这句话，也不知雷冰梵想到什么，忽然间陷入了沉默。

如风杀戮

就在苏渐和雷冰梵二人商量时，榻上原本昏迷不醒的少女，忽然挣动了一下身子，然后虽然双目依然紧合，却从口中艰难地吐出几个字：

“哥、哥哥……为、为什么……要救我……”

见她如此，苏渐十分心痛。

面对她现在这模样，苏渐不忍心说太多。他俯下身子，只在少女耳边轻轻说道：

“为什么救你？那是因为，毕竟你是一条生命啊。”

“生命？”幽小眉默默地想，“不能永恒的生命，还有什么救助的意义？哥哥真是浪费啦……”

只是虽然心中这般想，幽小眉却感觉到自己紧闭的眼角，忽然流下了一滴泪。

她清晰地感觉到，当这滴泪珠爬过脸颊时，还能感觉到热热的呢……

说起灵鹫学院竞战赛，每三年举行一次，就是为了保证每个学生在三年的学院生涯中，都有机会参加一次。

灵鹫竞战赛的地点，固定在京华城西方二百多里的迷雾谷秘境中。

虽然竞战赛本身颇为凶险，但毕竟带着游戏竞技的性质，所以对心怀大事的苏渐而言，先前并没有太大的吸引力。

但现在不同了。当他从雷冰梵那里得知，原来本届灵鹫竞战赛的头名优胜者，号称“迷雾谷状元”的五人组，奖品里竟然有幻月丹！

这真是刚打瞌睡就送枕头！为了幽小眉，无论如何他苏渐都要拼一拼了。

至于参加竞战赛需要五个人，这对苏渐来说毫无问题。

他和雷冰梵、洛雪穹、唐求、亚飒已结成了生死之谊，因此当他把情况说了一说，雷冰梵就不用说了，其他几人也都立即应允。

当然，虽然大家对参赛没什么异议，但其中那位洛雪穹洛仙子，还是颇有保留意见的。

在没人时，想起这件事，她就忍不住想："我……这是在帮他救另一个女人吗……"

由此可见，女孩儿的世界就是不一样，在苏渐心目中是小妹妹的幽小眉，放在洛雪穹眼里，可丝毫没被她当成小女孩。

而忍不住这么想时，洛雪穹也觉得自己怪怪的。

当然了，尽管情绪微妙，但对洛雪穹来说，自从苏渐冒死把她从龙境救回来之后，她心里已经有了这样一个觉悟：

只要苏渐开口，"任何事"她无有不从……

灵鹫竞战赛就在幽小眉受禁术反噬后的第四天举行。

出乎苏渐意料的是，当所有参赛者集合出发时，他才发现，原来对灵鹫竞战赛感兴趣的人竟如此之多，数一数几乎有二十多支队伍。

其实苏渐也是身在福中不知福了。

对于学院的一般学生来说，有谁能像他那样院外经历如此丰富？

别的不说，苏渐现在可是获得三等红绶银龙银星徽的人啊！

所以对于其他大部分学生来说，灵鹫竞战赛这样的知名武道赛简直太重要了，将来毕业后，无论是想建功立业，还是找个好人家嫁娶，竞战赛的好成绩都是十分重要的履历筹码。

到了竞战赛这一天，苏渐等人随着学院的大队伍向西而行，或乘马，或坐车，大约行了二百多里路，便到了竞战赛的举办地迷雾谷。

迷雾谷秘境，由恶魔时代遗留，方圆有二三十里。

迷雾谷的中央，是一根高耸入云的无色水晶石柱；以石柱为中心，向四面八方辐射出无数条谷道，其中沟壑纵横，乱石交错，并且终年云雾弥漫，如同幻境。

迷雾谷既然以迷雾为名，其云雾的颜色也大有讲究。

如果看到的是乳白色，便知云雾基本无毒；除此以外的各种颜色，都对应着相应属性的毒雾。比如红褐色的烟雾，渗入了火毒；冰蓝色的烟雾，那是水毒的颜色。所以人常说迷雾谷白雾缭绕时，宛如云间仙境；但很可能在下一刻，这里就变成毒烟弥漫的斑斓死地！

正因为迷雾毒性伤人，所以整个灵鹫竞战赛持续的时间不超过一天。

每一支参加竞战的队伍，还都被给予一根特制的鼓槌。

这些鼓槌被学院的教习灌注了特殊比例的属性灵力，当参赛者战胜了谷中妖兽和其他竞争者，冲到了中央水晶石柱时，便需要在石柱下敲响那面灵力之鼓。

从恶魔时代就留下来的灵力之鼓，对鼓槌中的灵力属性非常敏感，当特定属性的灵力激荡鼓面时，灵力之鼓便发出特定的震响，激活水晶石柱中沉眠的光之要素，发出唯一对应的水晶光辉。

灵鹫学院的评判们，最后正是通过晶柱光色来确认各支参赛队伍的身份，以及他们到达迷雾谷中央位置的先后顺序。

对这样的规则，苏渐在来之前就了然于心。但让他没想到的是，今日迷雾谷东侧的评判席彩台上，出现的评判阵容竟出乎意料的强大！

“灵鹫祭酒”公西华大人，即灵鹫学院院长，平时基本见不到人影，今天竟出现了。

他的顶头上司、翰林院掌院学士高元盛，也出现了。

见他来到此地，还高高坐在评判席上，苏渐便是一惊。当时两人台上台下，正好四目相对，苏渐便发现高元盛一脸肃然，神色无悲无喜。见得如此，苏渐心里顿时有点七上八下。

除了高元盛、公西华，本次灵鹫竞战赛还有三位评委，分别是萧龙雀、吴山云、秦玉。

其实高元盛、公西华倒罢了，毕竟都是直管灵鹫学院的大人。但苏渐见“京华四杰”中竟来了两位，便大吃一惊，让他对灵鹫学院在华夏国中的地位有了更深刻的认识。

至于秦玉现在能坐在评判席上,完全是因为他已经升为太学博士。

这头衔听起来文气,但按照华夏惯例,相当于太学院长的灵鹫祭酒或是屠龙仆射,都不会随便从学院外任命,基本都从本院的太学博士中挑选。

所以说,满嘴励志金句的秦玉秦教习,现在已经正式升为院长候选人了。

这几位评委,其他几位倒还没什么,苏渐所不知道的是,其中有一位,却最为特别,甚至对他来说,可以说“致命”!

这人就是吴山云。

现在吴山云的血义盟身份还没有暴露,他表面上还是名动京华的青年俊杰。

当苏渐出现在他的视线中时,这位平素以温厚面目示人的青年才俊,却在暗地里发出一阵别有意味的冷笑!

当高元盛和公西华做了例行讲话后,二十多组参赛队伍便开始从四面八方进入迷雾谷——从现在开始,这些学生便要进行一场生死竞逐!

他们不仅要争取第一个到达中央水晶石柱,还要对付毒雾,对付妖兽,以及应对其他竞争者的突袭。

当然,毕竟这只是游戏性质的竞战赛,院方所选的迷雾谷秘境中的妖兽都不太凶猛,无非羚妖猴怪之类。基于同样的理由,苏渐他们这些参赛者所用的也都是木头兵器。

当大家都用木刀木枪时,就更能显现出参赛队伍的才能水平和默契程度。

这一点对苏渐他们来说,倒完全不是问题。

经过几次难得的生死实战淬炼后,他们这支三年级的队伍,可以说是现在整个灵鹫学院内战力最突出的队伍之一。

他们既有雷冰梵的冷酷铁血,也有唐求的粗中有细、亚飒的机敏智谋、洛雪穹的神妙法术,再加上苏渐这位智勇双全的统帅,于是进入迷雾谷后,他们这支队伍进展极为神速。

尽管如此,为了幻月丹,苏渐并没有轻敌。

迅速通过外围相对容易的谷道路段后，他发现无论是妖兽还是竞争者都逐渐增多，便立即调整了策略。

他让雷冰梵作为主攻，亚飒半路埋伏，唐求专门阻路，洛雪穹惑敌，自己则前后游走，查漏补缺。

这样的角色分配策略非常明智，立即发挥出强大的效能。在不到一个时辰的时间里，苏渐这组就推进了七八里的距离。

见此情形，亚飒和唐求自是非常佩服，但另外两人却暗中各有不满。

头一个不满的就是洛雪穹！

这位冰山雪女向来以法技自傲，没想到这回苏渐竟只分派她来惑敌。

“惑敌”，说得好听，基本就相当于猎熊时的“蜜罐”。

在苏渐的安排下，洛雪穹尽量出现在显眼处，对其他竞争者示弱，摆出楚楚可怜的样子，尽快将他们迷惑。

不得不说，这一招很好使，当洛雪穹娇羞如莲的样子出现在那些学生面前，顿时就将他们搅得五迷三道！

当然这些人也不是不知道洛雪穹的凶名，怪就怪少女的模样儿生得实在卓绝，就算他们知道这是朵带刺的雪莲，仍忍不住被她的一颦一笑牵动，心中怀了万一的期待——毕竟，梦想总是要有的，万一实现了呢？

但很可惜，对凡人来说，奇迹是不会轻易出现的。出现在这些口水直流的学生眼前的，不是雷冰梵闪电一样的木剑，就是唐求横空而来的胖大身形！

虽然洛雪穹对自己这个花瓶的角色怀恨在心，但当她看见这一招竟然屡屡得手时，便目瞪口呆，一时也只好把反对意见放在了肚里。

当事人能够忍受，另一位旁观者却似乎不能忍了。

这人就是雷冰梵。

虽说上次他的表白已经被少女婉拒，但这时候雷冰梵看见雪山寒梅一样的天仙少女被苏渐那家伙“逼迫着”摆出各种楚楚动人的模样，他的心就如同在滴血！

这种状况已经让雷冰梵十分郁闷，更让他更郁闷的是，他开口想反对这种做法时，不仅苏渐毫不接受，就连洛雪穹自己也欲言又止地说她可以……

一口闷气憋在了肚里，接下来那些被雷冰梵碰到的人和兽就倒霉了！

不到半刻工夫，有了怒气加成的雷冰梵就打倒了两支队伍，杀伤了五只鬼夜猴，甚至还杀死了一只血影山魈怪！

见雷冰梵如此威猛，苏渐目瞪口呆，却不知旁边亚飒看向他的眼神充满了崇拜之情。

“苏兄真是太神机妙算了！”亚飒满是崇敬地想道，“没想到苏兄他竟然把雷皇子的心理变化也算在内，让他的战力瞬时提高，真是算无遗策，好可怕啊！”

于是在娴熟的配合、高明的策略、歪打正着的怒气加成下，苏渐小组的推进速度越来越快。

见他们如此高效，不少实力不如的小组，顿时改变了想法。

很快就有三四组人跟苏渐等人套近乎，明说他们对头名没想法，只希望苏渐组能和他们联盟，帮自己取得不错的成绩就行。

苏渐年纪不大，经历可不少。对这样的提议，他始终心怀警惕，因此一时并没有答应任何人。

只是越到迷雾谷中心，遇到的山妖魔兽越来越多，也越来越强。

很快，苏渐就遇到了让他心惊之事。

本来这一路，遇到的鬼夜猴和血影山魈只是普通妖兽，并没有什么灵智，没想到快接近迷雾谷中心时，苏渐吃惊地发现，这些没什么灵智的不同种类的妖兽，竟然知道互相攻防配合！

要知道，妖兽之所以在这片大陆上被龙族、人族全面压制，就是因为它们几乎没什么灵智。虽然身体往往强壮灵敏过人，但智慧的不足只能让它们屈居于其他灵族之下。

所以可以想见，当它们能够运用智谋，开始互相攻防配合时，那出色的身体素质将发挥出何等卓越的效能。

苏渐深知这一点，所以在和同伴吃力地杀死四头围攻自己的鬼夜猴、血影山魈后，他在进入迷雾谷后，头一次产生了惶恐的念头。

正在心惊之时，便恰好听得附近有人喊道：“苏兄，还不结盟吗？这样下去不行啊。甭说你们能不能夺得头名，现在能不能冲过去，还不一定呢！”

这声音极为洪亮，听起来还有些耳熟。苏渐等人回头一看，却见正是刚才向他们请求结盟的杨英。

杨英，也是灵鹫学院三年级的学生。

他中等身形，脸庞方正，平时待人宽厚，扶助弱小，在同窗学生中拥有很高的威望。

这也就罢了，更难得的是，杨英一身水灵法术极为出众，其智勇程度也不在苏渐等人之下。

他现在着急结盟不为别的，只因为他不像苏渐那样，能拥有四位各具特色的杰出伙伴。

见是他呼喊，苏渐和雷冰梵等人相视一眼，很快就达成了共识。

于是苏渐便也笑着回应道：“既然杨兄情意殷殷，我等也不便拒绝了。”

“好嘞！多谢！”杨英兴奋地一击掌，立即招呼自己的组员朝苏渐这边靠拢来。

不得不说，杨英这个人非常有亲和力，他很快就和苏渐这五人打成一片。

只是在别人不经意的时候，苏渐还是暗中和自己的四位伙伴使了个眼色。

也别怪苏渐小心眼，毕竟在如此竞逐之时，院方对联盟之事并无明文规定支持，要是到最后关头对方忽然翻脸，抢着去敲鼓，那头名的争夺不就功亏一篑了？

不管怎么说，和杨英组联合后，苏渐这组人的推进速度果然就变快了。

很快，他们就率先来到了迷雾谷中央方圆五里的位置。

到了这里，四周倏然来往的云雾变得更加诡秘莫测。

乳白色的洁净云雾变得越来越稀少，更多时候从那些沟壑罅隙中冒出的，是五彩斑斓的毒瘴迷雾。

如果只是这样也就罢了。到了这里后，不仅之前一路碰到的鬼夜猴数量有增无减，本来很少见的血影山魈也变得越来越多。

除了要对付它们，在迷雾谷核心方圆五里的曲折沟壑里，还出现了十分厉害的妖禽魔兽。

幻影蛇鹫，幻系强力妖禽，飞翔时如同幻影闪现，它扑击时不仅利爪锋锐，其蛇颈鸟嘴中还会喷出蝮蛇才有的剧毒汁液。

雾魂狷羚，传说是迷雾谷迷失死亡的遇难者冤魂不散，附着于在谷道沟壑生活的狷羚身上，变成极可怕的妖兽。它们浑身雾绕，会在人放松时突然出现在身侧，倏然跃起，将剑一样的羚角刺入遇害者的胸膛！

碧眼姬蜂，是迷雾谷中比以上四种妖兽更可怕的存在。它拥有美人腰一样的硕大毒蜂躯壳，不仅有着剧毒的尾针，那千百只碧莹复眼中还能射出奇光，让人瞬间麻痹。

于是苏渐他们的压力陡然增强，眼前出现的强力妖兽可谓前仆后继。

很快，就在众人合力击杀三四只倏然出现的雾魂狷羚后，却听到一阵可怖瘆人的嗡嗡声传来。

众人闻声一惊，抬头一看，便看到数十只碧眼姬蜂，正闪烁着慑人的奇光，自蓝幽幽的烟雾中破空而来。

快接近这里时，妖蜂竟知道在空中悬停排开，似是在结成某种神秘的阵型，寻找合适的时机择人而噬。

“妈呀！”唐求一看，顿时惊恐嚷道，“这劳什子竞战赛，不就是个游戏比赛嘛，干吗要选在这样吓人的恶魔秘境？万一死在这里，咱三年书不白读了啊！”

还别说唐求这叫唤显得孬种，他这一声喊，倒是说出了附近很多人的心里话。

正当他抱怨时，刚刚结盟的杨英却挺身而出，挡在众人之前，大叫道：“诸位同窗不要怕，有我杨英在！”

“有你在？管什么用？”唐求不爽地看着他，“我们这儿还有‘孤胆屠龙’苏兄弟呢。”

“呵呵，苏兄自然是极强的。”杨英大度地笑笑，“可是对付这碧眼姬蜂,我有杨家祖传的秘药,能让它们退避三舍。”

“真的?”唐求怀疑地看着他,没好气道,“那你带了没?带了就赶紧使啊,只管啰唣啥?”

不知道为什么,唐求看着杨英自结盟后就取代了苏渐的领导位置,对两组人往来调度,就觉得十分不爽。

他的心思很简单,别看自己没什么本事,但这么多事情经历下来,他唐求就只服苏渐一人。

对他这样的冒犯,杨英再次选择了宽容。

他也不辩驳,只是默默地从怀里掏出一个白瓷罐。

一边掏杨英一边笑道:“各位同窗,在下这秘药有奇味,若洒在我等身上,便能让妖蜂避之不及。”

话刚说到这里时,他这白瓷瓶已经打开,并且顺势一扬,就朝苏渐等人身上洒来。

出人意料的是,就在杨英打开瓶口的一刹那,一直没作声的苏渐,竟猛然大叫道:“不好!大家快退!”

只是这时已晚了!

杨英可谓蓄谋已久,此时站得离苏渐等人极近,那白瓷瓶一打开,几乎在下一瞬间就已经将瓶中所有秘药都抛洒在苏渐几人身上。

而且很奇怪的是,似乎这杨英心怀叵测的目标只是苏渐一人:这白瓷瓶中的秘药,大部分都招呼在他一人身上。

到这时,不用说苏渐了,就连唐求他们也都知道事情不对劲。

他们一闻这瓶中秘药的甜香气味,便立马大惊失色:“玉花香!”

连唐求都能叫出这名字,顾名思义,这是流行度极高的一种招惹蜂蝶的甜香药汁。

这药汁本身没什么杀伤力,但现在在虎视眈眈的碧眼姬蜂面前,把它洒在一个人身上,那就基本和杀人无异了。

杨英一洒玉花香,就算翻脸了!

这时候不用说他了,他们组其他四人也一齐向后急退。估摸着差不多到了安全距离,他们便立定当场,显然在等着看,如果妖蜂没能蛰死苏渐，他们就准备亲自动手了。

“苏渐，你这个奸贼！”这时只见杨英面容扭曲地叫道，“你害我教友无数，今儿就替天行道，杀死你这妖人！”

这句叫骂，就如同一个信号，包括他在内，整个杨英组哗啦啦抛下木刀木剑，一翻袍袖，从腰间抽出早就暗藏的铁尺、钢刀！

“血义盟！”

这时候不仅苏渐，就连雷冰梵等人，也顿时知道了这些人的来历。

不过这时候已经没时间追究他们了。

玉花香的奇香一起，蓄势待发的碧眼姬蜂立时兴奋得千万只复眼都变成血红色，它们的尖牙利口中发出瘆人的呼啸，朝苏渐猛扑过来！

见得如此，雷冰梵几人没有一个躲闪开。

其实就身上被洒上玉花香的分量而言，他们这时完全可以从容地离开。但这时没有一个人离开。

无论是雷冰梵还是唐求、亚飒、洛雪穹，面对呼啸而来的蜂群，全都纵跃呼喝，出剑如电，瞬间点杀了数只凶猛的妖蜂。

见得如此，杨英等人又惊又怒。

忍了片刻，杨英忍不住地大叫道：“雷皇子、洛仙子，你们贵人贵命，没必要陪苏渐这样的奸贼送命。听我的话，赶紧逃命吧！”

听他如此说，雷冰梵和洛雪穹百忙之间，不约而同地朝他瞥来一眼——

这一眼，其森寒凶狠程度完全不亚于迷雾谷中的最强妖兽，直看得杨英胆战心惊！

见他俩如此，杨英邪劲儿也上来了，怪笑大叫道：“好好好！哈哈哈！都是朽朝冥顽不灵之人，那就让你们陪苏魔头去死吧！”

说着话，杨英一打手势，顿时另外两个早已潜藏的小组冲了过来，掐好距离，将苏渐这群人团团围住。

见得如此，不用说苏渐了，连反应最慢的唐求都明白了：这三个小组定是血义盟潜伏在灵鹫学院中的党羽，苏渐因为公事得罪了他们，上次火枫林行刺不成，这回就要在迷雾谷竞战赛中暗下黑手了。

只不过明白了这件事之后，亚飒却有些想不明白。

他看着正顶在前面与妖蜂奋战的少年，心想道："苏兄说起来，也只不过是玄武卫一个刚晋升的铜徽卫。历数过往之事，他几乎没直接参与对血义盟的行动。怎么最近这两次血义盟会专门针对他下黑手？"

如果这时候，心怀疑问的混血少年能身处在迷雾谷外的评判席彩台边，看到评委之一的吴山云的神色，并且还能知道吴山云的秘密身份、私人生活，则以他的聪明才智，便立刻能想通一切问题。

这一切，实际都是因为吴山云误会了古玉妃和苏渐的关系，这才妒火攻心，公报私仇地对苏渐下了黑手。上一次火枫林最后下黑手的神秘人，正是他吴山云本人！

其实，尽管现在血义盟已经变质成邪教极端组织，但吴山云这个人本身对组织的本源信仰还没太多动摇。只是像他这样出身的人，有两个很难避免的问题：野心，虚伪。

吴山云尽管信仰坚定，但内心却把这个信仰、这个组织当成实现自己个人野心的工具。这种态度本身就是一种虚伪。

而且像他这样出身的人，骨子里还有很难避免的自恋、高傲和超乎寻常的洁癖。

因此尽管他知道，古玉妃故意讨好苏渐有可能并不是真的出于私情，说不定可能真有误会，但对吴山云来说，这种行为本身就是不可容忍的。

他认为，自己最懂男人。他自己在古玉妃不知情的情况下，其实也跟血义盟内外无数个仰慕他的美少女有着各种纠葛暧昧。

所以他以己度人，在心中已经暗中判定，就算古玉妃有什么其他目的，像现在这么勾搭之后，她和苏渐也必然一个是荡妇，一个是奸夫。

和很多孤傲有才华的人一样，吴山云也有着"宽于律己、严于律人"的奇怪品性。

所以尽管他自己和无数个有夫之妇暧昧，甚至上床，却对几乎什么都没做的苏渐恨得牙根直痒痒。

于是苏渐很不幸，就和上次跟高敞结怨一样，自己都不知道怎么回事，就被吴山云这么给痛恨上了。

再说迷雾谷中。

狂热化的碧眼姬蜂是迷雾谷中最可怕的存在。

即使现在苏渐他们已经甩掉了外衣，但玉花香汁液的气味依旧会有残留。虽然干掉了开始那几十只妖蜂，但更多的妖蜂正闻香接踵而来。

见到这情形，雷冰梵和洛雪穹面容冷酷，一如既往地不以为意，但这会儿唐求和亚飒已经慌了手脚。

没过多久，就有碧眼姬蜂突破防线，叮在了他们的衣物上。

尖锐细长的针刺，穿破了衣服，刺入了皮肉，虽然其毒素对久经淬炼的灵鹫学生体质来说，产生不了立竿见影的毒效，但那种尖刺入骨的疼痛依旧让被叮者疼痛难熬。

很快，最先被叮的唐求和亚飒，动作开始变慢，并因此露出更多的破绽，眼见就要被更多的妖蜂蜂拥叮蛰。

见此情形，苏渐急火攻心。

他很清楚，如果不是因为他想得到幻月丹，唐求和亚飒根本不会来参加这个竞战赛。

因为自己的原因而让好友身陷险境，苏渐陷入了深深的自责。

当负罪感弥漫身心，苏渐的眼神再次和空中碧眼姬蜂的复眼对上。这时候，冥冥中忽然起了一种微妙的变化。

碧眼姬蜂，作为恶魔时代魔族们取蜜的妖灵，常年受到魔气感染，通过繁殖将这样的魔气一代代地传递下来。而妖蜂本就恶毒入骨，因此苏渐看见的妖蜂复眼中，闪烁着狂乱、阴邪与幽暗。

这样邪气的眼神，在某一个瞬间，如同一个开关，忽然开启了苏渐躯体深处一股隐藏已久的力量。

“黑暗心辉”，在狄子默的地洞密室中熟读于心的黑暗秘术，虽然从未被苏渐刻意修炼，但遇到了他这样奇特的体质后，却已经暗暗流转，不知不觉中深刻于心。

充盈负罪感带来的愠怒，在幽暗邪恶的眼神激发下，苏渐身体里的黑暗心辉蓦然流转，很快一股幽暗入骨的异光密布于身周。

而被黑暗心辉激发，苏渐脖颈上的星降之链也仿佛在同一刻被唤醒。

凝聚了星海晶河的精华，星降之链有着过人的灵识，同样是黑暗的力量，它立即分出了敌我。

于是苏渐的体表出现了幽暗与光明之力互相缠绕、互不相干的奇景。在这两股力量的交错作用下，狂热的碧眼姬蜂瞬时冷静，一只只掉头飞逃，呜呜呜地哀鸣着，消失在茫茫的迷雾里。

见此情景，唐求等人故是大喜，杨英等血义盟乱党却是大惊失色！

“好个奸贼，果然邪气熏天！”杨英大叫道，“不过今日你再怎么邪恶都没用，今日这迷雾谷的妖魔们，就是我替天行道的帮手！”

说着话，杨英又从怀中掏出各种瓶瓶罐罐，一边在周边飞速游走，一边将各种不知名的药液抛洒！

很快杨英的动作就有了反应。

迷雾谷中央地区聚集的大量妖兽，无论是鬼夜猴、血影山魈，还是雾魂狷羚、幻影蛇鹫，全都被杨英的秘药激发，个个陷入了疯狂！

虽然这些妖兽没有刚才碧眼姬蜂那样无孔不入，但单独的战力却远胜于妖蜂。这一陷入狂暴，立时让苏渐等人陷入了更大的困境中。

这时候，血义盟的人早就在身上放置了解药，那些疯狂的妖兽直接越过了他们，只朝苏渐他们五人攻击。

见得如此，苏渐等人没办法再死守一处了。他们立即结阵疾走，极力躲避狂暴的妖兽。

只是如此做时，他们还不得不面对血义盟学生更加凶猛的阻拦。

到得此刻，已经是生死之事，容不得半点留情。

很快，雷冰梵躲过一条铁尺的攻击，手中木剑神妙无比地一点，正击在一个乱党学生的咽喉上。

这学生先是一声惨叫，随着木剑更深入地挺进，惨叫声戛然而止，如同被扼断喉咙的公鸡，转眼倒地而死。

乱党学生临死的惨叫，仿佛是一个信号，提醒所有人这已经是生死之战。

而那些狂暴的妖兽被惨叫声刺激得更加疯狂，蜂拥而上，将这具乱党的尸体撕碎吞噬。

被血腥气所激，更多的妖兽朝苏渐等人如潮水般涌来。

迷雾谷中央位置妖兽的异动很快向外扩散。

此刻大部分参赛者都在中段的位置，但已经有发狂的妖兽冲了出来，和他们正面遭遇。

猝不及防之下，很快就有不少参赛学生被狂奔的妖兽冲撞倒地，鲜血流了一地。

“迷雾谷妖兽发疯了!!!”

惊恐的学生顾不得继续参加比赛，发疯般朝外面跑，向谷外守候的学院教习们报告这一信息。

这个消息很快就传到了评判席上。

听到迷雾谷中的妖兽发狂，高元盛大惊失色。

虽然几人中数他官阶最高，但他毕竟是文官，不像其他几位都有武技法术在身，一听迷雾谷出事，他第一反应就是赶紧让参赛的学生撤出来。

不过当他刚说出这意思，吴山云立即委婉地表示反对。

“大人!”只见吴山云起身，微微躬身拱手，朝高元盛朗声说道，“迷雾谷妖兽本就性情多变，现在被人攻击，自然怒意勃发，不会有多大事。”

“可学生们说，它们是发疯……”高元盛迟疑说道。

“只不过是个别学生畏惧妖兽，胆气尽失，故而张皇失措，夸大其词而已。”吴山云不慌不忙说道。

“你们怎么看?”高元盛看向其他几人。

“吴老弟言之有理。”别看灵鹫祭酒公西华老态龙钟，这时却断然说道，“区区迷雾谷妖兽，不过蜂猴羊鹫之流，怎难得倒我灵鹫俊杰? 依老朽之言，不必理会。”

到这时，评判席五人中，高元盛没什么主意，吴山云和公西华都说没事，于是刚升为太学博士的秦玉就为难了。

秦先生向来爱惜学生，以他内心真正的想法，是有些忧心谷内的情况的。

只是他新近升迁，有吴山云和公西华的观点在前，如果这时候他主张所有学生撤出，不仅有可能坏了这场三年一度的竞战赛好事，还会被人说成畏首畏尾，影响今后的评价。

“怎么办？”秦玉心中做着激烈的斗争。

“不行！”没过多久，他就在心中自责，“秦玉啊秦玉，平时你自诩爱徒如子，怎么今日为了一官半职就畏首畏尾？”

心中这般自责，他便下定决心，一定要劝服高大人让学生暂时从谷中撤出来。

“高——”谁知他才开口，便看见一直保持沉默的萧龙雀霍地站起，向他摆摆手，冷冷说道：“此事无须争论。待我去谷中一探究竟便可。”

说罢，萧龙雀也不等高元盛等人的反应，转身离席。

“萧兄不可——”见他要走，吴山云忍不住脱口阻拦。

“不可？”萧龙雀停住修长的身形，转身冷冷地看着吴山云。

“萧兄，在下知道你武力过人。只是，”吴山云的笑容如沐春风，但口气却绵里藏针，“萧兄，须知今日毕竟是灵鹫学生们的竞战赛事，若是你前去插手，不免坏了规矩。”

“规矩？”萧龙雀忽地仰天哈哈大笑。

笑声稍歇，他一甩手，根本不再和任何人说话，径自飞身跃入了迷雾谷中。

看着萧龙雀消逝的背影，被晾在当场的吴山云，那张宛如冠玉的俊脸上，正是红一阵、白一阵，十分难看。

“都坐下都坐下。”这时高元盛开口打圆场，“没事的没事的，萧大人此举也未为不可。依本官看，这正是稳妥的做法，哈，哈哈。”

高大人这样打着哈哈，其实心里对萧龙雀这样自行其是也很不满。

但很可惜，不满归不满，他也没什么办法。别看萧龙雀的军职官阶远在他之下，但其权柄和威望却远胜他这个翰林院掌院学士。

再说萧龙雀。

进入迷雾谷后，当他碰到第一头发狂的血影山魈，眼神便骤然一紧。

萧龙雀何等见识？一看红蓝面孔猿猴一样的山魈，眼中赤红如血，便知它一定被下了狂暴秘药。

一见如此，他毫不迟疑，飒然抽佩剑在手。

转眼间他剑舞如轮，整个人裹在一团剑锋青光中。他急速向前，如一阵青色旋风，顷刻便撞开了迷雾，撞入了妖群。

他这一路，如同杀神，所向披靡。

脚下纵横交错的沟壑，在他奔跃之时犹如平地。整个迷雾谷和谷中的妖兽，在他面前都好像成了一块豆腐；他则像一柄锋利的尖刀，毫无阻碍地杀向了核心。

见他如此，这一路上正跟迷雾谷发狂群妖苦战的参赛学生们，不由得俱是骇然。

要知道能成为灵鹫学院的学生，还敢报名参赛的，谁没几把刷子？人人向来自傲，现在见到萧龙雀如风杀戮的惊人场面，顿时便有些泄气：要知道，萧龙雀这还只是随便用佩剑在战斗啊，要是他耍起最擅长的焚天戟来，那将是何等气象！

第三十六章

侠之小者

不提学生们个个颓然，萧龙雀如此迅猛如龙地推进，很快就来到苏渐他们这群人所在的地方。

等萧龙雀到了这里时，苏渐五人已经和杨英为首的血义盟乱党厮杀作一团。

在这不长的工夫里，对苏渐等人来说，如同过了一整年。

因为这段时间里，他们不仅要面对狂暴的妖兽，还要抵挡乱党的攻袭。

只是杨英和他背后的人，到底还是低估了谋害对象的战力。

杨英现在指挥围攻时，心里已经后悔得跟什么似的。

“怎么会这样?!”他在心里怒吼，“怎么区区五个学生，攒和在一起，竟然爆发出这么大的战力?!”

他们本来觉得，以十五对五，肯定胜券在握；结果不到一刻，他们这边已经在地上躺倒了六七个。

要知道，这还是那些狂暴妖兽帮忙的结果!

当然苏渐他们现在的情况也十分糟糕——确切地说，他们已经到了最危险的时刻!

苦战到现在，苏渐等人也只能是“侥幸不死”。

现在苏渐腿瘸，唐求手折，雪穹前胸震闷，亚飒肩胛错位，连武力最强的雷冰梵，本来飒然如雪的飘飘银发，也被不知什么物质染黄了一绺，十分狼狈。

虽然此刻杨英等乱党人手折损过半，但此消彼长，到了战局后期，苏渐这一方的崩溃，很可能只在顷刻之间。

只是尽管如此，作为优势一方的首领杨英，心情却非常不愉快。

事实上，他在刚才这段时间里，已经判断过无数回，说对方即将崩溃；可谁知苏渐这些人，不知道从哪儿借来的力气，每一次眼看即将战败，却又在狂呼怒吼中重新振作。

看到这情形，杨英暗自心惊，心想道："这样下去不行。看来我那'狂魔猛药'，不用也不行了。"

先前他一直没用这种秘药，是因为和之前抛洒的秘药不同，这狂魔猛药没什么解药，一经使出，那些发狂的妖兽就会开始无差别地杀戮。

本来就算万不得已，杨英也不准备使用狂魔猛药，毕竟他内心也是怕死的；但是到了眼前这地步，不付出真正的代价，看来是杀不死苏渐这些人的。

踌躇再三，杨英终于把心一横，脸庞扭曲变形地狂叫道："好好好！好恶贼，不知死，那就别怪我用猛药了！"

狂叫之声未落，他便伸手探入怀中，要使那毫无人性的秘药。

谁知就在这时，却听得身后有人冷冷说道："好，那你就死吧。"

"啊?!"杨英也是好手，立即判断出这充满敌意的声音，就在自己背后咫尺之地。

一下子，杨英的心就凉了半截，因为他太清楚了，刚才这周围根本没其他人，现在居然有人在自己身后半尺之地鬼魅般出现，那自己基本绝无幸理了。

这时候，就看出杨英这乱党的勇悍来了。

他在一瞬间判断出自己绝无逃生可能，索性不作任何抵抗，继续去掏狂魔猛药。

他想着，哪怕在自己尸体跌倒的过程中，也要把这灭门绝户的猛药给抛洒出来。

只是，就在他手刚摸到狂魔猛药的药包时，却只觉得眼前青光一闪，然后整个感观灵识就和这个世界彻底告别了……

而这时杨英那一伙的人，目睹杨英此刻的景象，几乎异口同声地脱口喊道："不——哇——"

这两声，第一声"不"字狂吼而出，是觉得不敢相信；那第二声拖长的"哇"，则是他们不约而同地，全都吐了……

杨英的情形，实在太惨了：他整个人被萧龙雀的佩剑从胸膛横劈而过，连带着那只想去掏药包的手臂也瞬间被砍断，没有任何用惯性完成使命的可能。

看着飞溅的鲜血、惨不忍睹的死尸残躯，这时就连苏渐、雷冰梵这些杨英的敌人，也都觉得不忍再视。

震惊过后，众人才反应过来，却见那位站在血肉残躯上幽幽冷笑之人，却是身姿修长，貌美如花。如果不是先前在评判席看见过他，包括苏渐在内的众人都会以为是哪个不世出的美女魔头突然现身杀人。

"萧、萧神将……"那六七个残余的乱党学生看到萧龙雀出现，顿时如堕冰窖，结巴得几乎连一句完整话也说不出来。

见他们惊惧无比，萧龙雀却是嫣然一笑。正当乱党们以为会留他们一命时，巧笑嫣然的神戟将已如风般飚出！

转眼间杨英的故事重演，剩余的六七个乱党无一幸免，全都横尸当场。

"这！"见萧龙雀杀性如此之重，纵然苏渐是受助之人，也看得无比惊心动魄。

而这时候，四周本来蠢蠢欲扑的狂暴妖兽，被萧龙雀酷烈滔天的杀气所慑，竟然全都呜然远遁了。

"萧大人！"这时候，苏渐也实在是被这样惨烈的屠杀给震惊了！

他无法自控地带着怒气，一拱手叫道："萧大人，卑职以为活捉这些血义盟乱党即可，自有国法和有司去对付他们，又何必将他们都杀死？"

"迂腐。"萧龙雀不屑说道。

"迂腐？"一瞬间苏渐倔劲儿也上来了，叫道，"萧大人援手之恩，卑职日后再报。只是今日我身为玄武铜徽卫，正与血义盟乱党搏斗，萧大人却将他们一瞬杀死，还请给一个理由。”

“理由？”萧龙雀仰首向天，就在别人都以为他要说“救人”之时，却见他仰观萦绕天际的迷雾，悠悠地吐出几个字，“无他，兴之所至。”

“兴之所至！”一瞬间，苏渐被这个答案弄得目瞪口呆。

愣了片刻，他顿时泄气。

他琢磨了半天后发现，遇上这样无语的答案，他也只能无言以对。

他倒是无话可说了，但萧龙雀却好像没准备放过他。

看着苦战之后少年东倒西歪的身形，萧龙雀忽然说道：“还能动弹吗？”

“还行。”苏渐没弄清他的意思，迈了迈腿，答道，“照这样子，慢慢走回去，还是行的。”

“什么回去？！”刚刚神色悠然的神戟将，猛地冲了过来，拿剑架到少年脖子上，怒吼道，“还想先回去？难道你忘了还要头名击鼓赢幻月丹吗？！”

“啊？”被他一提醒，苏渐猛然清醒过来，“对啊！我还要为小眉妹妹赢得幻月丹呢！”

反应过来后，苏渐也不顾一条腿刚被乱党打伤，立即转身一瘸一拐地朝中央水晶石柱走去。

事实上，如果按苏渐正常的速度，难免可能被后来居上的其他组捡漏。但这时，他这瘸腿却是健步如飞。

究其原因，急着为幽小眉夺取幻月丹固然是一个理由，但更重要的是，今天这萧神将不知吃错什么药了，居然一路拿着血淋淋的利剑，左右不离苏渐的脖子，威逼着他一路快跑，去击响中央石柱下的灵力之鼓。

“他今儿这是怎么了？”一路狂奔时，苏渐瞅瞅身后的花样美男子，忍不住腹诽道，“难道刚才杀杨英时，也不小心中了什么古怪秘药？怎么看他这样子，简直比我这个当事人还要着急啊。”

他却不知道，萧龙雀此时看着他不解的眼神，心中却在苦笑。

“浑蛋……”他苦涩地想道，“如果不是小眉只信任你一人，我又何苦如此……”

苏渐一瘸一拐地走到那灵力之鼓下，在众人注目下，举槌敲响了那面灵力之鼓。

刹那间，洪亮深沉的鼓音，仿佛雕琢着精密的花纹，以苏渐为中心向四外震荡。当它们接触到高耸入云的水晶石柱时，原本无色的水晶石柱瞬间变成红色。

鲜红的晶柱，仿佛一支巨大的火炬，轰然燃烧在云间，瞬间驱散了迷雾谷的云雾。

这一刻，无论是迷雾谷内还是谷外，所有人都沸腾了！

虽然此后这水晶石柱，还要因为其他组的鼓响而变换颜色，但这头名的红焰之色，是最让人激动的。

“原来是苏渐他们！”知道颜色对应的那些人，看到了这个结果，想起“苏渐”这个名字，可谓既在意料之外，又在情理之中。

“是苏渐啊……”这时评判席上的高元盛高大人，从秦玉的口中得知了这个熟悉的名字时，一时间内心也是五味杂陈。

苏渐组夺得头名，评判席中大多数人都很高兴。对学院这一脉的人来说，毕竟苏渐最近出了很多风头，连带着灵鹫学院的评价，也都比竞争对手屠龙学院高很多了。

高元盛高大人，则对上回苏渐搅黄了高敞的继承人之位，内心还是很有感激之情的，所以听说苏渐成功，说不上开心，但也没有任何不高兴。

评判席五人之中，唯独有一人，此刻正是五内如焚。

“怎么搞的?!”吴山云虽然面无表情，心中却如同煮开了锅一样沸腾。

“不可能啊！杨英可是我盟安插在学院内的精英了，无论是武技还是智谋，放眼整个京华，都属一流。更何况这次还是有备而去，怎么还让苏渐活着拿到了头名？这里面出了什么问题？难道是他想等苏渐回程时再动手？可等到那时黄花菜都凉了啊。”

心中惊疑，吴山云没有任何头绪。

只是过了会儿，当他见战袍染血的萧龙雀和苏渐等人一起出来时，便什么都明白了。

“原来是他！”心中所有的疑问瞬间得到解答，吴山云一时间浑身颤抖，怒火攻心得差点掩饰不住表情。

但京华四杰就是京华四杰，吴山云很快就调整好情绪，怒气丝毫不见，反而无比优雅地站起来，离席朝萧龙雀等人迎去。

“怎么，萧兄，出了什么事吗？”吴山云明知故问道。

“几个小小蟊贼。”萧龙雀轻蔑地说道，“都被我宰了。”

“什么？”吴山云一惊，以袖掩口道，“难道灵鹫学院在此竞赛，还有什么山贼匪盗敢来迷雾谷中？”

“哼。”这次萧龙雀没有回答，因为他觉得，以吴山云的聪明才智，不该问出这样的话。毕竟对萧龙雀来说，当世只有皇上和宰相能让他动容，碰上吴山云这样装模作样的人，他想不回答就不回答。

见他如此，吴山云不免有些尴尬，要知道萧龙雀地位虽高，可他吴山云也不差。

正在尴尬之时，彩台前狼狈不堪的苏渐却忽然说道：“不是蟊贼，是血义盟乱党。”

“呃！”忽然听得“血义盟”这几个字，饶是吴山云掩饰功夫再好，也在一瞬间表露出几分不自然。

不过吴山云很快一惊，看向说话的少年，却见苏渐已经将目光移向别处。

“竟然有血义盟乱党埋伏啊！”吴山云故作吃惊地叫道，“也太猖狂了！小苏，你是玄武卫的吧？可要多加把油啊！”

“这是自然。”苏渐忙朝吴山云拱手一礼，规规矩矩道，“缉拿乱党，正是我卫职责，在下自当鞠躬尽瘁，死而后已！”

听他这么说，吴山云心里很自然地接了一句：“那你怎么不去死呢？”但口中却温言笑道：“好好好，有志气。有你们在，京城百姓可安保无虞了。”

“哪里哪里，不敢不敢。”苏渐也谦虚道。

“无聊！”正当二人如此温馨和谐、虚情假意对答时，却忽听得极其刺耳的一声喝斥。

两人顿时愕然抬头，却见刚扔出这句话的神戟将，已经转身回到评判席上就座了。

就在苏渐他们第一个让水晶石柱闪耀红光后，没多久，后面四组也先后击鼓染色成功。

还别说，因为杨英这回抛出了狂兽秘药，倒让这一次灵鹫竞战赛的含金量特别高。

不像往届还可能有人偷奸耍滑入围，这一次竞战赛获奖的五组，面对发狂的妖兽还能杀出重围，都是智勇双全的硬手。

不过，正当苏渐等人以为很快就要颁奖时，却见那首席评委高元盛高大人，站起身，做了个手势，温言笑道："诸位获胜高才，却不急领奖。今日灵鹫竞战赛，有一位尊贵非常之人，要亲自来给各位优胜者颁奖。"

"尊贵非常之人？"苏渐第一反应，就是当朝宰相司徒威。只是他下意识地朝萧龙雀一瞥，却见他面无表情，没什么动静。

"奇怪，还有什么尊贵之人？难道是某位王侯？"正当苏渐疑惑时，却忽听得从东边传来三通鼓响，转眼间号炮连天，只惊得远近的林鸟纷纷飞起。

被金鼓号炮吸引，迷雾谷东侧的所有人都翘首向东眺望。

很快，众人就见向晚的落日余晖中，东方的地平线上，转眼间旌旗蔽日而来，有一队威武雄壮的骑兵作为前导，然后一顶高耸的黄罗伞盖映入了众人眼帘。

"竟是皇上？！"这想法实在太过匪夷所思，以至于苏渐明明从那些明黄色的仪仗伞盖猜到了答案，却一时不敢确认。

不过很快高元盛那一声威严的"诸生肃立，恭迎圣上"，就解答了包括苏渐在内的所有人的疑问。

光武帝李翊，竟然跋涉二百里，专门来为灵鹫学院的竞战赛颁奖了！

意识到这个事实，所有人内心都瞬间充盈了满满的感动和崇敬之情。

可以说，这种心绪，已经超越了对君王的敬畏之心，倒好像还面对着一位慈父。

乱世君王，西来并未乘车坐轿。当他威武的身形出现在众人视线中时，却是骑在一匹白马之上。

不仅骑马，今日的李翊皇帝还一身戎装，穿金鳞明甲，踏犀牛皮靴，披猩红战袍，骑在高头大马之上，显得英姿勃勃。

“这才是乱世明主啊！”见到华夏帝王这一身装扮，所有人心中不仅兴奋激动，还充满了庆幸和感激。

当御驾队伍接近彩台时，光武帝一扬手，整支队伍立即停住。

仿佛有一个无声的信号，先导的马队忽然如波浪般向两边分开，戎装的帝王策马向前，飞奔向彩台。

白色的骏马，如白色的闪电，朝着彩台狂奔。就在它快要撞向彩台时，那矫健的帝王一勒缰绳，白马跃空而起，稳稳地落在宽大的彩台上。

“万岁！万岁！”

见得君王如此英姿，无论官员、学生还是将士，都在一瞬间爆发出一阵发自内心的欢呼！

这时候高元盛等人早就离席下台，见君王跃马高台，顿时以高学士为首，所有人都单膝跪下，向皇帝致以最隆重之礼。

“众爱卿平身。”光武帝李翊跳下马，将缰绳交予奔上台来的近侍，便朝台下宏声说道。

“谢主隆恩。”众人依言站起，一齐向台上仰望。

这时李翊夕阳绕身，正朝台下温言说道：“衮衮诸公，皆为华夏柱石；莘莘学子，俱是明日栋梁。今日迷雾谷畔，你我君臣，不必拘礼。”

文绉绉说完这句，李翊话锋一转，用一种轻松的语气说道：“大家一定觉得很奇怪，为什么灵鹫学院那些更隆重的年考朕不来，却来了这个游戏一样的竞战赛。”

李翊顿了顿，看了看台下那些确实脸现疑惑之人，接着说道：“那些年考，都是必须参加的例行之事，毫无主动。今日诸生愿意参加这并非强求的竞战赛，本身便证明了一种勇气。”

说到这里，李翊不知想到了什么，脸色变得有些沉重。

他沉默了片刻，才说道：“很多人觉得，要对付恶龙，把我们从亡国灭种的危险中解救出来，最重要的是各种强大的法技、武器。可是依朕看，这些固然重要，但更重要的是，我等举国上下，团结一心，人人奋勇，这比什么都重要！”

说到这里时，李翊目视台下，他显然发现了那位天雪邻国的皇长子，说到这里时，便特别向他注目。

雷冰梵并没有料到李翊会专门看他，他此刻正在为李翊刚才那番话不由自主地微微点头。

当他感觉到台上高贵的华夏君主在看他，仰面回看时，却发现李翊已经移开了目光。

“好，朕知诸生厮杀一天，已经疲饿交加，就不多啰唆了。”

当李翊说出这样贴心的俚语时，台下众人顿时响起一阵会心的笑声。

“看来朕猜得没错。”李翊也笑道，“那就颁奖吧。”

话音刚落，他便虎目直视台下人群，中气十足地叫道：“今日头名之组何在？”

一听这句话，高元盛好像得到信号一样，忙转身朝人群喊道：“雷冰梵、苏渐，你们五个快上前见驾！”

苏渐等人闻声，也不敢拖泥带水。因为刚才见到李翊这番做派，绝对是不拘小节之人，便赶忙互相招呼一声，登台来到李翊面前。

本来苏渐几个还想行跪礼，没想到李翊一见他们有这迹象，立即道：“几位才俊，朕刚说了，今日君臣不拘礼，怎么这么快就忘了？快上前领奖吧！”

听得如此，苏渐等人心中一阵轻松，忙上前等待李翊颁奖。

这时候，早有大内侍从从高元盛那边拿来了绢书证明和相应的奖品，恭敬地递给李翊。

接得相关物事在手，李翊很显然非常了解这个赛事，便笑言道：“雷冰梵、苏渐、洛雪穹、亚飒、唐求，恭喜你们成为迷雾谷状元！”

还别说，在此之前，因为站在人群中，从着众，再加上李翊风格亲民、不拘小节的做派，苏渐并不觉得有什么太多特别；但这时候，越众而出，和自己的同伴单独站在皇帝的面前，还让皇帝亲手给自己颁奖，刹那间，苏渐就觉得自己好像中了双重法术！

第一重法术，肯定是幻系灵术，否则怎么苏渐觉得自己此刻晕乎乎？

另一重法术，当然是轻身风灵术，否则怎么会觉得整个人都飘飘然，好像要离地飞起了?

而苏渐骨子里那股天不怕地不怕的劲头,还在这样重要的时刻本能地发挥了作用。

当君王将装着奖品的锦盒递给他时,他竟鬼使神差地问了一句:“幻月丹在里面吗?”

“哦。”听他这句话,尊贵的帝王没有任何其他反应,只是转过脸,朝台下一侧叫道,“高学士,这里面有幻月丹吗?没被你私吞吧?”

“当然有,当然有!”被君王突如其来地一问,高元盛额角冒汗,口中连连称是——

而皇者之威是如此厉害,几乎要让亲手放置幻月丹奖品的高元盛,对锦盒中有无幻月丹不自信起来。

经了这一遭,虽然对苏渐有好感,高元盛还是忍不住在心中骂道:“苏渐啊苏渐,你个浑小子,就你事儿多!你随口一句,却差点把老夫半条命吓没了!”

颁奖的环节没什么意外,除了苏渐这胆大包天的多余一问。

当颁奖已毕,正当众人都觉得,此时帝主应该要总结一下,说说今日竞战赛的重要成果、伟大意义时,没想到却听他直截了当地说道:“好了,完事了。诸位爱卿,刚才朕就说了,你们现在一定疲饿交加,朕就不说什么重要成果、伟大意义了。朕知道,现在你们最想知道的一件事就是,朕已经在东方的原野中,命将士们燃起无数篝火,帮你们这些明日栋梁,烤了上百只香喷喷的黄羊!”

李翊话音未落,这迷雾谷东侧的平地上,便响起了比先前不知热烈了多少倍的万岁欢呼声!

苏渐他们简单地包扎治疗好伤口后,便随着大队人马,往东边的原野中走。

走出大约五六里路,他们便看见那夜晚深蓝的天幕下,果然有无数明亮的篝火在旷野中跳动。

再离得近些,一阵阵羊肉特有的焦香味扑面而来,便让他们这些人,上至朝廷大员,下至灵鹫学生,不约而同地“咕咚咕咚”咽起了口水。

到得这时候,不用说苏渐这些华夏臣民了,就连雷冰梵、洛雪穹这样的他国之人,也被华夏之主的人格魅力深深折服。

当然,让雷冰梵没想到的是,今晚这篝火大会开始后不久,自己深深钦佩的华夏之主,就亲自来找他了。

"冰梵,"到了近前时,李翊挥退了几个侍卫,跟雷冰梵亲切说道,"你来我华夏灵鹫求学,还习惯否?"

"承陛下关爱,一切都很好。"冷峻的皇子,这时候态度也十分恭敬。

听了这开场白,雷冰梵还以为华夏帝王是来跟他嘘寒问暖,表示一下对他这个天雪国皇子的关爱,没想到很快他就知道自己错了。

只见刚刚和风细雨的皇帝,忽然神色一肃,说道:"冰梵,你今日夺得迷雾谷状元,倒是十分优秀;可你那位父皇近来的行事,却比你这当皇子的差远了。"

"陛下!"一听华夏国主指责自己的父皇,哪怕雷冰梵再折服于他的魅力,也顿时恼怒起来。

"你先别急,且听我说。"李翊做了个手势,示意天雪皇子少安勿躁,便继续说道,"你那父皇,最近派使臣来跟我说,想要削减天雪国供给风暴之墙的军资份额。"

听他这么一说,雷冰梵顿时有些脸红,忙辩解道:"陛下,这其中应该情有可原。我天雪国僻处北方苦寒之地,物资本就紧缺,今年可能格外寒冷,故此……"

"可是,"李翊笑着看着他,道,"冰梵,可能你不知道,最近你那父皇,可是在增兵星降高原北侧。那里是什么地方,你该不会不知道吧?"

"这……"雷冰梵一听就知道,自己那位父皇在干什么;星降高原北侧,不就是天雪国和华夏国的边境嘛。

可是虽然心知肚明,但此时雷冰梵也只能帮自己的父皇辩解:"陛下,那里虽是我国与华夏交界处,但再向东五百里,也接近人龙边境了。可能父皇是想在那里建立兵屯,便于将来调兵遣将,跟龙族作战……"

听他如此说,光武帝李翊一时陷入了沉默。

看着他沉静的样子,不仅周围的人,连雷冰梵自己,都以为他要生气了。

只是，就在大家提心吊胆等待他的雷霆之威时，李翊却忽然笑了，看着雷冰梵道："冰梵，你虽这么说，心里也不认同吧？不错，不错！"

他连赞两声说道："虽不认同，但在朕这个异国皇帝面前，还能违背本心，维护父皇和祖国，这是忠，这是孝。"

"哼，"一直很和蔼的光武帝，这时候却转脸看向旷野北方的星空，轻轻冷哼一声，似是自言自语地说道，"如此忠孝长子，听说那天雪国主还想立二子为太子，真是老糊涂了！"

听得他此言，附近一些宫廷侍卫和灵鹫学生，全都额头冒汗，不知所措。

这时候作为当事人之一的雷冰梵，更是只能目视别处，装作什么都没听见。

李翊皇帝跟雷冰梵说过这些事后，寒暄了几句，也就走开了。

待他走后，离得不远的唐求，想起刚才自己隐约听到的话，忽然眼睛一亮，跟身旁的苏渐说道："这么说，雷皇子将来想继承皇位，还需要经过宫斗？"

"恐怕是的。"苏渐有些忧心地答道。

"那太好了！"唐求忽然变得兴奋起来，叫道，"我会坚决支持他的！"

"那当然，毕竟咱们是……咦？"这时候苏渐也反应过来，奇怪地看着他道，"唐求，怎么今天你这么勇猛精进？可别告诉我只因为咱们和冰梵是兄弟。"

"兄弟之情当然是首要的，不过……"唐求凑近前来，神秘兮兮道，"苏渐，亏你还算聪明，这道理都想不明白？雷皇子和咱们是兄弟，如果他宫斗成功，能当上皇帝老儿，那论功行赏之时，一高兴给咱每人赏个十个八个美女，那岂不是美哉妙哉？"

"果然美哉妙哉。"苏渐笑着看着他，"这样的喜讯，回去我得第一时间告诉灵珊师妹。"

唐求愣了一下，立即大义凛然道："是这样，我又想了一下，冰梵是咱兄弟，帮他天经地义，要什么回报啊！"

“你们在说什么呢？”这时雷冰梵踱了过来，正看见唐求一副正义凛然的样子，便好奇地问道。

“没什么，”唐求表功般说道，“不就是夺皇位嘛，等到那天，我们都帮你！”

“哦。”雷冰梵忽变得面无表情，冷冷道，“雷某或有他事求助你们，但此事绝不需你们插手。”

雷冰梵这冷冰冰的话语一出，本来还热情洋溢的场面，顿时变得有些冷却。

“不说这个了，”亚飒出来打圆场道，“宫廷之事风波险恶，是这么好插手的？倒是苏渐，方才迷雾谷中，那血义盟杨英明显针对你，这个事，你怎么说？”

“这个嘛，我自会处置。”苏渐不以为意地笑笑道，“我们快去吃羊肉吧，再晚去，就被师弟师妹们抢光啦！”

“好吧。”见他不愿多说，亚飒也不追问，于是这几个人便往最近的一处烤羊火堆走去。

一路上，唐求看着在前面默默行走的少年，也有些忧心地小声跟亚飒道：“亚飒，苏渐他真没事？这回迷雾谷，加上上次火枫林，血义盟可对他下手两回了，而且都是下死手！”

“不用担心。”刚才主动挑起话题的亚飒，这时却笑道，“苏兄说他自会处置，依我看，就是心中已经有数，不劳你我烦心了。”

“真的没事吗？要不要我帮忙去查查？”有了过命的交情后，唐求真的对苏渐的安危放心不下，这时不免变得啰啰唆唆的。

当然对他这样的絮烦，亚飒也是知道情由的，便不觉得烦。

见胖少年是真的担心，亚飒便略停下来，仰首望望浩瀚的星空，然后对唐求说道：“唐兄，其实你对苏兄弟的关心还不够啊。其实后来我看见，苏兄应该已经找到一些线索了。”

“真的？”唐求又惊又喜，正想追问，却见亚飒已经追上苏渐，到达那只烤羊前。

“对啊，我为什么要问亚飒？直接问苏渐不就好了！”好奇的胖少年打定主意，便追到苏渐跟前，想问问究竟怎么回事。

谁知道刚开口，苏渐便倏然转身，拿了半条羊腿往唐求嘴里一塞，笑骂道："真啰唆，看来还得用烤羊才能塞住你的嘴！放心吧，我苏渐从不主动惹别人，但若别人敢惹我，我……"

他停了一下，眼眸忽然亮若天边星辰，炯炯地看着唐求说道："无论谁敢惹我，我绝不会善罢甘休。尤其这一回，如果我心慈手软，还对得起小眉妹妹的救命之恩吗？"

"说得好！"这时亚飒在一旁鼓掌道，"唐求，其实你多虑了。好好想想吧，咱们何时见苏兄弟他吃过亏？"

"不是，我——"正当唐求拿下嘴里的羊腿，还想说时，却见苏渐已越他而过，满面笑容地向后面什么人拱手招呼。

"吴前辈，今日多承照顾！"

唐求闻言一转身，却看见正是今日的评判之一吴山云，正笑着朝这里走来。

此时他的好兄弟苏渐，也满面春风地迎了上去。此后两人一阵寒暄，一个夸赞竞战出色，一个感谢照顾栽培，交谈双方正是其乐融融。

这时唐求咬着羊腿，看看他们，再看看亚飒，忽然间若有所思……

迷雾谷竞战归来，苏渐如愿得到幻月丹。

对灵丹归他处置，组内其他人毫无异议。他们这五人出生入死也不是头一回，对这样的无私馈赠，大家甚至都不用言谢。

幻月丹到手后，最让苏渐揪心的，还是怕雷冰梵所说的药效功能万一对幽小眉无效。

好在万幸的是，当他小心翼翼地用温水化开幻月丹，给幽小眉服下后，原本神志不清卧床不起的小少女，竟很快行动如常。

当幽小眉恢复正常，从苏渐这里问明幻月丹的获得过程后，她很是不解地问道："小苏哥哥，你为什么要对小眉这么好呢？"

她这样问，十分正常。

虽然这次昏痹在床是因为救苏渐，但幽小眉并不傻，知道这位华夏国玄武卫的铜徽卫大人，已经知道她尊龙教徒的身份；再加上她时常嚷着要杀他，就算苏渐这次甩手不救她，也是非常正常的选择。

听到她发问，苏渐一时也没有急着回答。

沉吟之际，他转过脸，看向窗外院子中的那棵梨花树，心中也在困惑纠结。

现在他已经意识到，自己对幽小眉的这番救助，以及内心对她的那份眷顾爱怜之情，已经超越了哄骗她、利用她的本来出发点。

沉吟良久，思绪纠结，苏渐最后转过身来，在小妹妹殷殷期盼的目光中，轻轻回答："因为你苏哥哥，一直想当一名侠客……侠之小者，为友为邻……"

在接下来的日子里，苏渐去跟学院告了假，一直待在京华城里。

表面上，他是为了照顾大病初愈的义妹幽小眉，实则在他的心里有一件想了很久的事。

不过有些不巧，这些天来京华城一直下雨。

一层秋雨一层凉，在这秋末初冬的时节，每下一场雨，就意味着天气逐渐转凉。

淅淅沥沥的冷雨有些惹人烦，对苏渐而言也不例外。

不过他的重点倒不在秋雨本身。他想的是，什么时候等天气放晴，地上重新晒干变结实，不容易留下脚印，他才能实施暗藏心中的那个计划。

当然这些天里，他一直没闲着，整天都去城中朱雀坊一带暗中查访。

和旧京师一样，这新京华的朱雀坊一带，所住之人非富即贵，是比三元坊更高级的世家大族聚居地。

苏渐所盯梢的对象，赫然便是京华四杰之一的吴山云。

事实上，自从火枫林一战，苏渐就开始怀疑他。

有些东西很难掩藏。尤其那日一战，双方都各出绝技，在空前的压力下，很难用什么自己不熟练的生僻战技来掩饰。

而京华城中，能把木灵法术练到禁术级别的人本就不多，况且苏渐眼神多毒辣？尽管那黑袍客再三掩饰，其举手投足间的矫健模样，根本瞒不了他。

因此，综合超强的木灵法技和二三十之间的年纪，苏渐很快就把目光聚焦在吴山云身上。

当然,到这阶段,还只是有些怀疑,真正让苏渐下定决心进行下一步动作的,还是迷雾谷竞战赛上的试探。

到底是经历过无名山庄和玄武卫的训练,当时苏渐在吴山云和萧龙雀对答间,冷不丁地说出“血义盟”三字,为的就是观察吴山云的表情变化。

还别说,内心隐藏大秘密的人,哪怕再小心,在这种突如其来的试探下,也难免会露出蛛丝马迹。当然吴山云已经做得足够好,当时一瞬间的吃惊,真的只是一瞬间,换了旁人根本察觉不出来。

但很可惜的是,他碰上的是苏渐。

第三十七章

玉妃情苦

苏渐是什么人?简直比鬼还机灵!

吴山云那一瞬间的惊诧,已清晰地映入苏渐的眼帘,之后什么都不用说了。

不过光这些,作为推测证据而言,还太浅显。

苏渐熟读玄武卫案例,深知就算亲眼所见,亦有误判可能,之前他们玄武卫成立之初有很多冤案,就是因为“看起来十成十是”,但最后证明,真的不是。

所以,他这些天整日潜伏京华城中,就是想进一步探察,来确证心中的猜测。事实上,他还有件最关键的事情没弄清楚:如果最近针对他的一系列血义盟暗杀事件真是吴山云在背后主使,那他到底是为了什么?

苏渐从来都相信“冤有头债有主”,除非碰上疯子,否则这样的大动作背后,一定有十分深刻的因果关系。很显然吴山云名列“京华四杰”,肯定不是疯子。

基于这些理由,这些天里,他一直在暗中观察吴山云的日常行踪。

大概又过了四五天后,看看天气放晴,地上泥土变干,他便终于开始行动了。

这一天中午,苏渐在暗中窥见,吴山云和往常一样吃完中饭就出了门,于是他立即潜踪蹑足,不动声色地靠近吴山云独居的后院围墙。

当观察左右,等到再无一个行人时,他便猛地舒展身形,一扫先前不起眼的路人风格，双脚奋力跳起，手轻轻往围墙上一搭，稍微一用力，就轻轻巧巧地翻过了围墙。

到了墙头，他伏低身形，观察围墙内的情形。当确定下面并无陷阱后，他身子一翻，便如一片秋叶，悄无声息地坠落在院墙下。

等他进了院子，才发现，吴山云果然是以武力闻名的京华四杰中，最为儒雅的那一个。

他这独居的小院，本身并不大，不到一亩的方圆，一看陈设就颇简朴。

但就是这样简朴不铺张的小院中，假山，凉亭，鱼池，竹林，却是一个都不少。

而因为主人匠心独运，这么多元素集合在一亩不到的小院中，却是疏落有致，入眼极为和谐。

见得如此，便连苏渐也不得不在心中赞了一声："好家伙，别看这贼公子对我下黑手，看这庭园布置倒是蛮有品味。"

虽然心中赞叹，他手下的动作却毫不拖泥带水。

在庭园中左右观察一阵后，没发现什么隐藏法阵，苏渐便轻快无比地掠过庭园，如一只雨燕穿房入户，来到吴山云独居的房间内。

和庭园一样，吴山云独居的屋子布置得也很典雅。

苏渐先在书房中仔细搜看了一遍，暂时没什么发现。

当然这里不是他今天的重点。他很快穿堂入室，来到吴山云的卧房。

很明显出身大家的吴山云，对居家生活非常讲究。他将坐卧起居的卧室和吟诗作画的书房分得极为清楚，整间卧室里居然找不到一本书。

来到卧室里，苏渐仔细地搜索这里的一切。

但让他失望的是，别说什么换洗的血衣了，他犄角旮旯都翻遍了，这吴山云好像连当日火枫林中的半片叶子都没带回来！

正当他有些失望，想从卧室中轻轻退出来时，眼角的余光却忽然落在了雕花红木床前的梨木踏板上。他看见那踏板上有条狭小的缝隙，里面似乎嵌着个什么微小之物。

"那是什么?!"

虽然只是一瞥，苏渐却顿时来了精神！

他小心地蹲下身，近距离地观看，发现踏板缝隙里嵌着一根极细小的草叶。

乍看上去，这草叶应该是陈年的枯叶，因为此时呈现在苏渐面前时，已经焦枯不堪，甚至看得出来不止是去年的叶子。

不过，苏渐端详一阵，却忽然大喜过望！

当然以他的谨慎细心，还不肯就这样下结论。

沉吟片刻，他忽然轻轻一挥手，这动作带起的一阵轻微的风，将这缝隙中的枯草带起。

细小的枯草在离地半尺的地方盘旋几圈，便轻轻地落在了苏渐的掌心里。

这时候，苏渐并没有睁大眼睛观看，反倒是闭上了眼睛。

屏气凝神了片刻，全神贯注的少年，忽然间展颜笑了。

"是木灵法力。"他带着笑意自言自语道，"吴山云啊吴山云，你那招'千草坚针'果然霸道，虽然能让草叶短暂地变得坚硬如针，但却大大透支了它们的生命力。"

说到这里，他环顾四周一圈，心里暗想道："你倒也算细心，只可惜，不小心带回一根火枫林中特有的草叶，上面还残留了一丝木灵法力。唉，果然那日林中对我下死手之人，就是你！"

终于确证了这一点，苏渐欣喜之余，也十分惊心。

他没想到，如此出身大儒之家，本人又天下闻名的翩翩佳公子，暗地里竟然是血义盟乱党的重要人物！

苏渐不算一个多愁善感的人，但这时候，也忍不住在无人的吴家卧房内感慨一声："卿本佳人，奈何做贼啊？"

虽然确证了吴山云就是幕后黑手，但苏渐心中还有个疑问没有解答。不管怎么说，他也不算什么玄武卫的大人物，这吴山云怎么就盯上他了呢？

所以，虽然发现了枯草铁证，苏渐并不甘心就此离去，而是又返身回去在各屋开始第二遍查探。

真是功夫不负有心人，当他重新在吴山云书房中小心翻找时，终于又看到一样先前忽视的东西。

那是墙角一个不起眼的藤木书箱，在书箱盖顶上，随意地堆叠着一些画稿。

本来这种画稿在舞文弄墨的文人书房里很常见，苏渐不指望在这里能发现什么重大的证据，因此先前那一次便没重点查看。

但是当他返身回来，开始一张张翻动画稿时，在翻到某一张画时，他本来不停捻动的手指，忽然间停住了。

很快，苏渐小心翼翼地抽出这张画，便看见这张上好的宣纸上，正用工笔画法画了一对男女：这男子剑眉星目，女孩儿曼妙美丽，两人互相倚靠，正是郎才女貌。

吸引苏渐注意力的，并非是这幅画出色的画工，或是讨喜的主题；他一眼就认出，这画中男女二人，一个是吴山云，另一个竟然是他的老熟人——古玉妃！

如果说，画中这两人的姿态，互相隔离，姿态自然，也就罢了，因为大家都是京华名流，偶尔在什么场合相聚，被好事之人绘影图形，也不算太特别。

但特别的是，这画中的吴山云和古玉妃，竟然举止十分亲昵，确切地说，古玉妃就依偎在吴山云的胸前！

这一下，顿时让苏渐大吃一惊！

猛然间，这幅画就好像一个开关，一下子让苏渐明白了很多事！

“原来，那回学院中夜逐的乱党首领，很可能就是吴山云！”

“为什么黑影对仙霞别院轻车熟路，还在古玉妃居处附近消失？分明他们早有私情！”

“后来古玉妃对我百般接近，定然是替她这个暗中的郎君恋人探听消息！”

“啊，对了！”苏渐心中最后一个疑惑，也豁然解开了，“为什么火枫林中会遇袭？想起来了！那之前古玉妃正跟幽小眉胡闹，看在吴山云眼里，定然以为自己的爱侣为我苏渐争风吃醋了！”

一念及此，苏渐心中顿时掀起惊涛骇浪：“哎呀！‘赌近盗，奸近杀’，古人果然没骗我。只是,我太冤了!”

他一脸苦笑地想道:“如果我和那热辣女先生真有什么,也就罢了,但古玉妃分明虚情假意,我也根本流水无情,怎么就让吴山云误会了呢?啊!不对啊——”

苏渐忽然变得很吃惊:“这事情,我都看得出,那吴山云的聪明才智,肯定比我不知高了多少倍,没理由看不出这一点啊?”

他却不知,情爱这种事情,很多时候很难说得清。这世间有三件事最容易让人丧失理智,一个是“名”,一个是“利”,还有一个就是“情”。

虽然年纪不大的少年还没能完全解开这个困惑,但这并不影响他对整件事情的判定。

这时候,他的目光停留在画像的落款上,见写的是:“云留玉影于乙未年丁亥月”。

云留玉影,只不过再次确证画中人物的身份;对苏渐来说更有信息量的,是这时间落款。

乙未年丁亥月,正是三年前的差不多这时候。

看见这三年前的落款,苏渐便忽然意识到,吴山云和古玉妃的地下私情,至少已经持续了整整三年!

其实,对古玉妃血义盟成员的身份,苏渐早就猜出;但今日对此事,他还是有了个重大的突破:原来古玉妃不仅是血义盟成员,还是乱党首领之一吴山云的地下恋人!

想到这一点,苏渐不由得一声苦笑。

他看看四周,再想起古玉妃那张看似火辣热情,实则忠贞内蕴的俏靥,忽然间觉得一阵意兴索然。

于是他不再逗留,手脚利索地将一切恢复原貌,便沿着原路,悄悄地退出了吴家庭园。

等重新回到京华城的大街上,他远眺了一眼东城楼上正低垂的云空,心中已经知道该怎么做了。

就在苏渐潜入吴山云家宅的这一天,恰好傍晚之时,吴山云也在京城郊外一座废弃的院落中,与古玉妃私会。

和以往的柔情蜜意不同，这一次的相会，两人间却充满了火药味。

见面之初，清寒冬风里，断壁残垣间，只听吴山云说道："玉妃，你变成现在这样，我真的很痛心。"

很显然，古玉妃是第一回听自己的情郎这么说。

刚开始她差点以为，情郎是在说自己今天的面貌妆容有什么不妥；当她反应过来真正的含义时，便吃惊地看着吴山云，一脸迷惑地问道："山云，你说什么呐？我变成什么样子了？"

"不就是勾引那个黑衣卫小贼嘛！"很明显，吴山云对此事隐忍已久，这次一说出来，他就没准备委婉措辞。

果不其然，听他这么一说，古玉妃先是一惊，但很快眼圈就红了。

在外人面前热辣高傲的女教习，这时候却变得如同一个小女人。

她仰望着自己亲爱的恋人，哽咽着说道："山云，你误会人家了。都是那一晚你被苏渐追踪，我怕他看出来什么，便故意接近他，看看有什么对你不利的地方——"

"得了吧！"对外人温文尔雅的吴山云，这时候却不仅无礼地打断古玉妃的话，还大叫道，"谁不知道，那次之后，姓苏的这条小黑狗根本对我没什么动作。倒是你，几次三番去缠人家，还探听消息呢，都是借口，是你自己想汉子了吧？！"

"你、你怎么能这么说？！"古玉妃一脸震惊地看着自己的情郎，仿佛不认识了他一样。

"为什么不能这么说？"吴山云梗着脖子道，"许你做，不许我说吗？什么道理！不过，我不怪你。"

刚才恶声恶气的公子，忽然语调转柔："玉妃，你要相信我对你的一片心意。你知道吗？即使你做出这样的事，我也不会怪你。要怪就怪那个小贼，分明是他先动了心思，才会故意勾引你。"放心，玉妃，就算你一时岔了念头，我也会帮你解决。都怪那个小恶贼，我会让他消失的！"

听他这样说，古玉妃却丝毫没有什么感激。

听到最后，她倒是猛地一惊，不知想到什么，脱口便叫道："原来，火枫林之事，是你做的！"

“当然。”吴山云嘿嘿一笑,“当然是我做的！你不觉得这样很妙吗?既除了朝廷的走狗,又消弭了咱俩的麻烦,正是一举两得。怎么,难道你不这么认为吗?”

对他的发问,古玉妃却没接茬,她只是喊道:“你怎么能这样？幽小眉那样的小女孩,你也能下得了手?!”

听得爱侣这样的指责,吴山云很想说,当时是这小女孩自己多事,无缘无故冲出来救苏渐,是她自作自受。

但沉默了片刻后,他却看着古玉妃,冷笑说道:“那是她该死。玉妃,你不觉得这样对你正好吗?”

“什么对我正好?”古玉妃莫名其妙地看着吴山云。

“还不是正好?”吴山云道,“那天,我看到了,你们两个为了姓苏的争风吃醋;那紧接着我在火枫林中,帮你除掉情敌,岂不是更好？我——”

吴山云还要再说,冷不防“啪”的一声脆响,原来是愤怒的古玉妃扬手打了他一记耳光!

“你!”吴山云十分震惊,但并没有反击。

捂着被打的那半边腮帮子,吴山云看着怒气冲冲的爱人,只是冷笑:“玉妃,我现在,还能说你‘谋杀亲夫’吗?”

此言一出,原本气急攻心的女子,忽然间陷入沉默。

原来,他俩以前嬉戏打闹,情到浓处时,吴山云就曾跟她开这种“谋杀亲夫”的玩笑。

想到此,古玉妃神色黯然。

而刚才气势高昂的吴山云,此时也感到颇为伤感。

“对不起。”沉默片刻后,吴山云深深地一躬身,行了个大礼。

“对不起,玉妃,”他真诚地说道,“刚才我不该说气话气你。我是真的爱你,太爱太爱你了,所以才忍不住出言伤害了你。我们……都好好的,像从前一样,好吗?”

一句话,就好像将洪水的闸门开启。

一直以刚强面目示人的女教习,忽然间泪水像开了闸的洪水,奔流不止。

见她痛哭失声，吴山云更觉后悔。他伸过手去，将跟随自己多年的女子轻轻地拥入怀里。

对他这样的亲昵，古玉妃并没有反抗。

事实上她从来没有背叛过自己的情郎。

她佻达热辣的外表下，其内心贞洁的程度，远超旁人的想象。

对这一点，吴山云比任何人都清楚，所以在发泄完自己的情绪后，他也变得无比后悔。

刚才吴山云言语上的攻击，对一个贞洁女子而言，已胜过真正肢体上的伤害。

所以，尽管古玉妃也真心想回到从前，就像吴山云所说，还和以前一样好好的，但当她被情郎揽入怀中时，她的动作还是有一丝不易察觉的僵硬。

这样的僵硬，不要说吴山云，就连古玉妃自己都没察觉出来。

此时京郊这处荒僻的断壁残垣里，紧密相拥的二人，还不约而同地想着，今后一定要弥合裂痕，好好维护两人间来之不易的甜蜜关系。

第二天，苏渐在灵鹫学院中，与古玉妃不期而遇。

看到她泪眼红肿，苏渐便关心地问她有没有什么事。

听他如此关切的问候，古玉妃强颜欢笑，随便说了几句，也便掩饰过去。

见她如此，苏渐没有再说什么，只是在心里默默地说道："古先生，我知道这是怎么回事。放心，我不会让你伤心太久的……"

当然对他来说，不仅是不想让古玉妃伤心太久，更重要的是，赶快行动，对苏渐和他伙伴们的安全也非常重要。

"庆父不死，鲁难未已"，有吴山云这样一个京华城血义盟首脑存在，他苏渐始终难以获得真正的安全。所以于公于私，他都要立即行动起来！

而现在他已非吴下阿蒙。现在的苏渐，在玄武卫中人气高涨，不仅得到大统领的宠爱，就连一直跟他作对的盖英卫，也已经被他踩到脚下。

这样一来，他今时今日能够调动的力量资源，已经完全今非昔比。

于是，接下来的日子里，由一个身份特殊的灵鹫学院三年级学生所张开的隐秘大网，开始朝吴山云及其背后的势力悄悄地罩去……

要对付吴山云，一点都不简单。

关键是，血义盟既然敢在皇帝眼皮子底下活动，可以想象他们在京华城中的组织隐藏得有多深。

而吴山云还是血义盟京华分舵的舵主，自然其最主要的活动场所，便是血义盟在京华城中承担中枢指挥功能的那个据点。

如果这一回苏渐不能将这个秘密据点找出，整件事还是会功亏一篑。

而京华城之所以称为“新京华”，也是因为两百年前人龙大战后才建立，那时候血义盟就已经随着溃败的人族，一起西迁到这里。

可以说，血义乱党在这新京华中的经营，从建城之初就已经开始了。

很明显，华夏国中还没有任何人，曾经找出过血义盟这一中枢据点。

从这一点来看，就知道苏渐这次成功的可能性微乎其微。

苏渐自己也深知这一点，但他还是准备试一试，毕竟虽然年纪小，可他从来“不服输”！

当然他肯定不是胡打瞎闹的莽夫。为了这次能够一击成功，他把自己关在屋子里，冥思苦想了三天之久。

“不动如山，侵掠如火”，当苏渐觉得最后琢磨出来的方案已经足够细致精妙，便立即如疾风般行动起来！

很快，京华城中的血义盟势力就觉得玄武卫动作连连。

当然一开始时，都是小打小闹，被拔除的都是一些不重要的外围小据点。

这时候，吴山云还不知道玄武卫这一次的最终目标，竟就是他本人。

但随着玄武卫行动的深入，更多更重要的血义盟京师据点被突袭。到这时候，吴山云终于开始不安起来。

本来这时候，按照血义盟内部的规条，以吴山云这样重要的身份，就应该立即潜逃出城，将隐蔽或反击的任务交给副手，他自己最多在城外遥控指挥。

以前血义盟正是因为有这样严格执行的安全条例，才确保了从来没有真正重要的首脑被朝廷抓获。

但这一次，事情临到吴山云头上，情况起了变化。

吴山云是谁？京华四杰！

别看表面，吴山云吴公子是四杰中温文谦逊的那一位，在其低调的表象下，他其实比任何人都要骄傲！

尤其这一次，他收到消息，得知原来最近这么多风风雨雨，竟然就是那个他恨之入骨的少年在对付他，这一来，他就更不会跑了！

不得不说，吴山云在双方对阵之初，就犯了一个不小的错误。

他以前那么多回严厉地教训下属，告诉他们不要让个人的情绪影响组织上的行动，但这一回，他自己却犯了同样的错误。

尽管吴山云自己不承认，但他对苏渐的愤恨，已经不知不觉地影响了他对玄武卫行动的判断。并且他这样咬牙切齿的情绪，立竿见影地体现到了他组织的反击行动中。

当苏渐一次次组织围剿血义盟外围据点，吴山云除去开始几次没来得及反应外，后来每一次，几乎都在第一时间发动了以牙还牙的对攻。

见他竟然如此应对，苏渐简直目瞪口呆。

本来他还担心自己的智谋能不能赶上成名已久的吴公子，甚至当他发现吴山云做出这样情绪化的反应时，他的第一反应还怀疑这是不是吴山云的陷阱。

但很快，他便兴奋地发现，吴大公子这些对攻行动，竟然是“真心实意”的！

“太意外了！”

既然如此，苏渐一边怀着不敢相信的“感激之情”，一边毫不留情地实施各种围城打援。

当然，如果说只是为了杀伤这些隐秘的乱党力量，苏渐并不会这么开心。

对他来说最重要的是，这世上哪怕最隐秘的行动，只要做了，就一定会留下痕迹。

蛇行无迹？雁过无痕？怎么可能！

而苏渐真正的目的，是要通过这一支支前来救援的血义盟隐秘力量，来猜测吴山云中枢指挥的真正地点，缩小将他们一网打尽的范围。

可以说，别看苏渐身份卑微，他还真担得起伙伴们对他的佩服。在迷雾谷竞战赛中，他被一致推举担当最重要的统帅之位，不是没有道理的。

虽然论武技他比不上雷冰梵，论法术打不过洛雪穹，论阴谋诡计不一定比亚飒强，甚至连身板儿也没有唐求那样壮实，但大家很明确地认定，论综合实力，苏渐是五人中最强的。

所以说，吴山云还没意识到，从他轻视苏渐开始，就犯了一个可能让他后悔终生的错误——没有人能想到，苏渐的目光，竟然超越了“围点打援”计策！他所有这些行动，其真正的目的，却是以此查知吴山云中枢指挥时的真正藏身之地！

所以，每次这样的战斗，苏渐对玄武卫下属送来的战果，比如杀死多少人、杀伤多少人、活捉了多少人，并没有真正的兴趣；他真正关心的，是一个个玄武卫眼线报告的血义盟救援力量行踪路线。

当然，不是所有乱党力量都从京华老巢出发，但是指挥他们行动的命令，一定是从那里制定产生，然后层层向外转发。

苏渐想做的便是，从这些血义盟乱党的信息传递及实际行动的轨迹中，反推出这些力量的指挥来源。

要做到这一点，以当时的时代水平，可以说是天方夜谭。

但凑巧的是，苏渐从自身的秘术“血瞳心眼”中得到了启发。

血瞳心眼，常常将对战对象身体内的结构，以及能量、战力等流转路径，在苏渐心中用线条结构图的方式显现出来。

而苏渐志向远大，平时对自己这样的神秘秘术又怎会不格外留心？可以说在灵鹫演武场中，他没什么事儿时，就拿演武场中提供的那些奇禽怪兽做实验，了解它们内在的结构线路图。

本来苏渐这么做，是想事先在这样的安全环境下，从容地总结各种妖禽怪兽身体内部的结构以及缺陷所在，并举一反三，运用到相近类别的妖灵身上去。这么做，省得每一回真正战斗时，还要拼死拼活地去跟敌人身体接触。

他的本来目的是这样，但日积月累之下，有一天他忽然从这样的结构线路图中，得到了莫大的启发！

他又惊又喜地发现，这些如枝蔓、迷宫一样的复杂连接，各种结构本身，竟然有着许多自己的规律！

当然他这时候并不知道，自己悟到的这件事情，在后世竟有一门专门的学科，叫“拓扑学”。

并且他这时候主要靠自己领悟，肯定不可能像后世的拓扑学大师那样，掌握很复杂很高深的规律。

但就是这样最粗浅的拓扑学知识，已经足够让苏渐做很多事。

比如，眼下对付吴山云。

苏渐通过搜集来的这些轨迹报告，通过最简单最朴素的拓扑学知识，不断地反推分析。

终于，这样的推理让苏渐越来越清晰地看到，所有京师血义盟出动的力量，其指挥来源，都指向了同一个地点——

从来没失手的京华四杰吴山云，终于第一次暴露出自己的老巢！

网在慢慢收拢，最后一击将至。

对这里面的古怪，虽然吴山云并没有真正看出来，但久经杀场，已经让他养成一种惊人的直觉。

他直觉有哪里不对，但却看不出来。

这种感觉让他极不舒服，整个人也变得越来越暴躁。

他对自身的安全也开始留意。

虽然因为渗入骨子里的固执，他还是不肯逃出京城，但已经大大缩小了自己的活动范围。

当风声越来越紧，虽然看起来有损他的骄傲，但最后他还是听从了其他人的劝告，彻底躲进了中枢据点里。

他觉得这么做，已经可以确保自己的安全。

但还是有些丢脸。

所以之后这些天里，吴山云就像一只暴躁的狮子，虽然还在遥控着外面的行动，但却觉得自己被关进了牢笼，浑身都不自在。

现在他最常做的事，就是在秘密据点里暴躁地转圈，并且越来越容易发怒。

其实不仅仅只有吴山云意识到危险，那位还在灵鹫学院虚以委蛇的幻系星流术教习古玉妃，更是将最近这一系列腥风血雨看在眼里。

并且，虽然她的才智和阅历不及吴山云，但因为此刻勉强作为一个旁观者，她对这系列事件中蕴含的危险，反而有比吴山云更清晰、更准确的认识。

古玉妃看在眼里，急在心里。

聪明的女先生很快就弄清楚，原来笼罩在自己情郎身上的阴霾，其始作俑者竟然就是自己的“好学生”苏渐。

她开始更加留心少年，但却发现不管自己再怎么恐惧和焦急，苏渐却依然不动声色。

和吴山云开始的死撑不同，为避免不必要的危险和麻烦，这些天里，苏渐毫无节操地经常不来上学。

他的行踪变得十分诡秘，每回因为缺课而面对教习的怒火时，他总是嬉皮笑脸以对。

而现在对古玉妃来说，苏渐偶尔来学院的那一天，就是她无比宝贵的机会。

尽管先前吴山云已经对她和苏渐的关系十分恼怒，但古玉妃为了救情郎，已经把一切都抛在脑后。她不顾一切地抓住仅有的机会，更加热烈地去接近苏渐。

本来古玉妃对自己极为自信，以前一直都觉得，自己主动接近苏渐，没能得到真正有用的信息，是因为自己放得不够开，所以才没让少年真正动心。

但这一次，当她惶急之下彻底放下身段，却发现了一个让她难受的真相：原来，哪怕她一再逼迫自己放下贞洁之心，真的就如一个荡妇一样去勾引苏渐，这少年依旧还是以前那副云淡风轻的模样，只管用阳光般灿烂的笑容看着自己。

当她发现这个真相时，古玉妃就变得更加焦躁、无奈，甚至恐惧。并且更重要的是，每次见过苏渐，无功而返后，她都会陷入一种深深的羞愧。

毕竟，如果她真的是一个荡妇也就罢了，偏偏她不是；或者，如果她真的是发自内心地去勾引苏渐，那也就罢了，偏偏她也不是。

作为女人特有的敏锐直觉，古玉妃感觉到这几次，每回自己热烈地去引诱少年，少年虽然没有接受，但也表现得很得体，还尽量地陪她周旋，明显就是对她包容、宽恕，不让她下不来台。

如果古玉妃真是一个迟钝的笨女人，感觉不出这一点，也就罢了；偏偏她也不是。

所以，焦躁、无奈、恐惧，这些负面情绪对她来说，还不是最难接受的。

最让她难受的，正是少年表现出来这种大度、包容，以及对双方以前那种微妙纯洁关系的维护，这让让她羞愧难忍；甚至在没人时，古玉妃一想到这些，连死了的心都有！

当然，在所有这些难堪的情绪之外，古玉妃还第一次意识到一点，那就是自己对苏渐这人，竟是一直都小看了；这个笑容有如阳光般明亮的少年，其实城府一点都不浅。

就在古玉妃为自己帮不了情郎而日夜惊惧时，这位美丽热辣的女子却根本没想到，自己想帮助的对象，已经对她起了异样的想法。

要知道，事情发展到这个阶段，虽然吴山云还不知道玄武卫和苏渐的真正目的，但连番损兵折将之下，也变得恼羞成怒。

于是当他听人来报，说血义盟安插在学院里的女教习古玉妃，最近跟那条朝廷鹰犬愈加亲近，他便立即勃然大怒！

这时候的吴山云已经被苏渐弄得失张失智；现在听说古玉妃在他风雨飘摇之际，竟然还跟苏渐不清不楚，可以想象，吴山云一瞬间怒火冲天，彻底失去了理智！

“荡妇！贱人！荡妇！！贱人！！”

秘密据点里，吴山云暴跳如雷，不知摔碎了多少花瓶瓷器；如果不是摔得连大家吃饭用的餐具都快不能保证，他绝不会停止这种发泄。

当像他这样的男人彻底陷入嫉恨交加的怒火时，就会很快做出让人做梦也想不到的事。

吴山云，这个与古玉妃暗中相知相识、相亲相爱多年的情郎，竟然援引血义盟内部的清洗条例，派人去绑架拘禁了古玉妃！

而当美丽妖娆的女教习被绑到这个中枢据点时，吴山云甚至亲自上阵，用冷酷的语言审问她。

见爱郎竟然如此，一心只为他的古玉妃，心中之气苦可想而知。

她百番辩解，没想到在失去理智的情郎面前，竟然都无济于事。

当见她供不出任何具体的变节情节，吴山云竟丧心病狂地命人对她酷刑逼供！

其时已入深冬，将近年关。

在古玉妃被抓的第三天，正是小年夜。这一日，京华城纷纷扬扬地下起了大雪。

很多时候，越是亲密的人，越是容易伤害得深。

已经被妒火烧心的吴山云，没能从古玉妃口中听到他想要的东西。这种情况下，固执自信的京华公子，不仅没有安心，反而变得疑心更重，行为更加疯狂。

这一天下午，当白雪飞扬，覆盖大地，丧心病狂的吴山云，甚至命人把古玉妃架到院中雪地里鞭打！

雪花依旧无言地飘洒。

往年的这个时候，高贵的灵鹫女教习应该穿着厚实暖和的狐绒皮氅，欣赏雪景。

但现在，她却只能穿着单薄的亵衣，被吊起在风雪里。

蘸水的藤条，一次次鞭打在娇躯上，发出一声声清脆的振响；女子光洁如玉的肌肤上，留下了一条条丑恶的鞭痕。

大雪无痕，但此刻却掩不住一条条新添的鞭痕。

伴随着鞭打，女子殷红的热血一滴滴落在雪地上。它们浅浅地融化了寒雪，如在雪中绽开了一朵朵红梅。

血染白雪，殷红如梅，在展现一种很特别的凄楚美感的同时，也足以让人惊心动魄。

而小年夜，本是辞旧迎新、亲人团聚的日子，古玉妃现在却被自己深爱的人，用这样冷酷残忍的方式对待……

当古玉妃被情郎狠心鞭打时，苏渐正在京华城中的住所中闭门思索。

其实古玉妃被抓，他已经通过玄武卫的内线得知。还别说他消息灵通，到了大难临头的最后关头，无论多严密的组织，永远都少不了那些两边下注的墙头草。

正因为得知了这个消息，苏渐的心情才变得不能平静。

“看来，不能再等了！”

如果此时古玉妃能得知少年此时的心意，当不会像之前那样羞耻难过。

“吱呀……”

正当苏渐看着窗外飘雪，下定决心时，却听得小院的门扉被什么人推开。

现在正是特殊时刻，苏渐对自家门户的防卫重视，可想而知。

这时候一听特殊处理的门扉竟然被人打开，他顿时大吃一惊！

第三十八章

无耻之徒

但苏渐没有慌张，只是立即如灵豹般腾跃而起，伸手一探，那血歌剑已握在手里。

他先是在屋门后屏息凝神，侧耳听了一阵；见没什么动静，就轻轻地绕到窗前，准备穿窗而出，杀屋外来人一个措手不及。

只是，正当他想从窗户蹿出时，却猛地见一道血色的光华，迎面闪耀！

“啊呀！”苏渐大吃一惊，猛地一挫身，整个身躯硬生生地对折，以一种不可思议的姿势迅速滚落一旁地上。

闪躲在地，苏渐就地一滚，很快就到了床榻旁。

借着床榻的掩护，苏渐惊魂稍定，怒喝一声：“什么人?!”

“是我啦!”一个清脆娇嫩的声音响起。

“小眉?”听到这熟悉的声音，苏渐真是喜怒交加。

“你干什么啊?!”他一骨碌爬起来，对闯入屋内的少女怒目而视。

“干什么？难道你看不出来?”幽小眉反而奇怪地看着他，“我这不是在刺杀你嘛，有什么好大惊小怪的。”

“哇呀！你还敢说?!”苏渐气恼道，“你不知道，刚才这一下，可差点没把你哥吓死!”

“咦?”幽小眉奇怪道，“不对啊，小苏哥哥，虽然你这人本事不怎么样，胆儿还是挺大的，怎么小眉随便杀一下，就吓成这样子?”

“这不是因为那什么——”苏渐正要说出心事，但忽然意识到什么，便立即停住。

“因为什么？”好奇心旺盛的小少女一双水汪汪的大眼睛目不转睛地盯着苏渐。

“看我干吗？”苏渐撇着嘴道，“就不告诉你。”

“话说一半，真讨厌！”小少女噘起了嘴，很生气。

“对了，怎么今天你晓得来看哥哥？”苏渐奇怪地看着幽小眉。

“什么看你不看你的，”幽小眉噘着嘴道，“我这不是前些天病了一段时间嘛，生怕手变生了，就来杀你看看咯。嗯，哥哥你也知道的，‘拳不离口，曲不离手’嘛。”

“什么乱七八糟的，不要乱用俗语好不好？”苏渐郁闷道。

“嗯……”很奇怪的，苏渐这样责怪她后，少女却没有顶嘴。

她在屋里来回溜达了几步，然后坐到了苏渐的床边，将那把九幽夺魂镰靠在了床沿，然后自己的两只小胳膊肘架在膝盖上，两手托着腮帮子，朝屋外盯着纷扬的雪花，怔怔地出神。

苏渐何等聪明？一看到少女这副落寞的样子，忽然就明白了她的来意。

“小年夜啊……”他心想，“这小姑娘，一定是想念亲人了……今天可本应是她跟家人团聚看雪的日子啊……”

想到这一点，苏渐再看看呆呆出神的小少女，心中忽然充满了爱怜。

“小眉，”他突然用欢快的语气说道，“你不是要练习杀我吗？不如，咱们换个更好的杀人场所吧？”

“嗯……哪里？”幽小眉还没怎么回过神来。

“火枫林！”

于是，在这小年夜的下午，这一大一小两人便去风雪中的火枫林，开始追逐嬉戏。

追逐打闹时，有时他们不小心碰到了树干，便让枝头积累的白雪扑簌簌而下，落在了发上肩头。

到了郊野的白雪世界里，幽小眉完全忘了她杀气腾腾的初衷，最后甚至和她的刺杀对象一起堆了两个可爱的雪人，说一个是自己，一个是苏渐。

当夜晚来临时，苏渐便带着她去了那个林中湖畔的小木屋。

屋外白雪纷飞，屋中烛光摇曳。

最近让很多人闻风丧胆的玄武卫少年，这时却亲自下厨，做了几个自己的拿手好菜。

当然，既然是小年夜，细心的少年从城中来时，并没忘带了应节的糖瓜和红枣。

按照人族的古老民俗，这些都是用来在小年夜供奉灶王爷的。

特别是糖瓜，今夜有着特殊的用途。当爱吃甜食的幽小眉抓过糖瓜，张开嘴正想往嘴里送时，却被苏渐一把夺下。

夺回了糖瓜，苏渐便拿它靠近了烛火。

当糖瓜被烤得半融化，苏渐便拿着它，糊在了灶头画像中灶王爷的嘴上。

一边糊，苏渐还一边虔诚地祷告："灶王灶王，今朝嘴甜，别忘上天言好事、回宫降吉祥……"

这时候，在一旁气鼓鼓的幽小眉，便眼睁睁地看着自己的美食，被糊在了那脏乎乎的灶王画像上……

这一刻，她气得简直想拿起九幽夺魂镰，去找这个争食的灶王爷算账！

夜色渐深，风雪更浓，这烛光摇曳、炉火热燃的木屋里，更加显得温馨和谐。

其实虽然内心里，苏渐从来没断过对幽小眉的利用心思，但至少在这一刻，雪屋，烛光，炉火，亲手给她做饭菜，陪着她说话，苏渐的内心已是无比地纯净。

正当这样亲切地说着体己话儿，幽小眉忽然间皱了皱眉，突兀地说道："哥哥，小眉怎么觉得，跟自己的刺杀对象过节，总好像觉得怪怪的呢。"

"别闹了，"苏渐笑道，"瞎想这干吗？你这还不是没杀死我嘛。"

"嗯，也对……"从内心中，幽小眉也不想破坏这样温馨甜蜜的时刻。

于是，她给自己找了理由："嗯，小苏哥哥最后还是给了我糖瓜吃，人还是挺好的，看在这份上，就勉强陪他过小年吧。"

温暖的火炉旁，他们两人就这样说着话；冬夜里，火炉边，喁喁细语，无论大事小情，似乎那些话一整夜都说不完。

只是，当苏渐说到一件童年得意之事，正说得眉飞色舞时，却忽然发觉少女不再回应。

他低头一看，这才意识到，原来幽小眉已蜷缩在自己的臂弯里，如小猫般睡着……

少女本就生得眉目如画，现在陷入了甜美的梦乡，气息悠长时，更显得无限娇憨。

看着她的脸庞，渐渐地，苏渐的神情也变得有些恍惚。

当睡意袭来，他倒是猛然一惊；转脸看看窗外，便见那些夜雪还在朦胧飘舞。

忽然间，他觉得有些感慨。

"这真的很奇怪呀，"他想道，"那吴山云，对自己相知相爱多年的恋人，却这么容易不信任，还能痛下杀手；而我对这个萍水相逢还'居心叵测'的少女，却能投入真情，这真的是很奇怪啊……"

这么想着，苏渐便忍耐住臂弯的酸痛，调整了下姿势，让小妹妹睡得更舒服、香甜。

又不知道过了多少时候，宛如老僧入定的少年，忽然间一笑，自言自语道："嗯，时间也足够久了吧？"

说罢，他便抱起少女，将她轻轻地放在床榻上。

他轻轻地为她盖上被子，然后轻轻地抽身，披上了蓑衣斗篷，打开了门扉。

在木门打开的一刹那，寒风挟着冷雪扑面打来。

苏渐迅速地跨出门外，又迅速地将门关上。

心如猛虎，轻嗅蔷薇。

他将所有的温暖都留给了身后的小屋，自己毫不犹豫地投入风雪交加的冷酷世界。

踏着没过脚面的积雪，苏渐走到火枫林外。

在那里，有几个身手矫捷的黑衣卫，早在那里等候。

一见到他，这几个桀骜不驯的玄武精卫，立时低头垂首，一齐行礼。

“免。”苏渐一摆手，神色冷肃，和刚才小木屋中贴心的大哥哥简直判若两人。

只见他一甩蓑衣斗篷，沉声问道：“一切如常吗?”

“一切如常!”黑衣卫下属恭敬禀报，“我们的人一直盯着那里，进进出出的每个人都盯牢；就在刚才还有传报，那里没有异常。”

“好，做事!”苏渐一声令下，顿时有黑衣卫牵来几匹健马。他奔到为首的那匹白马前，一个纵跃跳到马上，一抖缰绳，便率领着亲信下属，往城中疾驰而去。

雪夜马蹄声急，这时候温暖的林中小木屋里，那沉睡的小少女，恰好咕哝着说了句什么梦话，脸上便挂起了甜蜜的笑容……

纵马飞奔而去的少年，这时候还不知道，可能自己忽视了一些不应该忽视的东西。

比如少女，每一位都有着天生的羞耻和矜持；它们如同无形的甲胄，一层层地包裹、保护着少女。那些去追求她们的男子，就是在故意去剥开这些层层的甲胄，如同剥开清润甘甜的莲子。他们剥去时很开心，却不知道当自己最终成功时，也意味着无比神圣庄严的责任。

但也有些时候，就像苏渐今晚这样，是这些男儿根本就不知道自己在做什么。他们不知不觉地去剥开少女情感上无形的甲胄，一丝丝，一层层，一缕缕……他们完全没意识到，自己最后将面对一个怎样的结局……

黄普泽，是京华巡城兵马司一名普通的校尉。

黄普泽现在已经人到中年，为人极为平庸，可以说碌碌无为。

在他左邻右舍的眼里，黄普泽如果不是靠着祖荫，世袭了这个巡城校尉的职位，光靠他自己谋生，恐怕连自己也养不活。

这样的看法并不是大家的偏见。谁叫平时这人都是一事无成呢？别的不说，他到今天连老婆都没娶，就是最好的明证。

可是再没本事，谁叫人家有个好家世呢？黄普泽不仅能世袭军职，还在平康坊附近拥有一处偌大的庄园宅子。

而新京华的格局，都按旧京师建造。这平康坊虽然离朱雀街、三元坊还差了好大一个档次，但它靠近东市，也在极为繁华的地段。

尤其和三教九流、鱼龙混杂的西市相比，这东市做的大多是珠宝丝绸生意，虽然清冷一些，但档次却高了很多。

所以，能在平康坊这里有处庄园宅子，着实证明黄普泽祖上不凡。

当然，平康坊还有个特点，就是这里开着很多家高档的青楼。

所以，黄普泽家所在的平康坊，没有西市的熙熙攘攘，也不纯粹像东市那样清静高雅，有了青楼女子的迎来送往，便将此地的繁华程度定格在一个适中的位置。

特别是，正因为这里有许多家青楼，整天迎来送往，做的是敞开门的大路生意，所以这里整天有很多陌生人来来往往，就显得很正常。

小年夜这天夜里，平庸的中年校尉黄普泽和往常一样，下值后和同僚们在兵马司附近的酒寮中喝了通老酒，等夜深了，才歪歪斜斜地回到家门前。

如此平庸的人，现在还喝了酒，简直就是不值一提的醉汉一枚。

但却没有人能想到，就在这位平庸校尉走近家门，要去打开紧闭的铜锁时，他那双混浊昏沉的双眼中，却忽然闪过一道精光！

当然他表面还是很平庸。

他东倒西歪，几乎站不住，但却在摇头晃脑间，锐利的眼神一扫而过，将房屋四周的情形尽览眼里。

“这边没人。”

“那里也没有。”

“安全。”

谨慎地下过结论，黄普泽便彻底打开了门上铜锁，推开门，准备进去。

谁知就在这时，附近那些街巷犄角旮旯处，看似满地平整的厚雪里，竟然有无数处不约而同地被掀起！

顿时这处平静的街区，如同突然出现无数条雪色的猎犬，不计其数的玄武卫精锐武士，身披雪白绒氅，奔涌而出；冲在前面的那几个，几乎在转瞬间就扑到了黄普泽身后！

黄普泽此刻一只脚已经跨进了门里，当察觉到身后动静有异，他也不回头，也不防御，只想大声呼喊报信。

可他反应再是敏捷，一口锋利的吴钩也已从背后伸来，瞬间割断了他的喉咙。

世代铁杆血义盟的黄校尉，就这样无声无息地死去；门外蜂拥而上的玄武卫健卒，看都没看他一眼，就踩着他的尸体，鱼贯冲进了黄家院子里。

很明显，黄普泽黄校尉家，就是血义盟乱党在京华城中隐藏得极深的老巢总部！

事实上，自从人龙大战后新京华建起时，这里就已是血义盟的核心据点了，以往因为极用心的选址、极细心的掩护，以及将“灯下黑”的道理发挥到极致，以至于在两百多年里，这里从来没被人怀疑。

但今晚，玄武卫无数精锐瞬间布满了庄园各个要隘，对血义盟的京师老巢发起了总攻！

对这次进攻的意义，玄武卫上下有着极其清醒的认识。

整个行动一开始，不仅保密工作做得极好，派来的也都是精兵强将，甚至来了好几个金徽卫、紫晶徽卫。

从职位头衔上来说，这批人里，有相当比例的人都超过了苏渐。尽管如此，轩辕鸿依旧特别叮嘱，这一次行动由苏渐全权指挥。

对于这安排，不得不说，羡慕嫉妒恨的大有人在。

只要不是傻子，就知道这次行动的意义有多重大；甭说事后论功行赏了，就算什么都拿不到，以后跟小辈们吹牛，这也是一等一的素材了。

但这一刻，却是苏渐出现在众人面前。

和其他人不同，他依旧一袭黑衣劲装，只是为今夜之事，他特地披了一袭猩红的披风。

按他自己跟同僚的解释，说是今天毕竟是小年夜，用红色，喜气。

但除了他，没有人这么理解。在所有玄武卫同僚眼里，少年苏渐从来没像今夜这样杀气腾腾、威风凛凛！

赢得这样重要的职权机会，苏渐却并没有像想象的那样身先士卒。

他只是居中调度，一条条命令从他口中流水般发出去，一支支精干的小队向四处飞速进发，很快就掌握了黄家院落中各个要害位置。

本来由他来总指挥还有很多人不服，但看到他这样指挥若定，这些人全都心服口服，乖乖地按照“小苏大人”的命令，态度恭敬地去做自己的事去了。

当苏渐指挥若定地安排众人占领黄家庄园时，吴山云还在后院折磨古玉妃。

“玉妃，”飘雪中，吴山云对冻得奄奄一息的女子，竟是一脸温柔地说道，“你知道吗？开始啊，我还想从你口中掏出些真心话来；如果你识相，老老实实坦白了跟那小贼的无耻勾当，我也就原谅你了。虽然，以后你当我的大妇是不行了，但还可以给你留个小妾的位置啊。可惜啊可惜，你竟是如此的不识相，为了维护那条小黑狗，竟对我这样的人物守口如瓶。所以呢，你知道吗，我现在已经改变主意了。你什么都不需要告诉我了，我就是要折磨你至死！”

此刻吴山云英俊的脸庞，在院中飘摇的火把映照下，显得无比的扭曲和狰狞。

“玉妃，我现在真后悔，”他的脸上，已换上了一副亵渎的笑容，“真是很后悔啊，以前我俩相恋这么多年，还弄什么狗屁的约定，说什么要等血义盟成功之日，再行婚礼洞房。我呸！我苦忍了这么多年，却被姓苏的喝了你那道头啖汤！”

古玉妃本来已经被折磨得奄奄一息，对吴山云前面那些凶恶的话，已经没了什么反应；但听到他说到最后这里，她却动了动，然后低垂的螓首努力地抬起来，“呸”的一声，一口血痰正吐在吴山云脸上！

“啊呀！你个贱人！”吴山云一抹血痰，勃然大怒，“好哇！说到你痛处了？好好好！我吴山云可是宽容的君子，不管你是什么残花败柳，我今晚也就勉强受用了！”

说着话，他便冲上来，解开了古玉妃身上的绳索，便要抱进屋去蹂躏。谁知正在这时，只听得前院一阵大乱，正当他吃惊间，忽然那后院院门被人一把撞开了！

“吴舵主，不、不好了……”来人满脸是血地大叫道，“这儿被发现了！黑狗们杀进来了！”

“什么?!”吴山云闻言大惊失色，本能地叫道，“是、是苏渐那狗贼带人来的吗?”

“是，就是他!”恰好这报信的党徒认识苏渐，听吴山云提到苏渐的名字，霎时如同见了鬼魅一样，惊恐大叫道，“就是他！苏渐！是他指挥人在残杀我盟中兄弟!”

“浑蛋!”吴山云惊怒交加，也顾不得蹂躏古玉妃了，立即呼喝一声，聚起老巢中所有血义盟精锐，冲去前院抵挡。

当他仓皇而去后，本来状若濒死的女子，这时却在雪地中睁开了眼睛。两行清泪，从她血污的面容上滑过。

虽然此时说话已经十分艰难，但她还是发出了微不可闻的声音：“苏渐……你是来……救我的吗……”

本来心若死灰，不想再活下去了的女先生，忽然间内心又充满了求生的渴望。

再说吴山云。别看他内心邪恶，行事疯狂，但为人还是极聪明的。

他只从报信人的只言片语中，就意识到事态的严重性。

所以当他冲往前院时，他已经一路发动了庄园中所有的实力。

甚至，他还把那个恰好来京华视察的血义盟高层长老孔硕，也说动了一起杀往前院。

一路厮杀，终于来到了此刻杀戮最酣的前院，吴山云在人群中一眼就看见了苏渐。

本来仇人相见分外眼红，有无数种恶毒的叫骂，但鬼使神差的，当吴山云的视线和苏渐相交时，脱口而出的竟是：“苏渐，你怎么找到这里的?这里无比隐秘，固若金汤，两百多年可从来没被人发现过!”

听了他这话，忙着厮杀的众人都是一愣，也都有些好奇，全都将视线聚向了玄武卫那个为首的少年。

只见乱军丛中，火炬光辉耀映下，那少年却是呲牙一笑：“有什么好奇怪的？凡事都有第一次嘛!”

这一句答话,立刻把吴山云呛了个半死!

“好狗贼!”他一声怒吼,周身顿时飞旋起无数坚如利刃的枯叶,掩护着党徒朝苏渐这边杀来。

见他拼命,苏渐却不慌不忙。只见他回头叫了一声:“霍老爷子,就看你的了!”

“好嘞!”阵后顿时有个苍老的声音沉声应了一下。

答话这人,正是玄武卫中负责远程力量的金徽卫霍修诚。

霍修诚是玄武卫的老人了,在轩辕鸿手下几乎干了三十多年,资格极老,平时为人也颇倨傲。

但是现在被苏渐这个毛头小后辈叫一声“老爷子”,这傲慢的金徽卫却甘之如饴。

见苏渐下令,霍修诚连忙一声令下,顿时麾下那些火弓手们张弓搭箭。一时间,这黄家庄园上方,不说万箭齐发,也顿时百箭飞空,在半空瞬时形成一张密集的火网,朝狗急跳墙的血义盟乱党们罩去!

一见这情景,吴山云立即就知道了今晚大势已去。

其实换了别人,也许还没这么快得出这结论;但是吴山云既然使了阴招把古玉妃绑来,这样偷鸡摸狗的招数,反而映射出他内心对苏渐的恐惧。

几次暗害都没成功,心理阴影已经埋下;今晚这两百多年没暴露的血义盟老巢,也被苏渐有如神助般地挖出来,便让吴山云内心的那点恐惧,彻底扩大成心魔。

本来一拼之下,未必没有成为漏网之鱼的机会,但这时候,他却迟疑了。

而同来的血义盟长老孔硕是何等人物?

一看吴山云手慢,他顿时就明白怎么回事。

“山云你干什么?!”只听孔硕怒吼道,“都什么时候了,你还想干吗?你我在他们眼里都是罪不容诛的乱党,这时候就算有心投降,也难逃一死!”

其实这会儿像吴山云这样动摇的,根本不止一个。当带着火灵之力的箭雨劈头盖脸而来时，黄家庄园中的党徒们就开始绝望动摇了。

但孔硕这怒吼声一出，顿时就让这些动摇了的党众又铁了心跟眼前的敌人拼杀到底。

这样的人里，应该也包括吴山云。

听了孔硕之言，他满脸愧色，大呼道："孔长老，是我想岔了；为明心志，今日我吴山云纵然一死，也要多拉几个朽朝鹰犬黑狗垫背！"

"这才是我血义好男儿！"孔硕大声赞扬，只是就这一分神的工夫，有几个玄武卫精锐就借着箭雨掩护冲到近前，眼见对他就是个合围活捉之势。

见得如此，孔硕长老一声长叹，一边勉力抵挡，一边凄然叫道："小山云，我是活不成了。你也别一心求死了，你还年轻，是我盟将来的希望，能冲出去，就冲出去吧。"

听他如此说，吴山云顿时泪流满面，大声叫道："孔长老，这是什么话？大难临头，我吴山云岂能独活？别灰心，我来助你！"

"你别——"孔硕还想再劝时，却见吴山云已经奋不顾身地朝这边杀来。

而孔硕经验多丰富？这时候一看便知，就算吴山云杀到自己身边，和自己兵合一处，也没办法从眼前这几个黑衣卫高手手中脱逃了。

毕竟，他刚才借着火箭的光芒，已经看到围攻自己的几人中，竟然有一个紫晶徽卫、两个金徽卫！

判明了结局，再看着吴山云奋不顾身而来，孔长老不由得也是老泪横流。

"好好好！"苍老的血义盟长老，扭脸看看已经靠近的吴山云，甩去泪痕，也霎时豪迈大笑道，"不过一死而已！想你我今日鲜血不会白流，当唤起后人觉醒，推翻朽朝！"

而这时候，苏渐见对方首领聚集，也不再矜持，忙带领本阵猛冲过来；冲近之时，他听得孔硕说话的意思，倒是要和吴山云一起奋战至死，便连忙大叫道："诸位听令，这二人乃是乱党重要头目，都给我抓活的！"

"是！"顿时围攻之人齐声呼应。

只是，已经冲到近前的苏渐，听了这声“是”，却忽然觉得有些不对。

不仅是他察觉有异，那被围在中央的孔长老，更是愕然。

“你说什么？”他惊异地看着身边之人。

“我说‘是’啊。”近在咫尺的吴山云，嘿嘿一笑，猛然间出手如电，手中那把利剑已经架在了孔硕的脖子上！

对于这瞬间的转变，就连孔硕的敌人们，也还来不及反应；这时候却只听吴山云一声大叫：“苏大人有令，要抓活的！我吴山云，投降了！”

吴山云，投、降、了！

这一下，别说血义盟了，连玄武卫的武士们都目瞪口呆了！

要知道他们这两方人，都是身经百战之辈，但今日这奇特一幕，还真是平生第一次碰见。

而当判断出吴山云绝非诈降，苏渐立即向他挑起一根大拇指，叫道：“吴山云，你真够无耻。”

“多谢大人夸奖！”吴山云恬不知耻地答道。

“好。”苏渐也不多啰唆，瞪着他喝道，“既然你已反正了，现在该怎么做，不用我多说了吧？”

“当然当然！”吴山云点头哈腰地回答，然后便转脸朝四下大喝道：“兄弟们，你们也看到了，今晚朝廷天军杀到，苏大人又英明神武，咱们想逃是不可能的了。大伙儿赶紧给我放下武器，就地投降吧！”

说到这里，他见还有些人神色愤恨不服，便一紧手中利剑，瞬时在孔硕的脖子上割出一道血痕。

“哪个还敢冥顽不灵？”吴山云凶猛地吼叫道，“谁敢抵抗，我就把你们敬重的孔长老给宰了！”

这句话一出，彻底熄灭了在场血义盟党徒抵抗的心思。

“丁铃当啷”，现场兵器的落地声响成一片。在这当中，还响起了不少党徒呜呜哭泣的声音。

“哭？”苏渐猛地一惊，顿时想起什么，立即大叫道，“吴山云，古玉妃在这里吧？”

“古玉妃？”吴山云一惊，眼珠一转，忙道，“苏大人，她是在这里。其实我和她是旧相识，请她来这里住两天……”

“闭嘴！”苏渐喝道，“少说废话，赶紧把她给我带来！要是她有个三长两短，我要你的狗命！”

“是是是！”半刻前还对两人关系嫉恨非常的吴山云，这会儿却点头哈腰地领命，奋勇无比地冲向后院，去释放古玉妃。

而这时候，整个黄家庄园的后院已经燃起了大火。刚才玄武卫的火灵箭攻击，虽然都集中在前院厮杀的乱党身上，但难免有十几支飞去后院，点燃了那里的枯树枯枝。

所以很讽刺的是，之前还一心想将古玉妃蹂躏至死的吴山云，这时候却奋不顾身地冲进火场，一心营救女子。

吴山云的转变，在别人眼里看起来十分突然，但其实并非无迹可寻。

他本就是贵家子弟，虽然一开始因为青春期的叛逆，加入了血义盟，但很快就失去了新鲜感。

但倒霉的是，血义盟很少能碰到有他这样家世的才华之士参加，一旦他加入，还不如获至宝？很快吴山云就以二十出头的年纪，荣登盟内高位。

也就是说，哪怕吴山云打心眼儿里一万个不愿意，也被架在高位上，下不来了。

此后吴山云便怀着得过且过的心态，反正一时也没遇到什么危险，手底下还有一大帮人跟着自己，一呼百应，这种感觉也挺威风。

于是他便想着，那就这样吧，过一天算一天吧。

但是今天大不相同；吴山云没怎么看就知道，今夜之事是个死局。

判明这一点，他再无迟疑，立即当场投降反正。

吴山云经历了这样的心路历程，而今晚现场另一位主角，内心也思绪万千。

眼见吴山云投降，本来苏渐还想着，私人恩怨归私人恩怨，虽然吴山云虚伪、无情、凶悍，但既然他已经投诚，那从大局着想，以后也就和他化敌为友了；虽然自己和他不可能成为真正的朋友，但敬而远之，也就可以了。

但下一刻，当苏渐看见吴山云背着古玉妃出来，他借着冲天的火光看清了古玉妃的模样，心立刻就冷了。

当他第一眼看见古玉妃身上那一道道纵横交错、触目惊心的血迹鞭痕，他就知道，自己再也不可能和吴山云和解了。

心中转念之时，吴山云已背着古玉妃来到他面前。

来到苏渐身前后，吴山云连忙像避嫌一般，迅速将古玉妃安置在地上，然后将她扶起。

而刚才救人的过程中，吴山云还生怕古玉妃气息微弱，出什么意外，已经度了大量灵力来救护她，所以此时古玉妃倒也能立得住。

当吴山云扶着古玉妃时，他还不忘说道："误会，都是误会！咱们以后就是一家人了！"

"一家人？"苏渐冷笑道，"还是别，今天我也算是第一次见识到你这样的人。"

"当然当然，"吴山云误解了苏渐的话，忙道，"我的意思是，以后公务上我和苏大人是一家人，私下当然苏大人和玉妃是一家人……"

"你……"苏渐看着吴山云这样的嘴脸，一时竟然也不知道说什么好。

这时候，认为古玉妃和苏渐有一腿的吴山云，好似意识到什么，立即讨好地跟女子说道："玉妃啊玉妃，你不要怪我，以前都是误会，现在也是我把你从火场里救出来的……"

只是，虽然吴山云絮絮叨叨地表着功，但神智依然不太清醒的女教习却跨步向前，将苏渐紧紧地抱住……

对她这样毫不掩饰的亲昵，换了半刻前，吴山云必定妒火攻心；但这时候，他已经一点都不在意。

早就因为血义盟艰苦生活而动摇了的吴家大公子，今日彻底投降转变后，满心想的都是今后的光明前程和荣华富贵。

他非常清楚，以自己的经历，投诚后最可能待的地方，就是负责侦缉乱党的玄武卫。

而作为曾经的对手，吴山云对苏渐在玄武卫大统领那儿的受宠程度，知道得甚至比很多内部的人都深刻。

所以,他怎么会因为一个女人就得罪以后大上司跟前的红人呢?

所以,尽管他现在眼睁睁看着自己曾经的爱人跟自己曾经的仇人亲密拥抱,他吴山云,真的一点都不愤怒。

事实上,他已经不觉得苏渐是仇人了,因为从他刚才投降的那一刻起,他就彻底地放弃了跟自己相爱多年的恋人。

可以说,苏渐和吴山云,在今晚之事中,都是悲喜交加;但对于玄武卫大统领轩辕鸿来说,却是一件好得不能再好的好事!

其实平时玄武卫也经常抓住一些所谓的血义盟乱党,大统领还因此经常给予嘉奖。

但这些人其实都是些阿猫阿狗小角色,玄武卫对潜藏在京师的血义盟真正力量,从来都是连毛都没摸到一根!

对于这一点,以轩辕鸿的精明,怎么会不知道?事实上上回户部尚书高元博,克扣玄武卫的粮饷也不是完全没理由;"清剿京师乱党不力",就是当时高元博的理由。

所以当时轩辕鸿还没什么办法,想回击也只能想阴招。

而今天这个小年夜,竟然由苏渐打头,把血义盟在京华城的老巢给端了!

不仅把老巢端了,还把长老孔硕给活捉了!

不仅把孔长老活捉了,还揪出京华四杰之一的吴山云,竟然是血义盟高层首脑!

不仅揪出了这个秘密,还让他投降反正了!

喜讯一个接着一个,最后让坐镇总部的轩辕鸿实在按捺不住了。

本来他还假装镇定,在总部扮演着镇定从容的统帅角色,但最后他实在装不下去了,立即命人拉来自己的坐骑,跳上马就直奔东市,迎接苏渐等人凯旋了!

一路狂奔时,轩辕鸿那叫一个心花怒放啊!

他心说多年来玄武卫也没做出什么大成绩,今晚这次可是实打实、雷打不动的大战绩了!

于是就在第二天,轩辕鸿便迫不及待地大肆宣扬小年夜的行动了。

他上蹿下跳,向上邀功,向下奖赏,这一次在四灵军团其他三大军团面前,他终于真正扬眉吐气了!

当然,为了收揽人心,他对反正过来的吴山云,奖赏也极为慷慨。

金银财帛就不说了,吴山云一进玄武卫,便立即被升为银徽卫,隶属于金徽卫霍修诚。

反倒是苏渐,立了这么大一场功劳,只得了金银财帛赏赐,没能在职位上再进一步。

当然他对这一点完全没有不满意,因为大统领已经在内堂里,跟他关起门来明说原因了。

平素威风赫赫的大统领,这时却苦口婆心地跟苏渐解释。

他说,毕竟苏渐才十七八岁年纪,已经是铜徽卫了;再往上升,且不说别人怎么看,就拿当下流行的观点来看,也恐怕容易折福夭寿啊。

而苏渐现在已经志不在此,见位高权重的大统领还专门关起门来向自己郑重解释,便很愉快地接受了这个结果。

当然,以轩辕鸿的人情练达,怎么会留下暗藏的危机?

当苏渐刚出了内堂之后,他就紧接着出来召集所有人马,公开声明,说是为了今后更好地做事,只要苏渐在玄武卫一天,不管职级如何,“永远”不受吴山云的辖制。

第三十九章

至死方休

听到大统领这说法，玄武卫从上到下对苏渐的认知再次提升到全新的高度！

而这么一来，本来那个“苏渐是大统领私生子”的谣言，已经被当事人用才能和表现渐渐平息下去，结果现在，再次悄悄地抬头……

不过苏渐自己听到大统领口中说出“永远”这两个字，表面不动声色，心里却暗暗冷笑：“也许，这个‘永远’，也没多远吧……”

显然吴山云并没察觉到暗藏的危机。

终于回归“主流”，还当上玄武银徽卫，吴山云的心情可谓畅快至极！

他非常了解，这玄武卫内部升迁极难，甭管谁进来，很少有人一进来就能当上银徽卫的。

远的不说，就拿端木楚而言，他身为尊贵的端木世家嫡系传人，还是当今皇帝的小舅子，结果这银徽卫之职也还是最近托苏渐之福才升上的。

再说了，苏渐小年夜立下了这么大一场功劳，却在职位上没有任何升迁，还是那个低一级的铜徽卫。

弄清楚这里面的道理，可以想象，吴山云得意的心情，就如同要飞起来！

而“江山易改本性难移”，有些本性方面的东西，很难因为身份的变化而变得不同。

比如吴山云，他投机成性，虚伪贪婪，傲慢自雄，这些本性永远都不会改变。他进入玄武卫后，对自己这些性子也根本不加收敛。

他整天得意洋洋，在玄武卫内，除了轩辕鸿和苏渐之外，几乎不把其他任何人放在眼里。

而当上银徽卫后，他也急于跟大统领证明自己，于是便利用自己以前的特殊身份，大肆搜捕以前的血义盟同党。这是对外。对内他也不忘努力往上爬，毕竟他作为京华四杰之一，已经委身玄武卫，那一定是要做到一人之下、千人之上的。所以他很快开始打压同僚，与同级争权夺利，侵占下属利益，很快就引起了众人的不满。

在此期间，心怀愤恨的苏渐却没有任何动作。他只是如一只冷静的猎豹，远离纷争，冷眼旁观。

这样的状态并没有持续多久。

当苏渐发现，吴山云开始处处以未来的金徽卫自居，引起他现在的金徽卫上司霍修诚不满，苏渐就知道，自己的机会来了。

就在霍修诚和吴山云明争暗斗，愈演愈烈之时，这一日下午，苏渐命人递话给霍修诚，约他在城中太白居一叙。

按道理说，霍修诚贵为金徽卫，比苏渐高了整整两级；现在苏渐命人传话约喝酒，别的不说，这举动本身就非常冒犯。

当然这也只是常理如此，谁叫约喝酒的人是苏渐呢？玄武卫老人霍修诚不仅丝毫不觉得冒犯，反而还自带了一壶珍藏多年的美酒，十分准时地到达了太白居。

“怎么搞的？”一到酒铺，霍修诚便冲着已坐在那里的苏渐抱怨，“怎么约在这样的小酒铺？不符合你我身份啊。不要告诉我你手头乏钱，若是计较这个，今晚这局，老哥哥替你付啦！”

“多谢霍前辈好意。不过急什么？”苏渐笑道，“霍前辈应该听说了，‘山不在高有仙则名，水不在深有龙则灵’，这太白居别看门脸儿小，酒菜可好着呢。”

霍修诚何等老江湖？苏渐只是随口一句解释，他就立即听出些别样的味道来。

而他也实在是这段时间憋屈苦了，还没等坐下来，便忍不住试探道："哎呀，快别提了！老了老了，什么前辈啊，这年头啊，年轻人都不敬老，玄武卫上上下下这么多人，也只有你还记得我老霍是个'前辈'呢。"

他还想再抱怨，谁知苏渐已截住他话头，认真说道："我都听说了。霍前辈，您什么都不用说了，若说出来，才真的不符合您的身份呢。"

"哦?"霍修诚神色一变，双目炯炯地盯着苏渐。

见他如此凝重地看着自己，苏渐却神色不变，俊逸的脸上依旧挂着淡淡的笑容，还是那一副谁看着都觉得如春风般的亲切。

"好好好！"见得如此，霍修诚脸色蓦然松弛，也一脸笑容，举起自己带来的那一小坛美酒，大笑道，"痛快！我就说呢，别看小苏你只是一个小小的铜徽卫，上回小年夜擒拿奸贼，我被派在你手下，还别说，娘的，我老霍就是一个'服'！不像有些人，年纪比你大，名声比你响，却……哈，怪我怪我，差点忘了，不说这些糟心的事儿了，咱爷儿俩今天，先喝个痛快吧！"

"霍前辈，这才对嘛！"苏渐忙起身，帮他打开酒坛封泥，热情地斟上酒。

"还叫什么'前辈'?"霍修诚不干了，吹胡子瞪眼道，"再叫一声，你信不信我翻起脚跟就走? 叫我'老霍'！"

"好好，老霍。"苏渐笑着改口，也给自己的酒盏中斟上酒，还使劲地嗅了一嗅，夸张地叫道，"好酒啊好酒！没想到啊，老霍，您德高望重也就罢了，连酒也这么好！你可别跟我吹，这样的美酒是你自己酿的！"

"还真是老夫自己酿的！"还别说，霍修诚最爱听别人夸自己的酒了。现在他听了苏渐的话，比收到什么金银财宝都高兴，这张老脸笑得简直跟朵花儿一样。

"啊?"这时苏渐一副惊讶的样子，叫起来，"不可能吧?！难道前辈您是……"

"没错！"霍修诚自豪地说道，"老夫祖籍正是江南钱塘绍兴。"

说出这话，他举起酒盏，一饮而尽，感慨说道："小苏，你知道吗? 不管别人怎样，我老霍是最想打回故土的那一个！你别以为我这酒已经是人间美味,不是我老霍吹,真要让我寻着老家绍兴的老窖,按家传古方酿出来的黄酒,还不比瑶池仙酿更香啊!"

"唉,谁说不是呢。"苏渐顺着他的话道,"这么说来,我想光复家园,理由又得加上一条了,那就是能喝上老霍亲手酿的绍兴美酒了!"

"说得好!"老霍击掌赞道,"到那时一定请你喝!"

两人就这样你一句我一句地喝酒说话,不知不觉间,两人便喝到酒酣耳热的程度了。

也许是酒喝多了,苏渐首先忍不住道:"老霍啊,其实你说到服不服,还别说,我最近还真有点不服!"

听得此语,霍修诚心中暗喜,同时心里说:"刚才你这小子,还说提这些不符身份,怎么?这时候自己先忍不住啦?"

当然他肯定不会点破,事实上他也早就期待着这一刻了。

在他的心目中,苏渐这小子可不简单,别看苏渐年纪小、地位低,要论搞破坏的能力,比他这个老江湖都强!

别的就不说了,谁能想到那个血义盟的京师老巢在哪儿,自己和同僚们找了多少年,就差没挖地三尺了,可还丝毫没有头绪。可这小家伙左一弄,右一搞,没怎么的,居然就找到了!

霍修诚虽是老资格,他还是服高人的,所以听苏渐说不服人,他立即凑趣道:"小苏啊,你先别说,让老霍我猜猜,你不服的那人是谁。"

"好啊……"苏渐口齿不清地道,"你、你猜猜……"

"盖英卫?"霍修诚故意道。

"错了错了!"苏渐叫道,"这家伙已经成了我下属,还有什么服不服的?你再猜猜!"

"那就是吴山云?"其实霍修诚也心痒难熬,不敢再兜圈,忙说出早就心知肚明的答案。

"好!"苏渐一拍桌子,夸张叫道,"就是他了!"

"对他你有什么不服的?"霍修诚假装不知情道,"其实小苏,不是我说你,虽然我老霍看你顺眼,可人家吴山云毕竟家世好、本领高,还是京华四杰呢。而且他从血义盟投诚过来,这身份对我们玄武卫来说还是很重要的。”

“呸！投诚过来又怎么样?”苏渐嚷道，“本来还指望他多提供点情报，好抓乱党的大鱼；谁承想现在满世界都知道他弃暗投明了，结果这小子四处闹腾抓人，到最后怎么样？还不是就抓到几只小鱼小虾?”

“那也是不一样的。”霍修诚一副苦口婆心的模样，“再怎么说，他也是银徽卫，你就算看不惯他，表面上也不好太如何。”

“银徽卫又怎样?”苏渐喷着酒气叫道，“大统领可说了，他永远管不着我!”

“其实呢，老霍你觉得我不服他不对，是你不知道，我苏渐这辈子，最痛恨的就是男人打女人!”

“哈!”一听此言，霍修诚心里顿时笑了，“小子，终于说实话了！什么服不服的，分明就是你小子，不忿吴山云是你情人古玉妃的前情人!”

其实霍修诚作风还是很老派的，他以为苏渐真的跟古玉妃有一腿，便很是不以为然；他觉得，毕竟两人是师生，如此勾当有违人伦。

但心中这么想，他这时却一拍大腿叫好道：“说得太好了！小苏，别说你跟古先生有什么了，就连我老霍这个不相干的人，那晚看着古先生被打得那么惨，也是义愤填膺的!”

“对啊对啊!”苏渐好似顿时寻到知音一般，眼睛一亮叫道，“谁说不是呢！这小子真他娘的黑，简直不是人!”

“当然我最不忿的，还是这小子不知尊重前辈。他竟然还敢不把老霍您放在眼里！对了，其实……”

慷慨激昂的少年，忽然变得有些迟疑；刚才大呼小叫，这时候却压低了声音，鬼鬼祟祟道：“其实呢，也不瞒前辈您，我是有些门路的，听说乱党他们对背叛之人最是痛恨，正寻机会要干掉他呢……”

本来霍修诚一直在逗苏渐的话，但一听这话，他立即变得严肃认真起来。

苏渐此刻所言，正是他心中所想；他早就恨吴山云入骨，有心借刀杀人，只是苦于一直以来对血义盟情况不熟，所以无从下手。

现在他听到苏渐竟然有门路，顿时不敢再逗少年，变得真正急切起来。

只是，到了这地步，他才发现苏渐这小子也挺可恶。刚才他叫得震天响，现在轮到自己问他具体情况时，他却变得顾左右而言他，一副正人君子的样子。

本来见此情形，按霍修诚一贯的做派，就要甩袖子走人；不过他现在实在是心痒难熬，几次三番套话不成后，他只得从袖子里掏出几枚上好的晶石，放在桌上，推到少年的眼前。

“啊？”见霍修诚拿出晶石来，苏渐反而矜持起来，惊叫道，“老霍你这是在干什么？咱爷儿俩还需要这样吗？”

“啊呀！”见他如此说，霍修诚心中骂道，“臭小子，你倒还装上了！”不过嘴上他却笑道：“小苏兄弟，千万别想多！这只是老霍一点小小心意。这不是年节将近嘛，这几枚晶石也不值几个钱，就当老哥哥给你的新年红包！”

“新年红包啊，那小弟我就恭敬不如从命了！”霍修诚话音还未落，苏渐便已经出手如电，以令人眼花缭乱的速度将那几枚晶石瞬间揽到怀里。

“当然当然，不用客气不用客气！”霍修诚虽然心中鄙夷，口里却连连笑道。

“既然如此，”到这时候，苏渐也不再吊他胃口了，只见他压低了声音，将自己从古玉妃那儿得来的血义盟铁血锄奸组的消息，知无不言地都说与霍修诚听。

等最后说完时，苏渐还一副很后悔的样子，连连告诫霍修诚，让他也别做得太过火，要注意分寸，还说，吴山云现在毕竟是自己人，是“兄弟”。

“呸！”听他如此说，霍修诚在心中骂道，“什么兄弟！你们两个倒是同用了古玉妃的‘连襟兄弟’，我和他算什么狗屁兄弟？！哼，果然还是年轻。”

他心中又开始嘲笑起苏渐来：“还自己人？真是妇人之仁！天底下哪有这样的好事？又想出手给自己的情人报仇，又不想后果太严重，吓！你却不知道大丈夫在世，不可一日无权，吴山云这厮所作所为，已经触犯老夫逆鳞啦！”

“再说了，”霍修诚瞅瞅苏渐，心疼地想道，“就算老夫有心放吴贼一马，也对不起我刚送出去的上好晶石啊！”

霍修诚关键信息到手，便杀心顿起；这时他也没什么耐心再跟苏渐多周旋了，此后稍微碰了几次盏，他便找了个借口离开了。

寡酒难饮。他走后，苏渐过了没多久，也便跟太白居的张掌柜结了账，踉踉跄跄地离开了。

他一路醉态可掬地走回住所，刚到自家小院的院墙附近时，却见到冬夜朦胧的月色里，那墙根里正立着一人。

“玉妃？”醉眼惺忪的少年，一眼就看出那人是谁。

“是我。”古玉妃迎了上来。

“怎么了？”苏渐看着她，有些责怪地道，“这么晚了，天寒地冻的，先生你怎么还走这么远？身上的伤还没养好呢。”

“不怕，伤已经好多了。”虽然少年是在责怪自己，古玉妃却觉得心里暖洋洋的。

虽然这时候少年酒气熏人，她却凑到近前，看着少年的双眼说道：“小苏，你别忘了，我是灵鹫学院的星流术教习呢，这点皮外伤，算得了什么？倒是……”

美丽的女教习欲言又止道：“事情……都弄好了？”

“好了。”刚才看着醉醺醺的少年，这时却凛然说道，“诸事已定，那霍金卫自会去落力做事。先生你不用担心，这个仇，我们报定了！”

“我、我不是关心这个……”淡淡的月光中，古玉妃忽然有些赧然。

俯首凝思片刻，她忽然抬头看着少年，轻轻道：“你告诉我，为什么你也一心要让那恶贼死？”

“为什么？”苏渐一愣，很快便慨然说道，“古先生，你知道，我苏渐也不是什么高出身的人，这一路走来遭遇很多坎坷，可以说我什么都能忍，但我就是忍不了，自己亲近的女子被人欺负到这种地步！”

“这样啊……”月光下，女先生美丽的眼眸中，忽然间蒙上了一层薄薄的水雾……

苏渐显然察觉到眼前人的变化。

不知怎么的，他忽然惊觉，自己刚才是不是说了什么不合适的话？如果让古玉妃误解，会不会让她觉得自己“乘虚而入”、“ 乘人之危”？

于是他赶忙又笑嘻嘻道：“好吧，说实话吧，其实真正的原因是，吴山云这厮在玄武卫中，挡了我上进的路啊！”

“哼，我不信。”美丽动人的女先生撇撇嘴，又恢复了平日那种热辣炫烈的做派，大声道，“我，还是喜欢并相信你前面那句话！”

扔下这一句，连带着一串燕鸣莺啼般的娇笑声，美丽的女先生已扭动着诱人的腰肢，在月光雪地中妖娆而去了。

再说霍修诚。

他这样的老江湖，怎会没有些黑白两道的资源？

从苏渐那儿得到血义盟铁血锄奸组的关键消息后，他很快就动用手头的力量，跟对方搭上了线。

谋划已定，霍修诚表面却装作不敌吴山云的气焰，一改先前处处针对的做派，开始向吴山云低头。

见他如此，吴山云气焰更盛。

到了这一日，霍修诚命人请来吴山云，十分客气地交给他一个出城执行的任务。

大家都不是傻瓜，霍修诚交代的这任务，显然是个肥差。

本来以两人之前的对立，这种情况下吴山云本应该保持应有的戒心；但很可惜，这些天霍修诚一系列的示好和让步，铺垫得实在太好了，便让吴山云失去了应有的警惕。

他很愉快地接下了这个任务，带着这些天来培植的几个亲信，趾高气昂地上路了。

他这时还不知，当他踏出城门时，他的结局便注定了。

当他带着那几个所谓的亲信，走到一处荒野偏僻小径时，蓦然从半人多高的荒草中蹿出七八条黑影！

“狗叛徒，拿命来！”当为首一人吼出这话后，吴山云这行人顿时便知道眼前是怎么回事。

“弟兄们不要怕！”吴山云大声呼喝，意图给自己的部下打气。

谁知道，他这几个所谓的亲信，这时候全都露出了真面目！

他们也没说什么，而是冲着包围圈地空档，飞奔而去。

而他们和血义盟的杀手之间，仿佛存在着某种默契；当他们突破包围圈时，所有血义盟之人竟是袖手旁观，丝毫没有攻击。

“原来今日之事是个陷阱！”吴山云的心，霎时冷了半截。

眼见危机深重，本来他还想凭借自己三寸不烂之舌逃过这一劫，没想到那些沉默的血义盟杀手们丝毫都不给他这个机会；他们只是无声地一拥而上，刀枪并举，那雪亮的锋芒灿烂闪耀，霎时照亮了阴沉的荒野。

就算到了这个地步，吴山云还幻想着能凭自己一身惊人的艺业，杀出一条血路；但很快他再次失望了。

作为前同伙，血义盟对他还不知根知底？这次难得玄武卫放水，他们还不倾尽全力确保万无一失？

所以别看就派了七八个杀手，若真论起来，这里面倒有一半人的实战功夫超过了吴山云。

所以没过多久，吴山云就在一长串惨叫声中重创倒地，眼见就是一个乱刃分尸的结局！

只是就在这时，幽沉的云空下，突然传来一阵急促的马蹄声。

围攻的血义盟之人齐齐一惊，扭头看去，却见低沉的云空下，一个矫健的玄武卫少年武士，正骑着匹白马朝这边急冲过来！

这里毕竟是京华近郊，血义盟杀手刚才能肆无忌惮行事，无非是仗着精确的情报；现在见有玄武卫的人急冲过来，他们一时弄不清究竟何意。

不过这时，那首领之人却好像想到了什么。于是当众人看向他时，他便做了一个手势。转眼间，他们这群人便如流水般四散离去。

这时候，在地上重伤挣命的吴山云，见敌人退却，也是又惊又喜。

“怎、怎么回事？”虽然出气多、进气少，吴山云还是忍不住很是好奇。

这时只听一阵马蹄声，便见得苏渐忽然疾驰而出，勒马于吴山云近前。

“怎、怎么会是你？！”见是他出现，吴山云惊喜非常，忙挣扎着叫道，“苏渐，你、你是来救我的吗？”

“救你？”苏渐一个漂亮的下马动作后，紧走几步来到吴山云跟前。

他盯着地上重伤之人看了半晌，忽然开口道："吴山云，我还真的很佩服你。都到这时候了，你还能作伪假装。你以为，一个你几次三番想杀死之人，能来救你？"

"呵呵……"吴山云闻言忽然笑了。

"确实，都到这时候了啊……"吴山云流露出几分伤感，但很快他便拼着最后的力气，厉声叫道，"没错！是我几次要杀你！火枫林是我，迷雾谷也是我！只不过你不要忘了，我现在可是你的同袍！"

"同袍?！哈哈！"苏渐仰天大笑，"不敢！我苏渐哪敢有你这样的同袍？我方才分明看见你和乱党勾结，只是不知何故起了争执而已！"

听得他说出这样的话来，吴山云顿时崩溃；他这时没有了其他任何想法，只在后悔一件事：本来，自己以为要先在玄武卫中立足，然后再对苏渐这狗贼下手。没想到他的狠辣程度竟然还超过了自己，这些天枉费自己还在跟他虚以委蛇，他却竟然就在一个月不到的时间里，对自己痛下了黑手！

意识到眼前这少年很可能比自己还要坏时，吴山云没了任何花言巧语脱险的幻想；他立即拼尽全力，转过身子就朝后爬。

还别说，毕竟吴山云底子在那儿，看着快死的人，这一垂死挣扎，手脚并用，还真让他飞快地爬出去两丈多远！

见得如此，苏渐不屑地大叫道："胆小鬼！已经活不了了，还这样狼狈逃跑！"

说话时，他便追了上去。

追到近前，他见吴山云到了这种地步，却还在手脚并用地努力爬动。

见他如此，苏渐恼恨之余，不免也有一丝怜悯和怅然。

这一刻，他其实很想对地上的昔日名流说："我苏渐，根本不想与你为敌；但无奈你无端动怒，不仅几次要害我性命，还迁怒猜疑于古玉妃，用那样残酷的手段对待她，这才突破了我能容忍的底线。你早知今日，又何必当初？"

虽然心中有很多话想说，但苏渐看着地上努力逃命的吴山云，最后开口时，却只是冷冷地说："吴山云，你知道吗？我和古玉妃，实无私情。"

吴山云闻言，顿时浑身一震，逃跑的动作也立即停了下来。

他猛地转过身，大叫道："不可能！这不可能！"

“怎么不可能?”苏渐看着他道,“你都快死了,我为什么要骗你?”

一言既出,吴山云本来混杂了愤怒、惊疑、恐惧的眼神,忽然间就变得空洞了。

失神了良久,他忽然摇了摇头,惨笑一声道:“真如此……那以后,玉妃就拜托你了……”

没想到苏渐闻言,竟也是摇了摇头,说道:“你这话,多此一举,我苏渐对朋友一向都很好的。”

吴山云闻言,顿时怒叫道:“我是说,你一定要娶她!”

苏渐再次摇头:“不,我年纪还小。恶龙未灭,何以家为?”

听得此言,吴山云盯着他愣愣地看了半晌,最后叹息一声道:“是我错了。你真的和玉妃没有私情。我错怪了她,也害死了自己。”

对吴山云这样外憨实狡的人,到这时,才真的算“人之将死,其言也善”了。

他这时很诚恳地道:“对不起,苏兄,是我小看了你,也错判了你。对不起……不知……你能否看在玉妃的面子上,给我一个痛快?”

吴山云到此刻,真是连一点点活下去的念头都没有了。

见他这样渴求地看着自己,身下的鲜血也已经流成了巨大的一片,苏渐也没有犹豫。

他点点头道:“可以。毕竟我刚说了,我对朋友一向很好的。既然你抬出了她,我必须答应你。”

话音刚落,他便拔出血歌剑,朝吴山云咽喉处猛然一挥——

虽然心中早有定计,但此刻真的看见京华四杰之一的吴山云死在自己的面前,苏渐心中也是充满了莫名的悲凉和伤感。

怀着对死者的尊重,他对地上吴山云的尸体躬身行了一个大礼,然后便转身飞身上马。

此时已近黄昏,落日沉向了西山。夕阳的余晖映满了云空,却没有形成美丽的晚霞,只是将云天涂成了铁锈的颜色,显得和刚才的场景一样凄清。

落日的余晖中,苏渐策马飞奔。

这时候,离刚才不远的一个小树林里,那位窈窕热辣的灵鹫女教习,正悄然伫立。

刚才整个事件的全过程，她已经全部目睹；当苏渐飞驰而来时，她已是泪流满面。

马蹄哒哒而来，当奔到近前，苏渐便勒住了马，下马立在了女子的面前。

看见她满面泪痕，苏渐想说些什么安慰的话，却发现不知从何说起。

沉默半晌之后，他才低声问道："玉妃，此事已了，你……今后如何打算？"

古玉妃看着他，也出了一会儿神，才轻轻说道："我……我也不知道。我的心很乱……"

"那不急，先回去吧。"苏渐柔声说道。

"好……"古玉妃哽咽答道。

只是，接下来当她想踏着马镫上马时，这位武力超群的女教习，却觉得自己浑身无力。

努力了半天，古玉妃发现自己真的上不了马，便用求助的眼神看向苏渐。

到得此时，苏渐也不再拘泥，朝她点一点头，便上前扶住她的手臂和腰肢，小心翼翼地将她扶上马去。此后他也飞身上马，两人便共乘一骑，一起离开这伤心之地。

骑乘之初，苏渐感觉到身后之人，跟自己的身体比较疏离，便担心她有摔下马去的危险，就叫她抱紧自己的腰。

没想到，自己这么一说之后，古玉妃却紧紧地抱住了他，那力道分明超出了应有的界限。

见得如此，苏渐有心说"先生你又太用力了"，但想了想，他只是叹息一声，没有说任何话。

此后，英俊洒脱的少年，便任由美丽的女先生紧紧搂住，两人一起在夕阳的荒野中策马远逝……

正是：

京华名士一旦休，荒郊抔土亦难留。

杨柳尚作他人树，红粉知非旧日愁。